Un garçon charmant

Peter Doherty
avec Simon Spence

UN GARÇON CHARMANT

Traduit de l'anglais par Agnès Michaux

le cherche midi

Directeurs de collection : Marie Misandeau et Jean-Pierre Montal
Relecture : Ismaël Martin

Vous pouvez consulter notre catalogue général
et l'annonce de nos prochaines parutions sur notre site :
www.cherche-midi.com

Titre original : *A Likely Lad*

Éditeur original : Constable, une maison de Little Brown Book Group

92, avenue de France
75013 Paris

Conception graphique : Justine Dupré
Mise en pages : Facompo
Dépôt légal : février 2024
ISBN 978-2-7491-7653-6

À Carl, Jai et Katia

Maintenant, je m'encrapule le plus possible. Pourquoi ? Je veux être poète, et je travaille à me rendre Voyant *: vous ne comprendrez pas du tout, et je ne saurais presque vous expliquer. Il s'agit d'arriver à l'inconnu par le dérèglement de* tous les sens. *Les souffrances sont énormes, mais il faut être fort, être né poète, et je me suis reconnu poète. Ce n'est pas du tout ma faute.*

Lettre de Rimbaud (qui a alors seize ans)
à Georges Izambard, 13 mai 1871.

NOTE DES AUTEURS

Simon et moi avons commencé nos entretiens en mars 2021, au gré des confinements. C'est, de loin, la plus longue interview que j'aie jamais donnée – plus de soixante heures du printemps à l'automne. J'étais clean depuis plus d'un an, mais encore un peu fragile, si bien que j'ai accueilli ces rendez-vous avec Simon comme une routine salvatrice. En sa présence, je me suis ouvert comme je ne l'avais fait auparavant avec aucun journaliste, peut-être trop d'ailleurs, car, à la vérité, je n'ai rien gardé pour moi. Plus d'un an après, miracle inespéré, je suis toujours clean, mais je ne peux m'empêcher de me demander si, commencé aujourd'hui, dans ce nouvel état, ce livre aurait été différent.

Certaines pages sont d'une honnêteté brute, frontale, d'autres peuvent paraître naïves, d'autres encore prennent parfois plaisir à évoquer quelques incidents nihilistes qui, désormais, alors que je deviens de plus en plus adulte et sobre, appartiennent à un lointain passé, à ma jeunesse et, disons-le, à la drogue. C'est peut-être pour cela que je trouve la relecture de ces conversations couchées sur le papier profondément exaspérante et souvent impossible. Que Simon ait réussi à mettre tout cela dans l'ordre chronologique ne cesse de m'épater, mais je m'inquiète du fait que certains mots crus ou imprudents puissent choquer. Ce n'est pas ce que je souhaite, surtout aujourd'hui. Mes proches disent néanmoins qu'ils reconnaissent ma voix dans ce récit, et je dois admettre que quelque chose de profondément vivant traverse ces lignes, qu'il me serait impossible de répéter aujourd'hui.

Je conçois à quel point la lecture de ce livre a dû être difficile pour l'amour de ma vie, ma chère épouse Katia de Vidas Doherty. Quand nous avons commencé, je me disais que ce serait formidable si le livre parvenait à être drôle, en plus de réconfortant. Je pense que, parfois, ma vie ressemble à une irrésistible comédie, mais elle est aussi teintée de tristesse et de noirceur, ce que reflètent souvent mes chansons. Quand vous vous lancez dans la musique, vous avez parfois besoin de vous raccrocher à la première chose qui fait sens, et ce sont souvent la colère et le chagrin. En aucun cas, cependant, je ne cherche à faire la promotion de ces sentiments. D'ailleurs, en dehors de ces moments parfois difficiles, j'ai plutôt la sensation que tout va bien. Sans doute parce que personne n'aime admettre ses défaites.

Peter Doherty, mars 2022.

En 2017, j'avais pris contact avec Jai Stanley, le manager de Peter, pour lui soumettre l'idée d'écrire un livre en collaboration. À cette époque, Jai m'avait expliqué qu'il ne s'attendait pas à ce que Peter se lance lui-même dans l'écriture de son autobiographie, d'une part parce qu'il n'écrivait qu'à la machine, d'autre part parce qu'il avait tendance à passer rapidement d'un projet littéraire à un autre. Cependant, il m'avait assuré que Peter serait heureux d'aider à la rédaction d'un vrai livre sur lui. Les choses allaient simplement être très compliquées. Peter était contre l'idée du prête-plume qui « mettrait des mots dans sa bouche » et, bien que sa mémoire regorge d'histoires à raconter, il n'était pas très chaud à l'idée de revivre le passé, sous quelque forme que ce soit.

Pendant les trois années qui ont suivi, je revenais de temps à autre vers Jai pour discuter de la façon dont pourrait se mettre en place une collaboration. Peter était toujours aussi réticent à l'idée d'engager un prête-plume, mais, à la fin de l'année 2020, il s'est laissé convaincre par le projet d'une biographie officielle. J'avais suggéré un minimum de trente-cinq heures d'entretiens et m'étais préparé à toutes sortes d'emmerdements – il a tout de même une réputation ! Tout ce qui a suivi a contredit mes préjugés. Peter était non seulement consciencieux, mais aussi patient, aimable, généreux, toujours humble et enthousiaste. « Ne t'interdis aucun sujet », me disait-il. « Je serai heureux de répondre à toutes tes questions. Les sujets que tu crois devoir éviter sont probablement ceux dont nous devrions vraiment parler. »

Il a donc accepté mes questions innombrables sur les sujets les plus douloureux sans reculer ni chercher à jouer les victimes. Son honnêteté à parler de sa descente aux enfers était totale et souvent bouleversante. L'évocation de sa carrière d'artiste, et de son évolution depuis vingt ans, le rendait immanquablement joyeux, jamais cynique ou égocentrique. Il a fait preuve d'une remarquable mémoire, laissant ressurgir d'innombrables anecdotes avec distance et humour – cette capacité à rire de lui-même étant sans doute l'un de ses traits les plus attachants. Après douze mois et bien plus d'heures d'entretien qu'il n'en avait d'abord accepté, je dois avouer que nos rendez-vous du matin me manquent. J'ai écrit ce livre avec ses mots, sans jamais rien lui « mettre dans la bouche », me contentant de rétablir, par quelques déplacements, la chronologie, jamais dans l'idée de laver plus blanc.

Ce livre n'est pas celui que Peter écrira probablement un jour sur sa vie. Je sais qu'il n'est pas non plus le livre que Peter croyait que j'écrirais sur lui. J'espère seulement avoir produit quelque chose qui sonne juste et rende justice à sa musique, à sa vivacité d'esprit, à son immense talent, à son charme, à son attitude et à son intelligence.

Simon Spence, mars 2022.

1

Enfant de troupe

1979-1990 : une enfance passée à la caserne à Belfast, à Chypre et en Allemagne. La découverte de Chas & Dave. L'influence satanique des Simpson *et de* Beano *selon maman. Des hallucinations à Chypre. Devenir chrétien. Lire George Orwell. Papa part à la guerre.*

J'adorais mon père, je l'idéalisais complètement. Comme nous portons le même prénom, on m'appelait toujours « Little Peter » ou « Peter Junior ». Mon père est né à Londres et a grandi dans une communauté d'Irlandais catholiques très soudée. Mon grand-père, Ted Doherty, avait quitté l'Irlande pour l'Angleterre peu après la fin de la Seconde Guerre mondiale, en 1946. Au pub, Ted avait l'habitude d'entonner des *rebel songs*, ces chansons qui évoquent la lutte des Irlandais contre les Anglais. Quand mon père s'est enrôlé dans l'armée britannique, cette habitude ne faisait pas très bon effet. Soldat dans l'armée de l'air, il faisait partie du 216e escadron de transmissions parachutiste.

Au début des années 1970, il était en poste près d'Aldershot et son activité de jeune soldat l'occupait beaucoup, mais il trouvait toujours du temps pour un match de football le samedi ou le dimanche avec son équipe. Un jour, il a joué goal pour Hounslow Town, une équipe de semi-professionnels de l'ouest de Londres. Dans ma jeunesse, je l'ai toujours vu entraîner des équipes de football. C'était un homme très athlétique, qui pratiquait aussi la boxe et le cross-country.

Un de mes premiers souvenirs est le Noël où mon père nous a emmenés à Londres, ma sœur AmyJo et moi, pour visiter le musée de Madame Tussaud, j'avais cinq ans. Il y avait une énorme file d'attente. Trop pour mon père qui, à la place, a préféré nous balader à travers Londres jusqu'à Hyde Park. Là, je le revois, la moustache en bataille, ôter ses rangers et son survêtement bleu pour plonger dans la Serpentine. Il faisait un froid glacial. Soudain, un type en barque a surgi en braillant dans un mégaphone à l'ancienne très cartoon et lui a ordonné de sortir de l'eau. C'était génial ! AmyJo et moi nous tenions sagement par la main au bord de la rivière, très fiers de notre papa.

La mère de mon père, Doris, l'avait abandonné quand il était petit. Anglaise originaire de Kilburn, son nom de jeune fille était Ford. Elle avait eu trois enfants avec Ted. Quand papa avait neuf ans et son frère cinq, elle a fait une sorte de dépression nerveuse et a fini par quitter Ted, qui s'est retrouvé seul à Shepherd's Bush avec les deux garçons. Dans les premiers temps, elle n'habitait pas bien loin, au coin de la rue, puis elle a déménagé dans une des tours du quartier de Stonebridge Park, à Brent, au nord-ouest de Londres. Ce n'était pas très loin non plus, mais elle n'était plus là au quotidien pour mon père. Je pense que cette absence a déterminé l'humeur de toute sa vie. Pour le dire autrement, émotionnellement, mon père, depuis le départ de sa mère, c'était le bordel.

Ma mère, Jacqueline, a fait de son mieux pour reconstruire des liens plus affectueux entre la mère et le fils. J'en suis heureux, car j'ai ainsi pu avoir une vraie grand-mère, ma *Nanny Doll*, dont je suis toujours proche et qui a plus de quatre-vingt-dix ans aujourd'hui. Lors des réunions de famille, elle et moi épatons toujours tout le monde en chantant ensemble de vieux airs de music-hall. Nous faisons cela depuis que je suis petit. J'ai appris ces chansons avec un disque de Chas & Dave, intitulé *Christmas Jamboree Bag*, qui appartenait à mes parents et que j'adorais, comme j'adorais la compilation en deux volumes des Beatles – *The Beatles/1962-1966*, avec la pochette rouge, et *The Beatles/1967-1970*, avec la pochette bleue –, et un ou deux disques de Cilla Black. Dès que je le pouvais, je mettais le Chas & Dave sur l'électrophone et je l'écoutais en boucle. Mes parents ne connaissaient pas vraiment les paroles, j'imagine qu'ils n'avaient guère le temps d'écouter de la musique. Nanny Doll, elle, les connaissait toutes par cœur – des chansons d'autrefois, comme ce tube irlandais de la « drôle de guerre » qu'elle aimait beaucoup, « On ira pendre notre linge sur la ligne Siegfried ». La sœur de ma grand-mère était chanteuse, ce devait être dans les gènes. Nanny Doll, c'était quelque chose, un caractère, une dure à la tâche. Elle n'a cessé de travailler qu'à soixante-quinze ans, après avoir passé plusieurs dizaines d'années chez des dames juives de Golders Green. J'ai écrit « 1939 Returning » pour elle, chanson qui apparaît sur *Grace/Wastelands*, mon premier album solo.

Plus je grandissais, plus l'enfance de mon père me fascinait. Ted avait fait de son mieux, mais il n'y arrivait pas. Alors il a fini par appeler Doris, et papa, qui avait alors quinze ans, est allé vivre chez sa mère. C'était un gamin ingérable. Il a fini par abandonner l'école pour partir sur la route travailler avec des forains. Il avait le sentiment d'être rejeté par sa famille et voulait quitter Londres. Un jour, je lui ai demandé ce qui se serait passé si nous nous étions rencontrés à cet âge, à quinze ans. Il m'a répondu qu'il m'aurait cassé le nez pour me piquer ma montre. Le grand tournant de sa vie a été son engagement dans l'armée. Il disait toujours que le moment où il était encore jeune recrue avait été le plus heureux de son existence. Avec l'armée, il a vu du pays, il est allé au Canada et en Afrique. Il aimait raconter des histoires sur le soldat dur à cuire qu'il était à l'époque, désireux de rejoindre le Special Air Service, le SAS. Il avait suivi un entraînement préparatoire, mais le Royal Corps of Signals a refusé de le laisser partir.

L'armée est devenue sa famille. Lieutenant vers vingt-cinq ans, il s'est peu à peu élevé jusqu'au grade de major. La discipline, c'était son truc. Quand j'étais petit, il n'était pas question pour moi de lui manquer de respect, mais il n'a jamais levé la main sur moi. D'ailleurs, je ne l'ai jamais vu se battre avec personne. Une fois seulement, il m'a donné une fessée, au bord de mon lit. Maman m'a raconté à quel point cette fessée avait bouleversé mon père – beaucoup plus qu'elle ne m'avait bouleversé, moi. Après me l'avoir donnée, il lui avait dit qu'il ne frapperait plus jamais un enfant. D'après maman, tout au fond de lui, il est bien plus sensible que je ne le suis et, de bien des façons, nous nous ressemblons comme deux gouttes d'eau. Mais, comme il m'avait inculqué l'obéissance dès la petite enfance, il n'avait pas besoin de lever la main sur moi, il lui suffisait de me regarder – je savais alors très bien à quoi m'en tenir.

Nous avons été élevés par des parents qui tenaient à ce que nous comprenions la chance que nous avions. Papa ne manquait jamais de nous rappeler qu'il ne recevait qu'une mandarine pour Noël quand il était jeune et combien lui et maman avaient travaillé dur pour quitter le milieu ouvrier où ils avaient grandi – lui à Londres, elle à Liverpool. Avec une telle éducation, il ne nous serait jamais venu à l'idée de répondre à un adulte ; pour AmyJo et moi, c'était tout bonnement inimaginable. Quand on nous demandait de nous habiller pour sortir ou quoi que ce soit, ma sœur et moi nous exécutions docilement, que cela nous plût ou pas. Nous aurions obéi à n'importe quel ordre de mon père, même le plus bizarre. Je me demande parfois ce qui se serait passé si je m'étais opposé à lui. Mais je n'étais ni grande gueule ni bagarreur. Et je l'aimais et recherchais son affection.

Parfois, son humeur était sombre. Dans ces moments-là, il n'avait envie de parler à personne. C'était un sentiment vraiment noir, vraiment étrange, qu'il gardait à l'intérieur de lui. Je ne sais pas quelles pensées le mettaient dans cet état. Quand j'étais petit, je croyais que c'était à cause de l'armée – à la vérité, je n'en sais rien. Quand nous vivions à Belfast, il était sergent-major, mais nous ne parlions jamais de sa vie militaire.

Mon père avait été affecté à Belfast au début des années 1980. Cette ville est le premier souvenir fort d'un endroit où j'ai vécu. Je suis né à Hexham, dans le Northumberland, pas très loin de Newcastle. À cette époque, papa était en poste à Ouston, dans une base du Royal Signals qui avait été précédemment une base de la RAF. Après Ouston, nous nous sommes installés à Catterick, la plus grande garnison de l'armée britannique, au sud de Richmond, dans le Yorkshire. Puis nous sommes partis à Krefeld, dans ce qui était alors l'Allemagne de l'Ouest – j'avais trois ans.

À Belfast – et ce fut l'une des rares fois de mon enfance –, nous ne vivions pas dans une caserne, mais dans un vrai logement fourni par l'armée. Cependant, habiter dans un quartier protestant à Belfast équivaut à peu près à vivre à l'intérieur d'un camp militaire. Là-bas, mes camarades d'école primaire disaient qu'ils adoraient mon père parce qu'il tuait des catholiques et, chaque matin, nous devions vérifier qu'il n'y avait pas une bombe sous la voiture.

J'étais élève de l'école primaire de Lambeg County et je me souviens comme si c'était hier du jour où je suis revenu à la maison en chantant une chanson que je ne comprenais pas vraiment. C'était une parodie de « eenie, meeny, miny, moe, catch a tiger by the toe » – une *nursery rhyme* comme on appelle cela en Grande-Bretagne, une comptine pour enfants – où le mot « tigre », *tiger*, avait été remplacé par *nigger*, « nègre ». Mon père s'est mis très en colère. Moi, j'étais bouleversé et très effrayé. Nanny Doll, qui était venue nous rendre une petite visite, lui a demandé de me laisser tranquille, disant que je n'étais qu'un petit garçon. Mon père a rétorqué que ce n'était pas une excuse, que je devais comprendre que ce n'était pas bien, puis il m'a fait asseoir et m'a dit : « Bon, combien y a-t-il de places dans le stade de Wembley ? » Je savais, c'était cent mille. Alors il m'a demandé de multiplier ce chiffre par soixante, ce qui, à six ans, n'était pas si facile. Mais j'ai réussi et lui ai répondu : « Six millions. » « C'est exact, et c'est aussi le nombre des gens qui sont morts dans l'Allemagne nazie à cause de ce genre de chansons. » Je devais souvent me servir de ce question-réponse. Des années plus tard, en vacances, au bord d'une piscine où un enfant s'était moqué d'un gamin d'origine chinoise, j'ai répété la démonstration de mon père : « Hé, combien y a-t-il de places dans le stade de Wembley ? »

À cette époque, j'étais à fond dans les séries d'animation. *Cockleshell Bay* était l'une des plus célèbres, mais aussi l'une de mes préférées. Il s'agissait des aventures, dans une ville du bord de mer, d'un petit garçon et d'une petite fille, Robin et Rosie, toujours en tee-shirt marinière, auxquels je nous identifiais, AmyJo et moi. Nous rejouions leurs aventures passionnément et je me souviens que mon père avait une façon particulière de siffler pour nous ramener dans la vraie vie. AmyJo a été ma meilleure amie d'enfance.

Nous portions tous les deux une drôle de frange de traviole. C'était maman qui nous coupait les cheveux. Cela ressemblait toujours à une horrible coupe au bol avec raie sur le côté. AmyJo était née avec un problème cardiaque et, quand nous habitions à Belfast, elle a été opérée avec succès. Avant de partir pour l'hôpital, on lui avait bien répété de ne surtout pas dire ce que faisait réellement notre père, mais, si on le lui demandait, de répondre qu'il travaillait à la poste. À peine quelques mois après cette opération, en 1986, ce fut au tour de ma mère d'entrer à l'hôpital. Elle en revint avec, dans les bras, notre petite sœur Emily.

Un autre de mes programmes télé préférés était le dessin animé *Sport Billy*, dont le générique montrait le héros en train de frapper si fort dans un ballon de foot que celui-ci s'envolait dans l'espace. Mon père avait fini par me surnommer Sport Billy – qui est devenu Billy Bilo, et il me taquinait en répétant : « Billy, Billy, Billy, Billy Bilo. » Aujourd'hui encore, certaines personnes m'appellent Bilo ou Billy Bilo. Avec moi, mon père n'était jamais à court de surnoms. Il m'appelait aussi *Big Ears,* Grandes oreilles, ou *Dog Breath*, Haleine de chien. Son sens de l'humour pouvait être cruel. Je me souviens qu'il avait aussi inventé un personnage imaginaire, Big Otto, auquel ma sœur et moi croyions dur comme fer. Dès qu'il voyait un type un peu gros dans la rue, il nous disait : « Regardez, c'est Big Otto ! » et il nous envoyait lui poser une question. Immanquablement, le gars nous demandait de dégager ou nous regardait d'un drôle d'air. Mais nous nous faisions avoir à chaque fois. Papa pouvait aussi se montrer assez vulgaire : un jour où nous étions partis nous promener tous les deux, nous avons vu passer une fille avec de très gros seins qui faisait son jogging. Mon père a alors fait une blague sexuelle que mes huit ans n'ont pas comprise. Pour me l'expliquer, il a fait une sorte de geste très explicite avec les mains. Je me souviens que cela m'avait vraiment choqué.

Quand j'avais neuf ans, nous avons déménagé à Chypre, où nous sommes restés deux ans. Papa venait de passer sergent-major à l'époque où le Royal Signals mettait en place une structure communications. Je pense qu'il s'agissait d'intercepter des messages satellite. De qui à qui et pourquoi, je ne sais pas trop, car la guerre entre les Chypriotes grecs et les Chypriotes turcs n'était plus d'actualité depuis longtemps. Cette structure regroupait des gens du GCHQ (le service gouvernemental qui s'occupait du renseignement d'origine électromagnétique et de la sécurité des systèmes d'information), de l'armée de terre, de la marine et de l'aviation. Chypre me faisait l'effet d'un bol d'air, mais quand je repense à ces balles de golf géantes disséminées dans les montagnes qui servaient à l'interception des communications et à l'étrange fatigue qui se lisait sur le visage de mon père, à ses nombreux accès de mélancolie, au fait qu'il ne quittait jamais son uniforme, je me dis que cet endroit qui me plaisait tant était loin d'être une partie de plaisir pour lui. Cependant, c'est pour le travail qu'il a effectué à Chypre que mon père a été décoré du premier niveau de l'Ordre de l'Empire britannique, le MBE. Je ne sais pas exactement en quoi ce travail consistait, mon père et moi n'en avons jamais parlé.

Nous habitions Ayios Nikolaos, la plus petite des bases de l'île. Aujourd'hui, c'est un coin à touristes. Mais, dans la deuxième moitié des années 1980, ce n'était qu'un ancien champ de bataille désertique. L'école qui accueillait les gosses de militaires entre quatre et onze ans était une sorte de hangar en tôles à l'arrière des baraquements. Nous étions très nombreux et il y avait souvent des élèves d'âges différents dans la même classe. Dans la mienne, nous étions quinze et nous n'avions école que de huit heures à treize heures car, l'après-midi, il faisait trop chaud.

Nous, les enfants, vivions dans une liberté incroyable. Toujours dehors, à nous baigner dans la mer ou à courir dans le *bondu*, le désert. Je ne savais pas nager avant Chypre et voilà que, soudain, là-bas, je passais mon temps en maillot de bain, aussi à l'aise dans l'eau qu'un poisson. Nous partions en groupe à la chasse aux serpents, nous escaladions les anciennes tours de garde et les bunkers. Cela avait un petit côté *Sa Majesté des mouches*. Pour faire partie de la bande des gosses de militaires, j'avais dû embrasser un lézard que les autres avaient apprivoisé.

C'est à Chypre que j'ai commencé à avoir le sentiment que je décevais mon père, car j'étais nul en athlétisme. Il existe une photo de cette époque où l'on me voit franchir une ligne d'arrivée en short et maillot, l'air complètement hagard. À voir mon visage sur ce cliché, il est clair que je ne prenais pas mon pied à courir. AmyJo était, en ce domaine, bien meilleure que moi. Elle est même devenue très bonne en cross-country et, pendant des années, elle a pratiqué ce sport en club dans tous les endroits où nous nous trouvions.

Une sorte de rivalité s'est alors installée entre AmyJo et moi, que j'avais l'habitude de résumer ainsi : « Tu es la préférée de papa, je suis le préféré de maman ». Ce n'était pas un sujet de bagarre entre nous, nous vivions cet état des choses comme une entente cordiale, nous étions lucides. C'était un fait, voilà tout.

Si je n'aimais pas l'athlétisme, j'adorais cependant le sport et par-dessus tout le football. Je rêvais de devenir footballeur professionnel, même si mon père disait que je n'y arriverais jamais, que ce n'était que de la gueule. Je jouais dans une équipe amateur et nous avions des matchs tous les dimanches. Une fois, j'ai mis trois buts – ce qu'on appelle le coup du chapeau –, et j'étais super fier de moi. Malheureusement, papa est arrivé en retard, juste avant la fin. Non seulement il ne m'a pas vu marquer, mais il m'a vu rater un but alors que j'avais un boulevard… Après le match, je me suis empressé de lui raconter mes trois buts. Il voyait bien que j'étais très content de moi, mais, rien à faire, il était furieux de ce but raté et, devant tout le monde, il m'a fait courir d'un bord à l'autre de la route, comme à l'entraînement.

Je n'ai jamais été un enfant agressif. Mais quand tu passes ta vie à déménager de pays en pays au sein de l'armée, tu dois vite te forger le caractère. Tu dois savoir te tenir et en imposer, sinon tu es cuit. Les gamins que je croisais dans les bases formaient un mélange très éclectique de tous les coins de Grande-Bretagne et ils étaient plutôt du genre dur à cuire. Amy et moi n'étions pas des sales gosses, mais c'est ainsi qu'on appelait les enfants des militaires, nous inclus : *military brat*, sorte d'argot qui n'a pas vraiment d'équivalent en français, si ce n'est « enfants de troupe », et qui désigne le peuple particulier des mômes de militaires, une espèce à part entière. On ne fréquentait pas, ou très rarement, les enfants des officiers parce que, dès leur onze, douze ans, on les envoyait dans des collèges privés en Angleterre. À Chypre, Alistair Brown faisait exception. C'était le gars le plus cool de notre école et son père était commandant. J'ai fait pour la première fois l'expérience de la transgression quand son frère aîné est venu passer l'été avec un camarade de son école privée et que ce dernier m'a entraîné dans un coin tranquille où il a tenté de m'enlever mon maillot de bain. *Ça n'est pas correct, ça n'est pas du tout correct, va te faire foutre* – voilà ce que j'ai pensé et je me suis barré en courant.

Ali et moi avons passé l'été 1988 à écouter *Bullet from a Gun* de Derek B, un artiste de hip-hop britannique qui écrivait des paroles démentes, hyper sexuelles, comme je n'en avais jamais entendu jusque-là. Au point que je les avais notées, notes que je possède toujours. C'est étrange, je n'ai jamais été très hip-hop, mais je peux réciter du Derek B par cœur parce que ses chansons tenaient pour moi du conte de fées. J'aurais sans doute noté aussi pas mal de chansons de Def Leppard si ma mère, après avoir vu la jaquette de ma cassette d'*Hysteria,* ne m'avait pas interdit d'en écouter en déclarant que c'était anti-chrétien et, pire, sataniste.

Ma mère était très chrétienne, et plutôt à cheval sur le sujet. Elle exerçait comme infirmière militaire quand elle avait rencontré mon père. Après leur mariage, en 1976, elle était devenue femme au foyer. Elle aimait écrire des poésies qu'elle rassemblait dans des recueils toujours intitulés *Le Temps d'un vers avec Jackie Doherty*. C'était son truc, avec le café du matin et l'étude de la Bible. À Chypre, le bulletin d'information de l'armée comportait systématiquement un poème écrit par ma mère. Du genre léger, humoristique, religieux, quotidien et « fait maison ».

Elle pouvait se montrer plus dure avec la discipline que papa, particulièrement quand celui-ci était en déplacement. Elle m'interdisait d'aller dans des clubs de jeunes ou de jouer dans la rue. Quand nous étions à Chypre, les *Simpson* ont fait leur apparition à la télé, mais je n'avais pas le droit de regarder car ma mère jugeait ce dessin animé peu convenable. Depuis, je suis devenu un grand fan des *Simpson*, que je regarde sans arrêt. Enfant, j'adorais lire *Beano*, un hebdo de bandes dessinées pour enfant dont je ne ratais pas un seul numéro – je m'en souviens avec une nostalgie très douce. J'aurais voulu m'inscrire au fan-club, mais ma mère ne m'a jamais autorisé à le faire. J'avais beau insister, lui dire que ce n'était pas grand-chose, vingt pences, que pour cette somme ridicule on recevait en plus un super badge Dennis la Menace, elle me faisait toujours la même réponse : « Non, ce n'est pas assez éducatif. » Elle accrochait toujours des trucs sur le mur des toilettes, des trucs religieux – des psaumes ou des photos de coucher de soleil barrées d'un énorme « Dieu est amour ». « If », le poème de Rudyard Kipling, y figurait aussi.

Nous allions à la messe tous les dimanches, à Chypre comme pendant toute mon enfance. Ma mère vénérait les prêtres, les vicaires, les curés, qu'elle considérait comme des gens de bien et de confiance. Du coup, j'ai grandi en considérant ces gens comme des figures divines. Du côté de mon père, c'était une autre histoire. À l'église, quand ma mère avait le dos tourné, il murmurait à mon oreille : « Mon Dieu, faites que mon cheval gagne à la course de demain et je vous chérirai pour toujours, amen. » Même si papa avait eu une éducation d'Irlandais catholique, ni son père ni sa mère n'étaient très pieux. S'il allait à l'église, c'était uniquement parce qu'il pensait que c'était bon pour ses enfants. Parfois, j'allais m'asseoir avec lui au fond de l'église, où il passait la messe à lire le journal.

J'ai fait ma confirmation à douze ans, après notre départ de Chypre et notre installation en Allemagne, à Krefeld. Le mur de Berlin venait de tomber. On ne m'a pas forcé la main. Ma mère disait qu'on ne doit le faire que si l'on y croit, que si l'on sent vraiment la présence de Dieu. J'ai prononcé mes vœux, j'ai prêté serment. C'est une cérémonie où l'on demande à recevoir Jésus et l'Esprit saint en son cœur, et je me souviens l'avoir ressenti très puissamment. Des années plus tard, quand je n'étais plus pratiquant et que je ne sentais plus très souvent la présence de Jésus dans mon cœur, je me souvenais tout de même du temps où ce sentiment existait en moi et, chaque fois que j'y pensais, ce sentiment revenait et m'apportait une sensation de sécurité. Évangélique n'est pas le bon mot, mais c'est le mot le plus exact que je trouve pour dire la façon dont je sens la présence de Dieu ou du Saint-Esprit.

J'ai fait partie de la chorale pendant environ un an. Il existe une photo impayable de moi dans mon petit costume de chanteur. Le prêtre avait lancé un appel pour recruter des membres. Pendant un office, je me suis levé de mon banc, puis je me suis avancé jusqu'au premier rang, sous les regards étonnés de toute l'assemblée. Le prêtre m'a demandé ce que je voulais et je lui ai dit que je voulais rejoindre la chorale. Tout le monde s'est mis à rigoler. Lui m'a demandé de venir à la répétition, le jeudi suivant. À la chorale, on me mettait au dernier rang parce que je chantais horriblement faux. En fait, la première fois que je me suis entendu chanter, c'était sur une vidéo familiale où, encore enfant, je m'époumonais sur une chanson des Beatles à un karaoké de mariage. Je chantais comme une casserole ! C'était atroce. Dans la famille, on disait toujours que celle qui avait un don musical, c'était AmyJo.

Au collège Dalton de Ratingen, près de Düsseldorf, j'ai porté une cravate noire et rouge de mes dix à mes quatorze ans. J'avais une heure de bus scolaire depuis Krefeld. Le souvenir le plus fort que je garde de cette école est lié à un autre élève. Nous avions douze ans tous les deux et cinq ou six filles, bien plus dégourdies que nous, nous avaient entraînés dans la salle de musique pendant l'heure du déjeuner. Là, elles nous ont enlevé nos pantalons et nous nous sommes retrouvés en slip, à leur merci. Un beau jour, le principal nous a convoqués discrètement dans son bureau et nous a dit s'inquiéter de ce qui se passait, dans la salle de musique, entre les garçons des grandes classes et les filles de notre niveau. Il espérait que je lui en apprenne un peu plus, que je lui raconte ce qui se passait. Mais je n'avais rien à dire car je ne savais rien. La seule chose que je savais, et que j'ai gardée pour moi, c'était que ces filles m'emmenaient avec mon copain dans cette salle pour glisser la main dans nos pantalons en nous forçant à mettre nos mains dans les leurs.

Un été, je suis retourné tout seul à Chypre pour passer les vacances avec Cédric Grandjean, le seul enfant que nous avions connu là-bas dont le père n'était pas dans l'armée, mais un homme d'affaires français qui travaillait avec la Russie. Cédric et moi étions devenus amis à cause de notre passion commune pour *L'Hôtel en folie*, un sitcom créé par John Cleese, qui interprétait aussi l'un des rôles principaux. Dans le camp, nous ne voyions jamais les programmes télé en direct, mais toujours avec trois semaines de retard, quand on arrivait à les avoir, par le biais du Service de diffusion des forces armées. Alors, Nanny Doll nous envoyait des VHS. Elle nous enregistrait *L'Hôtel en folie*, *Only Fools and Horses* (série comique que même la reine regardait), *Rising Damp* (sitcom écrit par Eric Chappell), *Steptoe and son* (encore un sitcom) et *Last of the Summer Wine* (le plus long sitcom du monde, diffusé de 1973 à 2010), des programmes que mon père adorait. Je me levais plus tôt exprès pour regarder les cassettes de Nanny Doll en boucle, des VHS de 360 minutes. J'étais carrément obsédé.

Les vacances avec Cédric ont tourné à la catastrophe. Alors que nous sautions depuis des ruines romaines submergées par la mer, quelque chose est tombé sur ma tête d'un de ces murs antiques. Ensuite, tout ce dont je me souviens, c'est que j'étais coincé sous un bateau et que je ne parvenais pas à refaire surface, puis tout s'est brouillé jusqu'au délire. Le lendemain, je prenais l'avion pour rentrer. Une fois en Angleterre, mon oncle Liam s'est rendu compte que quelque chose clochait. Il m'a immédiatement conduit à l'hôpital de Watford pour passer un scanner, car je continuais à souffrir d'hallucinations. Je hurlais en pleine rue, persuadé qu'une pelote de ficelle me poursuivait. L'oncle Liam venait de quitter Londres pour Watford avec sa femme Christine, la sœur de mon père, et mon cousin Adam, avec qui je devais plus tard lancer un fanzine des QPR, mon équipe de foot préférée.

En fait, ces hallucinations étaient bien antérieures à mes vacances à Chypre. J'en avais depuis des années. Je les appelais « mes hallucinations de Noël », parce que, en gros, j'en avais une fois par an. C'est simple, je voyais des choses qui n'existaient pas et il fallait toujours que je leur échappe, que j'échappe à tous ces chiffres qui descendaient le long d'un câble jusque dans mon cerveau, des putains de paquets de chiffres qui tombaient du ciel sur mon visage et dans ma bouche – je pouvais même en sentir le goût. J'avais aussi la sensation qu'une sorte de pluie surgissait du sol et me passait à travers les jambes, puis dans tout le corps, avec un bruit atroce d'électricité statique. La première fois que je me suis injecté de la kétamine, j'ai eu exactement la même sensation, sauf que je la contrôlais davantage.

Le choc à la tête que j'avais reçu à Chypre ne m'avait pas fait voir des chiffres, mais une pelote de ficelle. Cependant, le goût dans la bouche était le même. J'ai fini par arriver à la conclusion que ces phénomènes étaient sans doute un simple effet de la fièvre. Dans mon cas, cela ne durait pas plus de deux jours, ce n'était pas un état permanent comme dans l'épilepsie où j'ai lu que ces histoires de chiffres, de goût dans la bouche et de fièvres étaient fréquentes. De temps à autre, ce fameux goût me revient, aussi fugitivement que brutalement.

Une des rares fois où j'ai vu mon père vraiment heureux, c'était au cours d'un voyage en voiture que nous avons fait jusqu'en Bavière. Nous étions tous les trois, papa, AmyJo et moi. Nous marchions dans la forêt et il chantait « Meet Me on the Corner » de Lindisfarne. C'est une très jolie chanson, une sorte de version plus enlevée des « Streets of London » de Ralph McTell, mais tout aussi poétique et mélancolique. Je me souviens m'être demandé quelle était cette chanson. Des années plus tard, après que mon père avait coupé tout lien avec moi à cause de mon addiction à la drogue, le hasard a voulu que je l'entende et ça m'a foutu en l'air. C'était si beau et l'image m'est revenue, tellement forte, de nous trois, heureux, en train de nous promener dans la forêt bavaroise.

Quand papa nous emmenait quelque part ou faisait quelque chose avec nous, c'était toujours un événement. Lorsque nous vivions à Krefeld, il a été absent six mois, temps qu'il a passé en Irak, juste après la guerre du Golfe. À peine avais-je vu les premières frappes américaines à la télé que, paf ! mon père était parti. J'étais assez grand pour comprendre ce qui se tramait, cependant on me disait qu'il n'était pas là-bas pour se battre, mais pour remettre de l'ordre. Je lui écrivais et je me souviens qu'alors je me sentais plus proche de lui que jamais auparavant. Je lui racontais ma vie, ce que je faisais à l'école, les buts que j'avais mis au foot, des buts extraordinaires contre des plus grands que moi. Sa réponse m'arrivait en général un mois plus tard. Il m'expliquait comment il remettait les choses en ordre, me racontait que les soldats britanniques allaient assister à une décapitation un certain vendredi. En lisant ces lettres où il me déroulait sa vie, je me sentais véritablement lié à lui, bien plus que lorsqu'il était à la maison.

Tous les samedis soir, quand papa était en déplacement, ma mère, Emily, AmyJo et moi nous habillions pour sortir au restaurant dans le centre-ville de Krefeld. C'était un peu le but ultime de notre semaine. Nous décidions chacun notre tour de l'établissement où nous irions dîner. Emily choisissait toujours le McDo, moi la pizzeria chic – cela semblait toujours un luxe de manger une pizza ailleurs qu'à la maison. Je ne sais pas si 1990 était une époque particulièrement « pizza glam », mais pour nous, ça l'était. Même si la situation devait être difficile pour maman, nous étions tous assez excités à l'idée que papa soit si proche de la guerre – c'était ainsi que nous voyions les choses. Nous étions une famille de militaires et pensions comme une famille de militaires. Après la guerre du Golfe, papa a fait quelques allers-retours en Bosnie.

Était-ce à cause de son métier, mon père possédait beaucoup de livres de guerre, notamment *The Rise and Fall of the Third Reich* de William L. Shirer ou *Somme* de Lyn MacDonald, ouvrage célèbre sur la Première Guerre mondiale. Se trouvait aussi dans sa bibliothèque une anthologie des œuvres de fiction de George Orwell, dans laquelle je me suis plongé assez jeune. Quand vous ne possédez pas une immense bibliothèque, vous vous attachez fortement aux livres que vous possédez et ils ont sur vous un effet réellement puissant. Toute la famille avait ainsi lu *La Ferme des animaux*. Il me semble même me souvenir que mon père me l'avait lu quand j'étais enfant. Je me rappelle aussi l'entendre me lire *Le Seigneur des anneaux*, livre qui m'avait totalement captivé, et je me souviens avoir été très tôt fan de Bilbon Sacquet.

La maison renfermait également pas mal de recueils de poèmes de guerre, poèmes qui faisaient vibrer en moi une corde sensible. Parfois, papa m'en récitait. J'entendais alors des descriptions incroyablement réalistes du malheur absolu de la vie dans les tranchées. Quand j'ai rencontré Carl Barât pour la première fois, nous avons forgé un lien très profond autour de notre amour commun du poème « Suicide in the Trenches » de Siegfried Sassoon. J'adorais ce poème que mon père m'avait fait connaître et je n'en revenais pas que Carl l'ait mis en musique. La chanson des Libertines « Anthem for Doomed Youth », qui dit à un moment *« they wish you luck and hand you a gun »*, doit son titre au célèbre poème de guerre de Wilfred Owen que j'avais lu quand j'étais petit. Mon père me parlait beaucoup de la Première Guerre mondiale. Il me racontait comment de jeunes hommes avaient sacrifié leur vie pour prendre cent pauvres mètres de terrain boueux. Passait à travers sa voix le sentiment épique, tragique, bouleversant de la futilité d'une telle boucherie. Il restait, cependant, profondément attaché à l'idée romantique que, quel que soit le champ de bataille étranger, existait et existerait pour l'éternité un petit bout de terre qu'on appelait l'Angleterre.

J'ai toujours pensé que je finirais dans l'armée, à aller me battre je ne sais où. Je pensais que c'était mon destin, devenir soldat et mourir en terre étrangère. Ça sonnait héroïque. Pour nous autres, gosses de militaires, c'était cela, être un bon patriote. J'imagine qu'au fond il ne s'agissait que du désir ardent de me sentir anglais, de vivre en Angleterre, d'avoir une identité.

2

Racines

1991-1993 : je fais le taxi avec grand-père Percy à Liverpool. Je passe l'audition de Generation Game. *Je déménage dans le Dorset et j'apparais à la télé. Les Rangers de Queen Park deviennent une obsession. Je deviens le plus jeune éditeur de fanzine du pays. Je partage le goût de Tony Hancock avec papa.*

Au tout début des Libertines, j'avais raconté au *NME* que j'étais allé à l'école primaire à Liverpool, ce qui est techniquement impossible. J'ai été baptisé à St. George sur la colline d'Everton, juste au-dessus d'Anfield, mais je voulais tellement en être, être un gars de Liverpool, exprimer mon lien, d'une façon ou d'une autre, avec cette ville que j'ai fait passer mon désir pour une réalité. AmyJo affirme que, môme, j'étais un menteur incorrigible. Prétendre et dire à tout le monde que j'avais vécu à Mexico reste un de mes plus gros mensonges, tout cela parce que je possédais un porte-clefs « I love Mexico »… J'ai fait ce bobard une fois à Anfield, un jour que nous allions rendre visite à la famille de ma mère. Dans la rue, des gamins tapaient dans un ballon et j'ai essayé de les convaincre que j'avais vécu à Mexico. Ils ont fini par me dire d'aller me faire foutre et j'ai couru jusqu'à la maison, vraiment bouleversé. Mon père m'a demandé ce qui n'allait pas et j'ai répondu qu'un des gamins m'avait dit d'aller me faire foutre. Il a trouvé ça hilarant.

Mon baratin à propos de Liverpool a trouvé une sorte de validation des années plus tard. Quand les Libertines ont joué pour la première fois dans cette ville, toute ma famille est venue assister au concert. Du coup, je tenais ma preuve. J'en étais forcément puisque toute ma famille était là. Pas pour très longtemps du côté de mon oncle Phil, un des frères aînés de ma mère, mort à présent, à qui on a dû demander de partir. Il avait un coup dans le nez et a commencé à balancer des saloperies racistes à Gary Powell, un truc dans le genre « T'as un putain de beau bronzage, mec ». Gary est un type très cool, ce n'était pas vraiment le cas de mon oncle ce soir-là.

Ma mère a grandi au 50 Salisbury Road, dans la maison mitoyenne où ma grand-mère et mon grand-père ont vécu jusqu'à leur mort. Le terrain du Liverpool FC était tout proche. Ma mère était la seule fille de la famille et mes grands-parents avaient mis de l'argent de côté pour le jour de son mariage. Mais, un beau jour, elle a débarqué déjà mariée à un soldat londonien, mon père. La cérémonie avait eu lieu à peine deux mois après qu'ils s'étaient rencontrés, non parce qu'elle était enceinte, mais parce qu'ils étaient amoureux. De ce que j'en sais, mon grand-père a collé mon père contre le mur ce soir-là, en lui demandant peu aimablement ce qu'il avait de si exceptionnel.

Mon père avait toujours l'esprit moqueur quand nous allions à Liverpool. Il passait son temps à raconter des blagues dans le genre de celle-ci : « Tu sais que tu es à Liverpool quand, en passant ta main par la vitre de la voiture pour montrer quelque chose, ta montre a disparu quand tu la rentres. » Nous avions une vieille Mercedes, un vieux modèle assez anguleux, au capot surmonté du fameux bouchon de radiateur, et mon père ironisait toujours, quand nous quittions la ville, en disant que c'était à peine croyable qu'il soit encore à sa place. Nous avons d'ailleurs fini par nous le faire faucher.

Quand nous allions rendre visite à mes grands-parents, nous avions des petites routines bien rodées. Mon père disait : « OK, quand on entrera, je dirai : "Alors, d'où vient Percy ?" » Et nous devions répondre avec l'accent de Liverpool : « Anfield, mec. » Ou encore : « Quand je vous demanderai ce qui est arrivé à votre autre grand-père, vous direz quoi ? » « Qu'il est clamsé. » Quand j'y pense à présent, c'était tout de même de son père qu'il parlait. Ce Ted que je n'ai jamais connu.

Le père de maman était un sacré personnage. Il était juif, et papa se foutait toujours de la gueule de son nez en disant qu'il était moche. Malgré tout, au fil des années, un lien très fort s'est tissé entre ces deux-là. Le vrai prénom de mon grand-père était Paris, avant qu'il ne le change en Percy dans les années 1930, Percy Michels. Il était chauffeur de taxi et avait toujours des emmerdes. Un jour, à l'aéroport de Liverpool, il a pris un médecin chinois qui devait se rendre d'urgence à l'hôpital. Seulement, il n'y avait pas plus lent conducteur que mon grand-père… Le médecin n'arrêtait pas de lui demander d'aller plus vite. Alors mon grand-père lui a répondu : « Tu t'occupes de cuire le riz et moi, je m'occupe de conduire. » L'histoire a fini au tribunal. Pour sa défense, mon grand-père a pointé son nez du doigt en disant qu'il avait été victime de racisme toute sa vie, et il a obtenu un non-lieu. Son rêve, en fait, c'était de faire de l'import de voitures américaines pour les vendre à Liverpool. Un rêve qui n'est jamais devenu réalité.

Channa, sa mère, était une juive de l'Est qui avait fui la Russie des pogroms en 1905. Elle avait atterri à Paris, épousé un Français, ingénieur d'origine juive, et l'avait suivi à Liverpool pour son travail. Là, il l'avait quittée et était retourné à Paris avec la bonne. Channa s'est retrouvée seule à Liverpool avec cinq enfants et enceinte de mon grand-père. Ce dernier m'a raconté avoir vu son père à Paris pendant la guerre. Il faisait alors partie des Rats du désert, surnom de la 7e division blindée de l'Armée britannique qui stationnait en Italie et était remontée jusqu'à la capitale française. Mon grand-père s'était ainsi trouvé à Paris à la Libération. Là, chauffeur pour son commandant, il avait demandé un laisser-passer de vingt-quatre heures afin de partir à la recherche de son père. Quand Percy avait fini par tomber sur ce type très intelligent qui parlait treize langues, il s'était avancé vers lui en lui expliquant, en trois langues différentes, qu'il était le fils qu'il n'avait jamais connu, puis il avait fait demi-tour et était reparti, voilà toute l'histoire. J'adorerais faire des recherches généalogiques sur le clan Michels. Il y a toutes sortes d'histoires sur les frères aînés de Percy : l'un d'entre eux, Antoine Michels, était, paraît-il, le seul homme autorisé à porter les uniformes de différentes armées pendant la guerre, car il était le traducteur du général de Gaulle et parlait onze langues ; un autre des frères de mon grand-père a fini à l'asile… violoniste fou.

Une fête était toujours organisée quand nous venions à Liverpool. Mon oncle Phil, déguisé avec une robe et une perruque de ma grand-mère, se bourrait généralement la gueule. Quant à nos voyous et casse-cou de cousins, ils buvaient en douce en se foutant de la gueule des pédés. Quand Percy est mort, en 1998, il m'a légué son étoile de David en or, mais mon oncle Phil l'a réclamé avant qu'on ait eu le temps de me la donner. C'était la seule chose que mon grand-père m'avait laissée. Aux funérailles, l'oncle Phil l'a retirée de son cou pour me la donner. Je la lui ai rendue en lui disant d'en prendre soin pour moi. Je crois qu'il l'a vendue quelques semaines plus tard. L'oncle Phil avait toujours plein de fric sur lui et roulait dans Liverpool au volant de vieilles Jaguar. Officiellement, il était jardinier paysagiste ; officieusement, je ne sais pas trop. Il avait toujours des embrouilles avec la loi à cause d'infractions au code de la route – et, comme magouilleur, il se posait là.

Tout jeune déjà, je n'avais qu'un désir, passer à la télé. J'ai failli participer au jeu *Generation Game*, une sorte de

Famille en or d'outre-Manche. Avec ma mère, nous étions allés passer les auditions à la Bush House, dans les studios londoniens de la BBC. On nous avait demandé de faire semblant d'être des serpents et de nous tortiller sur le sol. Dans la même pièce que nous se trouvaient six ou sept autres mômes avec leurs parents, qui essayaient aussi de gagner les deux places restantes. On nous a finalement rappelés. Malheureusement, cela tombait pendant la semaine où nous partions en vacances – j'allais à Chypre rendre visite à Cédric, et papa et maman partaient en France pour visiter les cimetières militaires et EuroDisney. Si bien que nous n'avons pas pu participer. Sinon, nous aurions fait partie du premier *Generation Game* présenté par Jim Davidson.

J'adorais jouer la comédie quand j'étais enfant. AmyJo et moi organisions des petits spectacles, des petits sketchs. Nous avions tout un tas de personnages à notre répertoire que nous adaptions aux circonstances. Ainsi, quand nous allions à Anfield, nous jouions les hooligans de Liverpool. Quand, plus tard, je monterais sur scène pour des performances poétiques, il y aurait en moi beaucoup de réminiscences de ce temps-là, dans la façon, par exemple, d'incarner un personnage et de changer d'accent. Ah, les accents… Je faisais toujours des blagues téléphoniques à mon grand-père en jouant les Irlandais ou les Écossais, prétendant vouloir réserver un taxi pour une longue distance. Un jour, je suis allé aux scouts avec AmyJo, déguisé dans son uniforme de rechange, en me faisant passer pour sa cousine américaine – il doit y avoir une photo de cela quelque part. Enfin, AmyJo et moi adorions nous enregistrer pour fabriquer nos propres émissions de radio.

Quand nous avons déménagé d'Allemagne pour nous installer au Blandford Forum Camp, dans le Dorset, Channel 4 est venu dans notre école tourner un documentaire sur une espèce de mouche particulière, appelée « la mouche de Blandford », qui suce le sang comme un moustique et dont les piqûres provoquent des gonflements sévères. Les conséquences sanitaires de ces piqûres prenaient des proportions d'épidémie dans le coin et le conseil municipal avait lancé une enquête pour trouver comment détruire les larves. Devant la caméra de Channel 4, j'ai dit que j'avais vécu là toute ma vie, que j'étais même un survivant de la mouche de Blandford, après une méchante piqûre, survenue à ma naissance, qui m'avait laissé entre la vie et la mort. Les journalistes étaient fascinés. Donc, je ne sais où, traîne un documentaire de Channel 4 où j'apparais à l'âge de dix ou onze ans dans mon numéro habituel de baratineur. Le seul indice dont je me souviens, c'est que Helen Sharman, l'astronaute, présentait ce programme.

Quand nous nous sommes installés à Blandford, une des premières choses que mon père et moi avons faites ensemble a été de nous rendre à un match à l'extérieur des Queens Park Rangers, à Southampton. Les QPR étaient l'équipe avec laquelle mon père avait grandi à Shepherd's Bush. Pour moi, c'était une première fois. Pendant le match, il m'a montré un type du doigt en s'exclamant : « La vache, c'est Alan Barnes, j'ai grandi avec lui, il vivait dans ma rue. » Le type se déchaînait pour les QPR au beau milieu des supporters de Southampton, l'air terrifiant, sans craindre rien ni personne avec, aux pieds, ses baskets « porte-bonheur », selon l'expression de mon père, qui prétendait qu'Alan Barnes les portait depuis les années 1960. Cette fois-là, nous ne sommes pas allés à sa rencontre, mais je devais découvrir plus tard à quel point Alan Barnes avait les QPR dans le sang : le seul match qu'il ait raté, depuis l'époque où lui et mon père s'étaient connus, était le match de Sheffield, le jour des funérailles de sa mère.

Après cette première au stade, j'ai vite été obsédé par les Queens Park Rangers. C'est devenu toute ma vie. J'écrivais compulsivement aux joueurs, allais à tous les matchs, à domicile et à l'extérieur. Pour ces derniers, quand mon père venait avec moi, il m'emmenait en auto. Du coup, nous avons fait le tour du pays en voiture. J'ai de très bons souvenirs de nos périples jusqu'à Hillsborough et Blackburn. Je ne ratais jamais un match à Liverpool. Si mon père ne m'accompagnait pas, j'enfilais ma cagoule siglée et je prenais le train. On ne m'autorisait pas à aller dans des clubs de jeunesse après l'école, mais le football, c'était autre chose, on m'encourageait, c'était un lien avec Shepherd's Bush, où la famille, comme à Liverpool, avait des racines.

Être au stade, partager la ferveur des supporters, je trouvais ça dément. J'aimais les chants et la camaraderie. Ce sentiment puissant d'appartenance culturelle, c'était ça, le truc, pour moi. La première vision d'Alan Barnes soutenant son équipe, isolé au milieu des supporters de l'équipe adverse, avait provoqué chez moi une fascination pour les Loft Boys, les supporters les plus violents des QPR, qui occupaient une tribune à l'arrière d'un but, qu'on appelait le Loftus Road End. Les Loft Boys formaient un petit groupe bien soudé, à domicile comme à l'extérieur. Aux matchs, j'étais là où ça se passait, mais je n'étais pas vraiment intéressé par la bagarre. Ce que j'aimais, c'était l'ambiance. À tous les matchs londoniens, c'était le bordel. Je me rappelle qu'un pauvre cheval de police avait été poussé par-dessus le pont de Stamford et que des fléchettes avaient été lancées dans le dos du goal adverse. Si assister à de tels déchaînements de violence n'avait rien de formidable, le spectacle de la passion et de la fidélité l'était absolument. La plupart des supporters voulaient juste boire un coup et faire beaucoup de bruit. Le truc, c'était de jouer les gros bras et de montrer sa ferveur pour soutenir l'équipe. Un rite complètement tribal porté par une énergie incroyable, surtout dans les tribunes debout, avec tous ces mecs qui se mettaient à hurler la même chanson en même temps.

Quand il a été question de fermer ces tribunes, j'appelais sans arrêt, avant d'aller à l'école, le journal du matin présenté par Danny Baker sur la BBC Radio 5, en me faisant passer à chaque fois pour quelqu'un de différent. J'imitais plein d'accents et râlais contre le rapport Taylor qui recommandait, après la catastrophe du Hillsborough Stadium, qu'il n'y ait plus que des places assises dans les stades. Je faisais tout pour changer la donne. Lorsque, finalement, en 1994, les places assises ont remplacé les tribunes debout, j'ai cessé d'aller au stade.

Au fil du temps, je me suis constitué une énorme collection de fanzines des QPR, qui m'ont beaucoup inspiré quand j'ai commencé à écrire le mien. Un en particulier : *A KICK UP the r's*, d'un certain Dave Thomas, fan de la première heure des Rangers, toujours en jean avec une coupe de cheveux à la Stan Bowles. Dave, pour moi, était le prototype même du héros populaire. Le premier numéro de mon fanzine, je le concède, était un peu cucul, mais je n'avais que quatorze, quinze ans. Dans l'édito, j'avais écrit un truc assez naze : *Peter Doherty Jr, le plus jeune rédacteur de fanzine du pays.* Avec ma sœur, nous avons sorti quatre ou cinq numéros qui, chaque fois, étaient meilleurs que le précédent. J'allais voir l'équipe à l'entraînement et c'est comme cela que j'ai pu obtenir des interviews du manager Gerry Francis et de certains joueurs vedettes, comme Ray Wilkins et Les Ferdinand. Dans un numéro, j'ai fait faire un article à Alan Barnes. J'ai même interviewé l'aumônier de l'équipe – il y avait pas mal de joueurs chrétiens pratiquants chez les QPR, auxquels je m'identifiais. Avec mon cousin Adam, qui me filait un coup de main pour le fanzine, nous sommes allés dans la loge présidentielle pendant un match et avons interviewé le dirigeant du club à l'époque, Richard Thompson. Adam, son frère Ben et leur père Liam allaient aux matchs des QPR toutes les semaines. La dernière fois que j'ai vu Adam, c'était aux funérailles de son père, il y a deux ans. Ses deux fils portaient l'uniforme complet des QPR, avec les fameuses rayures bleues et blanches, et un maillot de l'équipe avait été déposé sur le cercueil de l'oncle Liam.

Je faisais sérieusement des recherches pour le fanzine. J'allais jusqu'à Hammersmith, à la grande bibliothèque, où je consultais de vieux articles sur le hooliganisme dans les années 1980. Dans un des fanzines sur les QPR que j'avais l'habitude de lire, il y avait une colonne vraiment étrange où l'on ne parlait pas de football et qui était intitulée « Vue de l'appartement 302 ». C'était, à chaque numéro, la vie d'un personnage habitant dans les tours de White City qui surplombaient le stade et qui détestait le football. Ce genre de truc me fascinait, et j'étais transporté par la lecture de cette chronique. Les tours de White City, c'était là que je me voyais finir, dans un des appartements de ces bâtiments de brique rouge. À l'origine conçu comme du logement social, l'endroit était vite devenu un ghetto. Les jours de match, tous les fans se pressaient vers le stade, sauf les gamins noirs, qui se mettaient aux balcons. Ceux-là ne venaient jamais aux matchs. Il est vrai qu'il n'y avait pas beaucoup de visages noirs dans les tribunes debout, surtout si l'on considérait le nombre de joueurs noirs de l'équipe. La proportion était bien différente. Je pense que c'est toujours la même chose aujourd'hui. J'avais abordé le sujet avec Les Ferdinand dans mon fanzine et il m'avait expliqué que, lorsqu'il était enfant, il n'allait jamais aux matchs de foot parce qu'il avait peur. Pourtant, il adorait ça, il adorait jouer, mais en tant qu'enfant noir il ne se sentait jamais le bienvenu.

Tout autour du stade, les pubs – le General Smuts, le Springbock, le South Africa Road, le Bloemfontein Road – renvoyaient par leurs noms à la guerre des Boers et à l'Empire colonial britannique. Le General Smuts, aujourd'hui fermé, était un pub vrai de vrai, qui m'a inspiré une chanson du même nom pour les Libertines. Ce n'était encore qu'une bande démo quand nous l'avons enregistré pour Rough Trade la première fois, et le titre a fini en face B de « Time for Heroes », mais il reste, pour Carl et moi, un de nos titres préférés.

L'année où les Libertines ont joué au festival de Leeds – c'était en 2015, l'année de notre grand come-back –, les joueurs des QPR logeaient dans le même hôtel que nous. Quand l'équipe l'a su, Les Ferdinand s'est fait passer pour le concierge et il a frappé à la porte de ma chambre en disant : « Est-ce que votre bagage est prêt, Mr Doherty ? » J'ai répondu oui en demandant au type d'entrer, et là… Les Ferdinand ! Vous ne pouvez pas imaginer ce que ça m'a fait. Les Ferdinand ! Le type que je poursuivais le long de Bloemfontein Road si je le voyais avant un match. Les Ferdinand ! Dieu le Père !

Quand j'ai quitté l'école, je pensais que je bosserais à la rédaction du programme des jours de match, que je serais reporter en interne aux Rangers. J'ai écrit quelques articles en free-lance pour les magazines *FourFourTwo* et *When Saturday Comes*, pour *The Onion Bag* aussi, le seul magazine national de football populaire qui ressemblait à un fanzine – un canard absolument dégueulasse. Ce magazine distribuait gratuitement des cassettes de chants de tribunes debout et il se trouve que j'en avais écrit un qui a fini sur une de leurs cassettes, une variation du chant de l'équipe de Coventry « In Our Coventry Homes », devenu *« In our Liverpool slums, we wear bright pink shell-suit and have curly hair »*.

L'autre lien indéfectible que j'avais avec mon père était Tony Hancock. Papa était fasciné par ce comédien qui s'était suicidé en 1968, à quarante-quatre ans. Il adorait son humour, qui flirtait toujours avec des sujets comme l'aliénation, le cynisme, la dépression, les manies, la misanthropie et la paranoïa, et s'intéressait aussi à sa vie. Plusieurs fois, mon père m'a emmené à des rétrospectives, le genre d'événement où tu es assis dans le noir avec douze autres péquins à regarder des archives. Il était abonné à la lettre d'information de ces soirées et nous avions toujours des cassettes de Tony Hancock dans la voiture. Lui et moi possédions même des cravates Tony Hancock assorties. J'ai appris à aimer son humour et, au fil des années, j'ai rassemblé une véritable collection de ses cassettes vidéo et de ses livres. J'aime les sitcoms en général, mais j'adore en particulier le *Hancock's Half Hour*, ainsi que son émission de radio sur la BBC et sa série télé, parce que, même s'il s'agit d'une fiction, elle s'inspire de l'homme qu'il était dans la vie. Hancock a d'ailleurs toujours admis que son personnage lui ressemblait beaucoup.

« Up the Bracket », titre qui donne son nom au premier album des Libertines, est une référence directe à Hancock, une phrase tirée du *Hancock's Half Hour*, une expression typiquement londonienne qu'on pourrait entendre dans la bouche de mon père ou de Nanny Doll et qui, en argot, veut dire « dans ta gueule ». Au moment de titrer l'album, j'étais étonné que personne n'ait eu l'idée d'utiliser cette expression avant, comme je l'étais que personne, dans la pop culture, n'ait encore pensé à faire référence à

Tony Hancock. J'ai écrit une autre chanson, au début des Libertines, qui faisait référence à Hancock : « Lady Don't Fall Backwards », présente sur l'album *Grace/Wastelands*. Il s'agissait du titre d'un roman qui apparaît dans un épisode du *Hancock's Half Hour*, intitulé *La Page manquante*. C'est aussi le titre de l'autobiographie de la compagne de Hancock, Joan Le Mesurier. Hancock et elle avaient eu une histoire d'amour, qui a précipité le suicide de l'acteur. Sur le mot qu'il avait laissé, on pouvait lire : « Dites à ma mère que je suis désolé, mais les choses semblent finir mal une fois de trop. » Ce qui ne manquait pas de profondeur.

À l'évidence, il y avait, dans les points de vue de Hancock, quelque chose que mon père reconnaissait pour lui. Hancock était alcoolique et dépressif. Papa n'était pas dépressif au sens médical du terme, mais il connaissait des épisodes mélancoliques où il ne parlait plus à personne, où il se retirait dans le silence – épisodes de mutisme décrits par ma mère dans son livre *Pete Doherty : My Prodigal Son*. Cela lui arrive encore aujourd'hui. J'imagine que c'est sa façon de dompter les sentiments qu'il ne veut partager avec personne. Je comprends ça. Les moments où je l'ai connu vraiment heureux, je ne les ai pas oubliés. J'ai encore le souvenir très net, quand nous vivions à Blandford, d'être assis en haut de l'escalier et de le voir en bas, ivre. Ce n'était pas qu'il « buvait », en tout cas, s'il le faisait, ce n'était quasiment jamais devant nous. Dans cette image de mes souvenirs, il a l'air tellement heureux. Il porte une veste rouge, l'uniforme de la charge de la brigade légère qu'on leur demandait de porter en certaines occasions, et je l'entends dire qu'il est Sugar Ray Leonard. Moi, en haut des marches, je ne sais pas de qui il parle. Quant à ma mère, qui elle aussi a peut-être bu un peu, elle m'explique que papa a pris quelques verres et qu'il faut que j'aille me coucher.

Autre souvenir amusant, celui des visites que mon père et moi faisions, après les matchs des QPR, à un type qui s'appelait Dave Howard et habitait à deux pas du stade. Mon père l'avait connu peu après avoir quitté l'école. Dave avait été le guitariste de David Bowie quand ce dernier était encore Davie Jones & The King Bees. Il conservait un brin d'amertume à ne pas avoir été de l'aventure qui allait suivre, ce qui amusait beaucoup mon père. Un jour, alors qu'il était dans la pièce d'à côté à écouter son pote Dave baver sur David Bowie, j'ai demandé à sa femme, Sonia, qui avait aussi connu mon père ado, comment celui-ci était à cet âge. Elle m'a répondu qu'il était un garçon charmant. J'étais étonné, car tout le monde, jusqu'ici, son frère, sa mère, m'avaient dit qu'il était plutôt difficile. Mais Sonia n'en a pas démordu, mon père était, à cet âge-là, un garçon charmant, puis elle a ajouté quelque chose qui m'a fait halluciner : elle se souvenait l'avoir vu en duffle-coat, sur le quai de la gare de Paddington, en train d'écrire de la poésie. À l'époque où j'ai appris cela, je passais moi-même pas mal de temps sur des quais de gare en duffle-coat à écrire des poèmes. Je lui en ai parlé plus tard, mais il a toujours nié.

3

Secondaire

1994-1997 : réveil difficile dans une nouvelle école, le plus grand établissement d'enseignement général secondaire des Midlands. Perdu dans la littérature et la poésie. Un béguin pour Morrissey et les Smiths. Premier groupe et tentative de stand-up. Sally, mon fantasme littéraire. Nouvelle apparition à la télé. Première rencontre avec Carl, « mon guitariste ».

L'année de mes quatorze ans, nous avons déménagé dans le camp militaire de Gamecock, à Bramcote, dans le Warwickshire. J'allais au lycée Nicholas Chamberlaine de Bedworth, le plus grand lycée des Midlands. On disait entre nous « Nico » et l'établissement avait ceci de particulier qu'on n'y portait pas l'uniforme. Au début, à Bramcote, je vivais seul avec mon père. Ma mère était restée dans le Dorset avec Emily et AmyJo, qui avait encore des examens à passer dans son école. Pour maman, cette histoire d'uniforme ne passait pas. Elle avait décidé qu'elle se fichait pas mal de la règle en usage et que je n'irais pas en cours sans en porter un. J'étais donc le seul à aller au bahut en chaussures noires, pantalons gris et chemise blanche, quand tous les autres portaient des survêt'. C'était intenable, si bien que j'ai fini par me changer en douce dans le bus.

Le premier jour, ils m'ont collé un élève censé me faire faire le tour du propriétaire. Seulement, il est allé direct aux chiottes et a commencé à se prendre la tête avec les six ou sept gros durs du lycée. Et moi, là, avec mon uniforme et mon petit sac à dos... Comme de bien entendu, le proviseur adjoint, type peu commode, a surgi et poussé une gueulante. J'étais terrifié. Le premier cours n'avait même pas commencé. Un peu plus tard, un élève s'est approché de moi et m'a balancé une orange au visage, une orange bien juteuse. Vraiment vexant. Bien sûr, les écoles où j'avais été élève auparavant possédaient aussi leurs mauvais éléments. Seulement, partout où j'avais usé mes fonds de culotte, les élèves qui ne voulaient rien apprendre étaient ceux qu'on pointait du doigt. Là, c'était tout le contraire. Ceux qui voulaient suivre en classe étaient considérés comme de grands tarés.

Je faisais partie de l'équipe de foot. J'avais encore l'ambition de devenir pro, même si je n'étais pas un joueur très rapide. À Nico, il y avait des footballeurs dignes de ce nom et j'ai vite compris que je faisais fausse route. Jai Stanley, mon entraîneur, était vraiment bon. Il jouait dans l'équipe départementale et ne montrait guère de motivation avec l'équipe du lycée. Cela me décevait énormément, car il y avait parmi nous beaucoup de très bons joueurs, mais qu'on ne pensait pas assez. Je me souviens d'un match qui, si nous l'avions gagné, nous aurait permis de jouer à Highfield Road, le stade de Coventry à l'époque. Le club de Coventry était la grande équipe la plus proche géographiquement de notre établissement et elle jouait alors en première ligue, me semble-t-il. Mais Jai et les autres joueurs ont baissé les bras. Je crois me souvenir que nous avons perdu 5 à 4 après avoir longtemps mené 4 à 0. Personne n'avait l'air particulièrement déçu, tout le monde était simplement pressé de quitter le terrain. Représenter le lycée ne les intéressait pas, ils jouaient tous dans de bonnes équipes en dehors.

Me faire des amis n'était pas chose facile. Si je voulais faire un truc avec des camarades – le samedi matin, par exemple –, mon père ne m'y autorisait pas. Puis, dix minutes plus tard, il me prenait la tête parce que je n'avais pas de potes et se moquait de moi en m'appelant « Billy no mates », « Pete-pas-de-potes ». Lui trouvait ça drôle, moi j'étais du genre sensible, alors cela me faisait de la peine. Chez moi, on me tenait en laisse. Pourtant, mon père racontait toujours un tas d'histoires sur sa jeunesse bagarreuse de gars qui faisait les quatre cents coups. Mais la seule idée que je puisse vivre ma jeunesse comme il avait vécu la sienne était inenvisageable, pour lui comme pour ma mère. Rien à faire, il n'était pas question de se rebeller. En grandissant, c'est Emily qui est devenue la rebelle de la famille. Elle osait s'opposer aux diktats parentaux, dire non, ce qui nous choquait, AmyJo et moi. Ironiquement, elle a fini dans l'armée. Elle vit à York désormais, mais elle est passée par tout un tas d'endroits, notamment l'Afghanistan. C'est un bon petit soldat.

Donc, j'étais coincé au camp avec mon père qui m'avait dégotté un petit boulot : nettoyer les quartiers des Gurkhas, une unité de l'armée britannique composée de soldats népalais. Chaque lundi soir, nous allions à une vente aux enchères de livres à Rugby, à cinq kilomètres du camp. Il y en avait des caisses et des caisses qui ne semblaient pas intéresser grand-monde car, pour seulement dix ou quinze livres, tu pouvais repartir avec trois ou quatre caisses de bouquins. J'en ai acheté des tonnes. Se trouvaient dans ces lots, je ne sais pourquoi, beaucoup de romans populaires américains des années 1970, mais aussi des livres de philo étranges, des essais de critique littéraire, pas mal de trucs de gauche. J'avais acheté un livre particulièrement énorme, *L'Être et le Néant* de Jean-Paul Sartre. Il m'a servi à coincer une porte pendant des années. Je le trouvais illisible.

C'est l'époque où j'ai commencé à dévorer les livres et à développer le désir d'être écrivain. J'ai même gagné un premier prix de poésie dans un concours local pour un poème anti-tabac que j'avais écrit au lycée. Je n'avais pas le droit de sortir après l'école, mais chaque vendredi soir on me permettait de participer à une collecte de verre dans un pub de Nuneaton, la ville voisine. Là, j'ai vu des camarades de mon âge au bar. Un soir, j'ai chipé des clopes sur une table et j'ai essayé de fumer, mais ça m'a rendu malade. Voilà comment est né le fameux poème.

Pour ce qui est de la littérature, le lycée jouait son rôle. Nous y avions notamment étudié le roman de Graham Greene *Rocher de Brighton*, qui a eu une grosse influence sur moi. Mais je dois dire que l'essentiel de mon inspiration me venait des livres que j'achetais à la vente de Rugby. Parmi ceux qui ont compté, je citerais *Trilby* de George du Maurier, roman du Paris bohème des années 1850, dont le personnage de musicien hypnotiseur, Svengali, est resté célèbre, même si j'avais surtout un faible pour Trilby, la belle jeune fille manipulée qui finissait par errer en haillons et les pieds nus. J'avais aussi beaucoup aimé *En attendant Godot.* Samuel Beckett me fascinait, surtout sur l'une des photographies où apparaît son incroyable visage buriné. Même chose avec James Joyce : ce n'était pas uniquement le pouvoir de la littérature, c'étaient aussi le pouvoir de la vie que les écrivains avaient menée, leur personnalité, la vie culturelle autour d'eux qui m'attiraient. J'étais séduit par les grands noms, les Beckett, Joyce et Bertolt Brecht, dont la vie de communiste passionné et d'antinazi m'impressionnait.

Parmi les livres que j'avais achetés à Rugby se trouvait une biographie romancée d'André Maurois sur le grand poète romantique anglais Percy Bysshe Shelley, intitulée *Ariel ou la Vie de Shelley.* Dans ce livre, une scène m'avait particulièrement frappé (on se demande bien pourquoi…) : Shelley est à l'école, toujours à l'écart des autres enfants, alors il va s'asseoir sous un arbre pour lire. J'ai beaucoup aimé lire Keats. J'avais essayé de me mettre au *Pèlerinage de Childe Harold* de Lord Byron, mais j'avais trouvé le texte rebutant, d'une langue difficile d'accès, un peu guindé, alors que Keats m'enchantait et m'intriguait, comme dans ces trois premiers vers de l'*Ode à un rossignol* :

Mon cœur souffre, une torpeur accablante s'empare
De mes sens comme si j'avais bu de la ciguë,
Ou vidé une coupe de puissant narcotique

Dans cette vision romantique des mondes imaginaires induits par la drogue se trouvent sans doute les premiers germes de mon désir d'essayer l'héroïne. On raconte aussi que Coleridge, autre poète, aurait écrit *Kubla Khan* sous l'effet des visions que lui procurait l'opium. Coleridge, ce n'était pas trop ma came, en fait. Je préférais Thomas de Quincey, dont j'avais un exemplaire des *Confessions d'un mangeur d'opium.* J'aimais également lire Oscar Wilde. Mon père prétend que c'est la lecture de Wilde qui m'a mis en tête de prendre de la drogue. C'est sans doute vrai, Wilde et Keats. Mais la drogue était à des années-lumière de moi quand je lisais ces auteurs. Je n'en avais jamais vraiment vu, je n'y connaissais rien, cependant les étranges et fugitives évocations que contenaient certains livres ne me laissaient pas indifférent, particulièrement les références à l'opium, drogue toujours décrite avec opulence, toujours associée à un sentiment de paix et d'accomplissement, à un monde mystique et magique.

Dans la réalité, il se trouve que Keats souffrait de l'estomac, raison pour laquelle il s'intoxiquait – un estomac qui finirait par le tuer, le pauvre mourant en crachant du sang. Quant à Oscar Wilde, il ne prenait pas tant d'opium que ça, pas à en perdre la tête en tout cas.

Ce que je raconte là a commencé à m'intriguer quand je suis devenu accro et que je me suis rendu compte à quel point il était difficile de maintenir l'équilibre entre la recherche constante du produit et le temps de la création.

Au début des Libertines, je parlais souvent des ouvrages et des auteurs qui m'avaient inspiré, et les fans avaient pris l'habitude de jeter des livres sur la scène – le plus souvent *L'Attrape-cœurs* de Salinger, ce qui était un peu étrange, car je n'avais jamais mentionné ce livre, mais aussi Arthur Rimbaud, autre mystère. Rimbaud ne m'était pas inconnu et j'avais bien saisi la force mystique du personnage, mais je connaissais mal son œuvre. Il était simplement un de ces noms qu'on déclare aimer sans l'avoir lu. Cela m'aurait paru très exotique à l'époque d'avoir les poésies complètes de Rimbaud. Ce n'est qu'au fil des années, à force qu'on me le jette sur scène, que j'ai commencé à le lire. On m'envoyait aussi pas mal de littérature russe – Pouchkine, Tolstoï et Dostoïevski. Mais, comme Rimbaud, je n'ai commencé à m'intéresser à ces auteurs que bien après la formation du groupe. On me jette toujours des livres pendant les concerts et cela continue d'élargir mon horizon de lecteur : c'est ainsi que j'ai découvert la romancière brésilienne Clarice Lispector et Roberto Bolaño, autre écrivain sud-américain.

Quand j'étais à Nico, je possédais un exemplaire des *Fleurs du mal* de Baudelaire – poète qui avait inspiré Rimbaud. Lui aussi prônait l'excès pour atteindre la compréhension des émotions, des gens, des femmes, du vin... L'excès en tout pour tout comprendre. Lire Baudelaire ne me semblait pas suffisant, il fallait aussi vivre et faire l'expérience des choses. J'aimais également Jean Cocteau, en particulier *Les Enfants terribles*, ainsi que tout son travail artistique. Jean Genet était une autre de mes sources d'inspiration. J'étais très fier de posséder des livres de Cocteau et de Genet, que j'avais, encore une fois, achetés à Rugby. Je trouvais Genet hilarant, avec ses personnages interlopes des bas-fonds de Marseille et cette existence à traficoter à travers l'Europe, à passer de la prison à la liberté et de la liberté à la prison. Sa vie me fascinait.

Si l'on est dans l'état d'esprit adéquat, qu'on a du temps devant soi et un peu d'intimité, on peut vraiment se perdre dans certains livres, ce qui était souvent mon cas à l'adolescence. À cet âge-là, pour moi, l'effet était équivalent à celui de la drogue, les livres élargissaient les perceptions de mon esprit dans toutes les directions et me conduisaient à ressentir le monde différemment. Ensuite, je cherchais dehors ce que j'avais lu, trouvant souvent un lien avec les autres à travers un goût commun pour certains livres. La littérature était une chose essentielle pour moi.

Pour conclure sur ces années formatrices et ce que furent mes inspirations, je me dois de citer George Orwell, qui m'avait particulièrement impressionné, surtout son roman *Dans la dèche à Paris et à Londres*. J'ai vraiment ressenti un appel après sa lecture. Je voulais voir le monde qu'il décrivait. Je dois aussi parler de la découverte de Charles Bukowski et Hunter S. Thompson, qui ont fait exploser une toute nouvelle idée dans ma tête d'ado : qu'un camp militaire ou Anfield ou Shepherd's Bush ou n'importe quel monde imaginaire, la gloire ou le caniveau étaient des sujets, que je pouvais donc écrire sur n'importe quoi, écrire ce que je voulais.

J'ai formé mon premier groupe à Nico l'année de mon GCSE, une sorte d'équivalent anglais du baccalauréat, avec Dan De'Ath, mon meilleur pote. Dan était le seul Noir d'une famille de Blancs et en bavait au lycée. Son père était originaire des Antilles britanniques, mais Dan ne l'avait jamais connu. Quant à sa mère, elle était la fille d'un conseiller ministériel de gauche, membre haut placé du Rotary Club. Dan avait développé un certain sens du raffinement. Il disait toujours qu'il était Morrissey ou Oscar Wilde. Très grand, il mesurait, à quinze ans, 1,83 mètre. Il a quitté l'école sans qualifications ni diplôme et a fini par travailler dans un garage ouvert toute la nuit. Puis, récemment, il a été élu maire de Cardiff, ce qu'il est resté plusieurs années – le premier maire noir de la ville.

Vauxhall and I, l'album de Morrissey sorti en 1994, nous a rapprochés, Dan et moi. Ce disque, que j'adorais, nous a poussés à écouter les albums des Smiths. J'avais esquissé l'idée de devenir écrivain, je me sentais seul, insatisfait du monde que je voyais autour de moi, et les Smiths traduisaient dans leur musique beaucoup des sentiments que je ressentais alors. À la bourse aux disques de Nuneaton, j'avais acheté tous leurs albums et je les écoutais en boucle. Le scénario était le suivant : j'allais à la bibliothèque, je volais des livres, puis je filais chez Dan pour m'installer dans sa chambre et lire mes livres volés en écoutant les Smiths. La voix et les textes de Morrissey étaient incroyables. Je me souviens l'avoir vu à l'époque, dans l'émission *Top of the Pops*, chanter les singles « Alma Matters » et « Irish Blood, English Heart ».

Quelque chose dans ses textes, la façon qu'il avait de brosser des personnages et des histoires, me rappelait des chansons de Chas & Dave, par exemple celle sur des policiers vieux et gros et deux vieilles filles de Camden Town. En fait, quelque chose, chez Morrissey, tenait du music-hall. Il était très mélodique, même si sa voix était très étrange sur les premiers albums des Smiths. Une voix presque pathologiquement sombre, une sorte de gémissement made in Manchester. *« It's time the tale were told... »* On ne peut pas entrer dans un groupe de façon plus littéraire. Je trouvais le chemin tracé par les Smiths particulièrement intéressant : c'était de la poésie, mais en même temps cela dessinait parfaitement le portrait de l'Angleterre. S'ajoutait à mon intérêt le lien de Morrissey avec l'Irlande – un lien qui se retrouve dans beaucoup de choses auxquelles je suis attaché, d'Oscar Wilde à Beckett.

À l'origine, mon premier groupe s'appelait Pete's Briefcase – parce que je possédais un attaché-case en cuir, dégotté à la vente aux enchères de Rugby, que je trouvais dément. Puis nous avons changé de nom et nous sommes devenus The Peepsters. C'était l'époque où Oasis cassait la baraque. À ce moment-là, tous les mecs qui étaient fans, comme Jai, montaient des groupes et faisaient des reprises d'Oasis. AmyJo elle-même était très fan. Un jour, papa et moi sommes allés la chercher en voiture à Sheffield, où elle assistait à un de leurs concerts. C'était plutôt excitant de voir tous ces mordus d'Oasis et j'étais même un peu jaloux qu'AmyJo soit allé à un concert, mais Oasis me laissait froid. Le matin, avant de partir au lycée, j'avais l'habitude de regarder *The Big Breakfast* sur Channel 4, émission qui recevait un groupe par jour. Là, j'ai vu des groupes qui me plaisaient davantage – The Bluetones, The Lightning Seeds et Sleeper.

The Lightning Seeds avaient écrit une chanson sur les mecs qui se les gelaient sur les piquets de grève, puis j'ai appris qu'ils étaient de Liverpool et j'ai pensé : « Tiens, un groupe de la classe ouvrière avec un message, qui parvient à mêler textes engagés et mélodie. » C'était très inspirant.

Nous, les Peepsters, avions une chanson intitulée « Oranges Are Not the Only Fruit », parce qu'à cette époque Dan et moi venions de lire le livre éponyme de Jeanette Winterson, qui racontait l'histoire d'une jeune fille lesbienne en conflit avec sa mère, une femme du Nord plutôt rigide. De mon côté, j'étais à fond dans le réalisme magique, j'avais lu *Cent ans de solitude* et *L'Amour au temps du choléra* de Gabriel García Márquez.

C'est l'époque où j'ai envoyé au magazine *The Face*, avec une photo, nos deux ou trois chansons, dont la musique pompait allégrement celle de Sleeper. J'étais persuadé qu'on nous mettrait direct en couverture. Sur la photo, Dan et moi trempions avec nos vestes dans un bain plein de mousse.

Notre premier concert a eu lieu pendant un rassemblement du matin au lycée. Tous les jeudis, les élèves convergeaient vers le grand hall. Là, quelqu'un devait se lever et monter sur scène pour jouer quelque chose. La même fille était toujours volontaire et chantait toutes les semaines la même chanson : *« You light up another cigarette and I pour the wine »*, un titre de Beverley Craven intitulé *Promise Me.* Je pensais : « Putain, y'en a marre de ce truc, avec Dan on va leur faire voir ce qu'on sait faire. » Mais, au dernier moment, Dan n'a pas osé, alors j'y suis allé tout seul avec un micro branché sur un ampli de karaoké et une guitare que j'avais achetée dans un vide-greniers. J'ai chanté « Billy the Hamster », ma toute première chanson, un blues horrible à douze mesures, à propos d'un hamster mort électrocuté : *« When I was eight I went on to my dad, on and on and on and on, it was driving him mad, no he said you're not getting a pet, you're not old enough yet. When I was nine, a little bit older, one day he tapped me on my shoulder and it was Billy, Billy the Hamster »*… La suite raconte comment le hamster meurt en grignotant un câble électrique. Après ça, j'ai enchaîné sur un autre titre, « Long Song », ma deuxième chanson, qui parlait du mouvement sempiternel de la vie quand on va à l'école. Seulement, tout ce qu'on entendait de la salle, c'était le bruit strident d'un feedback, une sorte de HiiiiiiiiiHiiiii insupportable, si bien qu'ensuite, quand je croisais des élèves, ils me lançaient des « HiiiiiiiiiHiiiii » au passage. J'étais dégoûté, dévasté.

Après cette première apparition sur scène catastrophique, The Peepsters ont remis ça dans le jardin d'une vieille dame dont la maison se trouvait juste à la sortie du lycée. Encore une fois, Dan a préféré éviter l'obstacle, alors j'ai « réquisitionné » un élève, une sorte de fan de rock, censé jouer de la batterie – il n'avait qu'une caisse claire, mais c'était déjà ça. Dan a tout de même joué avec moi une fois, une seule fois, mais pas de la musique. Nous avions une sorte de sketch intitulé « Mr Spaniel et Mr Spaniel », que Carl et moi avons réinterprété en l'adaptant un peu, au début des Libertines. Dan et moi avons joué ce sketch, au centre irlandais Digbeth à Birmingham, où l'un de nous prétendait être un prédicateur évangélique. On ne peut pas dire que nous avons fait un triomphe. Les insultes racistes se sont mises à pleuvoir et on nous a même jeté des bouteilles à la figure. Peu après, j'ai raconté à la *Nuneaton Gazette*, avec laquelle j'étais entré en contact, que nous avions joué un sketch de notre cru à Birmingham et que nous avions remporté un franc succès. L'article a été publié avec une photo nous montrant dans nos costumes de music-hall, avec un vieil avertisseur de voiture en guise d'accessoire – une photo vraiment débile. Mais je me suis dit que c'était parti, que ma carrière d'artiste célèbre débutait.

J'ai tout défoncé à mon certificat de fin d'études secondaires ! Six A+, un A, trois B et un seul C. Un résultat que j'ai brandi comme une médaille pendant longtemps. Enfin, quelqu'un de la famille brillait à l'école. Pour mon examen final, qu'on appelle le *A level* en Angleterre, j'avais choisi la littérature anglaise, l'histoire, les *general studies* (matière obligatoire typiquement britannique) et l'économie. Les élèves des deux dernières années de lycée, celles où l'on passe ce fameux examen, sont traditionnellement chahutés par les élèves des classes inférieures, qui fêtent l'événement en bombardant leurs aînés avec des fruits ou des ballons de football. J'étais plutôt content au bout du compte de mes résultats à l'examen final : j'avais obtenu deux A, un B, et un C en économie. Le problème avec l'économie, c'est qu'il y avait beaucoup de maths, et les maths, ce n'était pas mon truc. Par la suite, j'ai un peu honte de le dire, mais c'était encore la même chose quand il s'est agi d'histoires de contrats avec les maisons de disques, de droits d'auteur, de pourcentages... Les chiffres ont toujours été mon point faible, rien à faire, je ne sais pas jongler avec ce genre de choses.

Jai était dans le même cours d'économie que moi. C'est lui qui m'a poussé à écouter The Stone Roses. Je me souviens des quelques kilomètres que je parcourais à vélo, de l'école jusqu'au camp militaire où nous habitions, en écoutant « Where Angels Play » et en pensant que c'était l'une des plus belles chansons que j'avais jamais entendues. J'étais épaté par la mélodie, les paroles – *« the warm red sun gives up and sinks into the trees »* ou encore *« no place for me and you »*. C'était si beau, si anglais. Comme une sorte de pastorale romantique et psychédélique, de la pure poésie. C'est à partir de ce moment-là que je me suis intéressé de plus en plus à la musique. J'ai acheté « The Man Don't Give a Fuck » de Super Furry Animals. J'écoutais aussi beaucoup l'album de Ocean Colour Scene *Moseley Shoals*. Je me rappelle également avoir regardé le dos de la pochette de l'album de Supergrass *I Should Coco*, où l'on voyait le groupe en sueur dans des fringues cool, photo prise après un concert, et avoir alors pensé que c'était ça, la vie. J'ai commencé à lire le *NME* toutes les semaines. Cela m'a permis d'en apprendre davantage sur les gens que j'écoutais, sur leur façon de vivre, ce qu'ils portaient, comment ils tenaient leur cigarette. Je me délectais des choses hilarantes qu'ils disaient dans leurs interviews. Parfois, je pensais qu'ils étaient juste des connards. J'ai trouvé là un écho à mes propres fantasmes qui sont ceux de toute personne montant un groupe : l'espoir d'inventer un truc dément, d'apporter du neuf, d'être un musicien avec une personnalité incroyable.

Avec les filles, ce n'était pas facile à Nico. Tu en croisais, certes, des gracieuses comme des boutons de rose, mais dès qu'elles ouvraient la bouche, c'était : « C'est quoi la taille de ta bite ? », ce genre de registre. Alors, j'ai passé une annonce dans *Select*, un magazine de musique indie : « Jeune homme de seize ans à la beauté fougueuse et aux traits délicats cherche créature sexy qui n'a pas froid aux yeux pour… » C'est tellement gênant de raconter ça, c'est comme un autre monde pour moi, désormais. J'ai pourtant reçu des tas de réponses, la plupart d'adolescentes gothiques hardcore. Pendant quelques étés, j'ai fait le tour de banlieues londoniennes, comme Harrow et Pinner, où se trouvaient apparemment le plus grand nombre de ce genre de filles aux yeux chargés d'eye-liner. À chaque rendez-vous, j'allais m'asseoir avec la fille en question et je lui récitais des sonnets de Shakespeare. C'était le plus souvent voué à l'échec. Les photos que ces filles m'envoyaient étaient toujours flatteuses, la réalité l'était moins.

Quoi qu'il en soit, c'est grâce à mon annonce dans le *Select* que j'ai fait la connaissance de Sally Anchassi, qui allait devenir mon fantasme ultime et littéraire, la créature des créatures. Sally a beaucoup compté dans ma vie, particulièrement au moment où j'ai déménagé à Londres. Tout un tas d'histoires compliquées sont liées à elle, nous verrons cela. Elle est même devenue mon manager pendant un temps, au début des Babyshambles. Quand Sally et moi avons commencé à correspondre, elle avait quatorze ou quinze ans et était une élève solitaire de Wimbledon. Après ce que je viens de raconter, cela va peut-être paraître bizarre, mais un jour, à Londres, après avoir assisté à un match des QPR, je me suis caché derrière un poteau au grand magasin Debenhams, où elle travaillait le samedi, pour la voir en chair et en os. La chanson des Libertines « What Katie Did » portait pour titre original « What Sally Did ».

L'été de ma dernière année de lycée, quand je n'étais pas occupé à courir après des filles gothiques, je prenais le bus puis le train pour aller au palais de justice de Birmingham, le Crown Court. Là, je m'asseyais au balcon et j'assistais aux procès, les uns après les autres. Je trouvais cela fascinant et je prenais des notes. Je me souviens d'un type qui comparaissait parce qu'il rôdait à moins de cent mètres d'une école primaire pour commettre des trucs pas très catholiques. Je faisais toujours la même chose : je notais l'heure d'arrivée de l'accusé et j'observais attentivement son visage. J'ai vu pas mal de cas de ce genre, des violations d'injonction d'éloignement, des gens qui auraient dû se tenir à plus de deux cents mètres d'une personne ou d'un endroit à cause, le plus souvent, d'affaires de violences. Je me souviens aussi de ce mec qui avait juré qu'il mettrait le feu à un pub et qu'on avait trouvé dissimulé sous une couverture avec une bouteille d'essence tout près de l'entrée du pub en question.

Puis j'ai tenté de me produire dans la rue. Je devais avoir seize ou dix-sept ans et je ne savais rien jouer. Je m'asseyais avec ma guitare sur les marches de l'Arcadian Centre, une place entourée de clubs, de restaurants, bref un endroit très vivant qui attirait pas mal de monde. Un jour, j'ai vu deux Blacks habillés comme des mods et je me suis mis à les observer à travers la vitrine d'un tailleur chez qui venaient tous les mods de Birmingham pour se faire tailler un costume. J'adorais observer ce genre de scène.

Enfin, j'ai remis ça avec la télé. Cette fois, c'était juste avant la victoire écrasante du New Labour aux élections de mai 1997. Channel 4 recherchait deux cents jeunes entre quatorze et dix-huit ans pour une résidence d'une semaine à Manchester. Ce programme s'appelait *Generation Next*, « la génération d'après ». La jeunesse devait y côtoyer John Prescott (qui deviendrait ministre de Tony Blair) et plusieurs scientifiques, professeurs d'université et sociologues de renom. C'était une sorte d'expérience. J'avais dix-sept ans et – c'est dingue, quand j'y repense – je venais, pour la première fois, de mettre les pieds dans une boîte de nuit indé. Je n'ai guère de souvenir de ce documentaire de Channel 4, je dois y apparaître quelques secondes où l'on m'entend dire que la justice est réservée à ceux qui peuvent se payer un bon avocat. Je disais cela sans rien savoir, mais au fond ce n'est pas si faux. Participait aussi à ce programme Ken Livingstone. Parce qu'il avait été député de Cricklewood, le quartier londonien de ma grand-mère, je connaissais sa passion pour les tritons et les crapauds. Alors, je me souviens avoir déclaré que le capitalisme étant une sorte de mare – il ne pouvait qu'apprécier. C'était un programme vraiment intéressant, avec des jeunes de tout le pays. J'avais été particulièrement impressionné par un gamin de Croydon, renvoyé dès le premier jour pour avoir distribué de l'ecstasy à tous les participants.

C'est vers cette époque que j'ai rencontré Carl. AmyJo avait quitté la maison pour l'université Brunel à Uxbridge (dont le campus apparaît plusieurs fois dans *Orange mécanique*). Elle étudiait les sciences du sport. Quand elle est revenue à la maison, à la fin du premier trimestre, en décembre 1996, la première chose qu'elle m'ait dite, c'était qu'elle avait fait la connaissance d'un type avec une queue-de-cheval et des tablettes de chocolat, qu'il s'appelait Carl et jouait de la guitare. J'ai tout de suite pensé que ce mec allait être mon guitariste. AmyJo n'avait pas rapporté que des nouvelles, mais aussi de l'herbe, alors nous nous sommes fait un joint – mon premier joint. AmyJo m'avait dit : « T'inquiète, ça fait juste rigoler. » J'ai vomi. Souvenir pour toujours intimement lié à sa rencontre avec le type à la queue-de-cheval et aux tablettes de chocolat.

J'étais déjà fermement décidé à aller à l'université à Londres. D'ailleurs, toutes celles pour lesquelles j'avais postulé se trouvaient là. Je voulais étudier la littérature anglaise. J'ai passé un entretien à l'University College de Londres, UCL, que j'avais placée en tête dans ma liste. Elle était située en plein cœur de la ville, dans le West End. Mais j'étais très intimidé pendant l'entretien – tous les autres candidats me paraissaient tellement plus mûrs que moi. Je suis également allé à Brunel rendre visite à AmyJo et rencontrer Carl, mon guitariste. Parce que nous finirions par monter les Libertines, cette rencontre a été racontée maintes et maintes fois, et de long en large. Je portais une veste en similicuir rouge, tout à fait Jarvis Cocker, et Carl était censé veiller sur moi le temps qu'AmyJo, qui avait un truc à faire, revienne. Ce qui n'est pas si connu, c'est que, pendant l'absence de ma sœur, Carl et moi sommes allés ensemble à une audition. Il prenait des cours de théâtre et il me semble que c'était pour une pièce de Harold Pinter ou de Joe Orton. Du coup, j'ai aussi passé l'audition, pour rire. Et j'ai eu le rôle ! J'ai évidemment dû le refuser, mais Carl ne m'a jamais pardonné. Il était fou de rage. Il y avait donc de l'électricité dans l'air entre nous dès le premier jour.

Après cet épisode, Carl et moi ne nous sommes vus que sporadiquement et, à chaque fois ou presque, nous nous engueulions. Je lis parfois qu'il a deux ans de plus que moi. En fait, Carl est né en juin 1978, il n'a donc que neuf mois de plus. Parfois, nous allions rejoindre AmyJo et son groupe d'amis proches dans Londres, des gens qui finissaient toujours raides bourrés. Un jeudi soir, nous sommes allés au

Wag, la soirée s'appelait « Cigarettes et Alcool ». Bref, une nuit bordélique, poisseuse, où je tentais désespérément de nouer le contact avec Carl pour que nous puissions répéter.

Il avait écrit une chanson intitulée « France » et moi, une autre intitulée « Albion ». C'est autour de ces deux titres que j'ai essayé de construire notre groupe, puis nous avons fini par écrire notre première chanson à deux, « The Domestic ». Carl est arrivé avec la musique et le texte, mais nous avons retravaillé ce dernier ensemble. « Albion » n'est pas seulement devenue, des années plus tard, un tube des Babyshambles, mais l'un des termes d'une expression récurrente que Carl et moi utilisions du temps des Libertines : nous appelions toujours les appartements où nous logions les « Albion Rooms », les « chambres d'Albion ». Carl avait inventé cette expression après avoir vu une pièce où le jeune Oscar Wilde évoquait ses « chambres » à Oxford. Mais il y avait plus encore derrière ce mot : nous nous imaginions en pirates voguant sur un navire mythique nommé *Albion* vers une île imaginaire et utopique, Arcadie, le paradis du poète. Tel était mon rêve arcadien. Les gens pensaient souvent que l'idée d'Albion m'était venue en lisant William Blake, ce qui créait une sorte d'aura décadente autour du groupe, mais je n'avais jamais vraiment étudié Blake et ne l'avais que très peu lu. En fait, l'idée m'est venue d'un livre écrit par un critique de Manchester, Michael Bracewell, intitulé *England is Mine : Pop Life in Albion*. Le sous-titre du livre était : « De Wilde à Morrissey ».

4

L'université

1997-1998 : pompes funèbres et Nouvelle Vague française. Apparition sur MTV au lancement de l'album d'Oasis. Linda et la Foundry. Andrew et Trash. Premier concert – Morrissey, bien sûr. J'écris des chansons avec Carl et je connais quelques malentendus d'ordre sexuel. Départ de l'université. Sally, briseuse de cœur. Francesca, premier amour.

L'été où j'ai quitté Nico, avant ma rentrée de septembre 1997 à la Queen Mary University of London, j'ai déménagé chez ma grand-mère, à Dollis Hill, près de Cricklewood, au nord-ouest de Londres. Mon oncle Peter, qui avait été un temps l'époux de la sœur aînée de mon père, était le gardien de l'immeuble. Pendant ces vacances, j'ai bossé un mois comme fossoyeur au cimetière de Willesden Green. Un boulot vraiment ingrat. Il y avait bien une machine pour creuser les tombes, mais il revenait aux fossoyeurs de remettre la terre après les funérailles, devant la famille en pleurs. Seule consolation, ma grand-mère et ma tante Lil m'apportaient des sandwichs à l'heure du déjeuner.

J'étais très fier d'aller à la bibliothèque de Willesden Green dans ma salopette de travail, cela avait un petit côté « libération des masses laborieuses par la connaissance ». La bibliothèque possédait une section « films étrangers » que, pour la plupart, je n'avais jamais vus. J'ai emprunté *À bout de souffle* de Jean-Luc Godard et je n'oublierai jamais le moment où je l'ai regardé dans l'appartement de ma grand-mère. Après un film comme ça, tu ne peux pas faire autrement que de croire, pendant des mois, que tu vis dans le film, que tu vis, à bout de souffle, une existence faite de poésie et de délinquance.

En lisant les annonces des journaux gratuits ou du *Time Out*, j'avais aperçu des publicités pour des soirées « scène ouverte ». Je me suis pointé à l'une d'elles et j'ai chanté « Albion ». La mélodie, sur trois ou quatre accords, était très facile à jouer. C'était d'ailleurs la seule chanson que j'étais capable de jouer à la guitare. Je me souviens que faire taire les gens avait été un dur combat. Puis j'ai embarqué Carl à l'une de ces soirées, dans un pub de l'Ouest londonien, à Brentford. Là, nous avons fait « Albion ». C'était la première fois que nous jouions ensemble sur une scène.

À la fin du mois d'août, la princesse Diana est morte. Le jour des funérailles, alors que je descendais de Cricklewood au West End, je me suis laissé prendre dans le mouvement des gens qui commençaient à se rassembler en nombre à St James's Park et le long du Mall. Il y avait des couronnes mortuaires partout. Finalement, je suis resté toute la nuit avec la foule endeuillée et, quand les princes William et Harry ont fendu cette foule avec leur père pour venir se recueillir, je me trouvais tout près de l'abbaye de Westminster. J'étais sorti, ce jour-là, avec une sorte de curiosité morbide, mais, très vite, j'ai fait corps avec le recueillement et la tristesse de tous. L'amour profond et sincère pour Diana que je sentais partout avait éteint en moi toute trace de cynisme ou de sarcasme. J'ai totalement vécu le moment, lisant chaque ruban sur les couronnes, chaque petit mot laissé par des anonymes. C'était très étrange pour moi qui suis totalement opposé au principe de la royauté.

Vivre chez ma grand-mère était source de tensions. J'avais à peine effectué la moitié de mon contrat comme fossoyeur que j'en avais déjà ma claque. En plus des petits agacements quotidiens, elle m'imposait un couvre-feu, et j'avais intérêt à être rentré à l'heure ! Du coup, vivre à Londres perdait tout son sens. Alors, je me suis décidé à prendre une petite chambre dans une maison mitoyenne, juste après la rue principale de Cricklewood, de l'autre côté de Gladstone Park, autour duquel est construit Dollis Hill. Pour la première fois de ma vie, j'avais un endroit à moi, que je payais moi-même, soixante-quinze livres par semaine. Puis j'ai démissionné de mon boulot au cimetière et pris un job à plein temps comme démonstrateur pour la marque de jouets Hamley dans un pop-up store du Trocadero Centre, dans le West End. Je vendais des grenouilles mécaniques et des balles de jonglage pour un salaire de cent soixante-quinze livres par semaine. J'ai fait cela pendant cinq, six semaines avant de commencer mon année universitaire. C'était génial d'être dans le West End. J'allais souvent traîner chez Tower Records sur Piccadilly. C'est là que j'ai vu l'annonce de la sortie du nouvel album d'Oasis, *Be Here Now*, qu'accompagnerait une séance de dédicace des deux frangins dans le magasin. C'était l'événement où il fallait être, et je me suis dit que ce serait sans doute l'opportunité de passer à la télé. Le truc, c'est que je cherchais à me dégotter un boulot de présentateur sur MTV. Je n'attendais pas spécialement cet album, je n'étais pas particulièrement fan d'Oasis, mais l'occasion était trop belle. Le jour dit, je me trouvais donc dans la queue devant Tower Records et MTV m'a tendu le micro en me demandant de parler d'Oasis. J'avais préparé une réponse aux petits oignons, avec la citation qui va bien. Mais les images n'ont pas été diffusées à l'époque et je ne les ai vues que des années plus tard, sur YouTube. Un type avait isolé l'extrait où j'apparaissais, sans doute parce que les Libertines étaient désormais célèbres et que cela lui semblait présenter un intérêt. Il n'avait pas tort : cette vidéo a été vue 1,8 million de fois.

Au lancement de l'album d'Oasis chez Tower Records, j'ai aussi fauché une PLV grandeur nature de Noel et Liam Gallagher et je me suis enfui avec en sautant à l'arrière du bus numéro 16. Tous les photographes de presse qui se pressaient devant le magasin m'ont pris en photo sur la marche du bus avec mon butin. Le lendemain, j'ai feuilleté fébrilement tous les journaux du kiosque dans l'espoir de tomber sur le fameux cliché, mais que dalle. J'étais vraiment déçu, ça m'a même fait de la peine. C'est tout de même étrange, quand j'y repense, cette soif de célébrité qui m'habitait. D'une certaine façon, je trouve que c'est même assez dérangeant. Bref, je ne digérais pas que personne n'ait voulu utiliser cette image que je trouvais incroyable, et qui doit traîner dans les tiroirs de je ne sais quelle agence.

À Gladstone Park, dans le coin où j'allais m'asseoir sous un arbre pour lire Keats, j'ai rencontré Linda, une Italienne du genre hippie. Elle était assise sur la pelouse et jouait de la guitare en fumant un joint. Je l'ai saluée en passant. Linda était très grande et avait un physique androgyne très frappant. Des années plus tard, elle est retournée à Milan, où elle est devenue animatrice sur le MTV italien. Dans la petite maison de Dollis Hill où elle habitait, nos soirées se passaient à cuisiner des pâtes et à regarder les films que j'empruntais à la bibliothèque. C'est chez Linda que j'ai vu pour la première fois *Jules et Jim* de Truffaut, encore un classique de la Nouvelle Vague, une histoire d'amour à trois, un grand film. Je l'ai montré à Carl, qui a tout de suite adoré. Nous devions par la suite tenter l'histoire du film dans la réalité, mais nous y reviendrons.

Un autre film faisait écho à la relation que nous avions, Carl et moi : *Billy le menteur,* une comédie dramatique de John Schlesinger, sortie au début des années 1960. Je peux dire que j'ai bâti tout mon monde autour de ce film qui raconte l'histoire surréaliste et grotesque d'un jeune homme d'une petite ville du nord de l'Angleterre qui n'a qu'un désir, échapper à la réalité. Je m'identifiais complètement à ce personnage, à son sentiment d'être enfermé dans une vie qui ne lui ressemblait pas et à son désir de s'immerger dans un monde fantasmé. La façon dont Billy se proclamait général d'Ambrosia, ce monde créé par son esprit, ne ressemblait-elle pas à mes rêves d'Arcadie, le côté « dictateur » en moins ? Carl et moi citions souvent *Billy le menteur* dans nos discussions, plaçant ici « Aujourd'hui est le jour des grandes décisions » ou là, « Un homme peut se perdre lui-même dans Londres ». Nous adorions ces citations qui constituaient une sorte de langage secret entre nous. Si vous lisez le scénario de *Billy le menteur*, vous tomberez certainement sur quelques paroles de chansons des Libertines. Nous avions même le projet de faire une reprise d'une chanson que Billy écrit dans le film, « Twisterella Hasn't Got a Fella », même si cette chanson était vraiment naze. Il y avait peu de groupes auxquels nous nous sentions liés, que nous aimions vraiment, mais avec les films, c'était différent. Certains constituaient entre Carl et moi un véritable lien et nous ne jurions que par eux. C'était le cas de *Billy le menteur*, comme de beaucoup de comédies produites par la société Ealing et de films des Marx Brothers.

Linda revenait sans cesse à la charge pour nous convaincre d'intégrer son groupe. Toujours vêtue de longues robes à fleurs, le visage orné de motifs à la peinture, elle avait l'habitude d'aller à la Foundry, sur Old Street, à Shoreditch, dans l'est de Londres, pour y jouer une version vraiment très bizarre de la chanson d'Otis Redding « Hard to Handle » à la guitare acoustique. The Foundry, que Bill Drummond, membre fondateur de The KLF, avait participé à monter et où se tenaient des expos, des concerts et des lectures poétiques, allait devenir un lieu emblématique pour moi, puis pour les Libertines. C'était un monde en soi, incroyable, plein d'anciens étudiants en art très intelligents et très libres, ravagés par l'absinthe. The Foundry est le premier endroit de Londres où je me souviens avoir pensé : « Putain de merde, je suis à la maison ! » Carl aussi aimait The Foundry. Nous y allions souvent ensemble, avant de finir la nuit chez Linda avec nos guitares, à écrire des chansons.

C'est grâce à Linda que j'ai fait la connaissance d'un vieux poète africain, Apu, toujours habillé en costume tribal, qui s'occupait des soirées poésie, au sous-sol de la Foundry. En même temps que j'essayais de monter un groupe avec Carl, je tentais de mettre en place, pendant ces premiers mois passés à Londres, une performance poétique digne de ce nom avec mes propres textes. La première fois que je suis monté sur scène en tant que poète, c'était avec des poèmes pour Apu, des textes sans doute un peu ampoulés que j'avais écrits dans le style « flux de conscience » et que j'avais appris par cœur. Je n'avais pas une grande expérience de la vie, mais je brûlais de la soif ardente de trouver un monde aussi intéressant que celui que j'avais construit en moi à partir de références culturelles très diverses.

La cité universitaire se trouvait à Whitechapel et était majoritairement occupée par les étudiants en médecine – nous n'étions que trois de Queen Mary, le reste venant de St Barts ou du Royal London. C'était la dernière année d'existence des bourses, qui seraient bientôt remplacées par des pensions. Recevoir une bourse de mille sept cents livres à l'âge que j'avais et, du coup, voir les banques m'autoriser un découvert, c'était le rêve.

Andrew Hollis est la première personne que j'ai rencontrée à Whitechapel. Ce type très intelligent qui étudiait l'Histoire était le sosie parfait de Ian Brown, le chanteur des Stone Roses – il s'habillait d'ailleurs un peu comme lui. Je le trouvais dément et c'est lui qui m'a introduit à ma première soirée Trash, un lundi, au Plastic People, un club de Soho. Ensuite, Carl et moi nous y sommes rendus religieusement, espérant y draguer des nanas scandinaves. L'endroit était minuscule. Il ne pouvait accueillir plus de quatre-vingt-dix personnes. Je suis heureux que ce lieu soit resté dans les mémoires comme un club culte. Le type qui organisait la soirée Trash portait toujours le même tee-shirt moulant à motif Moog et, devant ses platines, il avait une façon très nonchalante de bouger comme de balancer les disques. Je me souviens qu'à l'heure de la fermeture il mettait systématiquement « Motorcycle Emptiness » des Manic Street Preachers. Quand des potes de Carl venaient à Londres depuis Basingstoke, nous les barbouillions d'eye-liner et les emmenions à une de ces soirées Trash pour quelques heures de danse sur de la bonne musique. Après le club, nous passions à un point de deal sur Tottenham Court Road pour acheter de l'herbe et nous nous posions là avec tous les autres Euroravers défoncés.

À l'université, je ne comprenais pas bien mes camarades de cours qui avaient choisi « Littérature anglaise » et pourtant ne semblaient pas plus passionnés que cela par la littérature. J'étais totalement désabusé de constater qu'aucun ne fréquentait les bouquinistes et qu'il n'y avait là qu'un tas d'idiots arrivistes. À la cité universitaire, le bâtiment de Queen Mary faisait face au bâtiment « Ocean » de Stepney, qui abritait des étudiants bangladais. Je préférais le trajet qui menait aux cours que les cours en eux-mêmes. Je découvrais par moi-même de nouveaux auteurs, comme Emily Dickinson. Voilà une autrice qu'on commente sans fin, trop souvent pour le plaisir de s'écouter soi-même. J'ai écrit, avec Dot Allison, une chanson intitulée « At the Flophouse », enregistrée par les Babyshambles et dont un des vers la cite plus ou moins : *« I took one draught of life, paid only the market price, and now I'm estranged. »* J'ai beaucoup aimé Emily Dickinson, je l'aime toujours. Elle était exactement ce qu'il me fallait à ce moment-là.

À Noël 1997, je suis allé voir Morrissey à la Battersea Power Station avec Dan De'Ath – mon premier concert. Dès le lendemain, je sautais dans le train pour le revoir à Chester. Là, je me suis fait emporter par la vague de fans qui envahissait la scène, puis repousser par la sécurité, tout en essayant d'attraper la jambe de Morrissey… Bref, je me suis éclaté. Plus tard, avec les Libertines, j'ai toujours encouragé les fans à envahir la scène. Quand tu aimes un groupe, ça fait partie du rêve.

Carl et Dan s'entendaient bien. Tous les trois, nous partagions le goût du music-hall. Mais il fallait toujours que je pousse Carl à répéter, ce n'était pas son truc. Alors, quand je l'ai vu débarquer à la gare de Whitechapel avec sa guitare dans le dos, ç'a été un grand moment – enfin, il s'engageait. Nous avons écrit plusieurs chansons – « Anthem for Doomed Youth » était l'une d'elles, les autres nous ont servi par petits bouts dans d'autres chansons que nous avons écrites au fil des années.

Je tenais à être le chanteur du groupe et à ce que Carl soit le guitariste, sur le modèle Morrissey/Johnny Marr. Mais Carl n'était pas d'accord : « Non, ce n'est pas toi qui chantes, on chante tous les deux et tu vas aussi te mettre à la guitare. » J'allais devoir m'y coller sérieusement pour être au niveau. Du coup, je passais tout mon temps libre à jouer. Je n'étais pas un musicien-né, mais j'aimais chanter mes chansons dans la rue, au marché du dimanche, sur Brick Lane, à Shoreditch, avec ma guitare. Chanter dans la rue, ce n'était pas vraiment le truc de Carl. J'arrivais parfois à le convaincre de venir avec moi et, ensemble, nous chantions « Twist and Shout » en boucle. Parfois, je me produisais dans le métro, mais ce n'était pas très confortable parce qu'on se faisait chasser sans arrêt.

Carl m'a présenté sa sœur aînée, Lucie, actrice débutante qui jouait dans je ne sais plus quelle pièce à Londres. Avec une bande d'amis à elle, nous aimions aller au Black Cap à Camden, un club gay connu pour son spectacle de drag-queens. Un jour, nous nous sommes retrouvés dans une fête privée, à Tottenham, chez le producteur de sa pièce de théâtre, et le type m'a fait boire et m'a entraîné à l'étage. À un moment, j'ai dû perdre connaissance et, quand j'ai repris conscience, le type essayait de m'enlever mon jean. Alors je me suis débattu comme un malade. Le type m'a proposé de l'argent et un boulot dans un théâtre si j'acceptais de me laisser faire. J'ai refusé et je suis redescendu, complètement bouleversé. Carl a ri. Il trouvait ça drôle.

Ce genre de mésaventure m'est arrivé plusieurs fois à cette époque. Les gens pensaient peut-être que j'étais ouvert à ça. Carl savait que je n'étais pas gay. J'étais même plutôt du genre à courir les filles un peu lourdement. Je crois que l'ambiguïté venait de ma façon de m'habiller et de parler. J'avais un truc un peu précieux, un peu affecté, j'étais obsédé par les Smiths, par la poésie, par la littérature et, bien plus que je ne le comprenais alors, par le théâtre.

Sally Anchassi m'a sauvé la vie dès le lendemain de notre première rencontre. Nous nous écrivions régulièrement depuis qu'elle avait répondu à mon annonce dans le magazine *Select*. J'avais dégotté un job chez Eastside Books, sur Brick Lane, une librairie assez étrange, avec une façade laquée rose, qui vendait uniquement des livres récents. La librairie avait ouvert il y a peu et j'y travaillais le week-end. Je me souviens d'un client régulier, tiré à quatre épingles, le genre dandy cravaté, qui demandait systématiquement – c'était son dada – des livres sur les quartiers est de Londres. Je le trouvais intéressant, je me disais qu'avec lui je pourrais discuter, partager des idées. Je n'avais pas imaginé une seconde qu'il puisse être un satyre. Un dimanche, il m'a invité à déjeuner chez lui, à Bethnal Green. Sally a décidé de venir avec moi et elle a eu le nez fin, car le type a fini par sortir un album photo où on le voyait à poil avec des tas de mômes – des photos qu'il prenait pendant ses séjours en camp naturiste. Sally s'est mise à l'insulter et m'a traîné hors de son appartement.

Sally avait un sacré caractère. Elle habitait un appartement HLM sur Holloway Road qui était – nous l'apprendrions plus tard en nous y installant, Carl et moi – une sorte de bordel. La propriétaire s'appelait Sasha. Il devait y avoir deux ou trois chambres et Sally occupait l'une d'elles. Je ne pouvais imaginer que Sally travaille ici, qu'elle soit une pute. Je me disais qu'elle créchait simplement là. Toujours en bas résille et manteau de fourrure, elle traînait avec des groupes qui gravitaient autour de la scène musicale de Camden. Je ne me sentais pas assez cool pour faire partie de ses fréquentations, mais j'étais amoureux d'elle depuis des années. Je me souviens avoir économisé pour lui acheter le nouvel album de Pulp, *This is Hardcore*, au Notting Hill Music & Video Exchange. Finalement, un jour, Sally m'a brisé le cœur. Nous étions chez Sasha où je lui jouais la dernière chanson que Carl et moi avions écrite, « You're My Waterloo ». Tout ce qu'elle a trouvé à me dire, c'était que non seulement je ne savais pas chanter, mais que je ne savais pas non plus écrire des chansons. Elle m'a tué. J'étais dévasté. Elle m'a aussi accusé de la harceler. Dès que je l'ai entendu dire ça, j'ai pensé que c'était vraiment injuste, parce que tout ce temps j'avais cru qu'elle finirait par tomber amoureuse de moi. J'ai complètement rompu avec elle. Ça m'a foutu en l'air.

J'ai raconté à Carl ce qui était arrivé et il a trouvé ça très drôle, particulièrement ce qu'elle avait dit de « You're My Waterloo », qui, au final, a été l'un des plus gros succès des

Libertines. La phrase « You're the survivor of more than one life », *tu as survécu à plus d'une vie*, faisait allusion à Carl dont le frère jumeau était mort quand ils avaient à peine quelques semaines, mais le sujet principal de la chanson, c'était Sally. « You're My Waterloo » marquait aussi un tournant pour Carl et moi en tant qu'auteurs. J'avais les accords, le texte et, bam ! Carl a trouvé le pont direct. Les mélodies qu'il composait répondaient à ce que j'écrivais et qui évoquait sa vie, l'idée étant que texte et musique se mêlent dans une sorte d'extase rhapsodique. « You're My Waterloo » était vraiment le symbole de ce que nous étions capables de produire ensemble. Elle est devenue notre chanson fétiche, sans doute parce que nous n'en avions jamais eu une bâtie comme celle-là, que nous pouvions interpréter à deux guitares. Son pouvoir devenait évident quand nous la jouions en acoustique sur des scènes ouvertes ou dans la rue ou dans la cuisine d'un appartement, entourés de quelques amis. Nous avons fini par enregistrer une bande démo de « You're My Waterloo » et « Albion », à Coventry, avec un type que connaissait Carl – notre toute première démo.

Au début, Carl refusait l'idée que nous devions mettre toute notre vie et toute notre énergie dans le groupe. Il restait obsédé par le théâtre et rêvait toujours de devenir comédien. Il avait dégotté un boulot au Victoria ou à l'Old Vic, je ne sais plus, et squattait chez une actrice. Pendant des années et des années, ce boulot – vendre des programmes, des glaces, contrôler les billets – a été sa seule source de revenus. En dehors du groupe, nous avions des tas de rêves et de projets, comme celui de devenir mannequins. Nous nous prenions en photo avec mon petit Kodak, puis nous allions dans les agences de King's Road. Évidemment, on nous jetait dehors. Alors nous nous asseyions en face de la porte et regardions entrer et sortir tous ces mecs en ronchonnant : « Mais regarde celui-là, je suis bien mieux que lui ! » Nous nous cherchions pas mal à l'époque. Se préparer pour aller aux soirées Trash était toute une histoire. Nous débattions pour savoir si mettre un peu de vaseline sur nos lèvres nous donnerait ou pas l'air de célébrités, et tout un tas de machins dans ce goût-là.

Les petites amies de Carl lui demandaient sans arrêt pourquoi il perdait son temps avec moi et cette histoire de groupe. Quand je lui mettais la pression pour les répétitions, sa copine du moment lui disait qu'elle ne voulait plus qu'il me voie, qu'il fallait arrêter ce délire. Je refusais de baisser les bras et j'allais l'attendre avec ma guitare à la sortie du théâtre. Il était toujours en retard. Je me souviens très bien d'une dispute mémorable entre nous à l'époque où se jouait à l'Old Vic, où il bossait, *Le marchand de glace est passé* d'Eugene O'Neill avec Kevin Spacey. Ce soir-là, Carl est sorti vraiment très à la bourre et je l'ai entendu dire avec ses collègues que Kevin Spacey voulait se faire tous les mecs chargés de vendre les programmes, et que, s'ils la jouaient cool, ce serait peut-être le moyen d'obtenir un rôle dans un de ses films. Bref, ça bavassait joyeusement alors que moi, je l'attendais depuis un bail en faisant les cent pas le long du quai de la Tamise. Dans ma poche se trouvait un exemplaire de la biographie de Tony Hancock, où de très nombreuses pages racontaient comment il traînait sans but pendant des heures dans les rues de Londres après la guerre. Condamné à constamment poireauter pour Carl, je me sentais soudain comme lui.

Un soir où, pour la énième fois, Carl se faisait attendre, je me suis de nouveau retrouvé dans des embrouilles qui concernaient mon orientation sexuelle. Je marchais avec ma guitare le long du quai, pas très loin de l'endroit où est amarré le HMS *Belfast*, un ancien croiseur de la Seconde Guerre mondiale, et je me disais que ce serait cool de monter sur ce navire pour jouer quelques airs. Il devait être deux ou trois heures du matin. Monter à bord par la passerelle était un jeu d'enfant. Mais, manque de pot, je me suis fait choper par un type de la sécurité. Il m'a demandé ce que je fichais là. J'ai répondu que je voulais simplement jeter un coup d'œil. Bizarrement, il a proposé de me faire une visite guidée. Il m'a montré des tas de choses que les touristes ne voient jamais, des cabines et des salles de réunion de guerre secrètes. Puis il m'a emmené dans une pièce équipée d'un écran vidéo où les touristes finissaient leur visite devant un film d'archives avec leurs casques audio. Mais, au lieu du film habituel, mon « guide » a passé un porno gay hardcore en me disant qu'il me laissait devant quelques minutes, le temps que je réfléchisse et décide si je voulais rester ou m'en aller. J'ai repris fissa la passerelle vers le quai.

J'étais tombé amoureux d'une Suédoise, étudiante en art dramatique, Evelina. Un jour, je suis convoqué par l'administration de l'université à cause de mes nombreuses absences. J'avais cessé d'aller en cours, je n'avais plus la force, ni la tête à ça, et je me suis justifié auprès de l'université en déclarant que, de toute façon, j'allais quitter l'Angleterre, que je partais à Stockholm pour me marier. Finalement, je ne suis même pas allé jusqu'à l'aéroport. Des années plus tard, Evelina est magiquement réapparue dans un tabloïd pour dire à quel point j'étais un type charmant, mais qui pleurait après l'amour. Que des conneries ! Je n'ai pas souvenir d'avoir jamais fait ça. Mais c'est la méthode typique des tabloïds : ça commence bien et ça finit sur une saloperie.

Il y avait aussi une autre fille à l'université avec moi dont j'étais raide dingue, Farran. J'ai écrit une chanson sur elle, « She Is Far », qui a fini sur l'album *Hamburg Demonstrations*. Cette chanson est la peinture exacte de cette époque et de mon état d'esprit – je marchais dans Londres, amoureux, plein d'idéal. La chanson évoquait aussi les monuments aux morts élevés à ceux qui ont versé leur sang sur des terres étrangères. J'avais emmené Farran à Loftus Road et nous nous étions assis dans le stade vide. Il suffisait d'escalader la clôture pour entrer. Mais je ne me suis pas contenté de cela. Je suis allé dans les vestiaires, où j'ai volé une paire de chaussettes et un short, objets précieux pour le fan des QPR que j'étais et que je suis toujours.

Ma première relation sérieuse s'appelait Francesca Piazza. C'est Linda qui nous avait présentés. Francesca passait Noël à Londres et, comme Linda devait s'absenter, elle m'avait chargé de lui faire la visite de la ville. Je suis tombé fou amoureux de cette belle étrangère. Elle était incroyable, très spectaculaire, très Sophia Loren. Nous avons été intimes par intermittence pendant quelques années. Francesca suivait des cours à l'École centrale d'art dramatique de Finchley Road et se passionnait pour Samuel Beckett. Elle ne jurait que par les troupes du théâtre indépendant ou du théâtre communautaire et m'emmenait voir des performances et des spectacles vraiment étranges. Elle travaillait à mi-temps à la librairie italienne de Covent Garden, haut lieu de la culture italienne à Londres, et connaissait une certaine Ornella, qui avait un logement sur Finchley Road, où nous dormions parfois. Il y avait des tas de films et de livres formidables dans cet appartement. C'est le premier endroit où je me suis senti au chaud et en sécurité à Londres.

Je passais pas mal de temps au Poetry Café de Covent Garden. Une fois par semaine, il y avait scène ouverte dans une petite pièce au sous-sol et j'ai fini par me faire violence pour oser y déclamer de la poésie. De fil en aiguille, ces performances sont devenues une activité régulière. L'endroit était propre et le café, au-dessus, plutôt chic. Un lieu emblématique dédié à la poésie et subventionné par l'État. J'ai bien tenté de m'y trouver un job, mais sans succès. Cependant, j'étais devenu un visage si familier qu'ils me laissaient passer derrière le comptoir pour me préparer mon propre café. Un très beau garçon travaillait là, Fran. Tout le monde disait qu'il était aussi animateur sur la chaîne de télé Nickelodeon, ce qui n'avait pas manqué d'attiser mon intérêt. Il sortait avec une fille de Birmingham qui s'appelait Belinda. Ces deux-là formaient un très beau couple.

J'avais deux options : soit j'arrivais à monter ce groupe avec Carl, soit je me lançais dans la poésie. Finalement, je ne suis pas retourné à l'université en seconde année. Je me suis inscrit au chômage et j'ai pris une chambre non loin de Queen Mary, dans un appartement au huitième étage d'une tour, pour quatre-vingts livres par semaine. Le logement appartenait à un type étrange de l'East End, Phil, qui nettoyait des vitres le matin. Nous sortions parfois ensemble et il m'entraînait dans des endroits aussi bizarres que lui. Un jour que je voulais m'acheter un survêtement, il m'a emmené dans un appartement rempli à ras bord de marchandises – des scooters électriques, des survêtements, des tonnes de télés. Je me souviens vaguement qu'un jour, Phil, qui fumait tout le temps de l'herbe, m'a dit qu'il prenait un peu de crack et d'héroïne chaque Noël, juste une fois par an. C'est comme ça, avec lui, que j'ai pris de la coke pour la première fois, sur sa planche à repasser. Ma seconde fois, ce ne serait que bien des années plus tard.

Carl passait parfois la nuit dans l'appartement de Phil. Lui aussi avait arrêté l'université. Prenant exemple sur lui, j'ai commencé à travailler au théâtre. Mon premier job : le contrôle des billets d'une pièce de Joe Orton intitulée *Le Magot (Loot)* au Vaudeville Theatre. J'adorais cette pièce et je trouvais que l'histoire de la vie de Joe Orton était passionnante – la façon dont il avait quitté Leicester pour venir à Londres et tenter de devenir acteur, puis sa relation aussi intense qu'étrange avec Kenneth Halliwell, qui avait fini par l'assassiner… Carl et moi n'avons jamais eu de relations homosexuelles, mais nous avions une relation créative très intense. Nous tentions d'écrire, de créer quelque chose, de créer un petit monde, notre petit monde. Joe Orton est devenu pour nous une grande source d'inspiration.

Mon boulot au Vaudeville Theatre pour *Le Magot* n'était pas très prenant en termes d'horaires, mais intense pendant une heure et demie, tous les soirs, et deux fois dans la journée le samedi. Je bossais aussi sur d'autres productions dans le même théâtre, mais à mi-temps. De temps en temps, Carl m'appelait pour me dire qu'ils avaient besoin de quelqu'un à l'Old Vic pour deux soirs ou au Victoria, où se jouaient *Annie* et d'autres comédies musicales. Le Victoria, c'était super, j'avais une bonne combine là-bas. J'ai un peu honte de raconter cela, mais tous les vieux qui venaient en matinée achetaient des glaces et, s'ils vous donnaient un billet de dix pour payer, vous leur rendiez la monnaie sur un billet de cinq et ils ne disaient jamais rien. Grâce à cela, je repartais les poches pleines.

Au bout d'un moment, la situation est devenue délicate entre Phil et moi à l'appartement. Tout allait de travers. Comme Fran et Belinda s'étaient disputées, Belinda était venue s'installer chez Phil, dans le salon. Le début des emmerdes. Phil a tenté sa chance avec elle et ça s'est mal passé. Alors, il l'a jetée dehors, puis il a voulu avoir une relation à trois, avec moi et une de ses petites amies. Je n'en avais pas envie. Je lui ai expliqué que je le considérais comme une figure paternelle, pas comme un partenaire sexuel. Il n'a rien trouvé de mieux que de me menacer avec un couteau en disant qu'il allait me faire passer l'envie de sourire. Je me suis barricadé dans ma chambre et j'ai appelé Carl au secours. Les choses dégénéraient dangereusement. Je devais débarrasser toutes mes affaires. Mais où aller ? J'avais deux énormes sacs pleins… Ni une ni deux, Carl et moi avons pris la direction de l'appartement de Belinda, aux Delaney Mansions, un semi-taudis où il y avait une chambre d'amis. Les Delaney Mansions se trouvaient au 258-360 Camden Road. Il s'agissait d'une vieille maison qui avait été divisée en petits studios, la version originale des Albion Rooms. Voilà comment nous avons déménagé à Camden. À partir de là, tout a changé dans la dynamique du groupe.

5

Camden

1998-1999 : déménagement à Camden. Un nouveau chanteur, Scarborough Steve. Nom de baptême du groupe et premier concert. John Hassall, bassiste. Les visages changeants de Johnny Borrell. La vérité sur le pacte de suicide. Le refus de Food Records. Disputes avec Carl. La vie au bordel.

Nous avons rencontré Scarborough Steve Bedlow dans un bus de nuit, en revenant d'une soirée Trash. Nous l'entendions rire dans le fond, où il était assis avec trois filles. Moi, j'étais installé à côté de Carl après une soirée de drague infructueuse. Parce qu'il avait un badge français sur sa veste, nous en avions déduit qu'il était français. Nous avons longtemps observé son manège avec les trois filles. Puis il est descendu au même arrêt que nous et, quand il a ouvert la bouche pour inciter les filles à descendre avec lui, j'ai remarqué qu'il avait un fort accent du Yorkshire et je me suis dit qu'il n'était pas du tout français. Ensuite, nous l'avons suivi et le hasard a voulu qu'il habite lui aussi aux Delaney Mansions.

Le lendemain matin, je l'ai aperçu dans le jardin en train d'accrocher son tee-shirt « Thee Hypnotics » sur la corde à linge. Thee Hypnotics était le groupe qu'il avait suivi du Yorkshire jusqu'à Londres. Alors je lui ai demandé s'il voulait être le chanteur du nôtre. C'est à ce moment-là que l'idée que nous allions percer est devenue une certitude pour Carl et moi. Rapidement, Steve est devenu notre dieu. Il possédait le même tee-shirt que le mec qui animait les soirées Trash, un tee-shirt Moog bien moulant qu'il portait avec des jeans flare et un petit blouson en cuir noir. Il avait une allure démente. La dégaine parfaite du chanteur. Nous avions fait le bon choix, j'en étais sûr. Tout le monde l'aimerait, au moins autant que les filles branchées qu'il laissait bouche bée au Good Mixer, un pub de Camden.

D'une certaine façon, il nous habillait, en nous laissant récupérer les fringues qu'il ne mettait plus. Il avait l'art de se pointer avec les chaussures les plus démentes. Il possédait notamment une paire de platform shoes des années 1970, en patchwork de cuir marron et blanc, que j'ai portées un moment. Il m'avait aussi refilé une veste incroyable en peau de porc, avec une doublure en fausse fourrure marron. Je l'ai toujours.

Relookés par Steve, Carl et moi avons commencé à arpenter Camden. C'était très excitant. Tous les mômes portaient des pantalons pattes d'éph' et des vestes en cuir. Blur était déjà du passé et les Strokes n'existaient pas encore. Dans cette espèce de vide musical où des tas de jeunes Scandinaves foireux tentaient de monter des groupes, existait une opportunité formidable. Tout semblait possible, ça pouvait marcher, il y avait de la place pour un nouveau grand groupe. Nous traînions dans pas mal de pubs, au Good Mixer ou au Dublin Castle, un parfait trou à rats. C'est là qu'un jour nous sommes tombés sur Liam Gallagher. Je lui ai dit que nous avions un groupe et que ce serait cool qu'il vienne chez nous pour un jam. Il a décliné en me disant : « Non, mec, je suis une putain de grosse vedette, je ne fais pas ce genre de truc merdique. »

Rencontrer quelqu'un qui faisait partie d'un vrai groupe, d'un groupe qui marchait, était tout simplement magique, aussi magique que rencontrer un des chevaliers de la Table ronde. C'était la panacée. Steve connaissait les Menswear, qui venaient de se séparer mais restaient des figures de Camden. Il s'est arrangé pour que je puisse rencontrer le chanteur, Johnny, et lui jouer quelques chansons. C'était un événement énorme pour moi qui avais acheté leur single « Stardust » quand j'étais à Nico. Mais, voilà, je me suis totalement ridiculisé. Steve m'avait appris une chanson qu'il prétendait avoir écrite et que je trouvais très belle. J'avais donc choisi de la jouer à Johnny. Seulement, il s'agissait de « Signed DC », un titre d'Arthur Lee, de Love. D'évidence, je ne connaissais pas ce groupe à l'époque et je me répandais partout en disant que notre groupe avait une super nouvelle chanson. Je l'ai donc jouée, Johnny et ses potes se sont regardés, un peu embarrassés, m'ont demandé si c'était bien moi qui l'avais écrite et j'ai dit oui, que mon ami et moi l'avions écrite ensemble. Ils ont éclaté de rire. L'humiliation totale.

À cette époque, Carl et moi travaillions toujours le soir au théâtre et, le matin, au marché aux puces de Camden, sur un stand de vêtements d'occasion, payés au black. C'est là que j'ai vu pour la première fois Mick Whithall, qui deviendrait plus tard le guitariste des Babyshambles. Lui aussi bossait dans les fringues d'occase, dans un total look suédine ridiculement cool, toujours aux petits soins avec une clientèle de touristes impatients. J'ai fini par aller au marché de Camden avec une petite couverture sur laquelle je disposais ma collection de bric-à-brac et quelques livres, que je tentais de refourguer. Des objets qui ne valaient pas grand-chose, à part le Spirit of Ecstasy que mon père avait fauché sur une Rolls Royce quand j'avais quinze ans. Une sorte de bien de famille que j'ai laissé partir pour une somme ridicule, ce que je regrette aujourd'hui.

Papa et maman sont venus me rendre visite aux Delaney Mansions. Papa était de nouveau en poste en Allemagne, où ils avaient déménagé avec Emily. Ils m'avaient apporté de là-bas une bonne quantité de tabac détaxé et une caisse de bières allemandes. Depuis que j'avais quitté l'université, je ne les avais vus qu'une fois, à la base militaire de Bramcote, avant leur départ pour l'Allemagne, et, bien que l'arrêt de mes études ne les ait guère enchantés, j'avais réussi à les rassurer en leur affirmant que tout allait bien. J'étais très content de les recevoir aux Delaney Mansions. C'était la première fois qu'ils me voyaient en adulte indépendant à Londres. À peine entré, mon père a lancé que l'appartement ressemblait à un trou à rats. J'étais un peu gêné de cette introduction, surtout parce que Carl ne les avait jamais rencontrés. Puis il a enchaîné en faisant un commentaire sur les cheveux de mon nouvel ami, qu'il trouvait très longs… Je crois que mon père hésitait entre amusement et perplexité. Pour lui, pour ma mère, cette vie, cet appartement avaient sans doute des airs de déchéance, alors qu'il me semblait, à moi, que c'était tout le contraire, qu'en tant qu'auteur de chansons je faisais chaque jour des progrès, que je commençais enfin à maîtriser mon art.

À cette époque, j'avais des goûts musicaux très éclectiques. J'écoutais beaucoup de groupes des années 1960 que Steve adorait, comme les Stooges et Arthur Lee. Quand j'ai entendu pour la première fois « Daydream » des Lovin' Spoonful, cela m'a plongé dans une ambiance très différente pour écrire – ce qui a donné « Dilly Boys », la face B de « Can't Stand Me Now ». Quand nous sommes arrivés à Camden, nous avons connu une véritable explosion créative. Les chansons poussaient comme des champignons.

Le nom de notre groupe a surgi d'un livre du Marquis de Sade intitulé, en anglais, *The Lusts of the Libertines*, texte isolé des *120 Journées de Sodome*. J'avais acheté ce bouquin au Music & Video Exchange de Notting Hill, et son contenu était, disons-le, du plus pur dégueulasse. J'en lisais parfois des extraits à voix haute et cela nous faisait mourir de rire – « Tiens, le libertin va se faire une chèvre »… Avant de nous décider pour The Libertines, nous avions été successivement The Albion, The Cricketers et The Strollers. J'ignorais que le groupe de proto-punk new-yorkais Television avait un moment songé à s'appeler The Libertines, toujours est-il qu'un groupe de Bury, qui avait sorti un titre intitulé « Cola Queen », portait ce nom. C'était le début d'Internet, mais ils avaient déjà un site et tout le tralala. J'étais dégoûté. Puis je me suis dit : « Rien à foutre ! », et j'ai laissé des messages sur leur site, du genre : « Mais n'y a-t-il pas déjà un groupe de Londres qui s'appelle The Libertines et qui existe depuis plus longtemps que vous ? » J'espérais ainsi semer le doute dans leur esprit. Ne cherchez pas, vous ne trouverez plus trace de ce groupe sur Internet, et c'est tant mieux, c'est que j'ai bien bossé. Ces types-là représentaient un danger concret, ils faisaient planer une menace existentielle sur ce que nous construisions. Alors, il fallait s'en débarrasser !

Le soi-disant pacte de suicide que Carl et moi avions supposément passé à cette époque fait partie du folklore des Libertines. Je possédais encore pas mal de livres de ma période « vente aux enchères à Rugby », un en particulier, qui m'avait accompagné toutes ces années, *The Savage God : A Study of Suicide* de Al Alvarez, qui débutait par un hommage poétique à Sylvia Plath. Voilà pour le suicide. Pour le reste, il n'y a jamais eu de pacte. Une telle chose n'a jamais existé entre Carl et moi. C'était même tout le contraire, j'étais celui qui essayait de le dissuader quand cette sombre idée lui traversait l'esprit. Je lui disais : « Non, attends un peu, pas maintenant, mais si personne ne nous signe d'ici un an, alors, OK, on le fait. » Dans le fond, je pensais : « Dans un an, beau gosse, on sera millionnaires ! » C'était toujours comme ça que les choses se passaient, c'était ça, le pacte, y croire, lui sortir la tête de l'eau, lui dire que tout irait bien et qu'il fallait simplement être assidu.

Le grand truc de Carl consistait à répéter sans arrêt qu'il allait se jeter du haut d'un immeuble et se tirer une balle avant de s'écraser. Si nous étions au bord de l'eau, il s'y jetait quasi systématiquement et, comme il ne savait pas nager, il fallait que je plonge pour le repêcher. Il a fini pas mal de fois dans le canal, à Camden. C'était sa façon de me tester, de savoir si je tenais à lui. La nuit où nous cherchions un nom pour le groupe, Carl, Steve et moi étions assis sur les quais qui bordent le canal. Il devait être trois ou quatre heures du matin. Devant nous, une bouteille de vin vide flottait à la surface de l'eau. Alors, nous nous sommes lancé un défi : celui qui arriverait à frapper cette bouteille avec une pierre choisirait le nom du groupe. C'est moi qui ai frappé la bouteille, c'est donc moi qui ai choisi le nom du groupe. J'ignore s'il y a d'autres versions de l'histoire, mais ce que je sais, c'est que Carl a fini par sauter dans le canal.

Nous avons trouvé notre adresse suivante quand j'ai offert d'aider nos voisins de Delaney Mansions à déménager. Ils venaient d'acheter une maison de ville un peu plus bas, au 236, Camden Road, et nous avons transporté leurs affaires là-bas pour vingt livres, dans des brouettes. Ils nous ont alors expliqué que leur nouvelle maison avait besoin d'une rénovation et qu'ils n'y emménageraient pas dans l'immédiat, ajoutant que, dans l'intervalle, ils avaient besoin de gens pour la garder et que, si nous voulions bien nous en charger, nous pourrions habiter dans le sous-sol pour un loyer de quatre-vingt-dix livres la quinzaine – une aubaine. Ce logement a été le premier où nous avons pu prendre nos aises, mais aussi le premier endroit auquel les gens ont fait référence sous le nom d'Albion Rooms.

C'est encore là qu'a eu lieu notre premier concert. Steve nous avait présenté le bassiste John Hassall, qui habitait à Kentish Town, de l'autre côté de Camden Road. Il nous l'avait vendu en nous disant qu'il le connaissait bien, que le mec portait des jeans trop cool et, surtout, qu'il possédait ses propres amplis. Nous nous sommes jetés sur l'occasion comme des crevards, parce que nous jouions nos morceaux à la guitare acoustique alors que nous étions censés être un groupe de rock. Seulement, nous n'avions jamais eu le matos pour en être un, ni amplis, ni guitares électriques.

John avait quelques années de moins que nous et vivait avec sa mère dans une maison proche de l'artère principale de Kentish Town. Dans sa chambre, il y avait un canapé et un matelas par terre. Sa mère était vraiment coulante. Elle restaurait de vieux tableaux de maîtres dans son grenier pour divers musées. Cela ressemblait à la vie à Londres comme nous la fantasmions – une vie de rêve dans une maison de ville, chouchoutés par une mère cool, relax, qui nous apporterait des sandwichs grillés au fromage pendant que nous fumerions des joints dans notre chambre en jouant de la musique. À l'époque, John n'était pas très bavard. Il avait fait partie d'un groupe, The Samaritans, où tous les autres étaient plus vieux que lui et accros à l'héro, ce qu'il était devenu lui aussi pour finir abruti au Valium après une cure de désintoxication. Quand il lui arrivait d'ouvrir la bouche, il s'exprimait avec une sorte d'accent jamaïcain plutôt perturbant, car il avait l'air tout ce qu'il y a de plus chic. Je lui ai joué « You're My Waterloo », puis une autre chanson que Carl et moi avions écrite, « Music When the Lights Go Out », et il a finalement accepté de venir jouer avec nous pour ce concert organisé dans notre sous-sol. J'avais déjà la mélodie et les premiers mots de cette dernière chanson, Carl a trouvé le refrain et le riff, puis nous avons écrit le reste des paroles ensemble.

Je me rappelle avoir transporté les amplis et du matos, depuis Kentish Town jusque chez nous. Il manquait encore un batteur. John en a dégotté un, un certain Zac, qui habitait une maison dans la même rue que nous et faisait partie d'un groupe répondant au nom très peu engageant de Cactus Camel. Mais nous avions besoin d'un batteur et je n'ai pas cherché plus loin. Donc, nous avions Zac à la batterie, John à la basse, puisqu'il en possédait une, Carl à la guitare électrique, empruntée à John avec un ampli, moi à la guitare acoustique, puisque je n'avais rien d'autre, et Steve, le mec à la dégaine trop parfaite de chanteur, à la voix. Nous nous sommes installés dans le coin qui faisait face à la fenêtre du sous-sol. Quinze, vingt personnes se sont pointées, c'était le pied. Beaucoup se vantent d'avoir été présents ce jour-là. Je confirme que Johnny Borrell, le futur leader de Razorlight, en était. Il assurait notre première partie. Lui et John étaient potes depuis qu'ils avaient été en classe ensemble, à Highgate. Johnny est venu naturellement se joindre à la bande que nous formions. J'allais parfois pieuter chez lui avec Francesca, dans la grosse baraque où il vivait avec sa mère, près de l'Alexandra Palace. À cette époque, il jouait le look *Orange mécanique* à fond, les yeux cernés d'eye-liner et le chapeau melon vissé sur la tête.

Sally a fait son come-back après ce premier concert. Je suis tombé sur elle par hasard au niveau du panneau du Ferodo Bridge, un pont ferroviaire sur Camden Road. J'ai crié son nom sans être sûr qu'elle s'arrêterait. Puis nous avons fait un brin de conversation. « J'ai entendu dire que Steve chantait avec vous maintenant. » Je me suis étonné qu'elle connaisse Steve. Elle m'a répondu qu'elle l'avait rencontré chez Sasha. Je me suis de nouveau étonné. « Tu vis toujours là-bas ? » Elle m'a dit que non, mais qu'elle y avait parfois vu Steve, affalé sur le canapé, s'emmerdant ferme. Quelques jours plus tard, par pure coïncidence, Carl est sorti avec Sally. Le bâtard ! L'amour de ma vie !

Sally avait appris à Carl qu'elle vivait avec Andy Ross, le patron de Food Records, le label de Blur. Alors, nous nous sommes pointés à la porte avec nos guitares en nous présentant comme des amis de Sally qui avaient des chansons à leur faire écouter. Ils ne nous ont même pas laissés entrer. Sur le coup, j'étais vraiment choqué et, à vrai dire, je le suis toujours un peu. Si un jeune groupe vient voir un label, la moindre des choses, c'est de prendre deux secondes pour écouter ce qu'ils ont à jouer. Ce qui m'avait échappé à l'époque, c'est que ce refus devait tout à la réputation de Steve dans Camden. Je crois qu'Andy Ross et les gens qui bossaient avec lui avaient l'habitude, comme Steve, d'aller boire un verre au Good Mixer, alors Andy connaissait la bête.

Mais je ne me suis pas découragé, je me suis dit que j'allais retenter le coup, tout seul cette fois. J'ai enregistré deux chansons sur un magnétophone – une toute nouvelle, « Pay the Lady », et « You're My Waterloo » –, et je me suis dirigé de pied ferme jusque chez Food Records. Là, j'ai rappelé que j'étais de ceux qui étaient venus l'autre jour avec leurs guitares, puis j'ai expliqué que j'avais tout mis sur cassette et j'ai demandé si, cette fois, ils acceptaient d'écouter ce que nous faisions. Avoir réussi à entrer dans les locaux, voir les piles de disques sur les bureaux et, sur les murs, les posters des premiers singles de Blur me rendait fébrile. Bien des années plus tard, j'ai entendu Andy Ross évoquer avec attendrissement son souvenir de ce jour où je lui avais remis la cassette. Mon souvenir à moi est beaucoup moins attendri. Je ne garde en mémoire que son regard, ce regard de patron de maison de disques, un regard qui m'a complètement ignoré. Je n'oublierai jamais la sensation que ça m'a fait.

Nous voulions à tout prix devenir célèbres. Au point que nous mentions sur la réalité de notre succès. Un jour, pour impressionner une fille, Carl et moi lui avions raconté que nous partions en tournée avec Supergrass. Pour donner de la véracité à ce mensonge, j'avais laissé Carl avec elle pour filer en douce jusqu'à une cabine téléphonique d'où j'ai appelé notre ligne fixe en prétendant être du groupe et en demandant si The Libertines acceptaient de partir en tournée. John savait où vivait un des membres de Supergrass et, un jour, nous sommes passés devant cette maison de Camden Square en jouant les mecs blasés, les mecs trop cool pour se laisser impressionner par un groupe de Britpop.

Carl et moi nous bagarrions pas mal à ce moment-là, sans doute parce que sa frustration devenait de plus en plus grande à voir que les choses n'avançaient pas pour le groupe. En général, nos bagarres se déclenchaient en public, quand il était soûl. Mais, un jour, c'est parti au sous-sol, juste entre lui et moi, et il a sorti un couteau. J'ai couru m'enfermer dans un placard, l'entendant me hurler de l'autre côté de la porte qu'il allait me tuer. J'ai dû appeler la police. Lorsqu'ils sont arrivés, j'étais affreusement gêné, parce que Carl, finalement calmé, avait l'air doux comme un agneau. Moi, j'étais encore sous le choc et je n'arrêtais pas de répéter aux flics : « Vous allez l'arrêter, n'est-ce pas ? C'est un dingue ! » Ils m'ont demandé de décliner mon identité, puis ma profession. Là, j'ai vaguement pleurniché que j'étais poète.

Une autre fois, les hostilités ont démarré à cause d'un manteau en cuir, donné à Carl par son père, une sorte d'héritage familial. Je le lui avais emprunté pour sortir après lui avoir promis d'y faire bien attention. Mais je l'avais déchiré. Je le revois encore, en haut de l'escalier du 236, brandissant l'objet du litige en gueulant : « Je ne t'ai demandé qu'une chose, faire attention à ce manteau ! » L'altercation est devenue un des titres de notre premier album, « Death on the Stairs », un poème écrit par Carl, qui disait : *« The tears and the tears in my proud father's coat. »* En anglais, « larme » et « accroc » sont le même mot.

Tout cela ressemble un peu à *Withnail et moi*, n'est-ce pas ? Bizarrement, je n'avais pas vu le film à l'époque. Il est vrai que nous n'avions ni télé ni magnétoscope. C'est ce film qui avait lié Carl et ma sœur. Quand elle m'avait parlé de ce type rencontré à l'université, elle m'avait aussi parlé du film qu'elle venait de voir avec lui, *Withnail et moi*, de Bruce Robinson. Parce qu'il était devenu pour eux un film culte, Carl et ma sœur avaient l'habitude d'en citer des répliques. Je connaissais donc pas mal de dialogues du film avant même de l'avoir vu. La première fois, ce serait quand je sortirais avec Kate Moss. Elle aussi était incollable sur *Withnail et moi*, ce qui n'avait pas manqué d'être une agréable surprise. Je me souviens qu'après avoir vu le film et, surtout, Richard E. Grant dans le rôle de l'alcoolique flamboyant, j'ai pensé : « Putain de merde ! C'est exactement Carl ! »

Nous sommes restés aux Albion Rooms pendant quelques mois, puis les proprios nous ont demandé de partir. Steve, Carl et moi sommes alors allés vivre chez Sasha. Il s'en passait de drôles dans cet appartement. Le batteur d'un groupe de rock indé assez célèbre venait s'y faire enfermer dans une cage, puis cracher dessus et tisonner. Nous étions vraiment choqués. Une des filles qui bossaient là, Pam, venait de Brighton et se déguisait en panda pour ses clients. L'endroit voyait passer une drôle de faune.

Sasha, qui gardait toujours une paire de baguettes dans ses santiags, a fini par devenir la batteuse des Libertines. Elle détestait les hommes en général, moi y compris, mais elle était obsédée par Carl. Je me souviens d'un soir où, assis tous les deux tandis qu'elle attendait un client, elle m'a soudain lancé : « Ta relation avec Sally, ça n'ira nulle part. » J'étais dévasté et je suis resté assis sans bouger, à me morfondre.

Je m'accrochais au rêve qui portait ma vie : faire avancer le groupe et avoir un endroit où dormir. Dans ma chambre, j'avais disposé des tentures violettes et des bougies, puis accroché au mur une affiche de la pièce d'Oscar Wilde, *Salomé*, par Aubrey Beardsley. J'imagine bien ce que vous pensez, que c'était le total cliché de l'étudiant en littérature, mais pour moi c'était le comble de la bohème raffinée. J'ai toujours eu l'art de faire de jolis nids. C'est Francesca qui m'a appris ça.

Le journaliste du *NME* Steven Wells habitait au-dessous de chez Sasha avec Roger Sargent, photographe pour le même journal qui prendrait plus tard beaucoup de clichés du groupe. Nous faisions tout et n'importe quoi pour entrer en contact avec Steven. Nous frappions à sa porte ou jouions nos chansons – les quatre que nous avions – postés dans l'escalier, Sasha avec une batterie improvisée sur une boîte de biscuits. Habiter dans un bordel avec elle et l'avoir comme batteuse peut sembler le truc taillé sur mesure pour forger la mythologie d'un groupe. La réalité était moins mythologique, elle était horrible. C'était une situation électrique qui s'est abîmée dans la violence.

J'avais trouvé un boulot de vendeur de pop-corn au cinéma Prince Charles à Leicester Square et obtenu des responsables de nous laisser y organiser un concert, un samedi matin, avant la première projection. Nous avions convaincu Johnny Borrell d'assurer la première partie. Il me semble qu'à ce moment-là, son groupe, en total look cow-boy, s'appelait Johnny Borrell and the Hustlers. Tout aurait pu bien se passer si Sasha ne s'était pas pointée au cinéma avec une paire de ciseaux et n'avait pas essayé de me poignarder en hurlant que je lui avais volé son chèque d'allocations logement. La responsable espagnole du cinéma a appelé la police en disant qu'une psychopathe hors de contrôle, avec une longue veste en cuir et des airs de mannequin venue d'ailleurs, tentait d'assassiner un membre du personnel. L'affaire s'est terminée en affrontement général devant le Prince Charles.

6

The Foundry

1999 : Arcadie à la Foundry. Succès de mes performances poétiques. Rencontre avec Rat Pete. Quelques grosses histoires tournant autour de la prostitution. Terrible incident avec Francesca. Deal de speed et vie de squatteur. Albion Towers et dernier concert de Steve.

The Foundry est devenue notre endroit. J'ai convaincu Apu de me laisser y présenter mes poèmes au cours d'une soirée du dimanche intitulée « Arcadia at the Foundry ». Avoir la possibilité d'organiser ma propre soirée était vraiment très excitant. J'avais décidé de glisser progressivement vers une note plus cabaret. Pour cela, j'avais trouvé une fille, Camille, à qui j'avais demandé d'exécuter en tutu des mouvements de danse contemporaine, comme une sorte de mime en arrière-plan. J'étais amoureux d'elle, et j'ai écrit tout un tas de poèmes qui lui sont dédiés.

Au début, il fallait vraiment pousser Carl à coups de pied au cul pour qu'il vienne à la Foundry. Je crois qu'à ce moment-là il ne croyait plus en l'avenir du groupe, ni à celui de notre tandem créatif. En dehors de Carl, je faisais en sorte que Steve et John viennent aussi, dans les premiers temps. On se sapait pour l'occasion : costumes et paire de boots, très sixties. Je déclamais mes poèmes, puis nous jouions en acoustique.

Quand nous faisions « Pay the Lady », je commençais seul sur scène. Carl et John étaient installés dans le public et me rejoignaient après que j'ai entamé la chanson. J'ai beaucoup fait ça avec Carl, lui demander de s'installer au milieu du public pour venir ensuite me rejoindre sur scène – le coup de la surprise. J'entamais le classique « Dream a Little Dream of Me », et paf ! après quelques mesures, Carl faisait son apparition depuis un recoin de la salle sur un petit pas de claquettes. Cependant, il n'a jamais aimé ça. Parfois, il se mettait au piano et nous rejouions, comme au bon vieux temps, « Mr Spaniel & Mr Spaniel », numéro où nous racontions des blagues de très mauvais goût dans la pure tradition du music-hall. Les spectateurs étaient outrés.

À dire vrai, j'avais plus de succès avec mes poèmes qu'avec le groupe, à cette époque. Je faisais deux, trois performances poétiques par semaine. Un poète, John Citizen, m'avait poussé à intégrer un groupe appelé The Paradigm Poets, sorte d'académie artistique. Dans ce cercle se trouvaient aussi Victoria Mosley et Francesca Beard. Nous avions organisé une séance photo au Groucho Club, et j'avais fait une performance à l'ICA, l'Institute of Contemporary Art, lieu qui représentait pour moi le sommet de l'idée que je me faisais alors de la culture. Pour l'occasion, j'avais fait imprimer des flyers où l'on me voyait en caleçon, les lèvres maquillées de rouge rubis, me tortillant langoureusement, le doigt pointé vers l'objectif, dans une parodie homoérotique des vieilles affiches de guerre « Your Country Needs You ». Le flyer était putain de cool, la performance le fut un peu moins. J'avais voulu mêler poésie et chansons acoustiques, mais rien ne s'était passé comme prévu, les gens avaient continué à parler super fort en buvant du vin hors de prix. J'ai fini par me faufiler discrètement dehors avec John Citizen, qui m'a invité chez lui. J'y suis allé dans l'idée que j'allais pouvoir lui louer une chambre. Ce n'est jamais arrivé.

Je passais régulièrement au Finnegan's Wake, une scène célèbre d'Islington que dirigeait Jem Rolls, poète aux performances particulièrement drôles. Encore aujourd'hui, John et Carl sont capables de citer certains de ses poèmes : « We won, we won, we won, we won, we won… Tony Blair. » J'ai fini par habiter dans la chambre d'amis de l'appartement HLM de Jem, à Dalston, dans l'est de Londres. J'avais hâte de quitter l'endroit où j'habitais à Camden, après m'être enfui à toutes jambes de chez Sasha. C'était Rat Pete, dont j'avais été un temps le chauffeur, qui m'avait branché sur ce logement provisoire. Nous nous étions rencontrés à Camden, au pub. Comme il était soûl et qu'il avait une jambe dans le plâtre, il m'avait demandé si je voulais bien le reconduire chez lui. Pendant deux semaines, je l'ai baladé en bagnole dans le quartier. Son père était une sorte de marchand de sommeil qui possédait des dizaines de trous à rats dans Camden, où Rat Pete laissait crécher les gens qui en avaient besoin. Il avait un drôle de défaut de prononciation, il étirait les syllabes de tous les mots qu'il prononçait – Meeeeec ! Coooool ! T'es un ringaaaard ! Pas le genre à la mooode ! C'était un type très étrange, un Blanc avec une énorme coupe afro et des côtés plutôt sinistres. Quand j'étais son chauffeur, je passais mon temps à faire des allers-retours entre le pub et son appartement du moment, où traînaient toujours une bande de fêtards et des étrangères bien gaulées qui essayaient de percer dans le mannequinat. Un petit monde qu'il hébergeait dans les appartements de son père. Cela avait été le cas de Francesca, qui s'était retrouvée dans un appartement plutôt cool pour vingt livres par semaine. Ce tarif formidable n'a duré qu'un temps car, lorsqu'elle est repartie en Italie, il m'a proposé son appartement pour cent livres par semaine, le fourbe.

Au moment où j'emménageais chez Jem Rolls, j'ai trouvé un boulot de barman au King's Head Pub, à Chinatown, endroit majoritairement fréquenté par des gays. Au sous-sol se trouvait le Dive Bar que les Pet Shop Boys ont immortalisé dans leur chanson « West End Girls », ambiance murs écarlates et bougies. C'est là que les Libertines ont donné leur toute première interview au *NME*. Le King's Head avait une atmosphère assez théâtrale, mais intéressante. Le vendredi, c'était le jour de Peter, un client chinois avec qui j'avais passé un marché : il me refilait un crabe vivant et je lui offrais un demi de Guinness. Chaque vendredi, quand il arrivait, il imitait les pinces de crabe avec les doigts. C'était le code entre nous. Alors je lui glissais en douce la Guinness et il me refilait le crabe. J'ai fini par en avoir six dans l'appartement de Jem Rolls – je ne savais pas comment les cuisiner.

Helen of Troy, qui dirigeait le tristement célèbre Troy Club de Soho, venait aussi au King's Head. Elle se pointait dès l'ouverture, à onze heures, avec son chien, et commandait un verre de spritzer, un vin blanc allemand. L'autre habitué était un type que tout le monde appelait « la Reine mère ». Il était maître d'hôtel dans un club privé de Mayfair et se comportait vraiment en méchante reine, passant son temps à vociférer à propos de tout et n'importe quoi. Les poivrots ultrachics dans son genre m'offraient souvent de l'argent pour que j'accepte de les accompagner aux toilettes. Il m'est même arrivé que d'autres membres du personnel offrent de me payer pour que je les branle. Je me suis servi de cette anecdote pour faire le malin avec le *NME*, à qui j'ai raconté que je donnais des fessées à de vieilles folles pour vingt livres. Mais je n'ai jamais fait ça et je ne l'aurais jamais fait, même pour rire. Dans les interviews, j'inventais parfois ce genre d'histoire parce que je trouvais ça drôle. Tiens, je m'aperçois que ce doit être la première fois que je l'avoue, en fait. C'est que je n'ai jamais trouvé ça grave. J'ai toujours pensé que les gens qui me connaissaient, ma famille surtout, savaient à quoi s'en tenir, parce qu'ils savaient aussi que le baratin, c'était ma spécialité.

Une autre histoire que j'ai racontée au *NME* est celle où j'ai arnaqué un type qui m'avait payé pour que j'aie une relation sexuelle avec lui. Celle-là n'est pas entièrement fausse. Mais, pour être cent pour cent honnête avec vous, je n'ai jamais abandonné ce mec ligoté dans sa maison. Il s'agissait d'un poète plutôt célèbre, qu'on entendait régulièrement sur Radio 4, entre autres. Ce soir-là, je m'étais senti très flatté qu'il me propose de l'accompagner dans sa maison de Chelsea. À l'intérieur se trouvait toute une collection de bustes d'empereurs romains. Bref, je ne l'ai pas du tout attaché et, à la vérité, il ne me pressait pas pour passer aux choses sérieuses – auxquelles nous ne sommes jamais passés. Voilà un autre aveu, car, à l'époque, j'aimais bien donner l'image du dandy scandaleux et violent – j'avais toujours avec moi un parapluie à pointe métallique et un exemplaire de *Suedehead* de Richard Allen, un classique du pulp qui racontait l'histoire d'un hooligan vicieux et très caricatural. *Suedehead* était aussi le titre de la première chanson solo de Morrissey.

Je désespérais tellement de rendre mon fantasme réel que « passer à l'acte » était la seule solution. Ainsi, Carl et moi faisions semblant de nous battre dans le métro. Nous avions également un tas d'autres lubies. Un jour, nous nous sommes mis en tête d'intégrer une agence d'escorts, Aristocrats, persuadés qu'au pire cela consisterait à accompagner de vieilles dames au restaurant ou à l'opéra et que nous serions doués pour cette activité, parce que nous avions assez de culture pour faire impression. La réalité ne devait guère ressembler à l'idée que nous nous en faisions. Même le nom de l'agence était faux. Quand nous nous sommes pointés à l'adresse en question, une vieille, qui avait dû être pas mal dans les années 1960, était en train de balayer l'escalier en chaussons et nuisette. Nous lui avons demandé si Aristocrats, c'était bien là. « Non, mes chéris », nous a-t-elle répondu en pointant au-dessus d'elle, vers le panneau de l'agence où nous avons alors lu : « Aristocats ». Aristocats ? Nous avions ajouté un *r* qui n'existait pas, le *r* de nos fantasmes. Le premier rendez-vous qu'elle pouvait nous donner était à l'hôtel St Georges, près de la BBC. L'histoire que nous avons fourguée au *NME* parlait de « baiser des vieux dans des chambres d'hôtel », encore du baratin. La fin de la véritable histoire, c'est que nous avons planté la vieille et ses chaussons sur son escalier et que nous sommes partis en courant. Nous nous marrions bien quand il fallait donner des interviews au *NME*. Nous cherchions toujours à choquer. Mais la vérité était que notre fantasme de jouer les escorts pour vieilles dames avait rejoint la longue liste de nos rêves brisés.

Francesca est finalement venue vivre avec moi dans l'appartement de Jem Rolls. Un soir qu'elle devait travailler tard à la librairie italienne, j'avais proposé de venir la chercher pour que nous rentrions ensemble. Mais je répétais chez la mère de John à Kentish Town et je ne me suis pas pointé à l'heure dite. Francesca est donc rentrée toute seule et, en traversant le West End, un type l'a violée en la menaçant avec un couteau. Quand elle est arrivée à l'appartement, vers trois, quatre heures du matin, j'étais mortellement inquiet. « T'étais où, putain ? » Elle ne m'a pas répondu, elle n'a rien dit, elle s'est déshabillée, puis s'est glissée dans le lit, ne me racontant qu'alors ce qui lui était arrivé. Je me suis immédiatement levé pour appeler la police. Elle m'a devancé et a arraché le téléphone du mur. Mais son geste ne m'a pas découragé pour autant. Une heure plus tard, je l'ai traînée jusqu'au commissariat de Stoke Newington. Il ne m'était pas venu à l'esprit qu'elle n'avait pas envie de porter plainte pour ne pas avoir à raconter de nouveau son viol.

Ce drame a mis le bordel entre nous. Je n'ai jamais pu reparler de cette nuit à Francesca, glissant le problème sous le tapis pendant des années, n'y faisant jamais allusion, ne tentant jamais d'en parler. J'avais un tel sentiment de culpabilité. Je n'étais pas venu la chercher et elle s'était fait agresser. C'était donc de ma faute. Quand je me suis retrouvé en séance de thérapie de groupe pendant ma cure de désintoxication, tout est remonté (je tiens tout de même à préciser que ce qui se dit pendant ces séances reste strictement confidentiel). Peut-être parce que je me trouvais avec beaucoup de filles qui témoignaient elles aussi des viols qu'elles avaient subis.

J'ai écrit « What a Waster », le premier single des Libertines, dans l'appartement de Jem Rolls, juste après l'agression de Francesca. C'était encore, à ce moment-là, une ballade tendre et lente. *« Round the corner where they chased her… when she wakes up in the morning she writes down all her dreams… »* Je parlais évidemment de Francesca, même si la chanson faisait aussi référence à des mots prononcés par Steve – qui a d'ailleurs toujours pensé que c'était une chanson sur lui. Mais ce n'était pas le cas. Ce qui ne se référait pas à Francesca nous concernait, moi et mon père. J'y évoquais ce qu'il pensait de moi, son fils, à savoir que j'avais tout gâché, que j'étais un raté. C'est la première fois que je dis ça, parce que c'est ce que j'ai fini par comprendre de ma propre chanson. À Noël, Francesca et moi sommes allés en Allemagne et l'attitude de mon père m'a vraiment choqué. Il me faisait sans cesse des remarques désagréables, raillait le fait que Francesca puisse vivre avec un mec comme moi. Il insistait lourdement : « Comment une fille aussi jolie, aussi gentille, aussi intelligente que vous peut-elle sortir avec un type comme lui ? »

Existait à cette époque une association caritative, par laquelle beaucoup d'entre nous sont passés, dont la spécialité était de trouver des logements aux personnes au chômage. Grâce à elle, j'ai pu m'installer dans une petite maison, à Tottenham. Là, j'ai rencontré une étrange secte de jeunes Français psychédéliques qui habitaient une autre maison du même lotissement. Parmi eux se trouvaient Davide, un mec avec une longue barbe, et Sandra, une danseuse que ceux qui fréquentaient les fêtes de squats connaissaient pour l'avoir souvent vue faire un numéro de danse où elle surgissait d'un œuf en plastique. Ce sont Davide et Sandra qui m'ont fait écouter The Seeds pour la première fois et qui m'ont présenté Martin, un biker *old school* pour qui j'ai très vite commencé à livrer des petits sachets de pink speed en échange d'un peu d'herbe.

Martin me donnait l'adresse d'une grosse rave à tel endroit à Dalston et me confiait un ballon de foot en plastique coupé en deux, bourré de pink speed, que je repliais soigneusement et que je planquais dans mon chapeau pour aller le vendre. Dans ce genre de fête, si je ne m'éclatais pas vraiment avec la musique – la techno n'était pas mon truc –, je m'éclatais, en revanche, à vendre des amphètes. Les gens me refilaient souvent leur numéro de téléphone. Un jour, parmi eux, s'est trouvé un type qui gérait un studio d'enregistrement vers Old Street, à Shoreditch. Comme il voulait tout le temps du speed, je me tapais sans arrêt le trajet entre Tottenham et Old Street à vélo. J'avoue qu'il m'arrivait de couper un peu le speed, cela me permettait de me faire facilement de l'argent. Je finirais par enregistrer dans ce studio, juste avant qu'un label ne nous signe.

Le speed mène-t-il à tout ? En tout cas, moi, il m'a mené jusqu'à Dan Treacy, du groupe culte The Television Personalities, à qui on m'avait demandé de livrer de la came en me disant que je trouverais un type à l'arrière d'un certain bus et que ce serait mon client – à l'époque, Treacy dormait dans le bus. J'ai aussi vendu du speed au personnel du Bricklayers Arms, pas loin d'Old Street, un bar « plus à la mode que moi tu meurs », tout à fait le genre d'endroit qui m'intimidait. C'était à l'époque où Old Street et ses environs commençaient à devenir un quartier ultra-branché. Le Bricklayers Arms était plein de gens qui avaient réussi, comme on disait, des gens avec des vrais boulots, dont beaucoup bossaient dans les médias. C'était pour cela qu'être signé par un label représentait quelque chose de si important pour moi, je voulais « en être », avoir la sensation d'être intégré à ce monde, me sentir culturellement légitime. Jouer entre nous, ou écrire dans l'anonymat ce que nous considérions comme de bonnes chansons, n'était pas suffisant, nous avions besoin de reconnaissance.

C'est par Sandra et Davide que j'ai commencé à fréquenter le squat espagnol qui se trouvait sur Church Street, dans le quartier de Stoke Newington, un squat plutôt célèbre, qui ressemblait à une sorte de centre culturel. Y étaient organisés des événements musicaux, des événements poétiques, des tonnes de fêtes. Il y avait même un potager bio, certes un peu foireux. Carl n'a jamais été fan de cet endroit, trop hippie pour lui, mais l'idée d'avoir un squat à nous, un endroit où nous pourrions vivre sans rien débourser, le tentait.

Pendant un temps assez court, nous avons installé les Albion Rooms dans une sorte d'ancienne usine où il n'y avait pas l'électricité, au coin de Church Street, à deux pas du squat espagnol. Nous y avons d'ailleurs organisé un concert. Delvin le sorcier, un type qui faisait partie du cercle de Sandra et Davide, possédait un générateur qui fonctionnait à partir d'un vélo d'appartement. Nous pédalions et, en échange, il nous laissait l'usage de son générateur. Pendant que nous jouions, Sandra improvisait une chorégraphie. Elle était vraiment magnifique, tout le monde était amoureux d'elle. Aux Albions Rooms, Steve était encore *straight*. Puis nous avons investi un cinéma désaffecté de Dalston. Mais, comme il n'y avait plus de toit, ça n'a pas duré. Quelques mois plus tard, nous avons atterri dans un pub de Clerkenwell, The Empress of Russia, tout près du Sadler's Wells Theatre. C'était le tout premier endroit où nous avons pénétré illégalement. Steve avait beau être un grand gars costaud, il a escaladé la gouttière avec une agilité de chat. Nous étions organisés comme des pros ce soir-là, nous portions tous des cagoules et nous n'avions pas oublié de prendre des chaînes et des cadenas pour pouvoir ensuite refermer à clé notre nouveau chez nous.

Nous y avons organisé une soirée, qui se voulait dans le style des nuits « cabaret arcadien » de la Foundry. Mais le seul à s'être pointé était Johnny Borrell. Un masque à gaz sur le visage, il a chanté de la folk avec les deux chanteuses de gospel noires qui l'accompagnaient à ce moment-là. Il était plutôt bon dans ce registre. Carl, John et moi avons joué en tant que Libertines, avec Steve à la batterie. Il avait été relégué à cet instrument parce qu'il était trop caractériel pour chanter, capable de se mettre dans des humeurs de chien et de tout faire foirer.

J'ai été chargé de veiller sur l'Empress of Russia quand tout le monde s'est barré à Glastonbury. Pendant leur absence, j'ai laissé venir quelques personnes qui n'avaient nulle part où aller. Seulement, je me suis rapidement laissé déborder. Je n'ai pas tout de suite saisi l'ampleur du problème. Mais, quand Steve et les autres sont revenus, ils m'ont demandé ce qui m'avait pris de laisser entrer tous ces crackers dans le pub. C'est lorsqu'on a essayé, en vain, de s'en débarrasser que j'ai réalisé que nous avions été victimes d'une prise de contrôle hostile.

Ensuite, Steve s'est installé dans ce que nous appelions les Albion Towers, un immeuble étrange, hyper haut et très décati, affublé de sortes de tourelles qui surplombaient Mole Jazz, un disquaire spécialisé, en face d'un cinéma à l'abandon de King's Cross, le Scala. La seule chose encore en état que nous ayons trouvée dans cet endroit était un vieux bureau. Steve s'y est assis, les pieds sur la table, et, après avoir ruminé un moment, m'a dit qu'il était prêt à me raconter sa vie et à ce que je prenne des notes si je voulais. Mais nous n'avons jamais pu aller au-delà du temps où il bossait dans une baraque à frites à Filey, où il avait entendu les Stooges pour la première fois et où lui et son groupe avaient volé une licence IV. Il était incapable de se souvenir de quoi que ce soit d'autre. Puis Carl a déclaré qu'il voulait le bureau. J'ai proposé que nous nous en partagions tous l'usage, mais c'était perdu d'avance. Ce vieux bureau fut donc l'objet d'une dispute mémorable au cours de laquelle Steve a balancé une télé par la fenêtre. Celle-ci a atterri sur un bus à impériale. Heureusement, personne n'a été blessé, mais nous avons dû nous tirer en courant parce que la télé avait tout de même transpercé le toit du bus et la police était sur le coup. Quand Carl et Steve se sont retrouvés face à face, les choses ont dérapé. C'était juste après le lancer de télé, Steve se tenait debout sur un muret et, le temps que je cligne des yeux, Carl l'avait rejoint et faisait de drôles de mouvements de tai-chi. Il a fini par mettre un kick à Steve en pleine tête, puis s'est jeté sur lui pour le cogner. J'ai dû intervenir pour les séparer.

Le dernier concert des Libertines que nous avons fait avec Steve a eu lieu au Scene Club, à Soho. J'avais fait des affiches vraiment cool. Ce soir-là, Steve a sorti le fameux discours que John, Carl et moi pouvons encore citer mot pour mot aujourd'hui. Il attendait que le concert commence, assis dans un coin, quand il nous a dit : « Vous ne savez pas ce qui se passe dans ma tête, oh non… » Nous avons répondu : « Sûr, on ne sait pas. » Et il a continué : « Je suis comme ces putains de Stooges et vous voulez être les Kinks. » L'heure du concert était proche. « Écoute, Steve, tout roule, alors arrête de raconter des conneries, on va bientôt monter sur scène. Tu ne veux pas qu'on joue, tout simplement ? » Steve a repris : « Je vais détruire le monde, putain ! » Sa fausse dent tombait sans arrêt. « Hé, mec, contente-toi de te mettre à la batterie. » Nous n'arrivions pas à le calmer. « Non, vraiment, vous n'imaginez pas de quoi je suis capable… »

Puis, à la moitié de la première chanson, quelqu'un est venu virer Steve de la scène, le balançant littéralement dans les escaliers avant de le défoncer à coups de poing. Le quelqu'un en question était une sorte de gorille, un Russe taillé comme une armoire à glace. C'était horrible. Sandra hurlait au type : « Je vais te tuer ! Je vais te tuer ! » en lui frappant la poitrine. Je n'ai jamais su ce que Steve avait fait. L'info n'est jamais passée par moi. Tout ce que je sais, c'est que j'étais sur scène à essayer de faire ce qu'on appelle un concert et qu'en un claquement de doigts Steve se faisait massacrer à coups de poing. Pour vous dire combien nous avions perdu foi en lui, nous ne nous sommes même pas arrêtés de jouer pour le défendre. Comme si nous pensions tous : « Enfin, un mec qui nous en débarrasse ! »

7

Filthy's

1999-2000 : un petit van jaune, une bande démo et un nouveau batteur. Un gros manager, mais pas de contrat. Un premier article dans le NME. *Un job de rêve au Filthy McNasty's Whiskey Café. Une rencontre avec Chas & Dave (et Kate Moss, en quelque sorte). Un aristo, Alex, nous présente Banny, la femme qui a changé la vie des Libertines.*

C'est à cette époque que mon père est entré dans le jeu. J'avais convaincu ma mère de me prêter de l'argent – ce que mon père et elle ont fait –, arguant du fait que le groupe fonctionnait bien, que tout allait pour le mieux, que les choses avançaient, mais que j'avais besoin d'acheter un van et de financer une bande démo pour que ça décolle vraiment. J'avais conclu en avançant que c'était un investissement plutôt qu'un prêt et que, dès que nous aurions signé le contrat de plusieurs millions que nous méritions, évidemment, je les rembourserais. J'étais exactement dans l'état d'esprit que je décris là et je n'étais pas totalement à côté de mes pompes, car l'avenir me donnerait raison. Le seul truc, c'est que, lorsque j'ai eu de l'argent, papa et maman n'ont jamais voulu que je les rembourse, alors m'acquitter de cette dette a été un dur combat.

J'ai acheté un petit van jaune pour sept cent cinquante livres – je vous laisse imaginer dans quel état il était. Ce n'était pas un Ford Transit, plutôt le genre Reliant Robin, sauf qu'au lieu d'avoir trois roues il en avait quatre. Puis nous sommes allés avec à Hackney, aux studios Odessa, un endroit vraiment délabré, pour enregistrer la démo. Le propriétaire, Gwyn Mathias, s'endormait à tout bout de champ ou alors fonçait chez lui pour nourrir son chien ou pour voir sa bourgeoise. Si bien que nous restions des heures et des heures à l'attendre. Après une semaine d'enregistrement, le studio est devenu gratuit. Gwyn pouvait difficilement nous demander de payer, puisque rien ou presque n'avait pu être fait.

Un soir, nous avons raconté à Gwyn la tragique histoire de notre batteur. Il a immédiatement fait le lien avec *Spinal Tap*, la parodie de documentaire de Rob Reiner sur un groupe fictif de heavy metal. C'était son truc, ce film, et il n'arrêtait pas de le citer. Puis il nous a dit qu'il connaissait un batteur, Paul Dufour, un mec classe, plutôt jazzy, qui avait joué avec Fly By Night. Gwyn nous a demandé si nous connaissions – évidemment que nous connaissions. Gwyn avait fait partie de ce groupe dans les années 1970 et des photos de cette époque décoraient les murs de son studio. À deux heures du matin, voilà qu'arrive Paul Dufour avec sa BMW et sa casquette plate, un Cockney pur jus qui allait facile sur ses soixante ans et ne jouait presque plus, exactement ce que nous cherchions. Il lui a fallu plus de temps pour l'installation de sa batterie que pour l'enregistrement. Nous l'avons vite surnommé Mr Razzcocks, ou Razzers, et lui avons demandé de rejoindre pour de bon notre groupe. Nous avions des chansons qui sonnaient très ballade des années 1960, comme « Music When the Lights Go Out », et Razzers savait parfaitement comment donner ce ton sixties/jazzy quand il jouait – je m'en souviendrais avec émotion à sa disparition, en septembre 2022. Donc, répétition gratuite avec Razzers à la batterie. Finalement, nous ne nous en étions pas si mal tirés aux studios Odessa.

Grâce à Su Goodacre, nous avons fait la connaissance de Roger Morton, notre premier manager digne de ce nom. John avait rencontré Su au Good Mixer et nous l'avait présentée en disant qu'elle connaissait des tas de gens haut placés et qu'en plus elle avait de gros nichons. Ce genre de propos sonne affreusement macho, je le conçois, mais John n'avait que dix-huit ans et cette fille, pour nous tous, c'était quelque chose, la nymphette cockney par excellence. Elle avait un groupe de filles, Superior, toutes plus âgées que nous et parfaitement obscènes. Nous traînions souvent chez Su, où les filles s'amusaient à nous affubler de boas et à souligner nos yeux d'eye-liner. Et, souvent, Su dansait dans son appartement en culotte scintillante, les seins à l'air.

Roger écrivait dans le *NME* et avait un look à la James Bond. Il portait des lunettes de soleil la nuit, avait une coupe de cheveux à la David Bowie et un blouson en cuir.

Il possédait aussi une collection de disques plus cool tu meurs. Entre lui et Razzers, ça faisait des étincelles. Roger prétendait que nous devions nous débarrasser de lui – « Ce n'est pas sexy d'avoir un vioque dans le groupe ». Quand, en septembre 1999, nous avons joué au Bull & Gate, un pub de Kendish Town, il a publié un article dans le *NME*. C'était le genre tournée de chiotte où tu paies pour jouer, mais j'étais tellement excité que, pour moi, c'était comme jouer au Madison Square Garden. Je peux me tromper, mais je crois que mon enthousiasme était communicatif. Paul a eu droit à une « mention spéciale » dans l'article de Roger : « le vieux à la batterie ». En dehors de cette pique, son article était évidemment élogieux – c'était tout de même notre manager – et nous avons eu droit à cette accroche : « La meilleure chose qui soit arrivée depuis les sucettes à l'opium ». Ma seule déception : nous n'avons pas fait la couverture.

Nous pensions, maintenant que nous avions un manager qui écrivait dans le *NME*, que nous allions signer un contrat dans la seconde. Alors, quand Roger nous a emmenés dans le bureau de John Waller, qui avait été directeur général de la maison de disques Andrew Lloyd Webber, nous étions plus que fébriles. Seulement, voilà, nous ne l'intéressions pas le moins du monde. S'est ensuivie une étrange période où rien ne se passait, sinon d'aller chez Roger pour lui demander de l'argent et des guitares. Sa stratégie était de nous organiser un concert tous les trois mois en invitant des mecs de l'industrie du disque, dans l'espoir que l'un d'eux finisse par nous signer. Seulement, nous, nous voulions jouer tous les soirs. À la fin de l'année 1999, il nous a dégotté une place au Blow Up, boîte mythique de la scène londonienne qui s'était relocalisée au Wag Club, un club de Soho qui pouvait accueillir beaucoup plus de monde. Roger a fait filmer notre concert, que les Libertines ont posté sur YouTube en 2020 pendant le premier confinement. Il a également réussi à nous faire jouer dans un club de Westminster qui avait été élu « club le plus cool de Londres » par le *Sunday Times*, le Kashmir Klub. Nous y assurions la première partie d'un groupe de Manchester, I Am Kloot.

À cette époque, c'est Francesca qui jouait les soutiens de famille. Il fallait vraiment que je me trouve un boulot. Je pieutais aux studios Odessa, où je faisais le standardiste pour Gwyn. Le samedi matin, pour cinq livres, je nettoyais des pare-brise au garage Jaguar de l'autre côté de l'allée. C'est là que, plus tard, je viendrais acheter les miennes, toujours d'anciens modèles. Le patron du garage s'appelait Tony Smith. Il ressemblait à Big Vern, caricature ultime du gangster cockney, un des personnages qu'on trouvait dans le périodique de bande dessinée *Viz*, sorte de *Fluide glacial* d'outre-Manche.

Je travaillais aussi, pour trois livres cinquante de l'heure, dans une petite boutique de Soho, Ground Zero. J'y vendais des gadgets hors de prix, des cubes-réveils, des cintres fabriqués dans je ne sais quel métal high-tech et durable... Pas trop ma came. Habituellement, je réussissais à bosser dans des endroits qui m'intéressaient, mais là, j'avais trop besoin d'argent pour faire la fine bouche. J'ai été viré après m'être fait gauler en train de sniffer une ligne de speed sur le comptoir de caisse. Moi, je pensais que cela me donnerait un petit côté hype, mais ils ont été d'un autre avis, apparemment, et m'ont renvoyé chez moi sans discussion. J'ai également travaillé brièvement dans une boutique mod de Carnaby Street, tenue par un couple de Pakistanais. Un drôle d'endroit, mais avec une putain de bonne musique – une cassette de morceaux psychédéliques du meilleur cru qu'ils passaient en boucle depuis 1990. La boutique était fréquentée par de purs mods londoniens *old school*, qui portaient des pattes à la Charlie George, le célèbre attaquant d'Arsenal. Ces types avaient l'habitude de m'appeler le Mod en toc. Dèche oblige, j'ai même été balayeur de rue à King's Cross pendant quelques jours – ça, c'était vraiment dur comme boulot.

Ensuite, j'ai bossé chez Filthy's et l'inspiration des Libertines a pris une nouvelle direction. J'avais expliqué à Su que je cherchais un boulot dans un endroit où je pourrais me poser pour écrire. Elle m'a emmené au Filthy McNasty's Whiskey Café, un célèbre café irlandais au coin d'Amwell et d'Angel Street. Une soirée littéraire y était organisée tous les jeudis. Su m'a présenté à Dave, le patron irlandais, en lui disant que j'étais poète et que ce serait bien qu'il me file du boulot, ce qu'il a fait. Il m'a donc pris comme barman. Je faisais l'ouverture et dormais dans une chambre à l'étage, où quelques matelas étaient posés par terre. C'est là que j'ai écrit les premières versions de « Up the Bracket » et « Horrorshow », et que j'ai passé des heures à gratouiller ma guitare. C'était l'endroit parfait pour écrire, un endroit très « habité » où il me semblait sentir la présence de dizaines de fantômes sous les lames du plancher. Un fleuve d'énergie ancestral courait d'Amwell Street jusqu'à l'Exmouth Market où se trouvaient le vieux Empress of Russia et Sadler's Wells. Une force psychique invisible émanait de cette partie de Londres, comme un étrange chant d'âmes mortes.

Shane MacGowan, des Pogues, avait longtemps été un habitué du Filthy's. Dave avait d'ailleurs accroché sa photo sur le mur où se trouvaient aussi celles de Gerry Adams, le président du Sinn Féin, et de Johnny Depp. Les liens de ce café avec le monde littéraire étaient très forts – des écrivains comme Will Self et Ken Kesey y avaient fait des lectures –, mais c'était aussi un haut lieu pour le peuple des parieurs et un café également très populaire auprès de la célèbre famille Adams. Les plus jeunes membres de cette famille irlandaise venaient tous les samedis soir, en tee-shirts YSL, et payaient systématiquement en espèces, avec des billets de cinquante. Ils offraient une tournée à quinze livres, vous refilaient un billet de cinquante et disaient : « Garde la monnaie, gamin. » Je n'en croyais pas mes oreilles.

Un jour, le patron m'a demandé de faire un extra. Il avait besoin de moi pour une soirée privatisée. Primal Scream faisait partie des invités. Et Kate Moss. Je n'avais jamais été aussi près de quelqu'un d'aussi célèbre. Le lendemain matin, je me suis vanté auprès des clients réguliers : « Eh ouais, Kate Moss était là hier soir et elle m'a entraîné aux toilettes pour me sucer. » Que des conneries ! Le grand retour du baratineur ! Et vulgaire, en plus ! J'avais bien sûr totalement inventé cette histoire. Mais, quand on y pense, quelle ironie du sort… Je m'étais aussi vanté auprès de Carl avec le même baratin. « Ah oui ? Eh, bien, je suis sûr que Francesca sera ravie d'entendre ça. » Sa réaction m'avait fait comprendre que ma vantardise n'était pas une très bonne idée. Il arrivait que le Filthy's accueille des tournages. Un jour, la BBC, ou Channel 4, je ne sais plus très bien, est venue tourner une interview de Chas & Dave. Du coup, on m'avait maquillé pour l'occasion et j'ai fait mon boulot de serveur en leur chantant de vieilles chansons de music-hall.

Filthy's est aussi l'endroit où j'ai commencé à organiser mes propres soirées. Comme j'avais les clefs, j'ai proposé à mes camarades d'organiser un concert des Libertines dans l'arrière-salle. J'avais collé des affiches dans toute la ville et trouvé d'autres groupes pour venir jouer. C'était un prolongement des soirées « Arcadie » de la Foundry, sauf qu'enfin nous allions jouer nos propres chansons. Je voulais rassembler des artistes très divers pour créer une communauté de groupes qui se soutiendraient les uns les autres et joueraient ensemble.

C'était une époque formidable, en perpétuel mouvement, à bouger toute la nuit dans Londres d'un endroit à un autre, pour trouver le prochain endroit où danser, où faire du bruit, où boire un verre, en recherchant toujours la compagnie de gens créatifs. À chaque fois que je rencontrais quelqu'un qui jouait dans un groupe, je lui demandais immédiatement : « Et vous faites quoi, jeudi prochain ? » Parce que j'avais toujours une soirée Arcadie sous le coude, occasionnellement à la Foundry, mais la plupart du temps au Filthy's.

Je ne devrais pas le dire, mais ce job de barman, je l'avais pris surtout pour avoir accès à du liquide. Je piquais pas mal dans la caisse. Dave se pointait à moto, rentrait avec dans le bar, se garait, courait à l'étage, redescendait, toujours en courant, et me lançait : « Doherty, vous avez donné un bain à ce putain de chien ? » La famille Adams avait un gros berger allemand qui restait dans l'arrière-cour et j'étais censé lui faire la toilette. Dave était dingue, putain de dingue, mais j'adorais ça. Il vidait la caisse en jurant à voix basse, me gueulait dessus, puis me forçait à descendre à la cave, où se trouvaient des punching-balls et tout un tas de matériel paramilitaire. Puis il me disait : « Nous savons que tu piques dans la caisse, Doherty, alors fais en sorte qu'on ne te chope pas. » C'était une sorte de jeu.

Avec mes premières petites économies, je suis allé au marché de Camden m'acheter une guitare, dont j'étais très fier. Je pensais que c'était une Gibson, avec le F-hole. Mais c'était en réalité une Givson, une copie made in India très maligne, avec un « v » qui ressemblait à un « b ». Je m'étais fait complètement avoir. Cela m'arriverait encore, comme dans ce magasin de guitares de Denmark Street, le jour où j'ai filé en douce avec ce que je croyais être une authentique Stratocaster du début des années 1960. J'étais entré avec une vieille guitare pourrie dans un étui, que j'avais remplacée par la Strat, l'air de rien – je sais, c'est pathétique. Bref, je pensais que ce que j'avais dans mon étui valait une fortune, mais quand j'ai montré la guitare à John, il s'est exclamé : « Tu te fous de ma gueule ? C'est une copie, ça ne vaut pas plus de deux ou trois cents livres. »

Un autre barman du Filthy's, Alex Clarke, a joué un rôle important dans l'histoire des Libertines. C'est lui qui nous a présenté notre future manager, Banny Poostchi, la femme qui nous ferait signer avec Rough Trade. Je faisais pas mal de services communs avec Alex et, parfois, il dormait aussi dans la chambre de l'étage. À ce que tout le monde disait, il était poète et fils d'un lord qui possédait la moitié de l'Écosse. Alex avait l'habitude de s'installer au bout du bar, dans son costard en tweed, pour lire le supplément littéraire du *Times*. Je le considérais comme une sorte d'Oscar Wilde, profondément stimulant intellectuellement et toujours en train de prendre des notes dans son carnet. Il avait un pote, Lockett, dont on disait aussi qu'il était poète et aristo. C'est la présence d'Alex et Lockett qui a poussé Carl jusqu'au Filthy's. Carl avait toujours été obsédé par l'aristocratie. S'il voulait bien admettre qu'il venait d'un HLM de Basingstoke, il ajoutait en murmurant qu'il avait des ancêtres aristocrates, des enfants illégitimes. La première fois que je lui ai dit que le Filthy's était un endroit dément et qu'il devrait passer, il m'a envoyé bouler, ajoutant qu'il avait entendu dire que c'était un pub de l'IRA. Je lui ai expliqué que ce n'était plus le cas, que c'était désormais un endroit très bien, si bien qu'il y avait même des aristos. Le lendemain, il était là. Devant Alex et Lockett, il est resté bouche bée – « Putain de merde ! De vrais aristocrates ! » J'ai opiné, et Alex et Lockett ont parfaitement joué leur rôle.

À cette époque, Alex était fou amoureux de Banny. Avocate, la trentaine, elle avait travaillé sur les contrats d'Oasis pour le cabinet Simons Muirhead Burton. Un jour, il l'a amenée au pub. En nous voyant jouer avec Razzers, elle a immédiatement dit : « OK, je vais m'occuper des Libertines. » Tout le monde était plus ou moins amoureux d'elle. Elle nous a payé une démo pour deux nouvelles chansons, « Love on the Dole » et « Breck Road Lover ». Puis elle a fait tout ce qu'elle a pu pour nous obtenir un contrat avec une maison de disques. L'idée qu'elle se faisait de nous – et qui l'enthousiasmait –, c'était celle d'un groupe de jeunes gens libres, poétiques et romantiques, mais en fringues sixties – c'était comme cela qu'elle nous vendait. Banny venait de changer de boîte et d'intégrer Warner/Chappell Music Publishing – Warner Music International en tant que responsable juridique et commerciale. Elle nous considérait comme le premier projet de son nouveau boulot, et je crois pouvoir dire, comme son projet chéri. « Vous êtes ma bande de sales mômes, alors il faut vous débarrasser du vieux. » Toujours la même rengaine.

8

Banny

2000-2001 : je deale de l'ecstasy. Je rencontre Wolfman. Je vais en Russie avec la Foundry. Je travaille sur un chantier. John quitte le groupe. Francesca, Martin et moi. James Mullord fait une proposition. Banny met sur pied le plan A. Les Strokes arrivent en ville. Steve revient avec Bill et Neil. Nouveau line-up, nouveau son.

J'ai commencé à dealer de l'ecstasy. Un type se pointait avec un sac plastique de chez Sainsbury's rempli de ces putains de pilules et on me demandait de faire en sorte de tout bazarder. L'idée, c'était que si j'arrivais à écouler les deux cents qui se trouvaient dans le sac, on m'en confierait d'autres. Alex avait beaucoup d'amis issus d'écoles privées qui venaient boire un coup au Filthy's et prenaient de l'ecsta. En général, ils en avalaient six ou sept avant de mettre leur dance music bizarre. À minuit, quand le Filthy's fermait, nous allions tous au Shepherd's Bush, une boîte installée dans d'anciennes toilettes publiques qui restait ouverte toute la nuit. On y dansait sur les tables jusqu'à l'aube, totalement défoncé à l'ecsta, sur de la techno de merde. Sortir de boîte au lever du soleil me procurait une sensation extraordinaire. Parfois, nous finissions à Brighton ou à Margate, mais le plus souvent sur le toit d'une tour, pas très loin du Filthy's. Nous prenions l'ascenseur, amorphes, la bouche ouverte, puis nous redescendions les vingt-six étages par l'escalier en lisant tous les graffitis laissés par d'autres mecs en train de tripper – près de vingt-cinq ans de graffitis hautement créatifs et supérieurement obscènes, un truc incroyable.

Je travaillais toujours chez Filthy's, mais je ne pouvais plus y dormir, alors j'échouais où je pouvais, constamment à la recherche d'un endroit où me poser. J'ai habité un moment chez une Française, Carole Dubois, poétesse un peu plus âgée que moi, qui avait un étrange appartement au coin du Filthy's. C'est là que j'ai fait la connaissance de Peter Wolfe, dont la petite amie de longue date, Romana, vivait avec Carole. Wolfman avait une dizaine d'années de plus que moi et, au début, il ne m'aimait pas beaucoup. Mais être serveur au Filthy's avait quelques avantages. Entre nous, l'amitié est née à force de proximité et parce que je lui filais un verre de vin blanc à l'œil de temps en temps. Au-delà de ça, je croyais en sa poésie. C'est pourquoi je l'ai invité à venir en déclamer aux soirées que j'organisais au Filthy's.

J'ai eu une aventure très brève avec Carole – une des filles qui m'ont bien entubé en vendant notre histoire, ou plutôt sa version de notre soi-disant histoire, à des tabloïds quand j'étais avec Kate Moss. Après moi, elle est sortie avec Jake Fior, le manager de Wolfman, qui possédait une librairie-galerie d'art pas très loin du Filthy's. Il nous y embauchait parfois, Francesca et moi, pour servir à boire pendant les soirées de vernissage. Si je devais donner une description de cet endroit, je dirais que c'était en gros la librairie Black Books de la série culte éponyme et que Jack ressemblait en tout point au personnage joué par Dylan Moran, le libraire grognon Bernard Black.

Mick Murphy, qui travaillait aussi au Filthy's, me laissait parfois dormir dans son logement HLM, à deux pas du bar. Ce Cockney était un skin version *suedehead* qui se trouvait très stylé avec son jean qui lui tombait sur les fesses et ses Stan Smith. Pour une raison que j'ignore, il a dû quitter l'Angleterre brutalement et s'est installé à Lanzarote. Parfois, je créchais chez Judd le pyromane, autre personnage bizarre qui lui aussi habitait tout près du Filthy's. C'est la première personne que j'ai vu fumer du crack. Un jour, il est entré, a commandé une pinte, l'a avalé d'une traite et a refusé de payer en prétextant qu'il connaissait le patron, puis il a allumé sa pipe à crack au comptoir. Nous étions seuls, lui et moi, il était onze heures du matin et il m'a offert une taffe. La B.O. de *The Harder They Come* jouait dans la salle et je me souviens m'être senti vraiment très grand, puis soudain totalement fan de reggae, je dirais même plus, totalement reggae. C'était comme si le soleil brillait et que tout allait bien. Après ce jour, je n'ai plus touché au crack pendant très, très longtemps. Judd a fini par mettre le feu à son appartement, qu'il a réduit en cendres, et on l'a envoyé en prison.

C'est vers cette époque, entre septembre et octobre 2000, que je suis parti pour un bref séjour en Russie. Ce voyage faisait partie d'un échange culturel avec la Foundry. Son équivalent russe, un truc appelé DOM, était d'abord venu à la Foundry. Puis la Foundry avait rassemblé les fonds suffisants pour « le match retour », comme ils disaient. Je ne sais si vous pouvez imaginer ce qu'était la Russie à ce moment-là, un pays tout simplement dingue. Notre groupe était assez important, une bonne cinquantaine d'habitués, et nous couchions dans les dortoirs d'un grand baraquement. L'artiste Gavin Turk était là, le comédien Tam Dean Burn aussi, qui se pointait toujours travesti pour chanter à mes soirées de la Foundry – ce qu'il a aussi fait en Russie. Moi, je devais interpréter ma version de « Dirty Old Town » – c'était ce qui était prévu pour le spectacle et la raison pour laquelle j'étais du voyage.

Le DOM, c'était The Foundry fois dix. Un jour, j'ai suivi deux artistes russes jusqu'à un appartement où ils m'ont enfermé à clef. Je suis resté dans ce simili-bunker pendant un jour et demi. Je crois que c'était une sorte d'expérience. Ils me filmaient, et la seule voix que j'entendais, totalement désincarnée, sortait d'un haut-parleur. Quand ils m'ont laissé sortir, j'ai erré dans un coin de Moscou que je ne connaissais pas en essayant de retrouver mon chemin – lequel ? car, pour être honnête, je ne savais même pas où j'essayais de rentrer. J'étais dans un drôle d'état, paniqué, croyant que j'allais rester en Russie, que les autres allaient repartir en Angleterre sans moi… La rue était envahie par les poules. Les poules, mon inoubliable souvenir de Russie.

À mon retour en Angleterre, je me suis installé chez John. Tous les matins, sa mère venait me réveiller avec une tasse de thé. Leur maison était située juste en face de l'agence pour l'emploi de Kentish Town. La première fois que j'ai poussé la porte de cette agence, ils m'ont filé un boulot sur un chantier, à Chelsea, dans la maison voisine de celle du batteur de Queen. Ça m'a fait rire. Dans l'équipe de constructeurs se trouvait un vieil Irlandais qui ne m'a pas exactement pris sous son aile. Il me surnommait « l'Irlandais de pacotille ». Mod en toc, Irlandais de pacotille… Décidément. Ce vieux grognon m'emmenait tout de même au pub, où nous buvions ensemble des Guinness agrémentées d'un doigt de porto. Mes collègues ouvriers du bâtiment me trouvaient un peu étrange, peut-être à cause de mes cheveux longs, mais ils m'acceptaient comme j'étais. L'un d'eux, jeune charpentier et DJ amateur, m'achetait un peu de speed.

Mon boulot sur le chantier était horrible. Il consistait à remplir des brouettes de gravats et à les vider le plus vite possible pour les remplir à nouveau, et cela, toute la journée et tous les jours. À la pause déjeuner, je devais courir acheter la presse : quatre *Daily Star*, deux *Mirror*, un *Sun*, plus *Dazed & Confused*. J'avais dit à mes collègues que je jouais dans un groupe. Quand ils m'ont demandé quel genre de musique nous faisions, j'ai répondu que c'était un groupe de garage rock, mais, évidemment, le mot « garage » prenait, avec les gars du chantier, un sens tout différent. Le jeune charpentier m'a dit : « Tu devrais faire des slows. » Traduction : tu te feras autant de filles que tu veux si tu joues des slows.

Nous faisions toujours notre concert à la mise en scène bizarre à cette époque. Au début de 2001, nous avons joué à Soho, au 12 Bar Club sur Denmark Street, un endroit connu également sous le nom de Tin Pan Alley. Il existe un document filmé de ce concert de dix-sept chansons. Je suis à peu près sûr que Roger Morton avait organisé la prise de vues pour servir de vitrine promotionnelle. L'ambiance était, ce soir-là, très scène ouverte. Roger me cherchait des noises depuis pas mal de temps. Il venait boire des coups au Filthy's, mais je ne le voyais jamais à mes soirées, qu'il prenait avec un certain mépris, comme si ce n'était pas grand-chose, pas du niveau des Libertines, prétendant que lorsqu'il s'occupait de nous faire jouer les concerts avaient tout de même une autre gueule.

Le concert du 12 Bar Club est le dernier que nous ayons fait avec Razzers. Lui et John avaient déjà quasiment disparu des concerts au Filthy's. Tous les deux pensaient que le groupe n'avait aucun avenir. Razzers ne portait plus sa casquette plate, qu'il avait remplacée par une casquette de baseball. Ce n'était pas vraiment dans le ton. À ce moment-là, j'écrivais « Time for Heroes », où j'avais eu l'idée de ce vers : *« There are fewer more distressing sights than that of an Englishman in a baseball cap. »* Je le pensais : il n'y a rien de plus horrible que de voir un Anglais porter une casquette de baseball. Bref, nous ne nous entendions plus. C'est John qui, le premier, a quitté le groupe, en déclarant que ça ne rimait à rien et qu'il avait besoin de fric. Il venait de rencontrer Line Thomsen, qu'il a fini par épouser et qui est toujours sa femme. Elle travaillait dans le même théâtre que Carl et c'est lui qui les avait présentés l'un à l'autre. John en avait marre de nos bitures de plus en plus énormes, ça ne l'intéressait pas. Son départ a sonné le glas de la première version des Libertines. Puis Roger Morton aussi s'en est lavé les mains. Su l'a mis en rapport avec Johnny Borrell, association à l'évidence plus appropriée. Si appropriée que Roger a continué à manager le groupe de Borrell, Razorlight, jusqu'à son succès international autour de 2003-2004.

Francesca n'était pas la première fille avec qui je couchais, mais elle était la première fille avec qui j'ai eu une vraie relation amoureuse. Plus âgée que moi, plus expérimentée, tellement sensuelle, belle, poétique, elle était une artiste et une écrivaine très talentueuse. Elle m'a beaucoup inspiré. J'ai piqué quelques phrases assassines de son journal intime pour « Horrorshow ». Elle le tenait avec beaucoup d'attention, son écriture était exquise. Elle écrivait d'abord beaucoup en italien, puis de plus en plus en anglais.

Nous avons fait pas mal de séjours en Italie tous les deux. Là-bas, j'ai rencontré sa mère, une femme calme et studieuse qui habitait un petit appartement dans un immense immeuble. Je n'ai pas oublié l'intense sentiment de paix que je ressentais pendant ces après-midi écrasés de chaleur où la lumière filtrait à travers les persiennes. Je me disais que j'aurais pu passer ma vie ainsi, dans la vieille chambre d'un vieil immeuble, à écrire tous les après-midi en buvant du café, avant d'aller marcher dans la montagne. Un des oncles de Francesca travaillait dans un domaine viticole où il s'occupait de labourer les vignes. Nous allions lui rendre visite et il nous filait en douce quelques bouteilles de vin. Boire un verre assis sous un arbre en mangeant un délicieux fromage m'était une chose tellement étrangère. La classe ouvrière italienne avait une qualité de vie très différente de celle des prolos anglais, son essence même était différente, cette façon d'être en lien avec la terre et la nourriture.

À l'époque, Francesca travaillait à Londres, dans une galerie. Elle y avait fait la connaissance d'un duo d'artistes contemporains, un certain Martin Tomlinson qu'accompagnait une Australienne très étrange affublée d'une perruque. J'aimais assister aux répétitions de leurs performances, toujours très bizarres. Il m'est arrivé d'organiser des fêtes dans cette galerie. Je passais de la musique des années 1960 et j'invitais Martin et l'Australienne à se produire. Pendant un moment, j'ai même habité dans la galerie avec Francesca. J'avais fini par persuader les propriétaires que je pouvais être une exposition « live » à part entière.

Martin faisait partie d'un groupe plutôt célèbre, les Selfish Cunt, qui ont assuré de temps en temps la première partie des Libertines. À nos tout débuts, il nous a même suivis en tournée – il s'occupait de la vente des produits dérivés. Il était vraiment très beau, ce qui ne laissait pas Francesca insensible. Quand je m'en suis rendu compte, j'ai voulu aller lui péter la gueule. Or il se trouve que le même jour Martin s'était fait salement agresser dans le métro par des homophobes, et il avait un œil au beurre noir et le nez en sang. Au moment où j'allais lui balancer un coup de poing, il s'est recroquevillé en me racontant l'agression dont il avait été victime. Je me suis senti vraiment con et je lui ai foutu la paix.

Après le départ de John, il a fallu que je déménage de chez sa mère. Je me suis retrouvé dans l'est de Londres, à Whitechapel, au 98 Ashfield Street. Ce n'était pas à proprement parler un appartement, simplement une chambre dans un local industriel, avec une petite pièce adjacente où se trouvait un lavabo pro, qui me servait de cuisine et de toilettes. Francesca a commencé à peindre d'étranges lutins en ribambelle sur les murs de la chambre, puis dans la pièce adjacente, puis dehors, sur les murs en brique, répétant son étonnant motif psychédélique sur les bâtiments abandonnés voisins. Un motif qui irait bien à nos trips sous acide. Je me souviens avoir fixé les dessins de Francesca pendant une descente d'acide, un de ces matins glaciaux où j'essayais de retrouver mes sens et de revenir à la réalité. Mes premiers trips d'acide avaient sur moi un effet vraiment puissant. Tellement puissant qu'arrivait toujours le moment où je me demandais si je parviendrais à franchir le gouffre qui me séparait du monde réel, avant de comprendre que je m'en sentais incapable, parce que les choses que j'avais faites en trippant m'avaient semblé si musicalement concrètes.

J'avais fait la connaissance de Vicki Churchill, une autrice-interprète avec qui j'avais enregistré des démos. Son père était une sorte de Bukowski qui restait assis devant la télé à regarder les courses dans sa maison de High Barnet. Pendant ce temps, Carl et moi allions dans la chambre de sa fille pour enregistrer des versions étranges de « Time for Heroes », de « I Get Along », nouvelle chanson, et « Horrorshow », avec des boîtes à rythmes, des samples et des sons que j'avais enregistrés pour créer la sensation, dans cette dernière chanson, que je me bagarrais. Quelque chose avait vraiment changé en moi.

James Mullord, qui deviendrait plus tard le premier manager des Babyshambles, dirigeait un petit label indépendant, High Society Records, et il s'est intéressé à nos démos. Il nous a fait venir au studio de High Society qui se trouvait être l'adresse d'Old Street où j'allais livrer du speed et que j'appelais alors le « speedy studio ». Là, nous avons enregistré une nouvelle démo avec une nouvelle chanson, « Through the Looking Glass ». Parce que je savais que James Mullord aimait ça, cette première version contenait beaucoup de samples et de ruptures de rythme, le tout dans une ambiance assez trippante. Après cette démo, James nous a proposé mille livres pour enregistrer et sortir ce que nous voulions. Son petit label mettait en avant pas mal de musique expérimentale et il avait l'habitude d'organiser des fêtes de lancement ou des *DJ nights* dans l'est de Londres.

James était légèrement plus âgé que moi, légèrement distant, mais je l'ai toujours trouvé très professionnel – même s'il se situait à l'opposé de l'industrie musicale mainstream. Il fumait un peu de drogue et je trouvais dément que lui et sa femme, Sarah Churchill, la sœur de Vicki, fument ensemble. Sarah avait un groupe, Cosmetique, avec lequel j'ai enregistré – je faisais un picking très country/western sur une version de « I'm Going Back to Jackson ». James et Sarah étaient potes avec Jarvis Cocker, et Sarah était DJ dans des soirées du dimanche assez foutraques qu'organisait Jarvis dans le sud de Londres. Francesca et moi y allions avec Martin, et parfois Carl, tentant toujours d'apercevoir Jarvis, qui était un véritable dieu pour nous. À l'époque, le bruit courait qu'il était salement tombé dans l'héroïne.

C'est à ce moment-là que Banny a réapparu. Elle voulait nous dissuader de signer avec High Society. « Non, non, pas pour mille livres, c'est ridicule, alors qu'avec ce son et ce look, je peux vous obtenir un contrat digne de ce nom avec Rough Trade ! » Cette proposition alléchante et pleine de promesses d'avenir allait rester sous le nom de « plan A ». Nous avons même enregistré une chanson qui portait ce titre. Mais c'était quoi, le plan, exactement ? Former un groupe de beaux mecs qui sonnerait le plus possible comme les Strokes, voilà la vision que Banny avait de notre avenir radieux. C'était aussi la mienne, depuis toujours, bien avant l'existence des Strokes. Il existe d'ailleurs une photo de Carl, Steve, John et moi avec Sandra, la danseuse psychédélique, prise à Hampstead Heath, où nous ressemblons aux Stones ou aux Byrds. J'ai toujours su que nous avions le bon look. Alors un groupe de beaux mecs avec un son à la Strokes ? Ah, tu m'étonnes, la putain de bonne idée ! Je ne pouvais qu'être d'accord… si ça fonctionnait. Après tout, ne trouvais-je pas les Strokes excellents ?

Je travaillais sur le chantier de Chelsea quand j'ai vu pour la première fois une photo d'eux dans un petit article de *Dazed & Confused*. En la regardant, je ne voyais que nous.

D'ailleurs, l'un d'eux avait un tee-shirt que Steve portait depuis des années, et je n'ai pu m'empêcher de penser : « Mais comment osent-ils ! » Puis Francesca a rapporté un CD de chez Rough Trade, *The Modern Age*, sorti au début de 2001 : trois titres, le premier EP des Strokes. Nous l'avons écouté ensemble dans le petit appartement psychédélique de Whitechapel. Je n'avais jamais rien entendu de tel. Ça sonnait comme les meilleures répétitions que nous avions jamais faites du temps où Steve était à la batterie. C'était le son d'un groupe qui s'éclate, et les paroles étaient démentes.

Steve est revenu dans la boucle un moment et nous avons évolué vers quelque chose de plus rock'n'roll et moins pseudo-Beatles, ou quoi que ce soit que nous ayons été du temps de Razzers. Steve était présent pendant l'évolution de « Horrorshow » et « Time for Heroes », qui a cessé d'être une chanson folk pour devenir une chanson punk-rock après que j'ai reçu des gaz lacrymo pendant les émeutes du 1er mai. J'évoque cet incident dans la chanson, ainsi que les Wombles, groupe anarchiste qui était la figure de proue des manifs anticapitalistes.

Banny était heureuse que Steve fasse partie de notre nouvelle aventure. Il essayait de faire venir un batteur, Bill Bones, que j'avais inscrit dans le line-up de « Time for Heroes ». Tous les deux se sont pointés à une répétition, à Whitechapel, et c'est ce jour-là que j'ai pris pour la première fois de l'héroïne, après m'être fait traiter de ringard par Bill et Steve parce que je fumais un joint. Originaire du Kent, Bill était un type avec un look extraordinaire à la New York Dolls. Mais Banny ne le sentait pas, parce qu'il prenait de l'héro. Steve avait aussi ramené un pote guitariste de Scarborough, Neil Thunders, qui répétait avec nous dans notre nouveau line-up, quand Carl ne venait pas. Dans certaines démos qui circulent de cette époque, on entend Steve chanter une nouvelle chanson, « Mocking Bird », et « Through the Looking Glass ». Carl était un peu désenchanté et il était parfois difficile à joindre. Steve, Bill, Neil et moi étions vraiment dans un *mood* Strokes. Au fond, ce que je voulais était très simple : que le groupe soit vraiment un groupe, c'est-à-dire des types qui passaient la journée ensemble à faire les cons, prêts à tous les mauvais coups, et Carl n'était pas du tout sur la même longueur d'onde que moi.

Je me suis fait virer du chantier après que le jeune charpentier à qui j'avais vendu du speed avait, pendant un week-end, volé tous les outils. Ça m'est retombé dessus par ricochet. On m'a accusé d'avoir été au courant. Ce n'était pas le cas. J'avais passé cinq mois à pousser une brouette, je m'étais affûté, j'avais pris du muscle. J'avais aussi pris goût à la cocaïne – qui, auparavant, était trop chère pour moi – grâce à une paie décente. Je trouvais la découverte très positive. Elle allait bien avec ce nouveau truc à la Strokes. À ce moment-là, ma vie se résumait à aller au 333 Club à Shoreditch, sur Old Street, à monter à l'étage du Mother Bar, à me bourrer la gueule en écoutant mixer le duo de DJ Queens of Noize, Mairead Nash et Tabitha Denholm, qui auraient bientôt leur propre émission sur

MTV. En attendant, elles géraient le 333, qui était devenu notre rade favori – entrée gratuite et ouvert toute la nuit. J'ai même réussi à m'y faire vingt-cinq livres en repeignant la façade en rose.

Mairead n'avait que dix-neuf ans et, du temps où elle habitait dans un des appartements de Rat Pete, elle avait eu une brève aventure avec Steve. Elle adorait les Strokes autant que moi et Francesca. Je me rappelle qu'au 333 elle mettait souvent « Hard to Explain », le single de leur premier album. À chaque fois, Francesca et moi devenions dingues, nous sautions partout, sur les tables, sur les banquettes, convaincus que c'était notre hymne et qu'il allait submerger le monde entier, mais nous étions les seuls à réagir comme ça, les seuls à comprendre, les seuls à pénétrer la chose – les seuls avec Mairead, qui, elle aussi, s'excitait derrière ses platines. J'ai habité un temps dans son appartement, où j'ai écrit « Up the Bracket ». Mairead faisait définitivement partie de la famille Libertines.

Les tickets pour le premier concert londonien des Strokes, au Heaven, à la fin du mois de juin 2001, valaient de l'or. Banny m'en avait miraculeusement dégotté un et Francesca avait réussi à se faire inscrire sur la liste des invités après les avoir croisés dans la rue le jour même du concert. Leur minibus aux vitres teintées était passé par Camden et ils étaient tombés sur elle par hasard. Ils avaient interpellé cette fille plutôt bien roulée, qui se baladait toujours en minijupe en jean et chaussettes noires et blanches au-dessus du genou, pour lui demander où ils pouvaient trouver de l'acide. J'étais en train de bosser au Filthy's quand Francesca est entrée en me disant que les Strokes avaient un grand sac d'herbe avec eux et un gros paquet de thunes. Que des choses très excitantes.

Steve avait réussi à entrer en douce. C'était son truc, il ne payait jamais pour voir un concert. Celui des Strokes était très important pour nous, même si le son, au Heaven, était un peu dégueu et le public, une foule ondulante plutôt que survoltée. Juste après, nous avons sauté dans le train pour Liverpool, où ils jouaient le lendemain. C'est pendant ce concert, où se mêlaient dans la même ferveur des mecs en Reebok Classics et des jeunes gens rock'n'roll, que je me suis dit : « Putain, ouais, ça va marcher pour nous, il y a encore de la place pour mettre le feu, de la place pour un autre grand groupe ! »

Après le concert, Francesca, Mairead, Carl et moi avons essayé de nous faire ramener à Londres dans le bus de tournée. Les Strokes nous ont remarqués quand nous nous sommes pris la tête avec leurs roadies après avoir tenté de piquer une des pédales de guitare sur un coin de la scène. Ces types, des Australiens, cognaient tellement fort que j'ai failli perdre connaissance. L'un des membres du groupe s'est approché et a demandé au type qui me cognait d'arrêter parce que j'avais un costume trop cool, et c'est comme ça que nous avons réussi à entrer dans leur loge où je me souviens avoir trouvé naze qu'il n'y ait pas de musique. Je me suis dit que, si jamais un jour j'en avais une, j'aurais toujours un tourne-disque pour mettre les Ronettes ou je ne sais quoi.

Nous avons raconté au groupe que nous avions pris le train exprès pour les voir et que nous n'avions pas d'argent pour prendre un billet retour. À ce stade, l'affaire était presque dans le sac, ils paraissaient chauds pour nous ramener avec eux en bus. C'est alors qu'ils nous ont dit qu'ils voulaient manger de la cuisine anglaise traditionnelle et que nous avons proposé d'aller leur chercher des fish & chips. Ils ont sorti un tas de pognon, plusieurs billets de cinquante, en nous demandant si ce serait assez. Quand nous sommes revenus, ils étaient déjà installés dans leur bus avec des jumelles afro-caribéennes au look exotique, prêts à se barrer. J'ai compris que c'était cuit, que nous ne monterions jamais dans ce bus. Mairead était dégoûtée. Comme prévu, le bus nous a démarré sous le nez, nous a dépassés, puis a disparu au bout de la route.

9

Rough Trade

2001-2002 : des chansons façon Strokes. Gary Powell à la batterie. Signature chez Rough Trade. Nouvelle adresse pour les Albion Rooms. De l'argent, enfin. Réaction de papa à « What a Waster ». Wolfman rumine et Alan Wass emménage. Carl au bord de la crise de nerfs.

Banny voulait cinq chansons qui sonnent « Strokes ». Elle habitait un joli appartement à King's Cross, où je dormais régulièrement parce que, de chez elle, je pouvais aller à pied au Filthy's. Banny avait aussi un appartement incroyable sur South Bank. Un jour, assis à la table de la cuisine, Carl et moi y écrivions le refrain de « Up the Bracket », un truc vraiment entraînant, vraiment « Strokes », pour remplacer le son à la Smiths qui avait été notre idée de départ, notamment dans le refrain – *« And it's just like he's in another world, doesn't see the danger on show »* –, que j'avais directement piqué à leur chanson « I Want the One I Can't Have ».

« Up the Bracket » parlait de la façon dont parfois on trouve la force de s'opposer, de dire non. Quelqu'un vous demande de l'argent et vous dites non, simplement non, parce que vous en avez marre des gens qui profitent de vous. L'inspiration venait d'une chanson des Strokes, « Hard to Explain » : *« Was an honest man, asked me for the phone, tried to take control, oh, I don't see it that way. »* Ma version avait des paroles un peu étranges – *« He said he'd pay me for your address »*, puis *« you see these two cold fingers »* – et même un passage religieux – *« Joseph bloody in a hole »*. Vous connaissez l'histoire de Joseph et de son magnifique manteau multicolore ? Son frère le bourre de coups de poing et le jette dans un puits. *« Joseph bloody in a hole »* était une trouvaille de Carl.

J'avais réussi à raviver l'intérêt de Carl pour le groupe maintenant qu'un contrat avec Rough Trade paraissait du domaine du possible. J'avais toujours eu le sentiment que Carl ne serait pas insensible aux sirènes de l'industrie du disque, que l'idée d'avoir enfin un peu d'argent sur son compte en banque et un peu de notoriété le séduirait. Je savais que cela suffirait à le retenir. Mais Carl ne supportait pas la présence de Steve. C'était du genre « lui ou moi ». Banny nous a alors présenté Gary Powell, qui sortait avec une de ses secrétaires chez Warner et faisait partie d'un groupe apparemment sur le point de signer un contrat.

La première fois que Gary a répété avec nous, j'ai eu le sentiment que nous formions un véritable groupe de rock. Je n'avais jamais joué avec un batteur aussi puissant, un vrai putain de batteur. Il avait dix ans de plus que nous et beaucoup plus d'expérience – il avait notamment joué avec Eddy Grant. Ces répétitions avec Gary m'avaient fait franchir un cap. Je n'avais jamais réussi à produire un tel son auparavant, et il n'avait même pas un set de batterie complet à l'époque ! Nous jouions toujours avec ce que nous avions sous la main, Gary sur une batterie réduite à l'essentiel, nous sur une pauvre guitare rythmique et une pauvre basse, pour accompagner nos hurlements. Malgré tout, quelque chose de neuf avait surgi. Quand je repense à ces répétitions, près de la station de métro de Shepherd's Bush, ce sentiment est intact et me donne encore des frissons.

Mon cœur était tout entier dans ce que nous faisions. De la même façon qu'à quatorze ans j'avais foi dans le Christ et dans l'amour et le pardon de Dieu, j'avais à présent foi dans le rock'n'roll et le « Search and Destroy » des Stooges. Ah, ces paroles énormes, ces paroles quasi bibliques ! *« Honey got to help me please, somebody's got to save my soul. »* Steve avait toujours été fan d'Iggy Pop. Moi, je n'avais jamais osé me considérer comme un de ses disciples. Mais plus je pénétrais dans le son électrique, dans le son punk, plus j'entrevoyais que ce pourrait être possible. Un cocktail Molotov dans une main, une guitare électrique dans l'autre, c'était comme ça que je me voyais.

D'emblée, nous avons adoré Gary, le type qui aimait les Ramones et les Stooges. Nous voulions absolument qu'il rejoigne notre putain de groupe. Nous l'invitions presque tout le temps à venir au Filthy's avec nous après les répétitions, mais il restait prudent. Le contrat avec Rough Trade, c'était loin d'être gagné. Banny avait certes convaincu le type chargé de découvrir de nouveaux groupes, James Endeacott, de venir nous voir répéter, mais elle lui avait déjà fait passer une démo de ce que j'avais fait pour High Society et il avait été très déçu – trop de samples de Hancock, une rythmique bizarre, bref, pas du tout le grand groupe de rock'n'roll qu'il avait entendu en répétition. Mais Banny ne s'est pas découragée. Elle était amie avec Gordon Raphael, qui avait produit le premier album des Strokes, *Is This It*, un énorme succès à l'époque, et elle s'est servie de cette amitié pour persuader Endeacott. Il a fini par accepter d'assister à un de nos concerts, malgré la démo foireuse.

James Endeacott est donc venu à la Rhythm Factory, un petit lieu sur Whitechapel Road, tout près de Brick Lane, qui était devenu notre nouvelle scène. Pour résumer, l'Arcadie de la Foundry avait engendré l'Arcadie du Filthy's qui avait engendré l'Arcadie de la Rhythm Factory. Mais ce n'était plus, à l'époque, une scène artistique au sens large, plutôt l'antre d'un rock bien gluant. Ce premier concert que j'organisais dans ce nouvel endroit a été mon baptême du feu dans le monde de la promotion musicale – le cash de la main à la main, la petite excitation qu'il y avait à promouvoir des groupes locaux. Il y en avait tellement ! Et plus j'arrivais à convaincre des groupes de venir jouer, plus le public venait nombreux pour entendre les Libertines.

Le soir où Endeacott est venu, la salle était pleine à craquer. Nous étions trois sur scène, Carl, Gary et moi. Carl et moi échangions basse et guitare électrique entre chaque titre. Nous n'avons pas joué beaucoup de morceaux, uniquement ceux qui sonnaient « Strokes ». Endeacott a adoré. Il nous a donné rendez-vous pour enregistrer des démos au Nomis, à Hammersmith. À cette époque, Carl et moi vivions en nomades, passant d'un canapé à un autre, sans endroit où nous fixer, sans une thune et avec quelques dettes conséquentes. Notre vie dépendait donc entièrement de la signature avec Rough Trade. Alors, quand Banny nous a annoncé que les propriétaires du label, Jeannette Lee et Geoff Travis, aimaient notre démo et voulaient nous signer, ç'a été… Décrire les sentiments que cette nouvelle a provoqué en nous m'est impossible. Tout ce que je peux dire, c'est que ce fut un moment de pure joie.

Banny a dit à Gary que nous voulions qu'il signe avec nous, plutôt que de rester simple salarié du groupe. Il a refusé. Il voulait rester libre de jouer avec d'autres groupes. Aujourd'hui, quand Gary exige que nous partagions à égalité les droits des lives, nous sommes toujours obligés de lui rappeler que nous lui avions donné cette possibilité en lui offrant de signer. Mais, aujourd'hui, les choses tendent à davantage d'égalitarisme.

Puis Carl a insisté pour appeler John et le faire revenir avec nous. « Ça, putain, non ! Même pas en rêve ! Il s'est barré, je ne veux pas de lui dans le groupe. » Sur ce point, j'avais mis les choses au clair, restait que nous avions tout de même besoin d'un bassiste. J'ai appelé Jai, mon pote de lycée, en lui disant qu'il fallait qu'il rapplique. J'avais envie de quelqu'un avec qui je m'entendais bien. Seulement, Jai avait entamé une carrière de footballeur semi-professionnel et il voulait continuer à s'y investir. Au bout du compte, John restait le seul choix possible. J'y mettais tout de même deux conditions : qu'il n'écrive aucune chanson et ne donne aucune interview.

À Noël, je suis allé chez mes parents. Évidemment, j'ai raté mon avion et j'ai galéré à faire du stop de Douvres à Düsseldorf avec mon énorme sac. Papa et maman vivaient toujours en Allemagne, à Krefeld. Si je les avais vus une fois en cinq ans, c'était bien le bout du monde. Je n'allais pas être déçu par nos retrouvailles et je n'oublierai jamais la scène qui eut lieu là-bas entre mon père et moi : assis sur le canapé vert, j'expliquais à mon père que tout roulait, que nous avions désormais un contrat et une manager qui était aussi avocate et qui connaissait bien le monde des maisons de disques. Je croyais ainsi cocher toutes les cases qui réjouiraient mon père. « OK, alors joue-nous donc une de ces chansons qui va soi-disant conquérir le monde. » Je lui ai joué « What a Waster », qui avait été choisi pour devenir notre premier single. « C'est de la merde. » Oui, il a vraiment dit ça. C'était horrible. J'étais dégoûté.

Au Noël suivant, après la sortie du single et plusieurs couvertures du *NME*, mon père avait changé d'avis et « What a Waster » était devenu une super chanson, au point qu'il m'a fait faire le tour des voisins pour la leur jouer ! J'étais plein d'amertume. Mon père était cohérent avec lui-même à sa façon, dans la droite ligne de ce qu'enfant il m'avait sans cesse répété et qui était le fond de sa pensée : peu importe ce que tu deviens, peu importe que tu intègres l'armée ou deviennes balayeur, fais en sorte d'être le meilleur dans ton domaine. Dans cette logique, le fait que le *NME* nous ait mis en couverture était la preuve que nous n'étions pas un groupe complètement pourri, puisque nous étions reconnus par la profession. Si vous avez lu le livre de ma mère, vous savez que ce Noël-là, je suis arrivé pour le dîner en gilet et tout pâlichon. Elle raconte encore que c'est la dernière fois qu'elle m'a vu avec le visage qu'elle me connaissait. J'avais planqué un peu de came dans mon étui de guitare. Ce soir-là, je ne me suis pas mis la tête à l'envers, j'ai fumé un peu d'héro, c'est tout. Mais ma mère a senti, du plus profond de son cœur, l'imminence de la catastrophe.

Nous avions besoin d'un logement. Je l'avais dit tout de suite à Rough Trade. C'était notre priorité. Nous n'avions nulle part où nous poser. Nous avions passé tellement d'années à squatter un canapé puis l'autre, et encore un autre et un autre encore, que nous avions atteint une sorte de perfection artistique dans ce domaine. Les grands maîtres du squattage de canap'… Bref, nous avions suffisamment donné. Alors, Rough Trade nous a trouvé une adresse : 112a Teesdale Street, dans le quartier de Bethnal Green – les ultimes Albion Rooms. Je me souviens que ma chambre était tapissée d'un vieux papier peint des années 1970 et avait un grand lit en fer, mon rêve !

Des cinquante mille que nous avait accordés Rough Trade, Carl et moi nous étions partagés quarante mille, si je me souviens bien. Nous avions aussi reçu de l'argent du contrat d'édition passé avec EMI. Je ne peux guère en dire plus, car le côté « business » des Libertines, à cette époque, ne m'intéressait pas plus que ça. Banny avait la main et savait ce qu'elle faisait, elle avait tout arrangé : nous avions signé avec Rough Trade, nous avions signé avec EMI, nous avions des attachés de presse, des comptables – tous des gens à elle.

Carl et moi avions retiré de la banque, dès le premier jour, l'intégralité de l'avance de Rough Trade et mis cet argent en grosses piles de billets de cinquante aux Albion Rooms. Pourquoi ? Parce que c'est ce que nous nous étions toujours promis de faire. Ensuite, je suis allé direct chez Andy's Guitar, sur Denmark Street, et j'ai acheté une Epiphone Coronet de 1957, mon cher « heavy horse », mon bon gros cheval. Je l'ai toujours, elle vaut des milliers de livres à présent, alors que je l'avais achetée deux cent cinquante ou trois cents livres. Les gens croient souvent que « heavy horse » est une référence à l'héroïne (*horse*, c'est l'argot angliche pour l'héro), mais ça n'a rien à voir. Cela remonte au temps où j'étais encore écolier, quand j'allais chez un disquaire du Bullring, une galerie marchande de Birmingham, qui vendait des disques pirates. *Heavy Horse* était le titre d'un enregistrement pirate d'un live des Smiths. C'est aussi chez ce disquaire que j'avais trouvé le titre « Last of the English Roses », mon premier single solo, qui était le titre d'un autre disque pirate, ou peut-être d'un fanzine, des Smiths, je ne me souviens plus exactement.

Nous avons fait les beaux jours des boutiques de Denmark Street. Nous étions de super bons clients. Carl s'est acheté une Melody Maker, qu'il a toujours, lui aussi. C'était tout ce dont nos rêves étaient faits : des guitares rares et vintage et les meilleurs vieux amplis, Selmer et Vox AC30, ancien modèle. Nous conservions ce précieux matos à Teesdale Street et, malgré le bordel ambiant, nous ne nous sommes fait voler qu'une seule guitare, une grosse guitare country en métal avec un son dégueulasse, que nous avions achetée pour nous faire des rails de coke, en commençant par lui ôter ses cordes avant de la retourner. Aux Albions Rooms, il y avait au moins pour deux mille livres de guitares vintage. Et cette charrue de guitare country est la seule qu'on nous ait volée !

Un dealer répondant au doux nom de Dollarman a commencé à pointer son nez tous les jours à Teesdale Street. Carl était accro à la cocaïne, mais il avait fait promettre à Dollarman de ne jamais vendre du crack ou de l'héro à personne. Et la coke a déferlé comme une tempête de neige… Je me souviens avoir demandé à Dollarman s'il était possible de lui acheter de la came en gros. « Ça, non, mec, faut que je vous rationne pour que vous ne perdiez pas les pédales. » J'aimais bien la coke, mais je préférais la fumer version caillou.

Carl raconte toujours que la première fois qu'il m'a vu fumer du crack, c'était début 2002, juste après avoir été signé, au studio Nomis où nous pondions démo sur démo. Mes plus proches amies de l'époque, Amah-Rose et Hannah Bays, avaient quasiment emménagé avec nous. Nous avions le même âge et traînions beaucoup ensemble. Elles adoraient Carl, mais Carl ne participait jamais à mes

« séances » crack ou kétamine aux Albion Rooms. Il ne supportait pas de me voir défoncé, et Dieu sait que je l'étais, passant de longues nuits à la dérive. Hannah était une artiste très talentueuse, diplômée de la Royal Academy of Arts. Elle concevrait quelques-unes des futures pochettes des Libertines et des Babyshambles. Amah-Rose était une fille noire qu'une famille d'intellectuels d'Islington avait adoptée. Je crois qu'aujourd'hui elle est devenue journaliste ou un truc dans le genre, en tout cas j'ai aperçu sa signature dans le *Times*. À l'époque, elle écrivait de la poésie, comme Hannah et moi. Et, tous les trois, nous en ornions les murs des Albion Rooms.

Bien avant Amy Winehouse, Hannah sortait toujours en chignon choucroute et jupe en jean. Nous avons traîné ensemble des années sans que je rencontre jamais son petit ami, qui se trouvait être Blake Fielder-Civil, l'homme qui deviendrait le mari d'Amy Winehouse et se vantait de l'avoir initiée au crack et à l'héroïne. Amah-Rose aussi aimait bien le chignon choucroute. Nous étions tous les trois des fans inconditionnels des Smiths. Peu de temps après la signature avec Rough Trade, nous avons fait le trajet à pied de Bethnal Green jusqu'à Soho pour nous faire faire nos premiers tatouages. Amah-Rose, une étoile dans la nuque, qu'elle a immédiatement regrettée ; Hannah, un escarpin sur l'épaule ; et moi, sur l'épaule également, un cœur transpercé d'une flèche.

C'est aussi l'époque où je me suis mis à aimer « chasser le dragon », c'est-à-dire fumer de l'héroïne dans une paille en alu. Quand j'ai commencé à flirter avec la came,

Carl, Francesca et AmyJo ne pouvaient et ne voulaient pas comprendre. Pour eux, c'était mal, un point, c'est tout. Et cela n'était pas allé en s'arrangeant, puisque, avec une certaine logique, je suis passé à l'héroïne. Je veux bien qu'on me dise que j'aurais pu me contenter de boire, que cela aurait été moins grave, mais l'alcool ne m'a jamais réussi. Carl me traitait de petite nature, mais, à chaque fois que nous abusions de l'alcool, nous nous mettions inévitablement sur la gueule. Au début, avec l'héroïne et les gens avec qui j'en prenais, le trip était très différent. Bien sûr, je ne prétends pas que ces gens étaient des modèles de moralité, mais, par exemple, avec un type comme Wolfman, il était toujours question d'écriture, de littérature, et il m'a d'ailleurs initié à nombre d'excellents écrivains.

Une fois le contrat signé avec Rough Trade, Wolfman est passé, envers moi, de la haine à l'amour, et il est devenu un visage familier de Teesdale Street. Il me rabâchait sans cesse qu'il était ami avec Shane MacGowan et qu'il avait connu la célébrité sous le pseudonyme de Pete Nice, dans un programme de Channel 4 intitulé *The Greatest Unknown Rock'n'roll Star*, « la plus grande star inconnue du rock'n'roll », ne manquant pas de se plaindre que tout le monde l'ait oublié. Dans le catalogue de sa célébrité has been figurait aussi une première page du *Sun* racontant l'incroyable histoire qui lui était arrivée : il avait survécu au tir de revolver à bout portant d'un videur persuadé qu'il avait couché avec sa femme pendant que lui dormait en prison.

Wolfman était un instable. Des rumeurs disaient que, par trois fois, il avait tenté de mettre fin à ses jours. Il lui arrivait aussi les accidents les plus étranges. Un jour, je l'ai vu se faire heurter par un bus et voler littéralement dans les airs par-dessus une Austin Mini – un vrai truc de dessin animé –, puis retomber sur la tête, se relever et entrer au Filthy's comme si de rien n'était. Quoi qu'il en soit, j'ai toujours pensé qu'au-delà de son air pouilleux et de son amertume il avait un talent brut, rare, puis il était tellement drôle, un vrai personnage comique à la Dickens, voire à la Dostoïevki – un drôle d'ange déchu. Parce que, dans sa vie, le temps était souvent à la dépression, Wolfman avait besoin de substances pour créer le calme. C'est lui qui m'a fait mon premier shoot. C'était horrible. Il l'a fait délibérément… Une putain de première dose bien chargée, et je me suis retrouvé complètement stone dans mon bain. Je me souviens avoir alors pensé : « J'en ai rien à foutre de cette merde ! Je ne me piquerai plus jamais. » Un mois plus tard, je remettais ça en me trouvant une sorte d'excuse : « Juste un tout petit peu, cette fois. »

Au tout début, à Teesdale Street, c'était comme si plusieurs mondes se superposaient, plusieurs états de conscience – une période trippante à tous les sens du terme. Steve était souvent là, Su Goodacre aussi, puis Alan Wass, le batteur de Left Hand, a fini par emménager avec nous. Il est devenu un de mes meilleurs potes et nous sommes restés proches jusqu'à sa mort. Rat Pete a aussi fait son come-back. Je savais qu'Alan avait habité dans un des logements qu'il gérait. Je lui ai demandé pourquoi il traînait avec ce type et, surtout, je lui ai dit de s'en méfier comme de la peste. Alan m'a alors demandé si ce qu'il l'avait entendu dire était vrai, que j'avais été son chauffeur. J'ai confirmé, en le mettant de nouveau en garde : ce mec n'était pas un gentil. Mais Alan était tombé sous le charme, comme moi à l'époque : « Il est putain de drôle ! La façon dont il parle, mortel ! *Meeeeeec...* »

Alan était encore un môme, il devait avoir dix-huit ou dix-neuf ans, toujours en survêtement Adidas blanc, un vrai *Rude Boy* – on dirait *gansta* ou *bad boy* aujourd'hui –, avec un père plus ou moins lié à la pègre. Alan était persuadé que j'étais un grand guitariste. J'avais beau lui expliquer que mon truc, c'était plutôt le chant et que le vrai guitariste du groupe, c'était Carl, il n'en démordait pas, dénigrant sans cesse Carl, qu'il appelait, pour se moquer, Pablo. Je lui rappelais avec insistance qu'il s'appelait Carlos, pas Pablo. J'avais d'ailleurs l'habitude d'appeler Carl par son prénom complet. Évidemment, Carl détestait qu'Alan l'appelle Pablo. Mais, en dehors de la dent qu'il avait contre Carl, c'était le truc d'Alan de donner des surnoms pourris à tout le monde. Moi, il m'appelait Elvis, ce qui était plutôt pas mal. Scarborough Steve était « le hippie » et Johnny Borrell, « Johnny Deux-temps ». Avec Elvis, je m'en sortais plutôt mieux que les autres.

Il disait toujours ce truc étrange : « Ouais, les mecs, y'a que ça de vrai, Pete, vive les mecs, on défonce, on défonce, on comprend le truc. » Dans les premiers temps de Teesdale Street, Carl, Alan et moi sommes sortis un soir et avons fini dans l'appartement d'une actrice d'Hollywood.

Nous étions tous les trois dans sa chambre, et elle était vautrée sur Alan. Carl et moi étions vraiment vexés, mais Alan était genre : « Nan, nan, c'est pas mon truc, ça, baby, mon truc, c'est les mecs, les mecs, y'a que ça de vrai. » Et Carl et moi de tenter : « Nous, les mecs, on s'en fout, vous pouvez nous baiser si vous voulez. »

Mon activité principale, à ce moment-là, consistait à ramener des drogués à l'appartement et à y écrire des chansons avec Wolfman ou d'autres, dans un va-et-vient continu de nanas. Carl était blessé par mon mode de vie. Pourtant, dans les premières semaines de notre installation, il n'avait pas été en reste, il avait fait n'importe nawak, rappliquant toujours avec des tas de fêtards. À ce moment-là, c'était moi qui râlais, en me plaignant qu'on avait autre chose à foutre et qu'il fallait qu'on écrive davantage. Voilà où était le principal sujet de dissension entre nous. OK, j'écrivais des chansons avec des junkies, mais au moins j'en écrivais, je le faisais vraiment. Je ne me défonçais pas au point de ne rien pouvoir faire, alors que Carl arrivait à l'appart défoncé à mort, et il a toujours été incapable de bosser quand il prenait de la came.

Dans son livre, *Threepenny Memoir : The Lives of a Libertine* (Fourth Estate, 2010), Carl donne une description assez juste de la vie que nous menions à notre arrivée à Teesdale Street : moi en robe de chambre, acharné à écrire des chansons ; lui complètement coké et bourré, entouré d'un troupeau de connards aussi bourrés que lui, ramassés dans je ne sais quelle fête, que je ne connaissais ni d'Ève ni d'Adam et foutais dehors pour avoir Carl pour moi tout seul et, enfin, pouvoir écrire avec lui. Mais, immanquablement, je finissais par le foutre dehors lui aussi. C'était bien triste, vraiment.

Régnait cependant un bel esprit festif à cette époque. Carl et moi, chacun à notre manière, vivions exactement comme nous le voulions. Nous claquions un max de thunes. Mon truc, c'étaient les disques de collection hors de prix et les antiquaires de Brick Lane que j'ai probablement fait vivre à moi tout seul, car j'adorais traîner là-bas et acheter tout et n'importe quoi. J'avais aussi trouvé un stock militaire, dans le West End, qui vendait des drapeaux et des uniformes. Mon père aurait adoré cet endroit, lui qui collectionnait les anciens insignes de casquette militaire. J'étais dingue des vestes de l'armée, particulièrement celles des fanfares, toujours plus riches en détails décoratifs que les autres. J'en avais acheté des rouges, pour le groupe, qui étaient démentes. Le look, à ce moment-là, c'était vraiment un truc hyper important pour nous. J'avais aussi acheté un véritable bandage de la Croix-Rouge, datant de la guerre de Crimée, bandage que je portais enroulé comme un brassard sur le haut de la manche de ma veste en cuir. Était-ce un hommage inconscient à ma mère, un temps infirmière dans l'armée ? Je ne sais pas. Toujours est-il qu'aussi longtemps que j'ai eu ce bandage en ma possession, je l'ai porté.

10

Up the Bracket

2002 : enregistrement de « What a Waster » avec Bernard Butler. Première partie des Sex Pistols. Faire chier les Strokes. Mick Jones produit notre premier album. Livraison régulière d'héroïne et de crack.

Il était question que Gordon Raphael nous produise. Il avait déjà enregistré quelques trucs live à Teesdale Street, où il restait parfois dormir, insistant toujours pour s'allonger sous un orgue à pédales qu'on avait posé dans un coin. Finalement, Rough Trade a choisi Bernard Butler, le guitariste de Suede, pour produire notre premier single. Il s'est pointé pendant que nous enregistrions des démos au studio Nomis. Carl ignorait presque tout de la légende qui entourait Bernard. Un type vénéré comme le meilleur guitariste de sa génération, mais qui avait quitté Suede après leur premier album. En fait, Carl ne savait pas du tout qui c'était. Je l'entends encore me demander : « Tu sais qui est ce mec bizarre en parka Lord Anthony qui comate au-dessus de l'ampli ? »

J'avais de vrais moments d'intimité avec Bernard. Il mettait de vieilles chansons des Smiths et me racontait à quel point lui et son frère avaient aimé ce groupe quand ils étaient jeunes. À cause de ces moments, sans doute, je sentais grandir mon affection pour Bernard, même si notre relation restait un peu tendue. Peut-être parce qu'il avait assez soupé des conneries qui m'excitaient encore. Un jour, nous sommes allés chez lui tous les deux. Sa femme avait l'air fâchée, comme si nous envahissions son territoire. Nous, nous étions là pour passer du bon temps, rire un peu et boire un coup. Bernard était vraiment une âme mélancolique. Nous avons enregistré « What a Waster » aux studios RAK dans le quartier de St John's Wood, et Carl et moi nous sommes partagé la partie voix. Quand j'ai écouté la version finale sur vinyle à Teesdale Street, j'ai été déçu. J'ai trouvé ça bruyant et, comment dire… un peu frontal.

Pour nous préparer à jouer en public, Rough Trade nous a envoyés au Depot, le célèbre espace de répétition de l'industrie du disque qui se trouvait sur Brewery Road, juste à côté de la prison de Pentonville. Nous sommes restés là trois mois, dans le petit local qu'on avait loué pour nous. Oasis répétait en même temps au même endroit, mais dans un local bien plus spacieux. Nous avons continué, au fil des années, à aller au Depot pour répéter et, chaque fois, on nous donnait un local plus confortable jusqu'à ce que, pour la répétition du concert des Libertines à Hyde Park en 2014, on nous donne enfin le local d'Oasis. Ce jour d'autrefois, nous nous étions faufilés comme des voyous dans la pièce, puis nous nous étions assis par terre pour les voir répéter. Liam nous fixait, le sourcil froncé, semblant dire : « Putain, qu'est-ce qu'ils foutent là, ces cons ? »

Pendant que nous répétions au Depot, Mick Jones s'est pointé. Il était bourré et s'est vite endormi. Quand il s'est réveillé, il nous a demandé de bien vouloir rejouer nos chansons. Ensuite, nous sommes allés tous ensemble au Albion Pub, à l'angle du Depot, un endroit incroyable. Gary et John n'y avaient jamais mis les pieds, mais Alan Wass était un habitué. Mick Jones adorait Alan et Left Hand. Il a d'ailleurs accepté de produire et Left Hand et les Libertines. Mick Jones était un ami de Jeannette, qui travaillait chez Rough Trade. Tout le monde était persuadé que le braqueur de banque, le *Bankrobber* de la chanson des Clash, avait été inspiré par son père. Mick Jones était aussi un vieux supporter des QPR, ce qui, évidemment, avait créé un lien immédiat entre nous. Pour le reste, j'avoue n'avoir jamais vraiment écouté les Clash.

J'ai passé une nuit blanche à regarder *L'Obscénité et la Fureur*, le documentaire de Julien Temple sur les Sex Pistols, puis *Westway to the World*, un documentaire sur les Clash réalisé par Don Letts. Le lendemain matin, je me suis senti entièrement renouvelé, plein d'une idée toute neuve de moi-même et de la musique, de Londres et de tout ce que nous faisions avec Mick. *L'Obscénité et la Fureur* m'avait particulièrement époustouflé. Les images d'archives des Sex Pistols ont toujours eu un effet hypnotique sur moi. John Lydon avait la réputation d'être un type un peu pourri, un peu pervers, alors qu'en fait c'était un gosse vraiment intelligent et sensible. À un moment, on le voit marcher dans Londres quand un porteur de briques le hèle depuis l'autre côté de la rue : « Hé, Lydon, t'as vu ta tronche ! » Il se retourne et, pour la première fois, il apparaît plein de timidité et répond : « Ouais, c'est comme ça depuis toujours. » Je le trouve extraordinaire. Une autre image d'archives montre Julie Burchill interviewer les Pistols et on entend John lui dire : « Quand je fais des concerts dans le Nord, je parle toujours avec les gens. Je leur demande comment va leur vie, enfin, des trucs comme ça, des choses simples. » J'adore ce qu'il dit. « J'ai pas de héros, les héros sont tous nuls. » Cette dernière citation déchire.

Jeannette avait travaillé avec Public Image Ltd, le groupe que Lydon avait formé après les Sex Pistols. C'est grâce à cela qu'elle a réussi à nous glisser dans le programme du concert come-back des Pistols, qui devait avoir lieu au Crystal Palace Sports Arena. J'avais entendu dire que Lydon aimait le vieux sitcom *Steptoe and Son*, alors j'avais monté une boucle de la musique du générique que je gardais dans mon magnétophone et que j'ai mise à fond dans la loge voisine en espérant attirer son attention. En un clin d'œil, il était là, dans son incroyable combinaison de taulard au tissu monogrammé « £ ». C'était à l'époque du vote qui devait décider du passage ou non à l'euro. Nous papillonnions autour de lui en blaguant : « Hé, John, tu nous files un billet ? Allez, un petit billet, quoi ! » Et lui de nous répondre : « Dites donc, les Spice Girls, vous gagnez déjà bien assez ! » Puis nous lui avons demandé s'il nous regarderait jouer et il nous a assuré qu'il n'en manquerait pas une miette. Cette dernière phrase, sans ironie, simplement amicale, m'a rendu heureux.

À l'heure de notre passage, le public était encore un peu clairsemé, mais j'étais déterminé à faire le show, histoire d'être à la hauteur des Pistols. La moitié des gens présents n'en avait rien à foutre de nous et nous avons eu bien de la chance de ne pas finir le crâne explosé par une des nombreuses bouteilles qui volaient. Tout le monde chantait « Yellow Submarine », à cause de nos vestes militaires rouges. Nous avons eu la sensation de faire la guerre, ce jour-là, contre cette foule hostile qui se foutait de nous en nous jetant des projectiles à la tête, mais au fond, c'était hilarant. D'une certaine façon, cette hostilité nous a soudés, portés, elle a donné une énergie inédite à nos chansons. Nous avions tellement répété que nous jouions avec une férocité à nous faire saigner les doigts. Comme si avoir les doigts en sang était la preuve ultime que nous avions bien joué.

À la fête qui a suivi le concert, j'ai essayé de convaincre John Lydon de composer pour nous et il s'est montré plutôt accommodant. Il a fait un geste à un type dans un coin, a posé un doigt sur sa narine en disant à ce type, dont le prénom était Dave, qu'il fallait gâter les Libertines. J'étais sur un nuage. Je trouvais que les gens qui l'entouraient en backstage étaient cool. On se serait cru à Glastonbury ou à un festival de danse. Je ne m'attendais pas à cela. C'était totalement inattendu et totalement fun. J'ai adoré.

Nous avions été mis très tôt sur des rails. Toute notre carrière était orchestrée par Rough Trade et, au bout d'un moment, cette situation a commencé à vraiment m'emmerder. Je voulais plus de souplesse et plus de chaos. Mais, à cette période où nous commencions à nous faire connaître, Rough Trade nous obligeait à assurer des premières parties – Morrissey, les Strokes, The Vines. Quand les choses se passent comme ça, tu ne peux pas t'attendre à des échanges très fraternels. Les relations auraient été différentes si nous avions été invités par les groupes eux-mêmes, mais ce n'était pas le cas. Et, pour ce qui est des Strokes, on peut même dire qu'une certaine animosité régnait entre nous.

Tout avait commencé à une des soirées Trash, désormais sur New Oxford Street, au club The End. Nous étions venus pour voir les Yeah Yeah Yeahs. Les Strokes aussi. C'était leur premier concert à Londres, et j'étais super excité. Karen O est montée sur scène avec une canette de bière et elle a arrosé la foule. Moi, j'attrapais des pintes ici et là et je lui rendais la pareille. J'ai même failli monter sur scène, puis je me suis fait foutre dehors. J'ai tout de même réussi à entrer de nouveau, un peu plus tard, avec une guitare, ce qui emmerdait les Strokes au plus haut point. Ils m'ont quasiment encerclé en essayant de me retenir et de m'arracher mon instrument. Johnny Borrell était là aussi. À la soirée privée qui a suivi la soirée Trash, Carl a pris la guitare et a essayé de jouer ses chansons à Julian Casablancas, qui lui a dit alors : « Pourquoi est-ce que tu tiens absolument à jouer, mec ? Tu ferais mieux de poser cette putain de guitare. » Carl était super vexé. Dans *Meet Me in the Bathroom : Rebirth and Rock and Roll in New York City 2001-2011*, un livre sur les Strokes de Lizzy Goodman, leur guitariste, Nick Valensi, évoque cette nuit et dit texto que je traînais avec deux pouffiasses et que j'avais l'air d'un maquereau. Il prétend encore que j'ai voulu l'entraîner à l'hôtel pour un plan à quatre. Jolie histoire, mais nous ne nous souvenons pas de la même chose.

Un soir que nous assurions leur première partie, Julian a voulu de la coke. J'avais quelques cailloux sur moi et je les lui ai montrés en lui disant que je n'avais que ça. « Ne me dis pas que tu essaies de me refiler du crack ! Je rêve ! » À un autre concert où, cette fois, j'en avais, il a tout sniffé, puis il a foutu le camp. Carl et Wolfman l'ont trouvé minable. Ensuite, Alan Wass, qui était là aussi, s'est mis à hurler au milieu du public : « C'est des merdes, Pete ! Tu vaux mieux qu'eux ! », et il a fini par se battre avec le mec de la sécurité, qui se trouvait être l'Australien qui m'avait pris la tête à Liverpool. Julian m'a demandé pourquoi j'aimais traîner avec des mecs qui cherchaient la bagarre. J'ai pris ça comme un compliment. Je me souviens d'Alan dans les loges, presque vautré sur eux et qui n'arrêtait pas de leur demander : « Vous venez de New York ? » Il était vraiment insupportable, et on nous a tous fait dégager.

Aux studios RAK, enregistrer notre premier album n'a pas pris très longtemps – deux, trois semaines, pas plus. Mick Jones y croyait vraiment et avait mis en nous toute sa confiance, nous obligeant à croire en nous-mêmes, ce que nous avons fait. Carl et moi avions soigneusement sélectionné de tout nouveaux morceaux que nous avons joués exactement comme ils devaient l'être. C'était très excitant d'enfin les enregistrer, mais aussi assez angoissant. Le studio a toujours été un endroit où il se passait beaucoup de choses, c'était encore un lieu de création, les morceaux continuaient d'y évoluer, les paroles surtout, nous nous poussions les uns les autres à la limite de nos possibilités, dans une émulation constante qui allait crescendo jusqu'au moment d'enregistrer la voix.

Nous avons fait corps avec l'enregistrement, nous y avons mis tout notre cœur et toute notre âme. Nous sentions que ça fonctionnait, que le groupe existait. Il a pourtant fallu des années avant que nos chansons ne s'installent. Les ventes n'étaient pas terribles à l'époque. Le succès n'était pas au rendez-vous. Cela finirait par arriver, mais là, je parle de la première année. Quand je regarde en arrière, je me dis que c'est sans doute ce que nous avons fait de meilleur. La production est top, le son boueux juste comme il faut.

J'avais convoqué Wolfman pour qu'il rappe sur un titre bien crade, bien garage, qui portait son nom. Il a fait un truc plutôt sombre qui ne marchait pas vraiment. De toute façon, personne, dans le studio, n'aimait ce que dégageait Wolfman, tout le monde le trouvait lugubre. Moi, j'avais trouvé son intervention brillante. Mick Jones s'est alors retourné vers moi : « Il n'est pas comme vous autres, non ? Ce n'est pas un gentil, lui. » Bref, le morceau avec le rap de Wolfman n'a rien donné, mais nous le jouions souvent live avec les Babyshambles, et c'est encore parfois le cas avec les Puta Madres. « Begging », que j'avais écrite quand je créchais chez Mairead, faisait partie de nos chansons préférées de l'album, et nous aimions particulièrement son intro. « The Boy Looked at Johnny », où figurait cette phrase, *« don't you know who I think I am »*, tirait son titre du livre éponyme de Tony Parsons et Julie Burchill que j'avais si longtemps rêvé de posséder et dont j'ai fini par trouver un exemplaire, à la boutique Music & Video Exchange de Notting Hill, pour douze livres, prix exorbitant. Les gens croient généralement que c'est une chanson sur Johnny Borrell, et c'est bien possible.

Carl et moi vivions officiellement ensemble. Enfin, ce n'était qu'un truc pour les médias, pas la réalité. Carl en avait déjà marre de Teesdale Street. Je dis ça parce qu'au moment de l'enregistrement de l'album il m'avait demandé de le brancher avec une fille qui se présentait toujours comme la secrétaire de Wolfman. Il avait fini par passer la nuit avec cette fille, mais aussi avec Wolfman. J'étais à Teesdale Street. Nous avions rendez-vous au studio le lendemain matin, alors, pour une fois, j'avais décidé de me pieuter pas trop tard – eh ouais... Le lendemain, Carl s'est présenté au studio avec plusieurs heures de retard, complètement défoncé.

Je lui ai demandé pourquoi il était dans cet état. Il m'a raconté qu'il avait été chez Wolfman et qu'il lui avait demandé de la coke. Mais Wolfman lui avait répondu qu'il ne pouvait dégotter que de l'héro ou du crack. Il avait donc passé la nuit à sniffer de l'héro et à fumer du crack. « Bon, ben, on va faire avec. » Qu'est-ce que je pouvais dire d'autre ? Puis, ça tombait bien, on devait enregistrer une chanson que je venais d'écrire, « Skag & Bone Man », un titre qui prenait son temps avant d'arriver au solo. Je me disais que Carl serait redescendu d'ici là… Finalement, ce titre n'a pas été retenu pour l'album, mais il a fini en face B du single « Up the Bracket ». Je me souviens avoir dit ce jour-là un truc absolument vrai : « Quand Carl est défoncé, tout le monde trouve ça hilarant. Mais, quand, moi, je suis dans le même état, c'est tout de suite : "Oh, il faut vraiment que Pete aille en désintox, blablabla." » Plus tard, ce même jour, avec un Carl toujours aussi défoncé, nous avons enregistré « Radio America ». À la fin du titre, on entend nettement une sorte de crac : c'est le son qu'a fait sa tête en tombant sur le micro quand il s'est évanoui. « Radio America » était une vieille chanson, écrite il y a bien longtemps, une chanson lente et douce. De temps à autre, j'avais envie de ça, de ralentir le tempo, même si, le plus souvent, ce que nous faisions était survolté à l'extrême.

Paul Ro, Roundhill de son nom complet, était mon principal fournisseur de crack et d'héroïne de qualité à peu près correcte. Un de nos premiers rendez-vous avait eu lieu à Teesdale Street en présence d'Hannah et d'Amah-Rose. Nous avions joué aux échecs, une partie assez courte, où il avait exigé que, pour chaque pièce perdue, nous enlevions un vêtement. C'était un type frêle qui portait des lunettes, la quarantaine bien tapée, mais c'était surtout un bouc en rut. Comme j'étais choqué par sa suggestion, il m'a lancé que je ne méritais pas de m'appeler *libertine.*

Son heure de gloire ? Avoir fourni Nico quand elle était venue à Londres. Il était aussi mêlé à une grosse affaire de drogue concernant Boy George, qui remontait au milieu des années 1980. D'ailleurs, dans son livre, *Take it Like a Man* (Sidgwick & Jackson, 1995), Boy George ne l'a pas épargné : il l'appelle toujours Paul *Cod*, Paul le pédophile, et le traite de dealer de merde et de junkie. Quand j'ai rencontré Paul, les doses étaient à vingt livres. Alors, j'allais dans son appartement de Whitechapel, qui n'était qu'à quelques rues de la Rhythm Factory, avec quatre-vingts livres et prenais deux doses de chaque – deux de coke, deux d'héro, deux cailloux de crack et un peu d'herbe. Il était tristement célèbre pour ce qu'on appelait la « taxe » Paul Ro, c'est-à-dire qu'il prélevait pour lui un peu de came, ce qui entraînait toujours des négociations, mais c'était tellement facile, c'était la victoire à tous les coups. Il n'avait pas le temps. Il avait à gérer un million de mômes bangladais qui prenaient des deals urgents par téléphone.

Après les concerts à la Rhythm Factory, j'avais l'habitude de débarquer chez Paul avec ma bande et d'y rester jusqu'à l'aube. Souvenirs merveilleux que ceux du soleil se levant au-dessus des toits de Whitechapel alors que nous dansions encore dans son appartement ! Il possédait une impressionnante collection de 45 tours de reggae. Le plus souvent, quand on se pointait, on le trouvait en débardeur, avec un short en jean et des sandales, en train de tenir salon. Quand il avait fumé une pipe de crack, il pouvait parler des heures de n'importe quel sujet. Et avec quelle emphase !

Il m'arrivait d'emmener Steve là-bas. Il me semble même qu'il a dû y vivre un moment. Seul Carl s'en est tenu à distance. Un jour, je suis allé chez Paul Ro avec lui et les choses se sont très mal passées : Carl ne voulait pas de cailloux, il voulait de la poudre, à la grande consternation de Paul. Il se trouve que Carl avait sa trompette avec lui ce jour-là, qu'il appelait familièrement son « bugle », son clairon, mot qui veut aussi dire « cocaïne » en argot – il trouvait ça drôle. En fait, nous avions deux blagues à base de clairon. La première : quand nous étions à l'hôtel, il criait « Au feu ! » et sonnait un coup de trompette ; la seconde : à la question « Qui en veut ? », il soufflait dedans comme un malade. Il avait quelques autres blagues à son catalogue, mais qui ne fonctionnaient pas vraiment. Alors qu'avec ces deux-là, c'était l'hilarité garantie.

Toutes les rencontres étaient possibles dans l'appartement de Paul. Des gens incroyablement divers s'y croisaient. Un jour, j'y ai rencontré le bassiste du groupe The Jesus and Mary Chain, Douglas Hart, qui est devenu un bon ami et qui a réalisé la vidéo de notre chanson « For Lovers ». Au début, chez Paul, Douglas restait discret, il ne tenait pas à ce qu'on le voie là. Comme beaucoup d'autres, il ne faisait que passer.

Paul appelait son appartement « le salon », au sens littéraire du terme, et il aimait jouer le rôle de l'hôte inspirant, se surnommant lui-même le « professeur d'héro ».

11

Sur la route

2002-2003 : l'engouement des débuts. Une nouvelle paire de brogues. Le chaos de la première tournée en Grande-Bretagne. Sortie du premier album des Libertines. Le partage des tâches avec Carl. Sur la pente glissante avec Wolfman. Notre premier live à la télé. L'enregistrement de « For Lovers ». Un voyage en France.

Nos débuts ont attiré l'attention de la presse. Nous avons même eu droit à une couverture du *NME* avant la sortie de notre premier single. Rough Trade et Tony Linkin, notre attaché de presse et patron de Coalition PR, qui s'occupait aussi des Strokes, tenaient les journalistes musicaux sous contrôle. Aucune interview n'était accordée sans l'assurance d'un bon papier. Cela ne nous a pas empêchés d'avoir quelques mauvaises critiques – parfois très dures. Carl et moi partagions la même opinion au sujet des journalistes : « Si tu n'aimes pas notre musique, mec, alors ne t'emmerde pas à écrire sur nous, et si tu t'attaques à des trucs plus personnels, fais gaffe, on saura toujours où te trouver. » Et il nous arrivait parfois de harceler Tony pour obtenir l'adresse des plus gros enfoirés.

Carl et moi sommes allés faire un peu de promo à Paris avec Banny. Pour l'occasion, elle nous avait offert des brogues haut de gamme, en cuir marron. Ces chaussures ont fait partie de notre look pendant un bon bout de temps, avec nos jeans et nos blousons en cuir. Nous les avons patinées en les griffant un peu et avons échangé nos lacets. Nous faisions toujours cela, Carl me donnait les siens, je lui donnais les miens. Et si on tombait sur un gosse japonais, nous lui demandions d'écrire nos noms en japonais sur nos pompes – c'est toujours cool, un peu d'encre sur des brogues. Mais beaucoup de journaux préféraient la photo où nous portions nos vestes militaires rouges. C'est d'ailleurs celle-ci qui a été utilisée pour notre première couverture de magazine français, avec ce gros titre : « Danger, branleurs ». Nous nous baladions partout avec des piles de ce numéro de *Rock & Folk*. Notre première couverture à l'étranger ! Peut-être même notre première couverture au monde ! Car il me semble bien qu'elle précédait celle du *NME*. Évidemment, j'ai fini par demander ce que « Danger, branleurs » voulait dire. J'ai été renseigné.

Nous avons vite découvert les limites et les inconvénients d'être le phénomène du moment quand nous avons démarré notre première tournée. Nous remplissions, mais une large partie du public restait très statique, ce qui ne ressemblait pas du tout à ce que nous étions. C'était à l'opposé de l'ambiance des premiers concerts que nous organisions nous-mêmes dans des arrière-salles ou des sous-sols de pub, où les gens prenaient simplement du bon temps et se laissaient aller. Ce nouveau public était venu à cause de ce qu'il avait lu dans la presse, c'était un peu comme si on lui avait forcé la main. Il y avait un malentendu. Ce qui nous a d'autant plus déchaînés sur scène. Nous avons joué avec une violence inédite devant ce public qui n'avait pas l'air de comprendre ce qui se passait, et qui se foutait aussi pas mal des chansons, il faut le dire. Bref, nous avons joué comme des tarés, complètement shootés à l'esprit punk, et nous avons cassé la baraque.

Notre première tournée britannique a fait un buzz d'enfer et c'était souvent l'émeute autour de notre minibus. Jusqu'à présent, nous n'avions joué qu'une fois hors de Londres, avec Razzers, à une fête d'été près du village où habitait la grand-mère de John, dans l'Oxfordshire. Dans mon esprit, rien ne changerait, tout resterait toujours grand ouvert, comme une sorte de parade psychédélique, nous serions pour toujours ce groupe de poètes-voyous aux spectacles bordéliques. Je m'étais débrouillé pour que soit Martin, soit les Queens of Noize assurent avec nous la conception des produits dérivés. Le premier tee-shirt du groupe était de très bonne qualité, cousu main, avec un pochoir du profil de Francesca sur fond bleu et « Horrorshow » écrit en lettres gothiques. Ce tee-shirt a eu un tel succès que, même moi, j'ai eu du mal à m'en procurer un.

Tabitha et Mairead pogotaient toujours comme des dingues à nos concerts – elles ont même été les seules pogoteuses pendant longtemps. Tabitha aimait faire ce bon vieux truc de se mettre tout au bord de la scène et de sauter dans le public en se bouchant le nez, comme lorsqu'on saute dans une piscine. Mairead et elle finissaient souvent sur scène à se jeter contre les amplis. C'était leur truc, ça, « se jeter contre ». Wolfman assurait la première partie et, invariablement, Amah-Rose se pointait. L'idée était qu'il y ait toujours des fêtes incroyables autour du groupe. Il nous arrivait d'entraîner tout le monde chez un pauvre gosse qui avait eu le malheur de dire qu'on pouvait faire la fête chez lui, ou alors nous faisions monter des gens dans notre bus. Dans ces fêtes circulaient des montagnes de cachets, des montagnes de drogues bon marché, particulièrement quand on allait dans le Nord, à Manchester ou à Leeds, en Écosse aussi.

Wolfman était le plus souvent d'humeur sombre et solitaire. Puis, soudain, il pétait un plomb, sautait du bus et disparaissait pendant des jours. Une fois, je l'ai retrouvé grelottant sous la haie du parking d'un hôtel de Nottingham. « Mais qu'est-ce que vous m'avez fait ? » était sa phrase favorite. « Mais qu'est-ce que vous m'avez fait ? Je veux rentrer à la maison ! Mais c'est où, ma maison ? C'est nulle part, je n'ai pas de putain de maison ! » Steve traînait pas mal avec nous, et se mettait aussi dans de sales états. Pendant un concert que nous avons donné à Brighton, pensant qu'il était de retour dans le groupe, il est monté sur scène et Carl l'a bastonné avec sa guitare. L'ambiance était toujours au bordel, mais pour ce qui était de l'héroïne et du crack, c'était encore la lune de miel.

Kill City a fini par rejoindre notre tournée, et c'est à ce moment-là que j'ai fait la connaissance de Lisa Moorish, la chanteuse du groupe. C'est également à peu près à ce moment-là qu'elle est tombée enceinte. Nous avons eu un fils, Astile, en juillet 2003. Nous avons aussi pris Alan et les Left Hand, « à la sinistre réputation » – le *NME* publiait un bulletin hebdomadaire des écarts de conduite du groupe sur la tournée, dont ce fameux jour où ils avaient pissé dans les pompes de Carl. Les membres de Left Hand avaient une étrange mentalité, toujours à se battre contre le monde entier. Carl ne comprenait rien à ce genre d'attitude et leur répétait : « Et si on essayait de faire partie du même camp, plutôt ? » J'ignorais encore ce qui allait se passer avec eux.

Pendant cette première tournée, alors que nous jouions au Zodiac, à Oxford, James Endeacott est arrivé avec une boîte pleine de CD de *Up the Bracket.* C'était la première fois que nous voyions l'album physiquement. J'en avais conçu la pochette, ce que j'avais déjà fait pour tous nos 45 tours du début et pour nos affiches de tournée, parvenant à garder mon pied dans la porte pour empêcher Rough Trade de s'en mêler. N'est-ce pas comme ça que les choses doivent se passer ? N'est-ce pas normal qu'un groupe conçoive ses propres pochettes de disque ? La photo de policiers faisant face à des manifestants qui figuraient sur le premier album avait été prise en Argentine pendant une émeute. C'est Mick Jones qui avait trouvé ce cliché et j'y avais ajouté d'autres images, scotchées au gaffer noir.

Ce même soir, au Zodiac, j'ai fait la connaissance de Nadine et de sa sœur jumelle, Davina – la dernière fois que je les avais vues, elles montaient dans le bus de tournée des Strokes. J'étais raide dingue de Nadine. Je lui ai proposé de s'occuper du merchandising – c'était la méthode d'approche que j'avais trouvée. Nous sommes sortis ensemble par intermittence pendant quelques années. Puis Nadine est devenue une sorte de compagnon d'armes.

Quand nous sortions de scène, Carl était dans un état psychologique aussi bizarre qu'extrême. Il s'asseyait en position fœtale dans la loge et il fallait attendre entre une demi-heure et quarante-cinq minutes avant de le voir revenir parmi nous et pouvoir enfin aller faire la fête et s'éclater. J'étais plutôt protecteur avec lui dans ces moments-là, je sentais sa fragilité. Monter sur scène lui bouffait vraiment la tête. Il avait eu toute sa vie l'obsession d'être un acteur, un artiste, et lui et moi avions rêvé d'être célèbres. Mais quand notre rêve a commencé à devenir réalité, ça l'a foutu en l'air et je pouvais sentir physiquement à quel point il était rongé d'angoisse.

J'insistais toujours pour que nous répétions des petites mises en scène destinées à nos concerts. Je lui disais par exemple : « Et si je faisais semblant de venir te frapper l'arrière de la tête avec ma guitare ? » Il n'était jamais d'accord, me répétait qu'il ne ferait jamais ce genre de choses. Son attitude m'emmerdait profondément. Cela dit, pour ce qui est de se battre vraiment, nous avons connu quelques bagarres terrifiantes sur scène – je croyais toujours qu'il allait me tuer, putain ! Pendant un concert au festival de Reading, ou de Leeds, en 2002, je lui ai effleuré les fesses avec mon talon. Il s'est tendu immédiatement, puis ça a été l'escalade jusqu'à devenir vraiment craignos. À chaque fois que nous en arrivions là, je me disais : « Putain de merde ! Il a encore disjoncté ! »

Carl et moi avions déjà pris des directions différentes. Quand, fin 2002, nous avons fait la couverture du *NME* pour la seconde fois (dont le titre était : *The Libertines : Scrapping, screwing & getting trashed with Britain's most f***ed-up band*), j'avais super mauvaise mine et l'article mentionnait mon addiction à l'héroïne, expliquant que des tensions montaient dans le groupe à cause de la drogue. Je prédisais, à l'époque, que les choses allaient tourner au vinaigre. Carl n'a jamais succombé au crack et à l'héro, il n'aimait pas ça. Une fois ou deux, il s'est laissé faire, vraiment par désespoir, et il a pris de l'héroïne pour que nous soyons sur la même longueur d'onde, pour se montrer sociable, amical, pour, en quelque sorte, faire exister un lien entre nous. Moi, je lui disais que c'était OK, que ce n'était pas dangereux. Ça peut paraître salaud de ma part, mais les rapports avaient toujours été sur ce mode-là entre nous, et lui faisait la même chose avec l'alcool. Carl était un buveur invétéré, et sa consommation d'amphétamines était gargantuesque. Je me souviens avec une certaine tendresse de nous deux à Paris, pendant une tournée promotionnelle, assis sur le lit, en train de mater un vieux DVD de *Casablanca* en fumant de l'héro. Nous habitions dans l'appartement d'une fille de la maison de disques. C'est là que nous avons écrit « Don't Look Back into the Sun » sur les accords de « Don't Look Back in Anger » d'Oasis, mélangés à ceux de « Ride into the Sun » du Velvet Underground, d'où le titre. Nous savions tous les deux que nous tenions un bon morceau.

Carl était devenu pote avec le batteur de Supergrass, Danny Goffey, après notre tournée conjointe sur le continent européen en 2002. Même si nous avions réussi à franchir un cap, à avoir quelques bonnes critiques, nous n'étions pas encore célèbres. Supergrass, c'était du matos pour tabloïds – des légendes, vraiment. Les gens trouvaient en général que je ressemblais à Julian Casablancas. Moi, je pensais que je ressemblais plutôt à Danny Goffey. Si bien que lorsque j'ai entendu ces rumeurs sur les aventures très Libertines de Supergrass auxquelles Carl participait, j'ai fait une crise de jalousie. Je me disais : « Pourquoi, moi, je ne peux pas être pote avec eux ? » Je crois que j'étais simplement jaloux que Carl rencontre des gens sans moi.

À la fête de lancement de *Up the Bracket*, organisée par Rough Trade dans un bar de King's Cross, je suis parti en pleurant. C'était très « entre gens du disque ». Danny était venu avec Carl, moi j'arrivais de l'appartement de Wolfman. Je me rappelle qu'on n'avait pas voulu me laisser entrer. Quand j'ai finalement réussi à passer le barrage, on m'a empêché de fumer du crack à l'intérieur. Ça m'a vraiment fait chier et je me suis barré pour retourner chez Wolfman, qui était ravi de me voir dans cet état. Un peu plus tard, je me suis pointé en jupe à une séance de signatures au HMV d'Oxford Street. Carl n'a pas compris le comique de mon accoutrement. C'était pourtant un truc typique de la classe ouvrière, s'habiller en femme pour se marrer. Un truc que nous faisions, Wolfman et moi, pour rendre hommage aux Queens of Noize : nous allions faire les DJ déguisés en travelos, avec des perruques horribles, des lunettes de soleil, des jupes en jean et des bas résille. Certes, cette tenue nous a valu de nous faire jeter de plusieurs clubs. Nous nous faisions appeler Fru et Shel. OK, Fru. Salut, Shel… Les gens croyaient vraiment que nous étions deux nanas un peu déglinguées – il faut dire que nous avions plutôt de belles jambes. À cette signature au HMV, j'avais apporté une jupe en jean pour que Carl s'habille « à la Wolfman », mais, hélas, ça ne l'a pas fait rire et il n'a jamais voulu la mettre.

Quoi qu'il en soit, l'alchimie continuait de fonctionner sur scène. Elle est même évidente quand on regarde notre premier passage télé dans l'émission *Later… with Jools Holland*, où nous avions joué notre deuxième single, « Up the Bracket ». Tabitha et Mairead étaient dans le public, déchaînées. C'était une interprétation parfaite, sombre et crasseuse à souhait. Même moi, j'étais surpris de constater à quel point nous avions été bons ! Katie Bapples était venue dans une tenue très sado-maso, très Catwoman. Quelques années plus tard, elle a vendu une histoire abracadabrante aux tabloïds, prétendant que je l'avais rendue accro à l'héroïne avant que nous ne nous tailladions mutuellement les bras avec des lames de rasoir. Elle a également prétendu que je l'avais forcée à un plan à trois avec Carl et qu'elle m'avait vu sous la douche avec un autre homme. OK, elle m'a peut-être vu une fois sous la douche avec Wolfman à Teesdale Street, mais ça ne veut rien dire. Moi, baiser Wolfman ? Pas vraiment, non.

Il y a bien eu une histoire de lames de rasoir, mais pas avec Katie. C'était au moment où nous enregistrions « For

Lovers », dans un studio qui se résumait à deux petites pièces au-dessus d'une boutique, je ne sais plus où. Jake Fior était aux manettes, et j'avais fait les voix en une seule prise. Malgré mon insistance, Carl avait refusé de venir à cet enregistrement. Une fois que les choses ont été dans la boîte, Jake a glissé la main dans sa poche et nous a donné deux cent cinquante livres. Wolfman et moi avions bien travaillé. Comme il connaissait les meilleurs dealers de Londres, nous nous sommes assis quelque part dans le sud de la ville après avoir consommé et… on s'est fait taillader de partout. Ma poitrine est encore couverte des cicatrices de cette nuit-là.

« For Lovers » était une super chanson. Ce fut aussi un super enregistrement, ce qui avait apparemment échappé à Rough Trade, qui n'a sorti le titre qu'un an et demi après sa mise en boîte en 2002. Ç'a vraiment été la croix et la bannière pour arriver à sortir ce titre. Jake était crédité pour la production et l'arrangement, ce qui était justice, mais il avait également racheté une bonne partie des droits qui revenaient à Wolfman pour l'écriture. C'était un jour où nous étions au pub dans le quartier d'Angel, fauchés comme les blés. Jake a refilé à Wolfman quelque chose comme sept cents livres, ce qui, en soi, était beaucoup d'argent, mais aussi que dalle quand on pense au succès de la chanson et à ce que ce pourcentage de droits lui a rapporté. Je ne pense pas m'autocongratuler en disant que c'est moi qui ai permis à Wolfman de montrer ce qu'il avait dans le ventre, simplement en le poussant, en lui mettant une guitare entre les mains ou en lui permettant d'enregistrer. Il ne sortait pas beaucoup de chez lui. Si je n'avais pas été là, Wolfman n'aurait pas fait toutes les choses dont je vous parle. Il serait resté à ruminer son spleen sous ses draps. J'ai fait de mon mieux pour qu'il obtienne la reconnaissance qu'il méritait, ce n'était pas toujours facile. Rough Trade se foutait pas mal de lui. Moi, je voulais que le monde entier connaisse Wolfman.

À l'époque, je suis sûr que Carl et Rough Trade pensaient que je disais que Wolfman était l'auteur de certaines chansons juste pour les faire chier. Je ne vois pas d'autre raison au fait qu'il ait fallu autant se battre pour obtenir leur reconnaissance ou pour qu'elles sortent enfin. Tout allait si vite avec les Libertines, il y avait tant de choses sur lesquelles je n'avais aucun contrôle. Tout ce que je voulais, c'était enregistrer autant que possible et dans une fidélité totale à ce que j'étais.

Avant que je ne me fasse éjecter du groupe pour la première fois, j'ai traîné Carl en France, où un événement a été pour lui la goutte d'eau qui fait déborder le vase. Là-bas, nous avons rencontré deux Français qui possédaient un petit label, Dialektik. Ils nous ont proposé d'enregistrer avec eux. J'ai fait la liste du matos dont nous avions besoin : un Vox AC30, des guitares vintage, dix mille livres d'héroïne, dix mille livres de coke. Ils nous ont dit OK. Évidemment, nous n'avons jamais obtenu ce que nous avions demandé. Ils se sont contentés de nous envoyer un minibus. Et Alan Wass, Carl et moi sommes allés chez ces Frenchies. Alan devait produire les morceaux, ce qu'il a fait.

Il avait beaucoup changé. Je me souvenais encore du temps où il jurait ses grands dieux qu'il ne mettrait jamais le nez dans la drogue dure ou ne porterait jamais de jeans déchirés, toujours fier de sortir du festival de Glastonbury sans une tache de boue sur son survêtement blanc Adidas. Là, je le retrouvais en sosie de Clint Eastwood, jeans, poncho et grosses bottes en cuir. Une nuit, vers deux heures du matin, je me suis retrouvé, un peu ivre, chez un marchand de journaux de Camden ouvert toute la nuit, à me prendre la tête avec cinq Somaliens qui cherchaient à m'agresser. Soudain, Alan a surgi de nulle part, vêtu d'un grand chapeau et d'un long manteau, il les a chopés tous les cinq et les a jetés à travers la vitrine.

Nous nous sommes donc retrouvés dans ce studio de la banlieue de Nantes qui s'appelait Garage Hermétique et nous avons travaillé sur de nouveaux titres sans Gary et sans John. Cela m'était égal qu'ils soient absents, les chansons étaient formidables, vraiment brillantes. « Narcissist » et « The Ha Ha Wall » ont d'ailleurs fini sur le second album des Libertines. Restait à les enregistrer. Avec le merveilleux travail d'Alan à la batterie, je crois que nous leur avons rendu justice. Il existe un petit 45 tours de cet enregistrement vraiment cool, qui est sorti en 2007. Rough Trade n'a pas autorisé Dialektik à le sortir à l'époque.

Carl a définitivement disjoncté pendant ce voyage en France. Nous couchions dans un Formule 1 à vingt euros la nuit, petite chambre avec un lit à étage. Alan et moi fumions de l'héro sur le matelas du bas tandis qu'en haut Carl faisait la gueule. Pour ne pas être injuste avec lui, il faut dire qu'il venait de traverser des années très chaotiques et qu'il appréciait cette vie de groupe plus organisée, plus pro, avec balances et listes techniques. Pour moi, c'était exactement l'inverse. Faire partie de ce système, déléguer à autrui l'organisation des enregistrements et des concerts, je trouvais ça horrible. J'étais même devenu allergique aux setlists. Tout ce qui était organisé ou faisait partie du business de la musique m'exaspérait. Je me souviens être arrivé en retard pour un tournage de clip. Quand James Endeacott est venu me chercher dans la loge, j'ai refusé de le suivre et ils ont tourné sans moi. Les bâtards. De toute façon, cette vidéo était naze. C'était pour « I Get Along », que Rough Trade comptait lancer comme single sur le marché américain.

Je continuais d'organiser mes propres soirées à la Rhythm Factory. C'était toujours le même bordel, avec les habitués de longue date de ma glorieuse bande arcadienne et pas mal de nouveaux groupes de jeunes qui n'avaient encore signé nulle part. On y croisait The Paddingtons qui venaient de Hull ; Selfish Cunt, le nouveau groupe de Martin ; The Others, celui de Dominic Masters ; le Razorlight de Johnny et le groupe de Steve, The IVs. Nos chemins, aux uns et aux autres, se recroisaient par intermittence. Ben Bailey de Thee Unstrung m'avait aidé à sortir de plusieurs mauvais pas. J'avais le sentiment d'avoir réussi à faire exister le cabaret arcadien que j'avais en tête depuis si longtemps. Cela ressemblait à la vie telle que je la voulais. Carl, lui, était plutôt pour continuer à bosser comme un damné. Avant Rough Trade, nous n'avions jamais eu d'autre choix que le foireux, mais si je n'avais pas organisé des putains de concerts dans ces endroits aussi improbables que merveilleux, nous n'aurions jamais joué en public. Désormais, évidemment, les gens se battaient pour nous avoir en concert.

Je ne dirais pas que j'avais de l'hostilité envers Rough Trade, mais j'étais persuadé que nous méritions quelque chose de plus fou. Je voulais quelque chose de moins carré, de plus puissant, de plus fidèle à l'esprit de mon rêve arcadien, une aventure plus trippante que le monotone tapis roulant de la vie des groupes à succès. La poésie me procurait un réel soulagement, comme la croyance quasi surnaturelle que la musique et la culture pouvaient sauver le monde. J'étais dans un trip très anticapitaliste à l'époque, et le resterais quelques années encore. Je croyais à fond à une révolution sociale ou à n'importe quelle révolution, pourvu qu'il y en ait une. Je crevais de mettre toute mon énergie au service d'une cause qui en vaille la peine et qui soit pleine d'un esprit révolutionnaire. Je voulais que la vie soit aussi explosive que possible. Voilà comment je me sentais à l'époque, explosif et hautement inflammable. Notre situation atteignait son seuil critique. En janvier 2003, nous étions programmés dans l'émission culte *Top of the Pops* pour jouer « Time for Heroes » qui venait d'entrer dans le top 20. Je me rendais compte que c'était une étape importante et j'étais super enthousiaste. Je croyais vraiment dans ce que je faisais, et je sentais que Rough Trade ne croyait qu'à moitié à ce rêve arcadien. Alors, il me fallait pousser les choses un peu plus loin.

12

L'Amérique

2003 (épisode 1) : première fois à Top of the Pops. *Les concerts sauvages des Albion Rooms. Mauvaise conduite à la remise de prix du* NME. *Éjecté du groupe. Un junkie au Japon. Abandonné par Iggy Pop. Première fois à la télé américaine et désir soudain d'enregistrer – la session Babyshambles.*

Pour notre première dans *Top of the Pops*, je portais une veste militaire française méchamment cool que j'avais fauchée à Portobello Road. J'étais sûr d'avoir une allure démente et, en plus, je chantais en direct. Mais le public de l'émission ne semblait pas vraiment fan de « Time for Heroes », et j'ai dû déployer des ruses de Sioux pour atteindre, par le biais de la caméra, les spectateurs qui se trouvaient de l'autre côté de l'écran et pouvaient potentiellement être sensibles au charme de notre musique. En y repensant, je comprends que débutait là, pour moi, une série d'amères déconfitures, de déceptions et de frustrations qui aboutirait à mon éjection du groupe.

Après notre passage à *Top of the Pops*, nous nous sommes fait assaillir pour la première fois par des fans à la sortie de l'Astoria de Londres où nous étions tête d'affiche – notre plus gros concert à cette date. Carl et moi n'arrêtions pas de nous regarder tout en signant des autographes. Nous avions longtemps rêvé de ce genre de truc superficiel – les fans en folie, qui veulent vous prendre en photo ou vous faire signer n'importe quoi. Seulement, maintenant que nous y étions, que cela nous arrivait, je ne ressentais pas la satisfaction que j'avais imaginée. Je me souviens d'un sans-abri, à l'arrière-plan, qui observait la scène. J'ai cherché son regard comme pour lui dire : « Tu peux m'en trouver pour vingt livres ? » Juste en levant le sourcil. Puis j'ai filé vers Old Compton Street avec lui et j'ai acheté quelques cailloux. En prenant le bus pour regagner Whitechapel et me remettre à jouer plutôt que de suivre Carl dans je ne sais quelle fête organisée par Rough Trade, un profond sentiment de tristesse m'a submergé.

Il est assez exaltant de sentir que les choses progressent vers la gloire. Le problème, c'est qu'on comprend vite que tout sera à refaire le lendemain soir. Quand vous faites partie du business, vous devez faire le job, à coups de fouet s'il le faut. Notre vie, c'était donc ça – tournées et obligations. Les Libertines étaient passés de l'artisanat à l'industrie. Pendant la tournée anglaise de 2003, j'avais pris l'habitude de faire monter les fans sur la scène, ce qui est devenu un de mes traits caractéristiques. J'avais en tête – et j'en parlais toujours dans les interviews – de casser les barrières, ce qui impliquait de laisser l'accès à notre bus ou à la scène à un maximum de mômes. Ça aussi, ça faisait chier tout le monde. Évidemment, il y avait toujours un fan là où il ne fallait pas, qui marchait sur un accordeur, qui débranchait par mégarde l'alimentation générale et j'en passe, mais c'était drôle et bon esprit, en tout cas de mon point de vue.

Puis Internet est arrivé comme un don du ciel. J'allais pouvoir atteindre les gens directement sur un site créé par quelques fans, Libertines.org. La première fois que je me suis connecté sur le forum de discussion, j'ai écrit sous plusieurs identités les premiers posts du site, des trucs débiles du genre « Je suis sûr d'avoir vu un des Libertines assis sur un muret en train de rameuter du monde ». Je me sentais un peu con de faire ça. En gros, je me servais du forum pour annoncer et promouvoir des concerts spontanés. Je mettais un mot sur le site le matin et je jouais l'après-midi ou le soir même à la maison, à Teesdale Street. Ce n'est pas moi qui ai baptisé ces concerts les « guerrilla gigs », les concerts sauvages, c'est la presse. Ils étaient une occasion formidable d'essayer de nouveaux titres et d'empocher un peu de cash. J'adorais aussi rencontrer les mômes qui se pointaient, savoir qui était ce public qui achetait dix livres un ticket – souvent des jeunes ados qui avaient grandi à Londres avec des parents assez permissifs pour les laisser sortir toute la nuit, mon rêve !

Ces concerts sauvages faisaient du buzz et j'adorais ça, mais Carl, John et Gary étaient contre. Ils trouvaient que la presse s'y intéressait trop et que cela finissait par être un problème. Les journalistes aimaient beaucoup l'idée, trouvaient formidable la façon dont les Libertines s'impliquaient avec leurs fans. Alors ils en faisaient des tartines dans les journaux. Carl, qui n'est pas con, comprenait bien que ce truc était en train de créer une légende, un mythe. Mais pour lui comme pour les autres, c'était exactement ça, le cauchemar. Je ne cherche pas à être désagréable en disant cela, ce n'est que la vérité, ces concerts représentaient pour eux une abomination. Les amplis étaient toujours foireux, il n'y avait personne pour changer les cordes des guitares, on ne faisait pas de balance. L'idée, c'était de s'installer à l'arrache et de jouer. Carl était bien content de prendre pour lui les commentaires élogieux de la presse, mais il ne voulait jamais en être – ce qui m'agaçait prodigieusement. Il faisait aussi des histoires à propos de l'argent gagné dans ces soirées, me demandant toujours avec suspicion où il passait. Mais c'était tout de même moi qui allais au cybercafé pour passer les annonces, moi qui faisais toutes les démarches, moi qui jouais, avec ou sans Carl.

La soirée des NME Awards au cours de laquelle les Libertines ont remporté le prix du Meilleur Groupe de l'année a donné le ton de ce qu'allait être ma vie pendant les dix années suivantes. Je me rappelle que Geoff Travis m'avait en quelque sorte prévenu. Il m'avait dit avoir été très mal à l'aise de sentir à quel point je me foutais de ce genre de soirée, et me voir recevoir ce prix lui avait semblé une bien cruelle ironie. Mais j'étais trop plein d'un désir de chaos et de facétie pour l'entendre. Je ne pensais qu'à faire pétiller un peu le moment. Je crois me souvenir que j'ai lancé quelques pétards vers les tables dressées d'argenterie où étaient installés les groupes et les professionnels de la profession. Cette soirée d'autocongratulation était tellement étrange, tellement fade, avec tous ces gens assis poliment à table, sans la moindre tentative de bataille de boulettes ou quoi que ce soit qui sorte du rang. Alors je me suis presque senti obligé de foutre le bordel.

Je me suis fait éjecter du groupe peu après. Les autres sont allés jouer en Allemagne sans moi. Absolument scandaleux ! J'étais allé faire un petit tour dans King's Cross pour trouver de la came pendant que le bus se garait. Quand je suis revenu quarante minutes plus tard, plus de bus, ils étaient partis sans moi. J'étais plutôt secoué. Quel que soit ce qui a scandalisé Carl dans mon attitude, il y avait dans la sienne des choses qui m'ont choqué, m'ont troublé, m'ont dérangé, et cet abandon a été l'une d'elles. C'était inconcevable, même si, au bout du compte, il s'est avéré que ce n'était pas sa décision. Je me revois, assis au bord du pont, sur Caledonian Road, dans mon jean déchiré, pensant que c'était sans doute une plaisanterie, qu'ils avaient dû se garer au coin de la rue, quelque chose comme ça. Le concert en Allemagne marquait le début d'une tournée sur le continent européen, tournée finalement annulée. Encore une déception.

J'ai été réintégré quelques semaines plus tard pour des concerts au Japon et aux États-Unis. C'est à Tokyo que j'ai compris pour la première fois que j'étais accro à l'héroïne. Quand nous sommes arrivés, j'en avais plein mon étui de guitare, mais j'ai vite été à sec, et il est plutôt compliqué de s'en procurer au Japon. Je me suis alors rendu compte que je n'étais jamais resté plusieurs jours sans en prendre. Le toxico en herbe est tout de suite renseigné sur le manque, mais il faut y être confronté pour savoir véritablement ce que c'est. Un truc horrible, surtout psychologiquement. Au concert de Tokyo, j'ai défoncé la batterie et envoyé bouler l'ampli de John d'un coup de pied. Gary et John se sont barrés et je me suis retrouvé tout seul sur scène, à brailler au public : « C'est mieux comme ça, n'est-ce pas ? Vous voyez ce que je veux dire… » Faire prendre une nouvelle direction au groupe était une entreprise audacieuse. Il me semble que Carl s'est mis à la batterie pendant un moment. Puis j'ai couru jusqu'au bar qui se trouvait en face de la salle de concerts et – c'est la pure vérité – je suis tombé sur un aveugle qui jouait aux fléchettes. Soudain, j'ai fait une grosse fixette sur ce type. Après un moment, j'ai couru dans l'autre sens chercher Carl et les autres, pour qu'ils voient ça. Évidemment, tout le monde faisait un peu la gueule.

J'étais vraiment à vif, oppressé par le cadre dans lequel évoluaient désormais les Libertines. J'avais envie de m'en prendre au groupe. Je voulais qu'ils soient tous sur ma longueur d'onde, celle du chaos et du fun. Je ne sais si l'image est claire, mais je dirais que tout le monde tenait encore les rênes quand, moi, je les avais lâchées. Pendant un autre concert au Japon, j'ai fait mon premier plongeon dans le public… qui s'est écarté. Je me suis fracassé le crâne sur le sol. Je suis resté étendu là, à moitié inconscient, et on m'a évacué en ambulance.

J'ai avoué à ma mère que je prenais de l'héroïne quand on a enterré ma mamie de Liverpool. J'avais dû rentrer plus tôt que prévu du Japon pour les funérailles. Je pensais que ma mère se montrerait compréhensive. Je lui ai dit que j'en prenais, mais que tout allait bien, que c'était bon. À partir de là, tout est parti en sucette avec mes parents. Je pensais que l'info passerait comme une lettre à la poste, parce que je commençais à avoir du succès, que j'avais l'âge des décisions personnelles dans tous les domaines et que prendre de l'héroïne ne me paraissait pas la fin du monde. Mais ce n'est pas passé du tout. Après les funérailles, papa et maman m'ont ramené à Londres en voiture. C'était la veille de notre départ pour les États-Unis et je leur ai demandé de me déposer chez Paul Ro, où j'ai passé la nuit.

Je sentais que j'allais exploser en Amérique – c'était le bon endroit pour ça. Une partie de moi désirait être le mec le plus déglingué du monde. La déglingue a commencé dès mon arrivée. En Californie, au festival de Coachella, j'étais fourré dans un buisson avec une bouteille de whisky quand j'ai aperçu Iggy Pop – les Stooges étaient la principale tête d'affiche de cette édition. Iggy faisait son jogging. Il s'est arrêté à ma hauteur et m'a dit grosso modo que lui aussi était passé par là, mais que, désormais, il préférait courir. Tout en me disant cela, il buvait de l'eau avec une paille. Merde, même Iggy Pop m'avait lâché. Ensuite, pendant que nous étions sur scène, l'électricité s'est coupée brutalement. Je crois qu'il y avait une sorte de couvre-feu et le programme de la journée avait pris trop de retard. Nous avons tenté de poursuivre en acoustique, mais la sécurité nous a sortis de scène. Cela donne une bonne idée de l'ambiance.

Quand nous sommes arrivés à New York, j'ai eu le désir aussi soudain qu'impérieux d'enregistrer. Je ne sortais jamais sans ma guitare acoustique. J'allais me poser dans des cafés, je gambergeais sur de nouvelles chansons et écrivais en gratouillant quelques accords. J'ai demandé à Rough Trade de louer un studio, mais ils ont refusé. J'étais dans leurs bureaux du Chelsea Hotel et les voir bosser en short m'a vraiment emmerdé, je ne sais pas pourquoi. Aujourd'hui, je n'en aurais rien à foutre, mais, à l'époque, ça m'a exaspéré. Je crois me souvenir que je leur ai gueulé dessus, un truc du genre « Rough Trade, c'est moi ! ». Voilà pour le moment de gêne. Je croisais souvent Alison Mosshart de The Kills dans l'hôtel. J'ai fini par lui demander de m'épouser. Je l'aimais vraiment beaucoup. Je ne l'avais pas vue depuis cinq ans, mais je l'ai reconnue tout de suite. C'était à l'époque où Carl et moi cherchions une chambre et avions répondu à une annonce parue dans *Loot*. À l'adresse indiquée, une espèce de fille gothique à l'air suicidaire nous avait fait la visite de son appartement du sud de Londres, c'était Alison. Cette fois, au Chelsea Hotel, elle s'est enfuie en courant.

À Manhattan, nous logions dans des appart-hôtels, sur Rivington Street, dans le Lower East Side. Nous avions chacun une belle suite. Enfin, Carl et moi avions une belle suite. Je traînais avec une fille, Nancy, qui était restée un moment à Teesdale Street. Elle était photographe et réalisatrice, un peu scénographe, et connaissait pas mal de monde. C'était fun d'être avec elle. Nous étions sur la même longueur d'onde. Un jour, alors que nous étions sur le toit de l'immeuble à travailler sur des chansons en plein soleil, Carl est arrivé et elle lui a demandé de ne pas s'en mêler, ajoutant qu'il interférait dans le processus créatif. Carl l'a immédiatement prise en grippe.

J'achetais mon crack à un sans-abri, un certain Chris, qui ressemblait à George Floyd. Je l'avais regardé ramasser des mégots dans la rue et il s'était tourné vers moi pour me demander si j'avais une vraie cigarette. Notre amitié a commencé comme ça et a duré quatre jours. À un moment, je lui ai même proposé de rejoindre le groupe : je travaillais à une nouvelle chanson dans ma suite, « The Bowery Song », et je lui ai demandé de chanter. Sa voix sonnait super bien. Alors, je l'ai fait monter sur scène quand nous avons joué au Bowery Ballroom. Là, ça a été un désastre. Il s'est complètement figé, puis s'est littéralement effondré et a fini par perdre ses nerfs. Dans une des critiques du concert, un journaliste a écrit qu'on aurait dit que j'avais fait monter sur scène un cracker que je venais de ramasser dans la rue. C'était plutôt bien vu. Chris a fini par se foutre de ma gueule à un moment. Il ne voulait plus quitter l'appartement. Il m'a foutu les jetons, et j'ai fait profil bas. J'avais vraiment peur qu'il ait un flingue. C'est Carl qui m'en a débarrassé. Le ton est monté et Chris a menacé de revenir foutre le feu et flinguer tout le monde.

Damon Albarn avait assisté au concert du Bowery Ballroom, ce qui a encore accentué les divisions à l'intérieur de notre groupe, car il n'en avait que pour Carl.

Rough Trade avait organisé une fête après le concert. Moi, ça me faisait chier, j'étais contre ce genre de truc. Alors, j'ai fini par me barrer pour aller me camer tranquille et Carl a fait la fête toute la nuit avec Damon.

Pendant ce séjour à New York, nous avons également joué au CBGB, ce qui nous a valu la couverture de quelques magazines très cool. J'ai vu, en ligne, des images de notre quatrième concert, à Philadelphie, au North Star Bar. Fantastique ! Même s'il est évident que Carl n'est pas vraiment impliqué. Après ce concert, je suis allé sur un terrain de basket pour acheter du crack à des Blacks balèzes. Un des mecs du groupe qui assurait notre première partie m'a emmené. Puis nous sommes repartis vers New York en minibus. C'est la seule fois où j'ai fait exprès de fumer du crack devant les autres, pour les faire chier. Je fumais au fond du bus en soufflant bien la fumée dans leurs gueules. Personne n'a bronché, mais tout le monde bouillonnait intérieurement. Je cherchais sans doute à provoquer une réaction, mais je voulais aussi leur prouver que c'était un truc relaxant. Le crack aux États-Unis, ce n'était pas la même ambiance. À Londres, les cailloux étaient tellement dosés que ça pouvait mal finir, rendre violent ou super nerveux, tout le contraire du bon feeling. En Amérique, le crack était plus doux. Je fumais dans une pipe en verre que Chris m'avait filée. Ici, tout le monde prenait le crack de cette façon.

J'éprouvais un grand ressentiment envers Carl. Je n'appréciais pas que certaines chansons soient créditées à nos deux noms, alors que j'en étais l'unique auteur. Aussi, j'imposais de chanter quasiment toutes les chansons, ne laissant qu'un titre à Carl. J'ai beaucoup d'affection pour le couple créatif que nous avons formé, nous avons composé un paquet de bonnes chansons ensemble, et même ce que nous n'avons pas écrit ensemble, nous l'avons enregistré ensemble et fait vivre ensemble, persuadés que c'était de la putain de bonne came. Seulement, c'est un peu raide à dire, certaines chansons m'appartiennent vraiment. Je pense avoir été généreux avec Carl en le laissant interpréter certains titres, comme lorsqu'il a chanté « I Get Along » dans le *Late Show* de David Letterman. D'une certaine façon, il s'est approprié ce morceau en le chantant. Certes, il avait écrit le refrain, mais le reste m'appartenait, j'aurais donc été tout aussi légitime que lui derrière le micro.

Nous étions vraiment excités à l'idée de jouer à la télé américaine. Nous en étions tous très fiers et très heureux. Cependant, Carl était inquiet, il avait peur que je déconne. Alors, j'en ai un peu trop fait dans l'autre sens. Au point de m'arrêter de jouer pour éviter que le micro ne tombe après que je l'ai percuté pendant le solo de guitare. C'était vraiment très, très étrange.

La cohésion du groupe commençait à se fissurer. Je voulais être reconnu comme l'unique chanteur du groupe, j'en faisais un caprice enfantin. J'avais besoin d'affirmer que c'était moi la puissance créative et que les Libertines n'étaient que les marionnettes de l'industrie du disque – ce qui, bien sûr, encore une fois, était un peu exagéré.

Mais je voyais les choses ainsi à l'époque. Du coup, j'ai trouvé un studio vraiment cool, Sorcerer Sound, sur Mercer Street. Lou Reed, Run DMC et John Cage étaient venus y enregistrer. J'ai joué pendant des heures dans ce studio, la plupart du temps seul à la guitare acoustique, simplement accompagné par un batteur que j'avais connu dans ma période mod à Londres, Spiky Phil. Il avait été quelqu'un dans la musique. Désormais, il était tailleur à New York.

J'ai non seulement enregistré ce qui constituerait la base du second album des Libertines, mais aussi le fondement du premier album des Babyshambles, des tas d'autres chansons incroyables que j'enregistrerais bien plus tard en solo et plusieurs bonnes reprises de musiciens que j'écoutais beaucoup à cette époque-là – The Coral, The La's, The Smiths, Morrissey, Ocean Colour Scene et Ian Brown. Rough Trade a vite eu vent de ma petite escapade en studio car, après la première session, j'ai vu rappliquer Carl et John, un peu à contrecœur. John a fait les claviers sur un titre. Carl a joué de la trompette sur une version très cool de « Don't Look Back into the Sun ». Adam Green, du groupe Moldy Peaches, est aussi venu nous rejoindre. Nous l'avions croisé à la soirée du concert au Bowery Ballroom. Il a enregistré une version de « What a Waster » et nous avons enregistré une version d'une chanson de son groupe, « Who's Got the Crack », où l'on nous entend, Carl et moi, nous engueuler à propos de la came. Notre relation était toujours aussi tendue, et il avait encore de sérieux doutes quant à l'avenir du groupe.

Soudain, je me suis dit que ce serait génial de mettre en ligne gratuitement toutes ces nouvelles chansons démentes que je venais d'enregistrer – pas pour faire chier, mais tout simplement parce qu'il me semblait que je pouvais mourir à tout instant et qu'il fallait que ces chansons sortent avant ma mort. J'ai annoncé ma décision sur le site des fans du groupe, Libertines.org, afin de trouver quelqu'un qui sache comment faire. J'ai ensuite eu une sorte de rendez-vous secret au Chelsea Hotel avec une Américaine d'origine asiatique à qui j'ai donné les fichiers dans une enveloppe en papier kraft. Ne restait plus qu'à attendre quelques jours, ce que j'ai fait, avec pas mal de nervosité.

Les enregistrements sont apparus en ligne sous le titre *The Babyshambles Sessions*, série de trois CD pour un total d'environ cinquante titres. Le nom Babyshambles était une idée de Tabitha – c'était le surnom qu'elle me donnait. Les vrais fans se sont jetés dessus. Pour le reste, je n'ai pas assisté à l'embrasement que j'attendais. Je pensais que tout le monde serait scotché par la qualité des morceaux, que ceux qui s'étaient dit que Peter n'était qu'un putain de drogué verraient qu'ils avaient eu tort. Cela m'a surtout prouvé que, pour Rough Trade, ce n'étaient pas les textes ou la musique qui comptaient. Pour eux, le plus important, c'était que toute cette énergie puisse être canalisée gentiment, puis joliment emballée pour être vendue. Le *NME* n'a pas fait un seul article, aucun journal n'en a fait. Alors que, pour moi, ce truc, c'était puissant comme l'Apocalypse. J'étais persuadé que ces chansons incroyables allaient être encensées. Que dalle ! Je venais de me prendre la réalité du métier en pleine gueule : il fallait que tout soit « comme il faut », dans les règles, bien propre, bien gentil, bien emballé et, surtout, sorti par un label reconnu, peu importait la musique.

13

Cambrioleur

2003 (épisode 2) : enregistrement de « Don't Look Back into the Sun ». Seul sur un toit de Whitechapel. De nouveau viré des Libertines. Au fin fond du rock. Je tente une nouvelle version des Libertines. La naissance des Babyshambles et de mon fils. Premier séjour en désintox. Le cambriolage de l'appartement de Carl.

Quand je suis rentré de New York, j'ai convaincu The Paddingtons de faire un concert sauvage avec moi dans le sous-sol de l'appartement de Wolfman sur Gunter Grove, à Chelsea. Pendant que j'étais là-bas, des rumeurs avaient couru qui annonçaient sa mort, mais je ne me suis pas inquiété, ce n'était pas la première fois. À ma connaissance, Wolfman était au moins mort et ressuscité six fois. C'est Jake Fior qui lui avait trouvé cet appartement, que nous avons pourri en moins de deux semaines. Bien sûr, l'info au sujet du concert était parvenue jusqu'aux oreilles de Carl et de Rough Trade et, fait aggravant, les *Babyshambles Sessions* étaient maintenant en ligne. Pour Rough Trade comme pour Carl, cela signifiait que j'étais hors de contrôle. Je m'en foutais, ma mission, ma quête, c'était de faire ce que je voulais. Cela paraît peut-être un peu cucul, mais j'avais la sensation d'exprimer exactement ce que j'étais en tant qu'artiste. Seulement, ça ne collait pas avec le trajet de ma carrière professionnelle. Les deux choses me semblaient complètement divergentes. D'un côté, Rough Trade et l'industrie du disque, de l'autre, l'écriture, la création – des univers incompatibles. À l'intérieur même des Libertines, la situation dans laquelle je me trouvais n'avait aucune cohérence par rapport à ce que j'écrivais désormais ou à la façon dont je désirais m'exprimer sur scène. Je me sentais pousser des ailes en tant qu'artiste et auteur, mais les Libertines m'empêchaient de décoller.

Au début de l'été, je me suis présenté comme prévu aux studios RAK pour enregistrer « Don't Look Back into the Sun », avec Wolfman. Mais Bernard Butler, que Rough Trade avait engagé pour produire le groupe, ne voulait pas de lui dans le studio. Nous nous sommes copieusement engueulés sur le trottoir. Puis Gary est sorti pour dire à Wolfman : « Peter doit s'occuper sérieusement des affaires du groupe, tu sais. » La phrase m'a frappé, elle n'a cessé de résonner dans mon esprit : c'était tout ce qui me faisait chier. Alors, je suis allé fumer du crack avec Wolfman. L'authenticité du groupe me semblait pour de bon perdue et le cœur n'y était pas. J'ai erré pendant plusieurs heures dans les studios. Je les entendais se chauffer, commencer à se mettre en route sans moi et j'avais de la peine, tellement de peine. J'étais un peu en vrac émotionnellement, envahi par toutes sortes de pensées. J'avais du mal à regarder Carl en face. Puis, assez rapidement, les choses ont dégénéré entre Bernard et moi. Nous nous sommes sévèrement engueulés, envoyant balader à coups de pied tout ce qui était à notre portée. Je me souviens lui avoir lancé : « Répète encore ça et je te défonce ta putain de gueule ! » Dans son esprit, je ne faisais déjà plus partie du groupe. Pendant que j'errais dans les couloirs, il avait même fait la guitare à ma place sur « Don't Look Back into the Sun ». Le bâtard. Étrangement, le plus énervant n'était pas qu'il l'ait fait, mais qu'on pouvait croire qu'il s'agissait bien de moi. J'ai tendu l'oreille pour repérer quelques petites fioritures qui auraient clairement indiqué que je n'étais pas derrière l'instrument, mais pas de fioritures, du pur Doherty – c'était le coup de grâce. Ils ont mixé le tout, puis collé le piano à la fin.

Le concert sauvage du toit de Whitechapel fut le baiser de la mort. Je l'avais monté avec des artistes qui possédaient un bel atelier, en vendant le truc sur Internet comme une performance acoustique de Barât et Doherty. Les gens sont arrivés, nous avions de la limonade et un *PA system* pour la sonorisation – un truc à la bonne franquette, une ambiance joyeuse et familiale. Je pensais vraiment que Carl viendrait, mais c'était le jour de son anniversaire, sa sœur et ses potes avaient organisé un karaoké sans me tenir au courant et, bien sûr, sans m'inviter. Carl a prétendu qu'il n'avait jamais été question qu'il vienne, mais je maintiens qu'il m'avait affirmé le contraire, sinon je n'aurais pas annoncé notre concert en ligne.

Ensuite, le groupe est parti pour une tournée sur le continent. Carl m'a appelé du ferry pour me dire qu'ils n'avaient plus besoin de moi. Banny aussi m'avait laissé un message : ce n'était pas la peine que je me pointe aux concerts. Mais je l'ai rappelée pour lui dire que je voulais l'entendre de la bouche de Carl. J'ai pensé que, s'il ne voulait plus de moi dans le groupe, c'était l'occasion de jeter l'éponge et d'arrêter là. Un communiqué officiel a indiqué que la séparation était temporaire et a accusé mon « état » d'être responsable de la situation : « Peter ne va pas bien. »

Après l'Europe, ils ont entamé une tournée au Royaume-Uni, toujours sans moi. J'ai essayé de rentrer au concert du Kentish Town Forum avec un Irlandais, Owen, mais c'est parti en vrille. Alan Wass était avec nous et s'est fait balancer jusque sur la route qui se trouvait à l'extérieur du Forum à coups de pompe. Owen gérait une maison de crack dans son HLM de Kentish Town. Je créchais là avec Nadine, dire si c'était le fond du trou. J'avais été viré de Teesdale Street et n'avais nulle part où aller. Mais ce dont j'avais cruellement besoin, c'était de doses régulières de crack et d'héroïne. Owen faisait partie de cette nouvelle race de gens qui ne reculaient devant rien pour cinquante livres. Un jour que j'étais avec lui dans la rue à sentir cette énergie sombre qu'il dégageait, il m'a demandé de faire mes preuves. J'ai dû faucher un téléphone à un mec à vélo, arrêté à un feu rouge. Puis il a fallu que je remette ça pour en voler un mieux. J'étais tombé bien bas.

Jeannette Lee m'a convaincu d'entrer en cure de désintoxication. Je lui avais dit que je cherchais à monter un nouveau groupe et elle m'a répondu qu'il fallait que je rencontre un type, un joueur de synthé, en refusant de me donner le nom du groupe dans lequel il jouait. Je ne sais toujours pas de quel groupe il s'agissait – Elastica, peut-être. Le type a commencé à me parler de drogue et, en un claquement de doigts, je me suis retrouvé quelque part à la campagne. Rough Trade avait tout planifié. J'étais en fait à Farm Place dans le Surrey, la Betty Ford Clinic anglaise. Je n'en avais pas du tout envie. D'abord, on commençait par vous sevrer et ça, c'était comme se faire fracasser le crâne à coups de marteau, puis venaient les séances de thérapie de groupe – l'horreur absolue. La thérapie de groupe, il n'en était pas question. L'idée même me révulsait.

Je pensais n'y rester que quelques jours, le temps de me mettre au vert et d'écrire quelques posts sur le site Libertines.org, histoire de communiquer sur cette petite pause salvatrice. La pause a duré des années. À ce moment-là, j'allais en cure de désintox sans aucune motivation. Récemment, les choses ont un peu changé et j'arrive à me tenir à la sobriété. Quand j'écrivais sur le site des fans à propos de mes premières cures, j'en rajoutais toujours. Je racontais que j'étais allongé sur une table d'opération, perfusé de partout, alors qu'il s'agissait simplement d'un électrocardiogramme avec deux patchs sur la poitrine et deux sur le ventre. À chaque fois que j'entrais en désintox, Rough Trade m'offrait une paire de Converse et Jeannette un roman – *Moby Dick* ou *Crime et Châtiment*, toujours de grands livres. S'il m'arrivait de rester plus longtemps que prévu en cure, ce n'était pas à cause des traitements, mais pour finir mes lectures. Puis je sortais, mes Converse toutes neuves aux pieds.

La première fois qu'on m'a fait asseoir pour parler de ma consommation de drogue, dans cette cure en pleine campagne, cela n'a eu qu'un effet : me donner cruellement envie de consommer. J'étais là depuis une semaine quand on m'a appris que Katie Bapples épousait Wolfman, alors j'ai pris le train jusqu'à Londres et j'ai atterri au Filthy's. Évidemment, cette histoire de mariage était un gros mensonge. Quelqu'un m'a avoué, par la suite, que Wolfman voulait me faire sortir de désintox pour que je puisse lui payer une dose d'héro. Je sais qu'il apparaît souvent dans ces lignes comme un gros bâtard, mais c'était un gros bâtard. Un gros, gros bâtard. Il ne peut pas le nier. Et, dans la suite de ce livre, je serai souvent amené à le décrire comme un bien plus gros bâtard encore.

« Jouerai contre un lit et un petit déjeuner » était une de mes rengaines de l'époque. J'ai fini par m'installer chez un ami de Wolfman, Marcus, qui habitait un appartement edwardien à Shepherd's Bush, pas très loin de Wormwood Scrubs. J'avais surnommé cet appartement « le bateau pirate », mais c'était juste un gros bordel de drogue et de musique. Je faisais une sorte de collection de vieux tatouages de marin à l'époque. J'avais Gladys la sirène sur l'avant-bras – la veine où je me piquais se situait sur sa queue.

Au début, chez Marcus, nous étions cinq, avec Nadine, des jumelles qui venaient de Preston et moi. Les jumelles étaient deux ados de quinze ou seize ans qui avaient assisté à des concerts des Libertines dans le nord du pays et que j'avais recroisées à Londres. Des geeks à lunettes capables de jouer toutes les parties de guitare de Carl, même les plus compliquées, comme le solo de « Don't Look Back into the Sun ». J'avais pensé que s'ils continuaient sans moi sous le nom de Libertines, je pourrais tout aussi bien continuer sans eux sous le même nom. C'était ma vision des choses et c'est à ce moment-là que les jumelles sont entrées dans le champ, brièvement, jusqu'à ce que j'admette que je ne ferais pas le poids contre Rough Trade, qui avait bétonné les droits d'utilisation du nom.

Puis Neil Thunders et Steve ont emménagé chez Marcus en amenant Max avec eux. Celui-ci avait été le batteur des China Dolls, le groupe de goth metal de Steve à Scarborough quand il était ado. Moi, je cherchais toujours comment m'en sortir avec cette histoire de nom. Je me marrais bien à chercher. T'Libertines, une version Yorkshire, région dont étaient originaires Max, Neil et Steve ? Thee Libertines ? Et merde… Babyshambles, putain ! Nous nous sommes tous fait tatouer ce nom et nous nous sommes enterrés pour répéter dans cette maison de crack improbable de Kilburn, sur Gascony Avenue, où Marcus m'avait fait entrer. L'endroit était géré par une vieille folle qui prétendait être la fille d'un diplomate perse. Quoi qu'il en soit, elle était coincée avec un poivrot dans ce bouge caché derrière la façade d'une vieille maison victorienne, dirigeant son petit business d'une main de fer, avec un système de taxe à la Paul Ro.

J'ai évoqué cet endroit dans la chanson « Lamentable Ballad of Gascony Avenue », sur l'album des Puta Madres. Un jour, Lisa Moorish s'est pointée et nous nous sommes copieusement engueulés sur le perron. Je crois que c'était le jour où elle rentrait à l'hôpital pour accoucher de notre bébé. Elle voulait que je l'y conduise, mais je n'étais pas en état. Toutefois, j'étais bien là pour la naissance d'Astile à l'University College Hospital.

Les Babyshambles ont enregistré une démo dans la maison de Gascony Avenue et je l'ai mise en ligne. Les filles qui avaient créé le site Libertines.org avaient désormais créé Babyshambles.com pour moi. J'étais arrivé à la conclusion que, si les chansons étaient bonnes – ce que je croyais qu'elles étaient –, peu importait que je gagne de l'argent en les vendant, car si les gens les aimaient ils viendraient me voir en concert. Nous avons enregistré beaucoup de démos que nous avons mises gratuitement en ligne. L'atmosphère des chansons était plutôt sombre, comme l'était souvent l'ambiance des endroits où j'atterrissais.

Malgré la tristesse et le sordide de mon existence, ces chansons réveillaient un endroit intact de mon cœur. J'avais hâte de pouvoir les jouer à des gens qui voudraient les entendre, pas pour l'argent, ni même pour la drogue, mais pour la paix de l'esprit. Ma guerre enragée contre l'industrie du disque n'était pour moi qu'une façon de prouver que les choses pouvaient se passer autrement, que je pouvais balancer gratuitement ma musique et pourtant en vivre, sans avoir à obéir à leurs règles, comme d'aller en cure de désintox, par exemple.

Les premiers concerts des Babyshambles étaient toujours un incroyable chaos. On nous avait appelés pour jouer au Tap N Tin à Medway, dans le Kent, par l'intermédiaire de Dean Fragile, qui y organisait les légendaires soirées du vendredi. Il me semble que c'était à l'époque où les Libertines jouaient sans moi à Glastonbury. Pour trimballer tout le monde jusqu'à Medway, j'avais acheté une vieille BM noire, pour cent cinquante livres, à un type qui vivait en face de chez Marcus. Cette bagnole ne nous a même pas sortis de Londres, elle est tombée en panne avant. Quand nous avons fini par arriver, en plein milieu du concert, Neil Thunders nous a lâchés et s'est barré.

C'est Neil qui m'a conduit chez Carl dans la Ford Fiesta rouge qu'il avait empruntée à un couple de junkies, venu lui rendre visite depuis Scarborough. Je n'allais pas chez Carl pour le cambrioler, mais pour vérifier si ce que j'avais entendu dire était vrai, qu'ils étaient allés au Japon sans moi pour un concert au festival Fuji Rock. Ce qui était bien la vérité. Cependant, en arrivant devant chez lui, je croyais encore que Carl serait là. Je n'avais pas dormi depuis plusieurs jours et j'étais persuadé – la fatigue, sans doute – que j'avais vu des ombres bouger derrière le verre givré de la porte. Alors, j'ai commencé à gueuler, à taper dans cette porte que j'ai finalement ouverte à coups de pompe.

C'était un joli appartement en sous-sol sur Harley Street, dans le quartier chic et résidentiel de Marylebone.

Je me souviens avoir été vraiment choqué en entrant. J'étais même en larmes. Il y avait des tas de photos de toutes les années que nous avions passées ensemble et une affiche que sa mère avait faite pour fêter je ne sais plus quel concert des Libertines auquel je n'avais pas participé. Ma première réaction a été d'avoir envie de tout brûler, mais je ne l'ai pas fait. J'ai pris quelques objets de valeur, le lecteur DVD, une guitare qui, je le savais, appartenait à Danny Goffey, un harmonica, un ordi portable et un peu de liquide – des conneries, quoi. J'ai fourré tout ça dans la Ford Fiesta et nous avons roulé jusqu'à Gascony Avenue. Je sais, c'est dégueulasse.

Le lendemain matin, c'était un samedi, j'ai paniqué et je me suis dit qu'il fallait absolument que j'aille remettre tout ce que j'avais fauché. Dans la seconde, sans que j'aie le temps de dire ouf, la brigade mobile m'a arrêté puis jeté en prison. La seule personne au courant, c'était Lisa, à qui j'avais raconté ce que j'avais fait. Elle m'avait dénoncé, « pour mon bien », pensant que le choc de l'arrestation me remettrait sur les rails et m'empêcherait de tomber plus bas. J'avais commis le cambriolage le plus foireux du monde, si tant est qu'on puisse appeler un truc aussi amateur et aussi improvisé un cambriolage. Pour les flics, la pièce à conviction numéro un était une photographie d'une empreinte de Reebok Classic sur la porte d'entrée, à partir de laquelle ils avaient estimé la pointure du coupable. La même que la mienne, puisque c'était bien mes Reebok. Les flics étaient aux anges, pour une fois c'était facile, alors ils m'ont chargé autant qu'ils pouvaient. Pour clore cet épisode lamentable, il se trouve que j'avais aussi volé du jambon dans le frigo de Carl. Du jambon périmé. Crime et châtiment, deuxième partie : je n'ai pas pu me présenter à ma première convocation devant le juge à cause d'une intoxication alimentaire. J'ai finalement plaidé coupable devant le tribunal d'instance de Westminster, le 11 août. La peine serait prononcée un mois plus tard.

En attendant, j'étais libéré sous caution – Marcus avait payé. Je vivais désormais en liberté conditionnelle. À Shepherd's Bush, au contrôle de probation où je devais me rendre avant le procès, l'officier de police, qui savait que je prenais du crack et de l'héroïne, m'a conseillé de bien jouer le côté toxico devant les juges. Selon lui, si je suivais son conseil, je m'en tirerais avec une simple ordonnance du tribunal. Je lui ai fait confiance et j'ai donné une interview à l'*Evening Standard*, en me répandant sur mon addiction dévastatrice au crack et à l'héro et sur le fait que je regrettais sincèrement ce cambriolage, ajoutant que je présentais mes excuses à Carl. L'idée que je pourrais finir en prison ne m'avait pas effleuré. Je crois que, dès que j'ai commencé à me piquer et à constater que je respirais toujours, j'ai pensé qu'aucun danger ne pouvait m'atteindre – et je me piquais vraiment souvent. C'est exactement cela, je me sentais invulnérable. Tout le monde me disait que je ne prendrais pas de peine de prison ferme, que c'était ma première infraction pour vol et qu'on ne prenait pas de peine de prison dans ce cas. Bref, personne n'imaginait que je finirais en taule, surtout pas Lisa et Carl.

J'ai lu dans certains récits de cet incident déshonorant que la sœur de Carl, Lucie, était présente dans l'appartement quand j'ai défoncé la porte à coups de pied. C'est faux, elle n'était pas là, mais il est vrai que le frère et la sœur partageaient ce logement. Autre chose : Carl maintient toujours que j'ai fouillé le tiroir où elle rangeait sa lingerie. Il ne fait que répéter ce qu'on lui a dit quand il a été mis au courant de l'affaire. Mais je n'ai pas fait ça. Peut-être l'ai-je ouvert, mais en voyant qu'il n'y avait que des sous-vêtements, je l'ai immédiatement refermé. Carl ignorait tout de ce cambriolage jusqu'à ce que je me fasse arrêter. Il ne savait pas que mon « butin » était resté dans la voiture pendant vingt-quatre heures – il s'y trouvait toujours quand la police est arrivée. Je ne m'étais donc pas empressé d'aller refourguer ma marchandise. C'était bien la preuve que mon acte était un coup de folie, commis sous l'impulsion de la colère. Lui et moi en avons un jour discuté. Je sais qu'on a raconté qu'il m'avait enfoncé auprès des flics sur ce coup-là, mais ce n'est pas le cas, pas du tout. J'ajoute qu'il n'était pas juridiquement possible pour lui d'abandonner les poursuites.

14

Wandsworth

2003 (épisode 3) : coupure profonde sur le tatouage des Libertines. À Londres, débuts désastreux pour les Babyshambles après une tentative de suicide. Condamné à six mois ferme à la prison de Wandsworth. Ma vie sordide de prisonnier. Les retrouvailles avec Carl au concert « Freedom ».

La cohabitation s'est terminée de façon horrible chez Marcus. Je sentais que l'honneur de mes disciples arcadiens était en jeu et cela a fini par une dispute mémorable entre lui et moi, pendant laquelle il m'a menacé de toutes sortes de violences. Un cauchemar. Je suis retourné squatter l'appartement libre de Jake Fior. C'est là qu'à la télé j'ai vu les Libertines jouer « Don't Look Back into the Sun » dans l'émission *Top of the Pops.* J'étais avec Nadine sur un matelas posé par terre, la télé sur une chaise. Ils avaient obligé leur nouveau guitariste, l'américain Anthony Rossomando, une pâle imitation des Strokes, à mettre ses cheveux devant ses yeux pour qu'on ne puisse pas voir que quelqu'un d'autre avait pris ma place. Cette nuit-là, j'ai entaillé profondément mon tatouage des Libertines. J'étais fou de douleur – fou, c'est bien le mot, je suppose.

Pendant ma liberté conditionnelle, Wolfman et moi avons saccagé une chambre de l'hôtel Windmill à Clapham Common. Nous nous sommes fait pincer et avons été emmenés au poste de police de Brixton. Même à ce moment-là, je n'imaginais pas que la cour me condamnerait à de la prison. Je me planquais parfois avec Steve, qui squattait depuis peu chez Wolfman, à Gunter Grove, avec sa copine mannequin américaine. Un soir, Lisa est passée avec Astile et nous avons laissé l'enfant à Steve et sa copine pour sortir ensemble. Nous avons fait le tour des boîtes jusqu'à l'aube. Pendant que Lisa filait chercher sa voiture pour rentrer à Gascony Avenue, je fonçais chercher de la came. Mais le deal s'est mal passé. Quelqu'un m'a attrapé sous un porche et a sorti un couteau. J'ai cru que le type allait me planter, mais Lisa est venue à ma rescousse dans sa petite Jeep. Elle s'est jetée sur le type en hurlant, l'a frappé, m'a attrapé et m'a jeté dans la voiture. Puis nous avons roulé dans le spectacle merveilleux du soleil levant. Elle venait de me sauver la vie, tout simplement. À notre retour à Gunter Grove, nous avons trouvé Steve et Stéphanie complètement défaits : Astile n'avait pas cessé de pleurer pendant les sept heures qu'avait duré notre absence.

Nous étions à la fin du mois d'août 2003, quand les Babyshambles ont joué au Troubadour Club, à Earl's Court. L'endroit était réputé comme scène culturelle et artistique – Dylan, disait-on, y avait joué. C'était donc un peu « the place to be ». Il s'agissait de notre gros concert inaugural à Londres. Wolfman et moi nous étions rasés la tête pour marquer ce nouveau départ. Mais le sort s'est acharné. L'après-midi du concert, Neil Thunders a fait une tentative de suicide en se pendant à un cerisier de Gunter Grove. Nous l'avons retrouvé, errant sur la route. La longue écharpe de laine dont il s'était servi était encore attachée à la branche du cerisier qui s'était brisée sous son poids et traînait derrière lui. Ce n'était pas drôle sur le fond, mais l'anecdote est restée comme un truc amusant – la légendaire histoire de mon bassiste, l'homme qui, avant le concert du soir, errait à Gunter Grove avec son écharpe attachée à la branche brisée à laquelle il venait de se pendre sans succès…

Ma mère a assisté à ce concert avec Nanny Doll. Papa et maman vivaient en Hollande, où mon père avait été muté. Maman et moi nous étions vus avant la date du concert et, durant cette visite, elle avait tenté de me convaincre de retourner en désintox. Elle raconte dans son livre que nous traversions un cimetière et que je me suis soudain jeté par terre en pleurant et en lui demandant de m'oublier. Ce doit être vrai, en tout cas, cela me ressemble, correspond à ce fond de mon caractère, soumis au désespoir et à la mélancolie. Je luttais contre mes démons ce jour-là. Je me souviens que je portais un trench Burberry et un chapeau de paille. Tenue un peu débile, mais c'était mon look à l'époque : trench, chapeau de paille, polo bordeaux Fred Perry, jeans et brogues griffées à la main.

Le concert du Troubadour Club était très déroutant, pour ne pas dire choquant – un critique a même écrit

« trop douloureux pour être décrit avec des mots ». Chaque membre du groupe commençait une chanson différente en même temps. L'idée était, comme aux débuts des Libertines, que j'étais le « générateur de chansons » et Steve, le leader élégant. Seulement, il n'avait fait aucun progrès pour ce qui était de mémoriser les paroles, alors c'était un bordel total. Ma mère était venue au concert avec Pandy, le nounours qu'AmyJo m'avait offert à ma naissance. Au milieu du concert, ma mère et ma grand-mère ont pris un taxi pour rentrer à Cricklewood. Avant de partir, ma grand-mère est montée sur scène avec mon nounours pour me prévenir de leur départ, puis elle m'a embrassé avant de redescendre. Elle et maman avaient trouvé le concert formidable. Pendant ce temps-là, Wolfman et Scarborough Steve se disputaient des sachets de came derrière l'ampli. Scarborough Steve était d'humeur bagarreuse ce soir-là. Alan McGee, qui voulait manager les Babyshambles, était aussi présent au concert, avec Lisa. Je pense que ma mère avait dû avoir une sorte de conversation avec elle. Prévenir contre moi mes petites amies faisait partie de ses habitudes. Elles me l'avaient toutes raconté. Maman les coinçait et leur disait de se barrer pendant qu'il était encore temps. Toujours la même rengaine : il fallait qu'elles me quittent parce qu'elles étaient de trop chouettes filles et que j'allais les entraîner dans ma chute… Ma mère devenait grave quand elle voyait que j'étais sous produit. Ce concert au Troubadour a fini dans une sorte d'apothéose : Steve a donné un coup de poing à Wolfman, et moi, je suis parti en courant dans la nuit, mal en point, avec Amah-Rose.

Je m'étais pris un mauvais coup, mais j'ai continué avec elle, chancelant, jusqu'à Regent's Park. Jake Fior m'a emmené au tribunal le 8 septembre pour entendre le prononcé de ma peine dans l'affaire du cambriolage. Je ne me rappelle pas que quelqu'un du management, de la maison de disques ou du groupe ait été présent. Mais j'ai vu, au balcon, ma bande d'apôtres arcadiens et ma grand-mère, serrant contre elle mon Pandy et mon chapeau de paille. Mon oncle John, le frère cadet de mon père, l'avait conduite au tribunal. Mes parents étaient en Hollande et c'était les cinquante ans de ma mère. Dans la salle d'audience, je suis arrivé à la barre comme une fleur, m'attendant à une petite tape sur la main, à ce que les magistrats, touchés par ma toxicomanie, me renvoient gentiment chez moi. Illusion cruelle. Violence de la réalité. État de choc. J'ai pris la peine maximale. Six mois.

Quand je suis arrivé à Wandsworth, prison de catégorie B, le premier détenu que j'ai croisé m'a dit : « Alors, Doherty, t'es tombé pour quoi ? » J'ai répondu : « Cambriolage. » Puis il m'a demandé mon âge et je le lui ai donné, vingt-quatre ans. « Ah ouais, j'ai entendu l'histoire d'un type de vingt-quatre ans, tombé pour cambriolage chez un pote à lui, il fait partie d'un groupe ou je ne sais quoi. » C'était plutôt drôle et quelque chose m'a plu là-dedans, ce ton de familiarité immédiat. Je ne lui ai pas révélé qui j'étais. J'avais eu droit à quelques colonnes dans les tabloïds au moment de mon incarcération. Pourtant, je n'étais pas vraiment connu, je n'étais qu'une figure assez mineure de la scène rock.

J'ai passé une seule nuit dans la cellule de ce type. Mais, jusqu'à l'aube, il m'a abreuvé des crimes qu'il avait commis. C'était affreux. Raconter ces histoires semblait l'exciter. Il était assis sur le lit du haut, ses jambes se balançant sans arrêt dans le vide, et il me demandait quelle était mon arme favorite, si j'aimais ci, si j'aimais ça, détaillant toutes les sortes d'armes à disposition. Je savais qu'il n'attendait qu'une chose, que je lui demande enfin quelle était son arme de prédilection. Alors je le lui ai demandé. Il a souri – à vrai dire, cela tenait davantage du rictus –, puis il a sauté du lit et, dans un timing parfait, qui ne se voulait pourtant pas comique, il m'a lancé au moment d'atterrir : « La masse d'armes, mon vieux ! » Il avait été condamné pour occupation illégale d'une maison témoin Barratt et agression à coups de machette des gens qui avaient tenté de l'en déloger – pas avec son arme favorite, donc. Je n'ai jamais revu ce type.

Ensuite, on m'a mis en cellule individuelle, au rez-de-chaussée, dans une aile de type A, là où l'on mettait les nouveaux arrivants pendant une semaine ou deux, le temps qu'ils s'habituent. Après ma première nuit, j'ai été réveillé par un mec qui tapait à la fenêtre de ma cellule. « Hé, Donnargy ! » Il m'appelait tout le temps Donnargy, ce mec. « Hé, Donnargy, mate ça ! » Il tenait un rat mort par la queue. C'était un putain d'énorme skinhead de Sutton, qui a fini par me prendre sous son aile. Il n'avait que vingt-deux ans et était déjà là depuis trois ans. Il lui en restait sept à tirer. Ce n'était qu'un môme, mais il était beaucoup plus costaud que moi et bien plus aguerri, même si subsistait quelque chose de vraiment innocent en lui. Il disait que lui et moi avions des affinités, parce qu'il était aussi dans le rock'n'roll. C'était du pipeau. Le seul lien qu'il avait avec le rock, c'était que son frère était fan de Linkin Park. Dans la prison, il m'a dégotté un job au nettoyage et m'a protégé. Nous nous étions mis d'accord sur le fait que, lorsqu'il serait dehors, je le prendrais comme agent de sécurité. Il arrivait à nous avoir un peu de came en douce, de tout petits cailloux qu'il planquait dans son cul.

Une intense canicule frappait le pays à l'époque. L'été le plus chaud depuis 1540, disait-on. À Wandsworth, beaucoup de prisonniers faisaient des malaises et la prison manquait d'eau. On était en plein Dickens, période *Oliver Twist.*

Cela vous paraîtra sans doute tordu, mais j'adorais l'uniforme de taulard – c'était de l'ordre de la nostalgie chez moi, le côté militaire… Nous étions tous en survêtements gris ou rouges avec une chemise à rayures où figurait le logo de la prison. Ce sentiment s'est évanoui au fur et à mesure de mes incarcérations – je n'en reviens pas d'écrire un truc pareil… À Wandsworth, lors de ce premier séjour derrière les barreaux, je n'étais qu'un gosse de vingt-quatre ans avec la boule à zéro, qui marchait tête baissée, totalement anonyme. Quand je disais que j'étais là pour cambriolage, on me demandait combien je m'étais fait avec ce coup et combien avec les précédents. Quand j'ajoutais que c'était la première fois et que j'avais pris six mois, les autres prisonniers étaient choqués, vraiment choqués, presque horrifiés. Ils me disaient que j'aurais dû poursuivre le gouvernement. Je ne m'étais pas rendu compte, jusque-là, de la malchance que j'avais eue.

C'est lorsqu'on m'a de nouveau changé de cellule que j'ai fait la connaissance de Will Brown. Je m'y suis d'abord trouvé seul. Une photo de La Mecque était punaisée sur le mur et des dizaines de patates finissaient de moisir dans le placard – sans doute le type qui était là avant avait-il rapporté quelques pommes de terre du dîner pour les stocker au cas où. J'étais debout avec mon sac, un peu sonné, quand, soudain, ce gosse musulman qui hurlait et vociférait en arabe a été jeté dans ma cellule par deux matons qui ont dit qu'ils revenaient dans une minute avec du renfort. Au même moment, quelqu'un a sauté devant la fenêtre en criant « Cœur de lion ! Cœur de lion ! », tout en se frappant la poitrine. Je crois que ce jeune musulman avait cogné un maton pendant la promenade, un truc comme ça. Les renforts sont arrivés, quatre ou cinq types qui l'ont emmené je ne sais où.

J'étais de nouveau seul. C'est à ce moment-là que Will Brown s'est pointé, Cockney aux cheveux roux, dynamique et joyeux. En entrant, il est resté bouche bée devant les patates et la photo de La Mecque. « Mais qu'est-ce que c'est que ce bordel ? » Je lui ai dit que je n'en savais rien, que ce n'étaient ni mes patates ni ma photo et qu'on venait juste de me jeter là. Il a pris la photo, les patates, les fringues du jeune musulman qui traînaient encore là et il a tout foutu à la poubelle en grommelant des tas d'injures racistes. Ensuite, il a déchiré un drap, s'en est servi pour suspendre son radiocassette et ses affaires à la fenêtre, puis il a mis des photos de ses mômes et, après moins d'une heure, il était déjà en train de me promettre qu'il allait tuer Carl.

Quelqu'un avait découpé un article du *NME* et me l'avait envoyé par la poste. Le gros titre était : « Le déclin et la chute de l'empire Albion ». Il y avait une photo incroyable de moi en polo Fred Perry avec la tête rasée. En lisant l'article, j'ai vite déchanté. Le journaliste s'attachait presque exclusivement à ma toxicomanie. Will Brown a passé son bras autour de moi en me disant : « Qu'est-ce que t'en as à foutre, Pete ? Ne te laisse pas atteindre par ces connards. » À cette époque, je rendais Carl responsable de tout. Alors j'ai parlé à Will de ce que j'avais sur le cœur et il s'est soudain assombri avant de me lancer : « Je le ferai saucissonner, jeter dans un coffre de bagnole, puis on s'en occupera comme il faut. » À sa sortie de prison, Will est venu habiter un temps avec moi.

Dans ce quartier de la prison, le fonctionnement était différent. Des vieux types blancs du sud de Londres géraient les choses en caïds. Ils avaient tous fait partie du gang qui avait tenté le vol du siècle, celui du diamant Millenium à l'exposition De Beers, en novembre 2000. L'un d'eux, qui me fournissait de la came gratuitement, m'a montré une photo de lui avec un agent de sécurité ligoté et une énorme pile de billets.

Puis j'ai été transféré à la prison de Stanford Hill, sur l'île de Sheppey. J'ignorais qu'on allait me mettre là-bas. Des gardiens sont arrivés et m'ont emmené, c'est tout. Sheppey était au-delà de ce que je pouvais supporter. La discipline rigide et la dureté d'une prison victorienne délabrée et surpeuplée me convenaient mieux que cette prison ouverte de catégorie D, où l'on avait une cellule pour soi tout seul, sans toilettes cependant. Les toilettes et les douches étaient communes, comme cette salle avec une table de billard sans ses boules. Je suis arrivé là un samedi soir et je me rappelle que quelqu'un a dit : « C'est samedi soir à Brixton ! », puis ce quelqu'un a fait brailler une atroce musique techno sur un radiocassette pourri, et tout a sombré dans une ambiance lugubre et bizarre. À Sheppey, des mecs venaient me voir dans ma cellule pour me donner du tabac et je croyais qu'ils le faisaient de bon cœur. L'un d'eux venait de Douvres, un vieux type horrible qui me mettait la pression. Il me disait qu'il pouvait m'avoir de la came, mais me demandait ce que j'étais prêt à faire pour eux en échange. Quand je leur ai répondu que je n'étais prêt à rien, que je n'étais pas gay ou quoi que ce soit, ils ont eu l'air étonné. On leur avait dit que j'étais open, que je connaissais le « business » – si tu me suces, je te donne ci ou ça. C'était la règle.

Dans les douches, j'avais discuté avec un Black de Lambeth qui, après quelques minutes, a commencé à m'expliquer comment me procurer de la drogue. Il m'a donné un numéro de téléphone, un code, m'a dit d'envoyer un mec à moi voir un mec à lui et que la marchandise arriverait dans ma piaule en moins de deux. Alors j'ai appelé Dean Fragile – qui se souvient très bien avoir été à Lambeth et avoir fait le deal dans une ruelle –, puis le truc a suivi son cours, coups de fil, bam, bam, bam ! Et voilà comment je me suis vite retrouvé avec une quantité décente de came. J'en ai pris immédiatement. C'était la première fois depuis que j'étais enfermé. Je n'ai pas tenu le coup. À l'heure du dîner, je me suis évanoui dans la queue de la cantine. Tout le monde croyait que je faisais semblant, parce que le grand truc, c'était de se faire admettre dans le quartier hospitalier de la prison. Je suis tombé la tête la première et je ne dois qu'à un type qui m'a saisi par le col de ne pas m'être fracassé le visage par terre. Après qu'il m'a reposé doucement sur le sol, je me suis réveillé en disant que tout allait bien, que je me sentais mieux. Une seconde après, je perdais de nouveau connaissance.

Lisa est venue avec Astile me rendre visite à Sheppey. Je l'ai suppliée de me filer vingt livres, mais elle a refusé en me disant que c'était plutôt à moi de lui filer du putain de pognon. Ma mère a écrit à l'aumônier, elle faisait cela à chaque fois que j'allais en prison. En moins de temps qu'il n'en faut pour le dire, je savais qu'on viendrait cogner à la porte de ma cellule et que ce serait l'aumônier, crucifix et bible à la main, qui entrerait en me disant qu'il venait de recevoir une lettre de ma mère. Ça ne me dérangeait pas quand j'étais seul, mais s'il y avait un autre détenu avec moi, c'était plus compliqué, car cela provoquait en général l'hilarité – « Comment ça, ta mère a écrit à l'aumônier ? »

L'aumônier de Sheppey m'a donné une guitare qui avait seulement quatre cordes et m'a laissé tout seul avec pendant dix minutes. Je me suis assis sur un bout de pelouse à l'extérieur de l'horrible chapelle en pierre et j'ai joué « Don't Look Back into the Sun », puis « Back from the Dead », une chanson que j'avais écrite avec Wolfman. Soudain, je me suis effondré. C'était la première fois. Y repenser me bouleverse. C'était tellement fort, comme une énorme vague, où se mêlaient du soulagement et autre chose, mais quoi ? J'étais secoué de sanglots puissants. Je n'avais pas joué depuis des semaines et je comprenais soudain que jouer de la guitare, c'était ce que je faisais et qui j'étais. Tout à coup, je comprenais, au moins momentanément, que la musique suffisait et que la drogue était de trop.

Se rendre à la chapelle, quand on était en prison, était toujours une expérience étrange. Beaucoup de détenus assistaient à la messe uniquement pour pouvoir sortir de leur cellule. C'était aussi l'occasion de dealer tranquille. À la prison de Sheppey, il y avait un hymne spécifique, mais personne ne l'entonnait jamais quand sa musique sortait par les haut-parleurs. En l'entendant ce jour-là, l'émotion m'a submergé de nouveau et je me suis mis à chanter. Tout le monde m'a regardé comme s'il s'agissait de la situation la plus bizarre du monde. Je connaissais les paroles de cet hymne depuis l'enfance. Ce qui paraissait encore plus bizarre.

Carl est venu me rendre visite. On m'avait ramené à Wandsworth à cause de mon overdose dans la queue de la cantine. J'avais l'impression d'avoir passé des semaines à Sheppey, pourtant cela ne faisait que quelques jours. En revenant à Wandsworth, il a fallu que j'arrange le coup avec un mec persuadé que je voulais l'arnaquer des cinquante livres que je lui devais. Vous me direz, ce n'était que cinquante livres, mais en prison, c'est beaucoup d'argent. Tout s'est arrangé et il a fini par me filer un coup de main le jour où un grand balèze s'est précipité vers moi en faisant tourner une chaussette pleine de boulons et d'écrous fauchés sur un lit. Tout ça parce que je m'étais aventuré là où il ne fallait pas et avais apparemment regardé quelqu'un comme il ne fallait pas. Le type qui m'a aidé n'était pas spécialement baraqué et, en plus, il portait des lunettes. Mais il a littéralement aplati l'autre dans un horrible craquement. Puis il m'a dit… Non, je ne vous révélerai pas ce qu'il m'a dit. Ce n'était pas correct et je ne voudrais pas avoir l'air de faire l'apologie d'insultes racistes. En gros, il m'a dit qu'on serait quitte à propos de ce… et pour l'argent que je lui devais si j'apportais un courrier à Lewisham, à sa femme qui était en train de mourir du cancer. Je lui avais dit qu'AmyJo y était institutrice. Quand je suis sorti, j'ai perdu le bout de papier qu'il m'avait donné avec l'adresse et, pendant des années, j'ai gardé en tête qu'un mec pouvait surgir à tout moment pour me fracasser le crâne parce que je lui avais manqué de respect.

L'un dans l'autre, je dirais que l'expérience de la prison est plutôt sordide. Pour moi comme pour tout le monde. Mais les gens s'adaptent, c'est ce qu'on dit en tout cas… Au total, j'ai fait vingt-huit jours. Ma peine avait été réduite en appel. Comme cadeau de départ, le type qui m'appelait Donnargy – dont j'ai oublié le nom et qui n'a jamais assuré ma sécurité – m'a fait cadeau de sa veste de travail pénitentiaire. J'ai dû la passer en douce en la planquant dans le grand sac plastique où se trouvaient mes affaires, au milieu des nombreuses lettres de fans et des livres que j'avais reçus pendant mon séjour. Cette veste était un cadeau précieux pour moi.

Sortir de prison, ça n'a rien de spécial. La grande porte métallique s'ouvre, vous sortez, elle se referme dans un grand bruit et c'est tout. Donc me voici dehors et personne à l'horizon. Je me retourne et j'aperçois, un peu plus haut sur la route, la silhouette dodue de Roger Sargent, le photographe du *NME*, qui se découpe dans la lumière du matin, puis Carl dans son trench Burberry et ses brogues marron. J'avoue que j'ai laissé couler quelques larmes. Cela faisait très longtemps que nous ne nous étions pas parlé. Tant de choses s'étaient passées. Il me semblait qu'il s'était écoulé des années, des siècles.

Ce soir-là, nous avons joué au concert « Freedom », organisé au Tap N Tin. En sortant de prison, ce qu'il me fallait, c'était rebondir. Je n'habitais plus nulle part. Au concert « Freedom », je devais jouer en solo, mais finalement ce fut un concert de reformation des Libertines.

Après avoir bu quelques verres avec Carl dans l'après-midi, j'avais besoin d'un peu de came – putain de merde, je venais quand même de sortir de prison ! Tout s'était bien passé avec lui et le voir avait été émouvant, presque spirituel, j'avais eu la sensation que l'Albion sacrée se reformait pour ne plus jamais disparaître. Mais rien à faire, j'avais besoin d'un peu d'héro et de crack, alors, en toute logique, la prochaine étape, c'était Paul Ro. Dans ma tête, j'avais la sensation de me ressaisir, mais je crois que les autres pensaient plutôt que je continuais à me foutre en l'air.

Je suis allé avec Paul Ro au Tap N Tin et, quand nous sommes arrivés, Paul s'est vu refuser l'entrée. S'est ensuivie une grosse bagarre. Je crois que Carl était à l'origine de ce rejet. Paul s'est insurgé assez poliment, du genre « Comment osez-vous ? C'est moi qui l'ai fait entrer ici… ». La suite a été moins chic. Un videur l'a saisi par le col et lui remuait les bras dans le vide comme le coyote du dessin animé. C'était affreux. Évidemment, ça m'est retombé dessus. C'était à cause de ça que le groupe avait splitté, à cause de ça que rien ne pouvait fonctionner. À cause du crack et de l'héroïne. Il n'y avait plus rien à faire ni à dire. De ce jour, tout a périclité.

J'ai cru comprendre que Carl aussi se débattait avec un problème d'addiction aux drogues dures. Je ne crois pas qu'il se piquait, mais beaucoup de signes indiquaient qu'il avait une importante consommation de cocaïne. Il en prenait tout le temps, il en avait pris pendant que le groupe était au Japon, et pendant la tournée aux États-Unis et au Canada qui avait eu lieu sans moi, soi-disant à cause de mon problème de drogue – ce qui rendait mon éviction de fait encore plus injuste et douloureuse. Carl buvait aussi comme un trou. Une bouteille de Jameson tous les soirs.

Nous avons cependant fait un excellent mini-concert. Nous avons même joué « What Katie Did », titre qui avait toujours été problématique car c'était ma chanson, une chanson des Babyshambles, à l'évidence le seul classique pop des Babyshambles à l'époque. Mais le groupe s'en est emparé et l'ombre du Mordor s'est abattu sur elle. À partir de là, « What Katie Did » a été considérée comme un titre des Libertines.

15

McGee

2003-2004 : un nouveau manager. Carl finit à l'hôpital après une séance d'écriture. La vérité sur cette nuit-là. Un nouvel appartement à Whitechapel. L'écriture de « Can't Stand Me Now ». Le retour de James Mullord. Enregistrement du premier single des Babyshambles. Trois nuits au Kentish Town Forum avec les Libertines.

Banny n'était plus notre manager. Un jour où j'étais chez AmyJo à Lewisham, Alan McGee, après m'avoir dit qu'il pensait que les Libertines étaient le plus grand groupe de rock'n'roll du monde, s'est proposé de la remplacer. Je n'avais qu'une question : « Et tu pourrais m'avoir un appart' ? » Il a répondu oui, qu'il me trouverait un endroit où vivre. Alors, je lui ai répondu que, pour ma part, c'était OK. Il pensait que nous étions les meilleurs, il pouvait me trouver un logement, il était donc notre homme – bien sûr, je n'avais pas oublié qu'il avait été le manager d'Oasis et qu'il saurait donc comment faire de nous un truc énorme.

Je savais à quel point s'occuper d'un groupe pouvait vite devenir le bordel – j'avais vraiment fait de mon mieux avec les Babyshambles, mais ça ne prenait pas. Les effets de la drogue sur la créativité et la capacité à jouer sont presque négligeables, mais pour ce qui est de votre capacité à mener la barque des affaires et de l'organisation, ces effets sont énormes et rendent la chose impossible. Nous avions donc besoin de quelqu'un pour représenter les Libertines et les Babyshambles. À ce moment-là, je ne savais pas vraiment où nous allions. J'adorais ce goût de liberté absolue que je ressentais avec les Babyshambles, cette vie de groupe sans aucune divergence, à aller toujours tous ensemble dans la même direction, c'était tellement magique.

En Carl subsistait l'espoir que je puisse rester clean. Pensée que je trouvais dangereuse, car, tout au fond de moi, je savais bien que c'était impossible, d'autant plus que je n'en avais aucune envie. McGee voulait que Carl et moi écrivions de nouvelles chansons ensemble, alors nous sommes allés dans son manoir de Hay-on-Wye, village plein de bouquinistes à quelques dizaines de kilomètres de Cardiff, dans la région montagneuse des Brecon Beacons. Là, nous nous sommes installés avec nos guitares, seuls tous les deux au milieu de nulle part, dans un temps qui ressemblait à l'éternité. Rien ni personne pour nous interrompre, cela ne nous était pas arrivé depuis des lustres. « What Became of the Likely Lads » nous est venue immédiatement, avec quelques autres bonnes idées. Puis, soudain, au beau milieu de cette séance d'écriture très alcoolisée, Carl m'a balancé un truc vraiment tordu et nous avons eu une énorme dispute. Il était allongé, tout habillé, dans la baignoire vide, soûl comme un cochon et… Merde, c'est affreux rien que d'y penser.

Il m'a demandé ce qu'Annalisa et moi avions fait quand elle était venue me rendre visite à Scarborough, si nous avions couché ensemble. C'était vraiment tordu de me demander un truc pareil. Bien que nous ayons passé des années quasi l'un sur l'autre, nous n'avions jamais discuté de notre vie sexuelle, ce n'était pas un sujet entre nous. Annalisa Astarita était une danseuse de ballet originaire de Preston, que nous avions rencontrée à Nottingham, pendant une tournée, au début de l'année 2003. Finalement, elle était montée dans le bus avec moi. Mais je me souviens très bien que, dès le lendemain, Carl m'avait pris à part et, sur un ton qui se voulait convaincant, il m'avait lancé que je n'aimais pas cette fille, alors que lui l'aimait vraiment. Puis il avait recopié son numéro en me piquant mon téléphone, qu'il avait ensuite jeté. Bref, nous en pincions tous les deux pour la même fille qui avait fini par le choisir lui et que j'avais revue à Scarborough, quand j'étais allé là-bas avec Wolfman pour voir Steve, dans le but de former les Babyshambles. Puis, pendant mon séjour en prison, Carl et elle étaient sortis ensemble.

Quand Carl m'a demandé ce qui s'était passé à Scarborough, sincèrement, je ne me souvenais pas très bien. À ce moment-là, j'étais dans une sorte de bad trip d'acide ou de kétamine, complètement parano et à côté de mes pompes. En la voyant, j'ai cru qu'il s'agissait d'une policière en uniforme et je l'ai jetée dehors, puis j'ai balancé toutes ses fringues par la fenêtre.

Mes vagues souvenirs n'ont guère apaisé la suspicion de Carl quant à ce qui s'était passé ou pas à Scarborough. Il a pété les plombs, déclarant dans la foulée que nous ne pourrions plus jamais faire partie du même groupe. Nous nous sommes copieusement engueulés, puis il est tombé dans les pommes. Je lui ai balancé un seau d'eau pour le ranimer, puis je suis sorti de la salle de bains et je suis monté dans ma chambre. Un peu plus tard, j'ai été réveillé par un grand bruit. J'ai pensé que Carl avait glissé sur le sol mouillé en sortant de la baignoire et qu'il avait heurté je ne sais quoi. Mais je n'y étais pas du tout. Il venait de tenter de se suicider de la plus étrange manière.

Le lendemain matin, McGee m'a réveillé en gueulant : « C'est toi qui as fait ça ? » J'étais au fond d'un petit lit en fer comme on en faisait autrefois, mal réveillé, je ne comprenais pas où il voulait en venir. « C'est toi qui as fait ça ? » Putain, mais qu'est-ce qu'il me voulait ? C'est alors que j'ai vu Carl, que McGee tenait par le bras. Il portait son Crombie, le col relevé autour de son visage affreusement lacéré. Un visage qui n'était plus qu'une masse de chair sanguinolente. « C'est toi qui as fait ça ? » C'était horrible, le sang dégoulinait jusque sur le plancher. On aurait dit que Carl portait un masque d'Halloween. McGee m'a raconté plus tard que, lorsqu'il l'avait trouvé, l'œil de Carl pendait lamentablement au bout du nerf optique et qu'il avait dû le replacer dans son orbite. Je me suis assis dans le lit. Putain, mais c'était quoi ce bordel ? J'étais abasourdi, je ne comprenais rien. J'avais bien entendu un grand bruit au milieu de la nuit, mais je ne pouvais pas imaginer ce qui se passait, le mal que Carl était en train de se faire, putain ! Il y avait eu ce grand bruit et je m'étais rendormi, voilà tout. Pendant ce temps-là, Carl se lacérait le visage. Il était effectivement tombé, en brisant un truc en verre, d'où le bruit. Ensuite, il avait pris un morceau de verre brisé et, face au miroir, il s'était frappé le visage avec en hurlant – une automutilation, un cauchemar.

McGee l'a emmené dans je ne sais quel hôpital du pays de Galles, en précisant au personnel que je n'étais pas autorisé à lui rendre visite. Tout le monde pensait que c'était moi qui lui avais fait ça. Carl savait la vérité, mais il n'a pas démenti. Alors on a continué à me croire coupable. C'était quand même une belle saloperie de laisser croire ça. J'ai envoyé un texto à Annalisa en lui disant qu'il fallait qu'on parle, qu'on ne s'était pas vus depuis mon incarcération, mais que ce n'était pas la vraie raison, qu'en fait il fallait que je voie Carl. « Après ce que tu as fait ? Tu n'es pas son ami… » Et blablabla. Ensuite, on ne m'a plus tenu au courant de rien. Carl a vu un chirurgien à Londres, on lui a fait une centaine de points de suture et on lui a reconstitué l'os de la pommette. Il a même fallu lui visser une plaque de métal sur le crâne.

L'appartement que McGee m'avait dégotté se trouvait à Whitechapel dans une cité HLM. C'était assez petit, mais j'ai tout de même réussi à y organiser quelques concerts sauvages. Il existe des images du premier d'entre eux, qu'on peut trouver en ligne, concert de pendaison de crémaillère qui a eu lieu le soir du 5 novembre, jour de la commémoration de la « conspiration des Poudres ». Je vous laisse imaginer l'endroit : mon petit lit poussé contre le mur, des tas d'idées de nouvelles chansons, des bouts de textes, des poèmes punaisés partout sur les murs et, au milieu, une vingtaine de mômes. C'est Mo, un Bangladais à qui je devais de l'argent, qui a contrôlé les entrées. J'avais pris l'habitude de l'appeler Mo Diddley. C'était un de ces mecs bangladais de Brick Lane qui dealaient du crack. Je lui devais quatre-vingts livres, alors il est resté jusqu'à ce que huit personnes aient payé leurs dix livres pour entrer. Quand j'avais annoncé le concert, j'avais précisé que l'entrée serait gratuite pour ceux qui viendraient avec un instrument. Ce fut une super soirée. J'ai joué des tas de trucs différents, dont des chansons de Chas & Dave. La résidence possédait une aire de jeux pour enfants. C'est là que nous avons fini, l'un au banjo, l'autre au violon, à jouer une version d'« Albion » en paradant autour du jardin d'enfants.

Mark Keds, alias Mark Hammerton, du groupe The Senseless Things, vivait au coin de la rue. C'était un guitariste génial, mais aussi un héroïnomane. J'ai écrit « Can't Stand Me Now » dans son appartement. Il avait commencé à plaquer quelques accords d'un truc vaguement à la Blondie et, soudain, tout s'est mis en place. *« If you wanna try, if you wanna try, there's no worse you can do, can't take me anywhere, I'll take you anywhere... »* J'avais écrit cette chanson comme un drame réaliste, avec l'idée que Carl et moi chanterions une ligne chacun. Mettre des mots dans la bouche de Carl me motivait et m'inspirait. Au moment opportun, je lui ai présenté la chanson comme un dialogue chanté entre lui et moi. Il a modifié deux, trois mots par-ci par-là, et nous avons partagé les droits. Mark, lui, est mort, malheureusement, il y a peu, après un long combat contre son addiction.

Organiser la vie du groupe tout en étant accro était plutôt compliqué. La seule façon de réussir, c'était de travailler avec quelqu'un qui tolérerait ma toxicomanie, c'est-à-dire quelqu'un d'assez ouvert ou alors d'aussi accro que moi. Bref, j'avais cruellement besoin d'un manager avec le sens des affaires et qui supporterait de bosser avec un camé. J'ai pensé que cet homme providentiel était McGee, mais la bonne personne serait finalement James Mullord, qui nous guiderait tout au long de notre trajectoire dans les années à venir.

Je le connaissais depuis le temps où lui et Banny s'étaient disputé l'âme des Libertines, époque où White Sport, un des groupes de sa boîte, High Society Records, avait quelques fois assuré la première partie de notre groupe. Mais je n'ai vraiment compris à quel point il était visionnaire que le jour où il m'a envoyé un texte, un beau texte poétique. Alors, j'ai commencé à l'envisager sous un autre angle. Nous nous sommes vus plus souvent dans mon appartement de Whitechapel et j'ai été très séduit par son attitude. Il avait une vieille bagnole géniale et portait toujours une veste en cuir marron vraiment cool. Nous avons réfléchi à la façon dont nous pourrions enregistrer un single. Je voulais saisir l'énergie du moment, surtout pas m'embarquer dans un machin qui prendrait un an à enregistrer, avec des mix sans fin, etc. Je voulais entrer dans le studio, balancer une putain de bonne chanson sans faire quarante prises, et je voulais faire ça une fois par mois. Mullord et moi sommes tombés d'accord sur ce fonctionnement. Nous sortirions donc un single tous les mois, c'était le plan. Au bout du compte, cela s'est révélé impossible, mais Mullord était d'accord sur le principe, prêt à parier sur des méthodes non conventionnelles, exactement ce que je désirais.

Il croyait vraiment en moi. « Tu es un auteur brillant, les textes de tes chansons sont brillants. Tu peux faire ce que tu veux du reste de ta vie, je m'en fous. Tout ce que je veux, c'est que tu enregistres. » J'avais tellement besoin d'entendre ce genre de choses. Personne ne m'avait jamais parlé comme ça, ni Carl, ni les autres membres des Libertines, ni McGee. Avec eux, c'était toujours : « OK, les chansons sont bien, mais… » Pour Mullord, ce qui comptait le plus, c'était la putain de musique et la putain d'énergie. Il a su voir quelque chose en moi au-delà du côté sombre que se contentaient de percevoir les autres.

Il a convoqué Pat Walden, de White Sport, pour faire la basse sur le single que nous avons enregistré au studio Speedy, sur Old Street. La fameuse session pendant laquelle Wolfman est tombé la tête la première sur une table en verre. Seb Rochford était à la batterie. Il connaissait Pat, mais la connexion s'était faite par Steve. Nous avons enregistré trois titres : « Babyshambles », « Flophouse » et « What Katie Did ». Beaucoup de drogue circulait et

James abusait vraiment. Après trois jours sans dormir, il était devenu « Jim l'enragé », courant dans les rues en robe de chambre et en montrant les dents.

Il habitait, dans la résidence Marquess à Islington, un étrange appartement qui ressemblait à un bunker, au point qu'il était difficile de trouver la porte d'entrée. La résidence semblait tout droit sortie d'une vision futuriste d'un Londres d'après-guerre. Mais le labyrinthe de son architecture d'avant-garde en avait rapidement fait le lieu de toutes les criminalités. Dans son appartement, James gardait beaucoup d'équipements médicaux, des masques et des blouses de chirurgie plastique. De l'autre côté de la rue se trouvait le Duke of Clarence, un pub aussi obscur qu'inquiétant, moitié IRA, moitié dealers, qui n'ouvrait qu'à dix heures du soir. En novembre, un concert y avait eu lieu. Les Babyshambles avaient joué avec Pat Walden et Seb Rochford et les Libertines alternativement avec Razzers puis Gary à la batterie. Tout ça le même soir. Je me souviens que Carl avait joué avec un bandana sur l'œil.

Quand j'y repense, c'était tout de même assez bizarre que les Libertines puissent encore jouer ensemble dans cette ambiance compliquée et pleine d'animosité à cause d'Annalisa. Mais McGee s'acharnait à vouloir monter une version « supersize » des Libertines. Il nous avait réservé trois dates à Noël, au Kentish Town Forum, et les trois dates affichaient complet. Les Libertines commençaient à attirer du monde. Cependant, dans le fond de mon cœur – et c'est vraiment triste de le dire du point de vue confortable d'aujourd'hui –, je ne me sentais pas du tout lié au groupe. Nos concerts devenaient alors pour moi un véritable combat. Être avec eux sur scène était une position déchirante et mon cœur était en lambeaux.

J'avais insisté pour que Chas & Dave assurent notre première partie et je les ai rejoints sur scène pour jouer de pures chansons de music-hall. Nous avions dû les répéter car ils ne se souvenaient plus de certaines d'entre elles. Je me rappelle que ma consommation de drogue les inquiétait sincèrement. Ils m'ont d'ailleurs écrit : « Why Don't You Have a Cheese Sandwich Instead, Pete Doherty ? » (Pourquoi ne prends-tu pas plutôt un sandwich au fromage, Pete Doherty ?) Que Chas & Dave m'écrivent une chanson était le privilège ultime pour moi. Il existe une incroyable vidéo réalisée par Douglas Hart pour « Can't Stand Me Now » où quelques images de cette dernière nuit au Kentish Town Forum apparaissent dans le montage. On m'y voit, très agité, inciter les gens à monter sur scène, leur faire signe de venir me rejoindre, puis les prendre par la main et les tirer littéralement vers moi, parfois de force. Ce soir-là, la scène a fini totalement envahie par le public.

À Noël, papa et maman sont venus me rendre visite à Whitechapel, avec Emily et AmyJo. Pourtant, je n'ai aucun souvenir de la présence de mon père. L'ambiance était un peu tendue, tout le monde vivait sur le fil du rasoir à cause de la drogue. M'accepter tel que j'étais devenu était une épreuve pour les gens en général, et ma famille en particulier. J'avais fait le grand plongeon, j'étais dedans jusqu'au cou. À la vérité, j'aurais préféré passer Noël tout seul. Enfin, tout seul avec de l'héro. Un Noël tout entier « emballé » dans de l'alu. Malgré la présence de ma famille, c'est ce que j'ai fait, je me suis « emballé » dans de l'alu, façon papillote. Festif, quoi.

16

The Libertines

2004 (épisode 1) : mission annulée à Paris. Trois nuits à la Brixton Academy et un incident de lame de rasoir. Un rendez-vous avec Liam Gallagher, façon pétard mouillé. Enregistrement du deuxième album des Libertines après une dispute avec Carl. Un « Can't Stand Me Now » à faire dresser les cheveux sur la tête. Déménagement chez Peter Perrett. Son fils rejoint les Babyshambles.

Carl, McGee et moi étions à Paris dans une tentative, encore une fois compromise dès le départ, d'écrire de nouvelles chansons. Ce que Carl voulait, c'était un morceau qui s'impose façon tube, comme ce que Franz Ferdinand venait de faire avec « Take Me Out ». De mon côté, je pensais que nous avions déjà écrit des chansons qui avaient remporté l'adhésion du public, peut-être pas au point du succès de nos rêves, mais tout de même. Même s'il fallait vingt ans pour que les gens tombent amoureux de notre musique, je savais que cela finirait par arriver, et j'avais raison ! C'est pour cela que je tenais à poursuivre dans la même veine. Carl, lui, courait toujours après le succès, le grand succès, le succès énorme, mais je ne crois pas que cela se décrète, je ne crois pas que cela fonctionne ainsi. Peut-on vraiment décider d'écrire un tube ? Existe-t-il des recettes ? Je me foutais pas mal de le savoir, je n'avais aucune envie d'essayer.

Tube ou pas tube, nous n'avons rien écrit à Paris. Carl ne supportait pas ma présence quand j'avais pris de la drogue, et j'en prenais tout le temps. L'hôtel que McGee nous avait réservé non loin de Montmartre s'appelait fort à propos le France Albion. Finalement, Carl a dû écourter son séjour et rentrer à Londres, sa sœur avait des soucis. Je suis resté à l'Albion et, avec Douglas Hart, nous avons tourné la vidéo de « For Lovers ». McGee adorait tellement cette chanson qu'il avait persuadé Rough Trade de la sortir en single. J'étais dans un drôle d'état à Paris. J'avais une ardoise au bar voisin de l'hôtel, dont je me suis acquitté en y faisant une petite prestation. Puis j'ai demandé à Irina – Irina Lazareanu – de s'enfuir avec moi. Elle était dans la même agence de mannequins que la copine de Steve et vivait désormais à Paris. Seulement, elle avait déjà un fiancé. Alors j'ai pris le train tout seul pour Brescia, non loin de Milan. Là, j'ai retrouvé Francesca. Je lui ai annoncé que je venais pour me marier avec elle et tout ce qu'elle a trouvé à répondre, c'était qu'elle suivait ma carrière de loin et que ça commençait à ressembler à un mauvais feuilleton. Ses paroles m'ont littéralement soufflé. Je suis rentré à Londres, où je me suis remis avec Nadine.

Malheureusement, je n'ai presque aucun souvenir des concerts qui ont suivi. McGee avait organisé une tournée dans des salles réputées de Grande-Bretagne. Les trois dernières dates étaient prévues à la Brixton Academy, un des hauts lieux musicaux de Londres. Monter sur scène avec le groupe restait un énorme effort, comme tenter de survivre en milieu hostile – vraiment très inconfortable. Quelque chose se délitait inexorablement. Peu avant le début de la tournée, je suis arrivé défoncé à mort aux NME Awards, où les Libertines avaient été sacrés meilleur groupe de l'année. Je ne pouvais pas être plus exposé, alors que je n'avais qu'une envie, disparaître. J'étais horriblement nerveux. C'est à cette soirée que Carl et moi avons récité le poème de Siegfried Sassoon, « Suicide in the Trenches », *Suicide dans les tranchées*.

Je suis plutôt extraverti, j'ai toujours aimé jouer devant des gens. Cependant, il y a dans mon caractère un territoire où l'angoisse est reine. Ce n'est pas que je cherche absolument à être à part, mais parfois, avec cette angoisse, me vient un sentiment d'absolue solitude et une vision totalement pessimiste des choses.

Je voulais jouer des concerts plus importants, mais en même temps, c'était un combat épuisant. En partie parce que la plupart des textes que je devais chanter avaient été écrits quand j'ai commencé l'héroïne. À présent que j'y étais plongé jusqu'au cou, incarner certaines chansons, comme « Horrorshow », devenait un truc un peu tordu. C'est étrange, j'ai toujours pensé que les gens verraient, simplement en me regardant, l'épave incohérente que j'étais intérieurement. Mais, sur les images disponibles en ligne, ce n'est pas ce que l'on voit. C'est la beauté du rock'n'roll, j'imagine, et c'est pour cela que le rock'n'roll va bien aux épaves incohérentes dans mon genre, parce qu'avec une guitare, tout passe.

Je voulais aussi faire des chansons plus douces, plus lentes. Lorsqu'on t'a assommé la moitié du concert, un peu de douceur fait du bien, non ? Mais ce que les autres voulaient, c'était, de bout en bout, ce truc de bolide rock lancé à deux cents à l'heure. Trop pour mon petit cœur.

Un soir que nous jouions avec The Bandits à la Manchester Academy, un des membres de ce groupe est venu me voir dans ma loge pour me prévenir que Liam Gallagher était en bas et que, s'il me voyait, il me casserait la gueule. Mon fils Astile grandissait à St John's Wood avec Lisa, sa mère, et sa sœur Mollie, « l'enfant secret de l'amour », la fille que Liam avait eue avec Lisa – information qui n'était pas encore parvenue aux oreilles de la presse. Je voyais Astile régulièrement, et Mollie et moi nous entendions très bien, c'était une chouette enfant. Donc, prêt pour la bagarre, je descends voir Liam, m'attendant à ce que le ton monte. Mais rien. « C'est bon, tout va bien, je vais bien, tout le monde va bien. » Voilà tout ce qu'il m'a dit.

Chapeau bas pour Alan McGee, qui a fait tout ce qu'il pouvait pour rendre ces concerts possibles. Je me souviens qu'il avait engagé des jumeaux de presque deux mètres pour s'occuper de Carl et moi, surtout pour faire en sorte que nous nous conduisions correctement. Ces deux colosses s'appelaient Michael et Jeff, ils avaient assuré la sécurité d'Iron Maiden pendant vingt ans. Mutt – surnom que nous avions donné à Michael – est venu me chercher à mon appartement de Whitechapel pour m'amener à l'un de nos concerts à la Brixton Academy. Comme j'étais avec Neil Thunders et quelques filles, j'ai dit à Mutt que tout le monde venait avec moi. « Pas question », m'a-t-il fermement répondu. J'ai fait le boss, je lui ai dit que c'était mon concert et que je ne comprenais pas bien ce qu'il voulait dire. Alors il m'a expliqué : il était payé pour m'amener en voiture de cet appartement à la scène. Pour m'amener moi, et moi seul. Point barre.

À la moitié du concert, je me suis mis à penser que quelque chose n'allait pas dans tout ça et je me suis tailladé sur scène avec une lame de rasoir que j'avais dans la poche. Puis j'ai foutu un coup de pied dans l'ampli de John et je me suis barré en courant. J'ai couru comme un taré tout le long de Brixton High Street. Le con. Puis j'ai continué jusqu'à Stockwell Park Road, après le skatepark. C'est là que Michael, lancé à ma poursuite, m'a rattrapé en me disant que, si je ne finissais pas le concert, lui et son frère ne seraient pas payés. Ensuite, il m'a jeté sous son bras et m'a emporté comme un vulgaire paquet jusqu'à la Brixton Academy, où il m'a déposé sur la scène.

Je pensais bêtement que le public comprendrait intuitivement, télépathiquement, ce que je ressentais. Alors, une fois de retour, je leur ai dit que c'était mon concert, que je pouvais inviter qui je voulais. Mais, devant moi, des milliers de gens gueulaient en me jetant toutes sortes de projectiles.

Carl et moi avions chacun un jumeau assigné pour venir nous chercher le matin et nous emmener aux séances d'enregistrement de notre nouvel album. Je me souviens d'un de ces trajets en voiture, de Whitechapel au studio Metropolis, dans l'ouest de Londres. J'essayais désespérément de me rassembler, de me concentrer pour ne pas être une catastrophe ambulante. Arrivé au studio, alors que j'étais fin prêt à m'y mettre, il a suffi d'une phrase pour tout pourrir. J'ai demandé à Carl si je pouvais apporter chez lui mon huit-pistes digital pour que nous travaillions avec au nouvel album. « Tu veux dire dans l'appartement que tu as cambriolé ? » Je lui ai répondu qu'il était temps de laisser tomber, que c'était derrière nous, tout ça. « Non, ce n'est pas derrière nous. D'ailleurs, ma sœur ne veut plus jamais te voir là-bas. » Ce qu'il a dit m'a bouleversé. Je me mordais les lèvres en me répétant intérieurement qu'il ne fallait pas que je pleure. Mick Jones, qui était revenu nous produire, est arrivé, un joint dans une main et ses brogues aux pieds. Il m'a demandé ce qui n'allait pas. Carl a répondu avant que j'aie le temps d'ouvrir la bouche. « Oh, rien, il perd les pédales à cause de la drogue. » Alors, j'ai vraiment pété les plombs et, pour la première fois depuis toutes ces années, je me suis dit que je n'allais pas me laisser faire. J'ai sauté par-dessus la table basse en verre pour me jeter sur Carl. Michael m'a attrapé au vol. Voilà, fin de l'histoire comme des bonnes résolutions. Tout était fichu.

Le lendemain, nous avons listé les chansons à faire, puis je m'en suis lavé les mains. Nous avons enregistré neuf titres pendant les deux premiers jours. Il y en aurait quatorze sur l'album. J'ai dû venir trois fois en deux mois après ces deux premiers jours. À chaque fois, la tension était palpable. Je ne restais au studio que le temps strictement nécessaire. Geoff Travis a déclaré plus tard que cet album avait été fabriqué à partir des notes que je leur avais laissées. De fait, sur cet album, j'ai écrit ou coécrit treize des quatorze titres présents.

La partition de guitare de « Narcissist », chanson que Carl avait écrite tout seul, je l'ai enregistrée le premier jour, en une prise. Ensuite, j'ai eu beaucoup de mal à me remettre dedans et à me sortir la tête du cul pour faire les voix de soutien. « Tomblands » était une putain de chanson : *« In the land of the gauching skiving sun there's bodies in the room lad »*, et encore : *« Yo ho ho he was the mini Martell man. »* J'adorais ces paroles et j'étais dégoûté que Carl en soit l'interprète. Il a ajouté ses propres mots au moment du pont : *« I didn't want to be the one to tell yer, she was only fourteen, we sussed out your sordid little scene »*, texte très réussi. Mais, parce qu'il avait écrit ces trois lignes, il a décrété qu'il devait faire la voix. Cela m'a laissé un goût amer.

De manière générale, je me suis senti un peu sur la touche pendant les enregistrements. J'ai cependant réussi à imposer une chanson à Carl et à Geoff Travis : « Last Post on the Bugle ». La tête qu'ils ont faite quand ils ont entendu la chanson originale qui m'avait servi à la composer ! Ils n'ont percuté que lorsqu'il a été impossible de changer quoi que ce soit. C'était une chanson des années 1960, « Wars or Hands of Time » de The Masters Apprentices, un groupe psychédélique australien, que j'avais entendue sur une compilation achetée pendant notre tournée aux États-Unis. Je trouvais que c'était une chanson absolument merveilleuse. J'étais secrètement excité d'avoir réussi à glisser ce titre sans que personne se rende compte de rien. Bien sûr, le nom de l'auteur de cette pépite, Michael Bower, est venu s'ajouter à celui de Carl et au mien sur la liste des crédits.

L'histoire de la pochette a été le coup de grâce. Tout le monde m'emmerdait avec ça depuis des semaines, alors j'ai fini par me pointer un peu au hasard au studio avec mon projet sous le bras. J'ai croisé Mick Jones, je le lui ai montré, il a dit OK et j'ai pensé que l'affaire était close. Puis j'apprends qu'ils ont finalement décidé d'utiliser la photo prise par Roger Sargent pendant le concert « Freedom ». Mon projet consistait en un patchwork d'images, un truc plus « rétro », ambiance étui à cigarettes en métal. Évidemment, dans ce collage se trouvaient les armoiries d'Hammersmith qui figurent sur le maillot des QPR – c'était mon clin d'œil à Mick Jones. Quant aux membres du groupe, nos visages figuraient dans chaque coin.

De toutes nos sessions, une chanson sortait absolument du lot : « Can't Stand Me Now ». Nous savions dès l'écriture que c'était de la bombe. Aujourd'hui, ce titre est encore notre plus gros succès – celui que les gens viennent entendre en concert. Nous l'avons joué en mars dans l'émission *Friday Night with Jonathan Ross*, juste après l'avoir enregistrée, des mois avant la sortie du single. Cette interprétation était géniale. Nous étions super excités et nous avons donné le meilleur. J'avais soigné ma coiffure pour l'occasion, façon

Jesus and Mary Chain. Je me souviens du moment où, assis dans la loge maquillage, le coiffeur s'acharnait à faire tenir mes cheveux en l'air et, pour une fois, je ne me suis pas retrouvé avec le gel qui me coulait sur la gueule, ni le cheveu raplapla au bout des trois premiers accords.

J'ai fait la connaissance de Peter Perrett, le chanteur des Only Ones, et nous avons sympathisé. Lui aussi était accro à l'héroïne. Je l'ai emmené au studio et nous avons joué une version de son tube, « Another Girl, Another Planet », titre que j'adorais et que nous avons aussi joué un soir à la Rhythm Factory, pendant un concert que j'avais organisé. Les Libertines nous ont rejoints à contrecœur. Cependant, ils ne pouvaient pas nous snober tout à fait, à cause de Peter Perrett. Carl n'avait jamais entendu parler de lui, mais il a vite compris qu'il avait affaire à une légende, alors il voulait en être. Peter vivait reclus et n'était pas monté sur scène depuis des années. Le concert a été un de ces étranges concerts un peu foireux où il est clair que quelque chose ne va pas dans le groupe, mais où les gens sont malgré tout heureux de voir les musiciens réunis. À cette époque, chaque fois que nous jouions ensemble, régnait comme un sentiment de dernière fois.

J'ai emmené Nadine et quelques filles chez Peter Perrett, qui fêtait l'anniversaire de sa femme. Au bout d'un moment, la fête a pris pour moi une drôle de tournure. Peter m'a fait asseoir pour me montrer des dizaines de vidéos de sa femme quand elle était plus jeune. Elle et lui ne quittaient jamais leur lit, si ce n'est pour aller acheter de la came.

J'ai vécu dans cette maison un temps. C'était une bonne planque. Un endroit où Mutt et Jeff ne viendraient pas me chercher. Je partageais leur lit, un lit couvert de morceaux d'alu et de pipes à crack faites maison.

Les mômes de Peter, Peter Jr et Jamie, avaient un groupe, The Cunts, et, au début des Babyshambles, je les avais mis à l'essai sur le line-up avec Pat Walden. Pat travaillait à mi-temps aux studios Rooz, dans l'est de Londres. Il y tenait la caisse et vendait des boissons et des médiators. C'est lui qui a convaincu Gemma Clarke, dont le père, Graham, dirigeait Rooz, de venir nous rejoindre à la batterie. Nous avons fait quelques concerts avec ce line-up – c'était au tout début –, des concerts vraiment bouillonnants. À celui de Stafford, j'ai balancé l'argent de la recette, environ trois mille cinq cents livres, dans la foule. Juste devant moi, un mec, un punk, a gueulé, en me renvoyant les billets à la gueule, que personne n'en avait rien à foutre du pognon, que ce que les gens voulaient, c'était la musique. Un des mômes de Peter Perrett a dit : « Tu vois, ils n'en veulent pas, alors on le garde ! » et il s'est mis à quatre pattes pour ramasser le fric. Pendant ce même concert, je me suis jeté depuis une enceinte dans le public et j'ai atterri sur un groupe de skinheads qui pogotaient comme des dingues. Tout ce concert était un énorme chahut. Il y a eu pas mal de bagarre cette nuit-là et les mômes de Perrett sont allés se réfugier derrière un ampli pendant que Gemma se battait avec son tabouret de batterie. Je me souviens avoir pensé : « Ces deux-là ne sont pas taillés pour vivre avec les Shambles. » L'un des deux est resté un temps à la basse, mais son frère a immédiatement déclaré forfait et a été remplacé par Pat.

C'est à cette époque qu'est sorti le single « Babyshambles » chez High Society Records, la compagnie de Mullord. Rough Trade lui a causé des problèmes. Mais Mullord a fini par obtenir l'autorisation de le sortir en édition limitée. On considère généralement ce disque comme le premier single des Babyshambles. C'était un one-shot qui a emballé tout le monde. Sur la face B se trouvait « What Katie Did », chanson que nous avions enregistrée pour l'album des Libertines et que Carl s'était appropriée en l'interprétant, alors que j'en avais écrit le texte. Du coup, j'ai sorti cette chanson en premier pour, en quelque sorte, couper l'herbe sous le pied des Libertines et pourfendre le mythe qui laissait croire que Barât et Doherty étaient toujours ce formidable duo d'auteurs de chansons. Bref, je voulais rétablir la vérité.

Je savais que cela blesserait Carl, mais je prenais garde de ne pas dépasser certaines limites. Je ne me serais jamais permis de prendre « Dont Look Back into the Sun » ou « The Ha Ha Wall » ou « Can't Stand Me Now », non, je ne lui aurais jamais fait ça. Cependant, je pense vraiment que beaucoup de titres du début des Babyshambles auraient dû figurer sur l'album *The Libertines*, comme « Back from the Dead ». Carl est d'ailleurs venu faire un excellent bout de guitare sur ce morceau et m'a reproché de ne pas lui avoir demandé de jouer sur « For Lovers ». Il avait apparemment oublié que je l'avais fait à l'époque. Mais c'était avant que McGee ne dise que ce titre allait devenir un tube.

17

For Lovers

2004 (épisode 2) : « For Lovers » à Top of the Pops. *Désintox en Thaïlande – vomissements prodigieux et incantations mystiques. Perdu dans Bangkok, un mort, deux travestis et une bienfaitrice « surperfan ». Herr Flicky. Une nouvelle recrue chez les Babyshambles. De nouveau viré des Libertines.*

Ma grand-mère est venue assister à *Top of the Pops* avec Pandy quand j'y jouais « For Lovers » avec le groupe de Wolfman, The Side-Effects, mais sans Wolfman. Rough Trade avait demandé à Jake Fior de faire en sorte qu'il ne soit pas là. De toute façon, la BBC lui avait interdit son antenne en déclarant qu'il était trop démoniaque. Tout ce que je raconte est vrai. Trop démoniaque pour la BBC… Évidemment, Wolfman adorait ça. Cela dit, il se foutait complètement de jouer sur le plateau de *Top of the Pops*. Donc, me voilà dans mon joli petit costume étriqué, en train de donner une version vraiment pas dégueu de « For Lovers ». Le groupe faisait semblant de jouer, mais, moi, je chantais en direct avec la choriste de Wolfman, Franckie, qui avait travaillé autrefois avec Marvin Gaye. J'ai vraiment pris mon pied.

Malgré la tristesse et l'angoisse pesantes que je ressentais dès qu'il s'agissait des Libertines, j'avais une vie pleine de rires, de joie et d'aventure. J'étais complètement dingue. Je ne comprenais pas que j'étais dans une spirale infernale. Je trouvais que je me démerdais plutôt bien et que je mettais dans le mille. Je conservais une sorte d'ego de joueur de foot, ce qui, je crois, me maintenait la tête hors de l'eau. Mon état d'esprit me faisait penser à celui de mon père quand, ivre mort, il se prenait pour Sugar Ray Leonard. Cette façon d'être complètement sonné, que ce soit par l'alcool ou la drogue, mais de surfer sur une vague où tu t'efforces d'avoir autant de bon temps que possible. Seulement, pour McGee et les autres, c'était rédhibitoire, le groupe ne pouvait fonctionner tant que je m'intoxiquerais. Les positions étaient tranchées d'un côté comme de l'autre, nous étions donc dans une impasse. Ils tentaient toujours de finir l'enregistrement de l'album, mais McGee planifiait déjà des dates dans des festivals d'été et une énorme tournée mondiale qui devait coïncider avec la sortie de l'album.

J'ai finalement accepté d'aller en cure de désintoxication au Priory Hospital du sud-ouest de Londres, histoire de montrer ma bonne volonté. C'était le genre d'endroit où l'on te donnait des médocs, du lithium principalement, pour te faire dormir. Après quarante-huit heures, j'en avais marre, je suis parti. Ce jour-là, Millwall jouait contre Manchester United en finale de la Coupe d'Angleterre. Je suis allé dans l'est de Londres pour voir Paul Ro. Le groupe était excédé et McGee a dû annuler certains gros concerts – au festival Meltdown de Morrissey, au festival de l'île de Wight, au concert Rock Against Racism à Finsbury Park et au festival Wireless de Hyde Park. C'était le bordel. J'étais fauché et je n'ai rien trouvé de mieux que de contacter le *Sun* pour monnayer une interview exclusive annonçant que je quittais le groupe. J'avais déclaré au journaliste que je me sentais comme un animal en cage. C'était une façon assez pathétique de crier à l'aide.

Environ une semaine plus tard, je suis retourné au Priory Hospital, ce qui a ranimé l'espoir que nous pourrions jouer au festival de Glastonbury. Rini – Irina Lazareanu – m'a rendu visite et m'a offert un très joli étui à cigarettes doré. Carl m'a apporté un maillot des QPR tout neuf. Puis ma mère est venue et a insisté pour fouiller ma chambre. En arrivant, elle avait demandé aux médecins s'ils l'avaient fait. Bien qu'ils lui aient confirmé que oui, ma mère, qui me connaissait mieux qu'eux, a passé ma chambre au peigne fin, allant jusqu'à soulever les plaques du faux plafond… où elle a trouvé un sac d'herbe et pas mal d'autres drogues, dont de l'héroïne. Je la revois, grimpée sur une chaise et armée d'un balai, tandis que je fulminais. Dire que j'avais fait en sorte de m'organiser un petit séjour bien agréable en désintox. Bref, cette fois, j'ai tenu une semaine.

McGee a ensuite payé Jeff pour qu'il m'emmène dans une clinique en Thaïlande. La veille de mon départ, je suis allé à la nouvelle soirée que Carl organisait dans un club avec Annalisa, « Dirty Pretty Things ». Le groupe était là et nous avons joué quelques titres. Ce serait la dernière fois que nous jouerions ensemble avant longtemps. Ce soir-là, cependant, je les ai sentis très bienveillants envers moi et heureux de ma décision de suivre une désintox en Thaïlande. Je ne dirais pas qu'ils m'avaient piégé avec cette cure, mais j'étais loin d'imaginer ce qui m'attendait là-bas. Comme je n'avais pas encore essayé l'opium ou l'héroïne blanche chinoise, la China White, la plus pure du marché, comment vous dire... J'étais plus qu'excité par mon voyage en Asie. À l'aéroport d'Heathrow, je me rappelle que je fumais ouvertement du crack dans la salle d'embarquement, non pas en me trouvant trop cool, mais en me trouvant sexy. J'avais vraiment ce sentiment d'être intouchable. Je partais en Thaïlande, je fumais du crack à l'aéroport et le monde m'appartenait, c'était ça mon délire. Plus dure serait la chute. Au bout de dix-huit heures, Jeff m'a jeté dans une sorte de monastère après avoir pris un selfie avec moi dans mon nouveau pyjama, puis il s'est tiré.

Soudain, fini le délire, bonjour la réalité. Je n'étais pas dans un Land Rover avec une mitraillette en partance pour le Triangle d'or, prêt à remplir un grand sac d'opium. Je me baladais en pyjama rose dans un monastère – Wat Tham Krabok –, sans téléphone, sans ordinateur et sans savoir ce qui m'attendait. À chaque fois que j'avais été en cure, on m'avait filé des médocs. Là, il fallait serrer les dents et se sevrer sans béquilles. J'ai voulu me barrer au bout de dix minutes, mais McGee avait laissé des instructions : mon passeport était au coffre, sous la garde du moine en chef.

Seize lits superposés s'alignaient dans une grande pièce où logeait la clientèle internationale, surtout des Hollandais et des Scandinaves, et un type de Manchester, Lee. Sinon, il y avait les « cages » où étaient entassés les locaux, accros au Ya ba, la meth la moins chère du monde, très hallucinatoire, dont la consommation explosait dans le pays et faisait des ravages. Je voyais les types qui en prenaient se balancer comme des fous d'avant en arrière toute la journée.

Le monastère était célèbre pour sa méthode particulière qui consistait à aller chercher le bon en l'être et à amener chaque patient à la conviction que la drogue était un poison, non pas seulement le produit lui-même, mais tous les comportements qu'il provoquait. On y pratiquait aussi le vomissement rituel. Dans les années 1950 et 1960, le moine à la tête de ce monastère avait mis au point une potion à base de sept cents plantes, écorces, argiles et insectes écrasés qui, quand on l'ingérait, avait soi-disant le pouvoir de libérer le corps de toutes ses toxines. Vous avaliez d'abord ce breuvage infect, puis on vous faisait boire un seau de flotte et vous vous mettiez alors à vomir par jets. Il fallait vomir au moins trois fois et répéter trois fois l'opération. Après cela, vous étiez censé vous être débarrassé de tous vos démons et de tous les poisons accumulés dans votre corps. Ne restait plus ensuite qu'à reposer votre lamentable carcasse.

Aucun argent ne circulait, ce n'était pas un spa. Ils nous fourraient tous dans le sauna et fermaient la porte à clé. Comme je m'y étais évanoui, je suis allé ensuite me plaindre au moine en chef. Il m'a assuré que cet évanouissement était une très bonne chose parce qu'ainsi j'avais profité des effets bénéfiques du sauna sans me plaindre continuellement, comme l'avaient fait les autres, ajoutant qu'il serait bon que je participe avec lui aux prières privées du soir.

Les repas étaient supérieurement dégueulasses. Je me souviens d'une sorte de stand qui servait le Fanta ou le Coca dans des sacs en plastique et faisait frire des saucisses infâmes dans de grandes poêles rouillées pas très engageantes. Ce qu'on appelait ici le petit déjeuner. De toute façon, on ne nous poussait guère à manger. Par contre, il fallait boire beaucoup de tisane au citron et beaucoup d'eau pour se préparer aux séances de vomissement, qui nécessitaient d'être à jeun depuis au moins trois jours.

J'avais ma guitare avec moi. Un jour, j'ai chanté « Don't Look Back into the Sun », ce qui a beaucoup intrigué Lee. Il venait de finir sa séance de vomissements et j'en ai profité pour lui dire que je comptais bien me remettre sur pied. « Ne participe pas à la cérémonie, alors », m'a-t-il conseillé.

Avant le rituel de vomissement, il fallait jurer sur sa vie devant les dieux du monastère, représentés par d'énormes sculptures, qu'on ne prendrait plus jamais de drogue ou d'alcool, plus jamais. Les moines ne rigolaient pas avec ce serment. Pour eux, si, après avoir prononcé ce vœu d'abstinence et avoir vomi trois fois, vous ingériez la moindre goutte d'alcool ou la moindre drogue, vous mourriez, c'était aussi simple que ça.

Progressivement, la sérénité du lieu a commencé à me gagner. J'aimais beaucoup discuter avec un des moines, ancien soldat noir américain qui vivait ici depuis la fin de la guerre du Vietnam. Horrifié par ce qu'il avait commis pendant la guerre, il avait décidé de vouer son âme et son corps à la vie spirituelle. Il me racontait les histoires de tous ceux qu'il avait vus passer par ici. Un jour, il m'a dit : « Oh, j'ai bien vu que tu n'as pas mangé tes saucisses végétales, mais cela fait partie de ta nouvelle vie maintenant, tu ne mangeras plus de sucre, tu ne boiras plus d'alcool, tu passeras ton temps en sandales et en robe à te balader dans la jungle… Nous avons besoin de beaucoup de mains pour construire le nouveau temple, tu sais. »

Je pensais, OK, mec, je me sens capable de faire ça. La mystique de l'endroit, le culte bouddhiste, les crânes rasés, les couleurs, l'encens – tout participait à vous faire succomber à la magie du lieu, et je m'étais laissé attraper. Alors, j'ai fait vœu d'abstinence. J'entends encore les cloches, je sens encore l'encens, je vois encore la cérémonie où je devais répéter en thaï les paroles du moine, dont un petit livret offrait la traduction. J'ai juré sur ma vie de ne plus jamais boire d'alcool ou prendre de drogue. Après avoir prononcé ces mots, je me suis dit : « Putain, ça y est, je l'ai fait, je l'ai fait, putain, je ne peux plus boire ni me droguer. »

Mais ce n'était pas si simple. Il allait maintenant falloir passer au rituel du vomissement. Tout ce que je peux en dire, c'est qu'on sent vraiment la noirceur sortir de soi. Quel que soit ce qui pourrissait dans mes entrailles à Londres, que ce soit la situation avec Carl, avec les Libertines, que ce soit le visage de Carl ou tous mes problèmes sentimentaux et financiers, le vol, le cambriolage, la prison, tous ces poisons qui abîmaient le groupe et moi-même, je les voyais sortir de mon estomac sous forme de bile noire. Était-ce aussi simple que cela ? Suffisait-il d'une potion dégueulasse et d'un bon seau d'eau pour que le tour soit joué ?

Cette nuit-là, étendu sur mon lit, j'étais fier de ce que j'avais fait, mais je n'étais plus qu'une pauvre loque sanglotante et hoquetante. J'étais un peu gêné d'être dans un tel état. Lee riait et je pensais : « Putain de merde, qu'est-ce que j'ai fait ? » Un énorme orage de chaleur approchait et j'ai dit à Lee que je ne me sentais pas de remettre ça avec la séance de vomissements. Alors, il m'a lancé : « On n'a qu'à se barrer d'ici, allez, t'es quand même Pete Doherty, je t'ai vu dans le journal. » Quelqu'un avait faxé un article du *Sun*, avec un dessin humoristique qui me représentait derrière des barreaux. La légende disait que Pete Doherty était retenu dans une cellule d'un monastère thaïlandais où on le battait avec des cannes en bambou – parce qu'ils pensaient, j'imagine, que c'était ainsi qu'on traitait les Thaïlandais.

Donc, Lee et moi avions décidé de nous évader. Restait le problème de nos passeports, enfermés dans le coffre. Alors, en type qui a des couilles, Lee a fait irruption dans le bureau et a menacé le vieux moine avec des arguments massues : « On est des putains de citoyens britanniques et Sa Majesté la reine vous ordonne de nous rendre notre liberté de mouvement sans aucune restriction. » Le moine lui a répondu qu'il n'y avait pas de problème, qu'il pouvait récupérer son passeport, que personne ne le regretterait. Puis il m'a montré du doigt : « Mais celui-là, on nous a bien dit que nous étions ses gardiens officiels. » Lee a insisté : « Ouais, mais il veut partir, putain, il est adulte, non ? Hein, que t'es adulte, Peter ? » J'ai opiné. Puis Lee a balancé une statuette à travers la pièce, il a fait le tour du bureau, a de nouveau menacé le moine, mais cette fois de je ne sais quoi, avec un parapluie. C'était gagné, nous avons tous les deux récupéré nos passeports. « Méthode Manchester, mon Peter », a-t-il conclu.

Nous nous sommes retrouvés sur une route au milieu de la jungle et je me souviens avoir pensé avec un peu d'angoisse que nous étions paumés au milieu de nulle part. Lee m'a alors montré son sac à dos. Il avait un tas de pognon, des tas de dollars américains et encore bien plus de beaux billets thaïlandais, des violets, des bleus et des roses. Il a arrêté une fourgonnette qui arrivait vers nous et a offert de l'argent au chauffeur pour nous conduire jusqu'à Bangkok. Là-bas, il connaissait une fille qui travaillait dans un de ces clubs étranges où vous vous asseyez sur un tonneau, mettez votre queue dans un trou, puis vous faites sucer par quelqu'un que vous ne voyez pas, assis à l'intérieur – un truc bien sordide, quoi. Bangkok m'a paru une ville vraiment étrange, où nous croisions des voitures de police aux coffres pleins de marijuana et des conducteurs de pousse-pousse qui vendaient de la très bonne China White. Le seul truc que je n'avais pas vraiment envie d'essayer, c'était le Ya ba, la première chose que Lee a avalée.

Ensuite, il a disparu. L'hôtel m'a demandé où il était et je suis allé voir dans sa chambre. Son sac à dos était ouvert et tout son argent répandu sur le lit, son passeport aussi était encore là. Au bout de deux ou trois jours, Lee n'était toujours pas rentré. J'avais cette horrible et sinistre sensation qu'il était parti pour de bon. Quand on s'était sauvés, le moine avait prévenu Lee que, s'il allait à Bangkok, il mourrait. J'ai fouillé son sac et j'y ai trouvé quelques billets de cent livres. Puis j'ai commencé à dépenser son argent. J'ai fini avec une quinzaine de filles dans ma chambre – et peut-être quelques garçons, c'était difficile à savoir. Rien de sexuel. Nous passions tout notre temps à nous droguer. Puis deux travestis vietnamiens super grands sont venus s'ajouter à cette bande. Ils m'avaient suivi depuis le magasin du coin.

Je suis allé dans le cybercafé le plus proche pour contacter Rough Trade et McGee. J'ai essayé d'expliquer la situation. J'ai dit que je m'étais enfui du monastère, que j'étais menacé par deux travestis qui ne voulaient plus quitter ma chambre, que mon pote était mort, que j'avais dépensé tout l'argent à ma disposition et que j'avais une dette énorme chez un dealer que je ne voyais pas comment rembourser, pas plus que je ne voyais comment régler ma chambre d'hôtel. J'ai bien senti que pour eux c'était du charabia.

Alors, j'ai contacté Mya, qui travaillait au *Bangkok Post* et qui m'avait envoyé une lettre au monastère pour me demander si tout allait bien et si elle pouvait venir faire un reportage, sans doute parce qu'elle avait vu l'article du *Sun*. Je lui ai expliqué que j'avais besoin de jouer pour trouver un peu d'argent. Elle m'a emmené dans un bar ultra clean et ultra cher pour expatriés occidentaux. Mya était loin du monde interlope de la drogue et de la prostitution. C'était une jeune fille thaïe un peu rondelette, obsédée par la musique anglaise et le journalisme. Dans ce bar, j'ai bu plus que de raison, puis j'ai commencé à gratter ma guitare, et on nous a demandé de partir. Mya a trouvé ça très drôle. Puis elle m'a emmené dans une station de radio où j'ai joué live « Back from the Dead » et « Don't Look Back into the Sun ». J'ai aussi essayé de lui soutirer de l'argent, mais ça ne marchait pas, elle ne voulait pas m'en donner au prétexte que j'irais immédiatement m'acheter de la drogue. Je lui répétais qu'elle ne comprenait rien, que je n'avais plus un sou et que je voulais aller vivre chez elle. Elle a refusé. Il faut dire que les deux travestis me suivaient partout. Ça a dû lui faire peur.

J'étais au top : dans la merde, fauché comme les blés, et accro à la China White. Un déchet. Ma chambre d'hôtel ressemblait à un champ de bataille, un vrai carnage. Alors, au bout du rouleau, j'ai contacté Gill Samworth par mail. Elle m'a sorti de la merde en me payant un billet d'avion pour rentrer chez moi. Elle a été là pour moi quand personne ne l'était. Gill était une fan absolue que le *NME* avait surnommée « la superfan d'âge mûr ». Elle venait à tous les concerts, depuis toujours, depuis le tout début. Au concert « Freedom », quand Carl, épuisé, est tombé et s'est ouvert le menton, Gill l'a ramassé. Il y avait du sang partout et Carl avait perdu connaissance. Elle l'a porté jusque dans sa voiture, puis elle est partie avec lui dans la nuit. Personne ne comprenait ce qui se passait. Quand il s'est réveillé, il était sur l'autoroute. Gill s'est retournée vers lui en souriant : « Tout va bien se passer. » Un truc à la *Misery*, ce film où une femme cloître chez elle l'écrivain qu'elle admire. Je déconne. En fait, Gill a emmené Carl à l'hôpital. C'était une fille très vraie, très droite, Gill, une vraie amoureuse de la musique.

Revenons à Bangkok. J'avais mon billet de retour et j'étais assis sur le trottoir à me demander comment récupérer mes affaires et quitter discrètement l'hôtel sans payer pour me rendre à l'aéroport le plus rapidement possible, car l'avion partait bientôt. Le billet, qui coûtait tout de même mille livres, n'était ni remboursable ni échangeable. Mya a trouvé la solution et m'a fait sortir de l'hôtel caché dans un panier de linge sale. Sur le chemin de l'aéroport, nous avons fait une halte chez un tatoueur. C'était ma façon de remercier Mya. J'ai toujours ce tatouage, censé être le « M » de son prénom, mais qui ressemble à un « H ». Des Thaïs à qui je l'ai montré m'ont dit que ce n'était pas seulement son initiale, que cela voulait aussi dire cheval. *Horse.* Le surnom de l'héroïne. Décidément.

Gill est venue me chercher à Heathrow avec Wolfman et nous sommes allés chez elle, à Hackney. Elle vivait dans un duplex au rez-de-chaussée d'un immeuble infâme de Homerton, la Pink Tower, dont l'extérieur était peint d'un rose criard. Gill était le genre femme à chats, elle en a eu jusqu'à vingt-six. Sa maison était chaleureuse, une véritable planque, rose aussi à l'intérieur. J'y avais officiellement ma chambre. C'était chouette, propre et tellement luxueux comparé aux endroits où j'avais vécu. Wolfman a fini par y traîner constamment. Quand tout s'effondrait, quand le rêve des Babyshambles s'évanouissait, ce qui était le cas presque tous les matins, quand vous aviez besoin de quelque part où vous assommer à la kétamine, la Pink House de Gill était le bon endroit. Elle y maintenait une rassurante routine quotidienne. Je me suis réfugié là pendant des années.

Nous revenions de l'aéroport dans la vieille Vauxhall Cavalier de Gill quand je me suis fait arrêter. Elle avait grillé un putain de feu rouge et une voiture de police nous a demandé de nous ranger sur le bas-côté. J'ai immédiatement dit aux flics – comme si c'était le sujet – que je sortais d'une cure de désintoxication que j'avais effectuée en Thaïlande. Ils ont légèrement froncé les sourcils. J'ai poursuivi en expliquant que j'étais musicien, qu'ils avaient peut-être entendu parler de moi. Puis j'ai donné mon nom, affirmé que j'allais tout à fait bien maintenant et que nous revenions de l'aéroport. Bizarrement, ils ont tout de suite eu envie de fouiller notre véhicule. Ils sont tombés sur un couteau à cran d'arrêt que j'avais dans mes bagages. C'était un cadeau pour Carl, destiné à remplacer celui qu'on lui avait confisqué en Norvège.

Il avait trouvé un couteau pendant une tournée européenne que nous avions faite au début des Libertines, décidé que c'était un couteau allemand et l'avait baptisé Herr Flicky, parce qu'en anglais « cran d'arrêt » se dit *flick knife*. Il aimait le brandir en fendant l'air et en faisant semblant de me trancher la gorge. Il effectuait toujours ce petit manège en disant avec l'accent irlandais : « *And then at Christmas time the turkey goes gobble, gobble, gobble and gets his little throat cut.* » Comme notre bus arrivait à la frontière et que nous allions passer la douane norvégienne, je l'ai réveillé. Il a dit qu'il n'en avait rien à foutre des coutumes locales et qu'il voulait qu'on le laisse dormir. C'est la dernière fois que nous avons vu Herr Flicky. C'est pour cela que je m'étais dit que je lui rapporterais un couteau de Bangkok, pensant aussi que ce cadeau serait une façon de me faire pardonner d'avoir foutu en l'air ma désintox. Et voilà que je me faisais serrer par les flics à cause de lui… Tout cela n'était pas de bon augure quant à l'amélioration de nos rapports. On m'a emmené au commissariat de Bethnal Green pour possession d'arme prohibée et j'ai été libéré sous caution.

Dès qu'ils ont su que j'étais de retour, McGee a convoqué ce qu'il appelait une réunion d'urgence. J'en voulais à Rough Trade et McGee de m'avoir laissé pourrir en Thaïlande. Plutôt que d'assister à cette réunion, je suis allé répéter aux studios Rooz, avec Pat et Gemma. Cette nuit-là, Pat et moi avons écrit « Fuck Forever ». Jouer avec Pat changeait tout. Il était à fond dans Dinosaur Jr et Sonic Youth, aimait un son plus sale, et avait aussi un côté Hendrix/Zeppelin en lui. Me jeter dans l'écriture de chansons était ce que j'avais de mieux à faire. Je m'y suis même jeté la tête la première. C'était une période très fertile. Je passais beaucoup de temps dans l'appartement de Pat à Ponders End. Comme Carl, Pat était très secret et il n'était pas toujours facile d'être sur la même longueur d'onde. Mais, quand nous y parvenions, notre duo fonctionnait parfaitement. Comme, par exemple, avec « Killamangiro », chanson déjà prête, mais sur laquelle Pat a réinterprété la partition à sa façon, pour la faire sienne. Son addiction à l'héroïne me fournissait une bonne excuse pour me laisser aller à la mienne. Dans ce domaine, nous nous entraînions l'un l'autre, et pas pour le meilleur. Il était déjà accro quand nous nous étions rencontrés et des rumeurs disaient qu'il avait été interné de force. Un soir à la Rhythm Factory, il s'est évanoui sur scène et a été transporté à l'hôpital général de Whitechapel.

Je me sentais privé de mes droits sur les Libertines, privé des droits de ma propre création. Au lieu de jouer, fin juin, au festival de Glastonbury avec eux, j'ai fait un concert à la Rhythm Factory avec les Babyshambles. Drew McConnell, un ami de Pat qui devait assurer la basse, s'est pointé aux studios Rooz, l'après-midi du concert, et a répété six ou sept heures. J'étais très impressionné par son état d'esprit, par la façon dont il s'impliquait alors qu'il arrivait au dernier moment. Je savais que nous tenions le bon numéro. Drew s'est parfaitement inséré au groupe, il a pigé le ton, le côté déglingué et, quand on lui demandait quelque chose, il obéissait. Par exemple, je voulais que tout le monde joue torse nu et il n'a pas fait de problème. Puis il était beau, et j'étais heureux que le groupe ait un bassiste aussi beau, c'était très important pour moi. À ce moment-là, j'avais l'impression d'avoir presque atteint ce dont j'avais rêvé : j'écrivais mes meilleures chansons et je faisais les meilleurs concerts de toute ma vie. Celui de la Rhythm Factory présageait de la suite – un concert terriblement bon, terriblement *dark*, bien plus que ne l'avaient jamais été les Libertines.

Le jour même où je comparaissais pour possession d'arme prohibée, les Libertines ont annoncé que j'avais été viré à cause de « problèmes bien connus d'addiction au crack et à l'héroïne ». Ils continueraient sans moi. Dans l'annonce officielle, Carl déclarait : « Les autres membres du groupe, Gary, John et moi-même, sont arrivés à cette conclusion après trois tentatives ratées de désintoxication, toutes financées par les Libertines. » Comme auparavant, les choses restaient ouvertes : si je cessais de consommer de la drogue, je pourrais réintégrer le groupe.

M'exiler ainsi de la vie de Carl me brisait le cœur, mais j'étais désormais un peu plus endurci qu'autrefois. Je n'essayais plus de prétendre que je deviendrais clean. Je n'en avais rien à foutre d'être clean. J'aimais le monde de la drogue, pas parce que j'aimais être « sale », mais j'imaginais que les drogues finiraient par être légalisées, me disant que seule l'étroitesse d'esprit de la société avait poussé à leur criminalisation. Une partie de moi voulait prouver qu'on pouvait rester socialement actif tout en étant accro au crack et à l'héro. C'était ma théorie fétiche, presque mon « projet ». C'était comme une toute nouvelle vision des choses, une sorte de plan pour l'avenir. Désormais, l'atmosphère de chaos et de camaraderie, l'ambiance de troupe que je désirais pour les Libertines sans rencontrer l'adhésion des autres membres du groupe ou des structures qui nous encadraient, je l'avais avec les Babyshambles. Nous marchions du même pas, entourés de gens incroyables, qui avaient beaucoup de choses à montrer. Dès que le début du match avait été sifflé, nous avions fait preuve d'une putain de motivation. Tout était simple, tout semblait clair : nous allions y arriver, et ce serait exceptionnel.

18

Babyshambles

2004 (épisode 3) : beaucoup de mauvaises critiques. La mort plane. Un rayon de soleil, Dot Allison. Les Libertines sont numéro un. Des tentatives désespérées de devenir clean se soldent par un échec. Les Babyshambles prennent la route, le chaos s'ensuit. Les plans de Mullord pour faire de l'argent. « Killamangiro » devient un tube. Le témazépam gâche le show. Les Libertines se séparent.

Cette année-là, les gens ont commencé à vendre des photos de moi et de sales ragots aux journaux. L'horrible histoire « Katie Bapples » est sortie dans le *Daily Mirror*. L'article avait beau être un tissu de mensonges, les choses s'annonçaient mal. Le fait que Lisa soit la mère de mon enfant et de celui de Liam Gallagher est également sorti dans la presse, entraînant un commentaire de Liam dans le *Sun*, disant qu'il espérait que « ce cambrioleur accro au crack serait tenu à l'écart de son enfant ». Le *Guardian* a publié une photo où l'on me voyait en train de fumer une pipe de crack, avec un article titré : « La star maudite du rock rattrapée par l'autodestruction ». Le *Guardian* a beau dire, je ne pense pas que l'autodestruction faisait partie de mes plans. Je ne me sentais pas pris dans la spirale infernale des héros tragiques du rock'n'roll ravagés par l'héroïne et virés de leur groupe – c'était à peu près ce qui était écrit dans ce journal. À l'époque, je pensais même que le pire était derrière moi. D'une certaine façon, la drogue mettait un voile de douceur entre le monde et moi, en me préservant de la réalité, mais aussi des dangers et des angoisses de la célébrité. La drogue faisait barrage, me plaçait dans un lieu où aucun reporter, aucun paparazzi ne pouvait entrer. J'aimais ce monde parallèle, plein de recoins obscurs, que ce soit la Pink Tower, l'appart de Paul Ro ou la jungle thaïlandaise.

Pour leur numéro spécial « Libertines » (celui avec deux couvertures, moi sur l'une, Carl sur l'autre), j'ai proposé au *NME* d'écrire un papier sur le groupe au festival T in the Park, et ce n'était pas une blague. N'étais-je pas le mieux placé, le plus légitime pour faire la critique de ce concert ? Je pensais également que je pourrais peut-être me faufiler jusqu'à la scène pour les rappels et que, comme on dit dans les contes, nous vivrions heureux et aurions beaucoup d'enfants… Leur réaction à ma proposition m'a profondément choqué et frustré : non seulement ils avaient trouvé l'idée absurde, mais ils m'avaient également interdit l'accès VIP du festival.

En reconsidérant aujourd'hui tout ce que j'ai dit à la presse à cette époque, le caractère malsain et souvent morbide de mes propos apparaît clairement. Ainsi, j'avais déclaré au *NME* : « Quand ils jouent sans moi, c'est comme si j'allais mourir, c'est tellement important pour moi que c'est exactement ça, c'est comme mourir. » Je ne donnais pas beaucoup d'interviews, mais j'avais accepté de parler à l'*Evening Standard* pour de l'argent et, là aussi, il n'était question que de « mettre fin… », blablabla. J'avais même prédit que Carl allait se suicider ! C'était parce que j'avais entendu dire qu'il s'asseyait au fond du bus de tournée au milieu des bouteilles cassées, absolument ravagé, avec des gens qui lui soufflaient à l'oreille qu'il valait mieux continuer sans moi, qu'il ne pouvait pas annuler les concerts, les festivals, les tournées que McGee avait organisées en Europe et en Amérique. Je pense que le poids de la responsabilité l'écrasait. À ses yeux, une partie de lui faisait ce qui était juste – maintenir le groupe –, tandis qu'une autre partie regrettait son vieux pote. Je lui ai envoyé un message via le site Babyshambles.com : « Ne commets pas l'erreur de croire à tes erreurs : il n'y a pas de Libertines sans moi. »

Pour être honnête, l'image de moi qui surgit au moment où j'écris ces lignes est celle d'un homme brisé. C'est ainsi que je me vois avec le recul, complètement brisé. J'ai encore dans la bouche le goût de la Pink Tower, ce goût âcre et noir. J'ai tenté de me suicider, c'est vrai. Le jour de l'anniversaire de Wolfman, le 3 août. Il m'avait dit pour plaisanter que c'était ce qu'il voulait comme cadeau d'anniversaire, que je me tue. Il ne pouvait pas savoir qu'au moment où il disait cela j'allais particulièrement mal, si mal que je n'avais pas pu me rendre à son concert à la

Scala, où j'étais pourtant prévu et qui, apparemment, avait été un vrai désastre. Il y avait toujours du vent en bas de la Pink Tower, comme c'est souvent le cas avec ce genre d'architecture. Ce soir-là, le vent était si fort qu'il avait ouvert la fenêtre du salon où Wolfman se tenait, comme un diable, les bras levés, avec son long manteau où le vent s'engouffrait. On aurait dit Dracula. Puis toutes les fenêtres ont cédé les unes après les autres. C'est alors qu'il m'a dit que, si je pissais sur la lampe, l'électricité suivrait le trajet de ma pisse et me tuerait. Je l'ai fait et je ne suis pas mort. Mais tous les plombs ont sauté dans l'appartement de Gill.

Parfois, dans Londres, nos chemins se croisaient. Ainsi, à la surprise et à la gêne générales, je suis venu au vernissage de l'exposition de photos des Libertines de Roger Sargent, qui se tenait à la galerie Proud à Westminster. Je me suis baladé dans l'expo avec ma guitare, ce qui a créé une petite onde de choc. Le groupe était censé jouer, mais je leur ai coupé l'herbe sous le pied en commençant avant eux. Pour la première fois, j'ai senti que les mômes, les fans, étaient sensiblement de mon côté. Le groupe redoublait d'efforts pour me faire passer pour le méchant garçon, mais je sais que, lorsque je me suis pointé dans la galerie, les mômes étaient vraiment heureux de me voir avec ma guitare.

C'est Paul Ro qui avait attiré mon attention sur Dot Allison. Ancienne chanteuse du groupe One Dove, elle faisait à présent une carrière solo et écrivait pour Massive Attack et Death in Vegas. Paul connaissait son frère Ian, qui dirigeait un magazine littéraire de l'est de Londres, le

Full Moon Empty Sports Bag. Un magazine formidable ! J'y publiais parfois un poème ou deux, le plus souvent écrit chez Paul. Il possédait un de ces terminaux BBC – rien à voir avec la BBC, il s'agissait d'une sorte de Minitel de chez nous – et ne me laissait l'utiliser que si j'écrivais. Il fallait être un drogué fou furieux pour fréquenter Paul. Pour le reste du monde, il n'était qu'un sale type. Moi, j'avais tendance à voir plutôt son côté créatif. Il m'avait aidé à écrire « The Saga », chanson présente sur le deuxième album des Libertines. Il avait encore fallu une lutte de haut vol avec l'industrie du disque pour qu'il ne soit pas oublié dans les crédits. Il faut dire que Carl et Rough Trade le détestaient. Enfin, comme je le disais, je dois encore à Paul d'avoir croisé le chemin de Dot.

Dot et moi avons commencé à faire des concerts assez barrés dans l'est de Londres. Nous portions toujours des tee-shirts identiques avec un arc-en-ciel, très Sonny and Cher. « Can't Stand Me Now » venait de sortir et remportait un grand succès, et nous en avons fait une version live où Dot assurait la voix principale en s'accompagnant au xylophone. Nous avons ainsi joué plusieurs titres des Libertines où Dot jouait la partition de Carl avec ce même instrument. J'ai vécu avec elle un temps. On peut dire que nous étions ensemble, même si elle ne voulait pas me donner la clé de son appartement. La drogue, elle était vraiment contre. Au début, elle me laissait utiliser sa salle de bains. Je me souviens de la première fois, je n'avais pas pris un bain depuis des lustres et elle m'en avait préparé un très joli, avec des bougies. Mais, une fois dans la baignoire, j'ai fumé du crack et ça l'a fait chier. J'étais amoureux de Dot, mais la came a été un frein à notre collaboration. C'était juste avant ma rencontre avec Kate Moss. Je le sais parce que Dot a raconté que la dernière fois qu'elle m'avait vu j'étais sorti acheter des clopes et que la fois suivante j'étais en une du journal où je déclarais que j'allais épouser Kate Moss.

Le deuxième album des Libertines est devenu numéro un des ventes le jour où je comparaissais devant la Thames Magistrates Court. Nous étions début septembre. J'ai pris quatre mois avec sursis pour possession d'arme dangereuse, le fameux couteau à cran d'arrêt. Je suis arrivé au tribunal avec James Mullord dans une vieille bagnole pourrie et en braillant une chanson d'Oasis par le toit ouvrant. De nombreuses équipes de télé et des tas de reporters m'attendaient. J'avais prévu de leur donner du spectacle. Je portais un costume gris parfait, mais les médias se foutaient de ma tenue, ils ne parlaient que de mon côté « hanté par la drogue » ou me décrivaient comme « la star maudite d'une tragédie de tabloïd ».

Je m'étais fait à l'idée que je ne serais jamais autorisé à réintégrer les Libertines. C'était tout bonnement impossible et donc, cela n'arriverait pas. Alors, James Mullord a organisé la première vraie tournée des Babyshambles en Grande-Bretagne – une vingtaine de dates. Nous l'avons appelé le *Stone Me, What a Life Tour*. Les affiches étaient démentes : gigantesques, elles montraient Tony Hancock assis devant une tasse de thé. Le titre de la tournée venait d'une phrase que Hancock répétait chaque fois qu'il était exaspéré. Cependant, si on pensait à moi et à mon addiction, elle prenait à l'évidence un double sens. Ce que je voulais, c'était prouver aux Libertines que j'étais dans le coup, et bien davantage qu'eux, parce que j'étais archi motivé à faire en sorte que les choses décollent.

Pour me préparer à la tournée, j'avais décidé de décrocher, le temps d'un séjour dans le camp militaire de Blandford, dans le Dorset, où mes parents habitaient dans des baraquements du même genre que ceux que j'avais connus gamin. Nous avions dû vendre au moins cent mille copies de *Up the Bracket*, car j'étais venu avec le disque d'or, que mes parents ont accroché dans les toilettes. J'étais à l'agonie, je gloussais comme un con, j'avais une bassine près de mon lit pour vomir, et ma mère avait pris soin de jeter toutes mes seringues. Cette chambre regorgeait d'objets de mon enfance. Mes parents avaient soigneusement tout conservé, notamment mes cassettes VHS des QPR. Mon père venait me nourrir d'un peu de whisky pour m'aider à surmonter le manque. Je crois me souvenir qu'à un moment il a dû me porter jusqu'à mon lit.

J'ai vite compris que je n'y arriverais pas et qu'il fallait mettre fin à cette situation. J'ai donné rendez-vous à Gill dans une station-service, quelque part entre Londres et Blandford. Elle est arrivée avec quelques cailloux, et mon père et ma mère m'ont confié à elle. Mon père a gardé ma guitare, la fameuse « heavy horse », et en a pris soin pendant des années. Merci, mon Dieu ! Cette guitare est aujourd'hui un de mes biens les plus précieux. Si mon père n'avait pas fait ça, je l'aurais probablement vendue pour me payer une dose. Quand je repense à cet épisode, je m'imagine toujours plus jeune que je n'étais – j'avais tout de même vingt-cinq ans. J'étais complètement défait, complètement en miettes. Le sevrage est un combat inhumain. Cette époque était globalement assez désastreuse, assez triste, à dire vrai. Mon père ne supportait pas de me voir dans cet état et ma mère en avait le cœur brisé, même si elle s'efforçait de faire avec. Mon père, lui, était farouchement contre la drogue et il ne m'a pas caché la réalité de ses sentiments à ce sujet. Il m'a balancé que je me tuais à chaque pipe de crack, que j'étais « une épave », il a même ajouté que j'étais ce qu'il détestait le plus dans l'humanité, « un menteur, un voleur et un junkie ».

La tournée défonçait, c'était incroyable. Une vraie folie, proche de l'émeute. Les deux soirs que nous avons faits à la Scala de Londres, le public était le plus dingue que j'aie jamais vu. Exactement ce dont j'avais rêvé : faire plus fort, faire plus fou que les Libertines. J'avais toujours porté ce souhait en moi : montrer que les Babyshambles pouvaient provoquer une réaction au moins aussi puissante que les Libertines. Notre public était différent. Il n'était pas constitué d'ex-fans convertis des Libertines. Les nôtres étaient plus « sauvages », ils représentaient une nouvelle génération.

Être sur scène était cathartique. Je pleurais de douleur, je hurlais, en particulier sur « 8 Dead Boys », quand il fallait répéter *« when it suits you, you're a friend of mine »*, et je plongeais dans le public qui pogotait. J'avais certes ressenti l'excitation que je cherchais avec les Libertines, mais je m'étais senti nié par les mécanismes mêmes de l'industrie musicale et le système de management de Rough Trade. Ces gens avaient l'art de créer une distance entre la foule en délire et ce qui se passait sur scène. Moi, je voulais que ce soit la grande émeute, la grande cérémonie – exactement ce que je recherchais –, je voulais l'énergie brute, je voulais voir ce que j'avais vu en images dans les concerts des Sex Pistols ou des Clash, des mômes survoltés presque collés à toi, pendant que tu joues, que tu plonges, que tu te bats avec la foule, le vrai truc, quoi. Et je le tenais avec les Babyshambles.

Nous avons fait un concert au Shepherd's Bush Empire. Primal Scream et Supergrass étaient aussi au programme. C'est à cette occasion que j'ai rencontré Kate Moss et que nous nous sommes parlé, dans le coin réservé aux VIP. Nous nous sommes retrouvés face à face dans les escaliers et elle m'a lancé : « Vous savez, votre petit garçon s'entend bien avec ma petite fille », un truc comme ça. Étrange rencontre, parce que je ne comprenais pas ce qu'elle voulait dire. J'ignorais totalement que Lisa Moorish et Kate étaient amies depuis des années. Elles portaient toutes les deux le même tatouage, un cœur noir, sur le même doigt, elles étaient aussi nées le même jour. Ces presque « twin sisters », ces presque sœurs jumelles, se surnommaient ellesmême pour rire les « twisted sisters », les sœurs tordues.

« What Became of the Likely Lads » est aussi devenu un tube quand il est sorti en octobre. Mais l'argent que nous gagnions venait principalement des concerts. Avoir un album à succès ou des chansons dans le top 10 ne rapportait pas grand-chose, autant que je me souvienne. C'est pour cela que James Mullord cherchait constamment des moyens de faire de l'argent. Il avait toujours ce qu'il appelait un super plan sous le coude. L'un d'eux était de me faire participer à *Celebrity Big Brother*, la version VIP de votre *Loft Story*. Je devais toucher cent mille livres pour cette émission. Seulement, j'ai exigé d'avoir trois fois quinze minutes par jour sans caméra… Bref, je n'ai pas participé à *Celebrity Big Brother*. Les super plans de Mullord finissaient en général de façon désastreuse. Comme cette fois où un type voulait nous payer pour réaliser un documentaire. Il s'appelait Max Carlish. Dot faisait encore partie de ma vie quand Max tournait, et elle le détestait. D'ailleurs, tout le monde le détestait et le trouvait malsain, mais Mullord était convaincu que nous toucherions un million de livres de Channel 4 – c'était avec cet argument de Carlish qu'il s'était fait enfumer.

Max Carlish a filmé l'enregistrement de « Killamangiro » que produisait Paul Epworth. Ce titre faisait allusion à l'une des blagues que nous fomentions quand nous allions à Liverpool rendre visite à la famille. Une blague de ma mère, plus précisément, qui disait : « Quel est le nom du massif montagneux à Liverpool ? » Et la réponse était : « Kill a man for his giro, Killamangiro. » Même si vous ne parlez pas anglais, j'imagine que vous pouvez sentir la vanne sur la situation économique de la ville. Bref, un classique inaltérable chez les Doherty. Quoi qu'il en soit, je ne m'étais pas senti très à l'aise en enregistrant ce titre. J'avais fait ça façon Libertines, enregistrant ma piste avant d'aller me droguer dans un coin. Paul Epworth n'était pas quelqu'un avec qui j'avais très envie de travailler. Il produisait des groupes comme Bloc Party, The Futureheads et Maximo Park, mais ça ne me disait rien, je ne voyais pas ce qu'il avait de spécial. J'aime bien quand les choses se font pour une raison personnelle : on rencontre quelqu'un, on cause et puis, un jour, on bosse ensemble. Là, il s'agissait simplement d'une décision de Drew, qui avait décidé que Paul Epworth était cool et devait produire notre disque. Ma frustration était si grande pendant ces enregistrements que je la jouais un poil arrogant. Je ne me sentais concerné par rien, je laissais faire Drew.

Nous avons participé à quelques émissions télé pour la promotion du single « Killamangiro ». Je me souviens en particulier d'un programme sur Sky One, parce que j'y avais croisé Patsy Palmer, l'actrice à taches de rousseur de *EastEnders*, et que je lui avais demandé de sortir avec moi alors que son petit ami était juste à côté – grand moment de solitude… À *Top of the Pops*, nous nous sommes fait virer. Un type dans le public a crié « sale cracker ! » au moment où nous allions tourner la dernière prise, et nous nous sommes bagarrés avec lui. Heureusement, nous avions déjà enregistré notre passage lors du filage, et c'est ce qu'ils ont diffusé. Je me souviens que je portais mon haut à l'envers. Le *NME* m'avait d'ailleurs désigné « icône cool » de 2004. Immédiatement, comme en réaction, de très nombreux articles s'étaient empressés de rappeler que j'avais fait de la prison, que mon groupe m'avait viré, que j'étais un junkie et un sale type. Je ne voudrais pas avoir l'air de me lancer des fleurs, mais, malgré ce qui était écrit dans la presse à mon propos, je reste le chanteur qui a eu le plus de titres dans le top 10 en 2004.

Putain de saison automne-hiver ! Nous avons fait une autre grosse tournée avec les Babyshambles, un bordel monumental qui s'est achevé dans un désastre complet. Les Libertines étaient également en tournée en Grande-Bretagne à la même époque. À Aberdeen, une véritable émeute a démarré quand on a annoncé que notre concert était annulé. C'était de ma faute, j'étais tombé dans les vapes au fond du bus après avoir pris du témazépam et ils n'avaient pas pu me remettre sur pied à temps. Tous les mômes secouaient le bus, cherchant littéralement à le renverser. Le matos du groupe a failli être complètement détruit. Les flics sont arrivés et il y a eu de nombreuses arrestations. Quand je me suis réveillé, je me trouvais dans une ferme d'Aberdeen, entouré de mecs en colère contre moi parce que j'avais planté le concert. L'un des pires moments de ma carrière de musicien. Seule anecdote amusante : ma tante, une Écossaise qui avait épousé mon oncle Phil quand j'étais petit et était venue assister à ce concert qui n'a jamais eu lieu, avait guidé le bus jusqu'à cette ferme qu'elle connaissait.

J'étais constamment sous témazépam pendant cette tournée. Au concert que nous avons fait à Blackpool, à l'Empress Ballroom, je chantais tout le temps à contretemps en titubant, l'air ravagé. Pat a fini par lâcher sa guitare et se barrer, vite suivi par Gemma et Drew. C'est ce soir-là que Johnny Jeannevol, alias Johnny Headlock, a reçu ce surnom, après m'avoir fait une clé de tête (« headlock » en angliche) pour me forcer à quitter la scène. C'était un vieux schnock de Hackney, fan de hip-hop, dont Pat s'était rapproché. Il s'occupait de la sécurité et aidait à porter le matos. Il n'était pas très grand, environ 1,78 mètre, mais il était extrêmement intimidant. Pendant cette tournée, j'avais été agressé dans la rue par des gros lourds plutôt costauds qui m'avaient malmené en me traitant de « cracker ». Au moment où je m'apprêtais à me faire tabasser à coups de matraque, Johnny s'était interposé et les avait simplement fixés avec ses yeux globuleux, dont l'un disait légèrement merde à l'autre. Les types s'étaient calmés immédiatement.

Si le concert à Blackpool avait atteint un sommet de bordel hardcore que je pensais indépassable, le concert de Noël à l'Astoria se révéla pourtant bien pire – dire si les choses se sont mal passées… Nous étions le 17 décembre et Carl venait d'annoncer que les Libertines se séparaient pour de bon après un dernier concert à Paris. Je ne me suis pas présenté à l'Astoria et le public est devenu dingue, saccageant la scène et tout le matériel qui s'y trouvait. Les membres de la sécurité ont dû repousser la foule à coups de matraque télescopique.

La nouvelle de la séparation des Libertines m'avait secoué. Cette nuit-là, j'ai essayé de convaincre un chauffeur de taxi de m'emmener jusqu'à Paris. Je voulais parler à Carl. Mais le hasard a voulu que son fils ait pris des places pour le concert des Babyshambles, alors il a pris la direction de l'Astoria. Je me rappelle avoir sauté de la voiture quelque part dans le West End et avoir mis un coup de pied dans la vitrine du premier magasin qui passait. Quel gâchis ! Quel bordel ! Gemma a jeté l'éponge, elle voulait quitter le groupe, elle en avait assez. Décision prise le soir de ce concert, quand elle s'était retrouvée coincée dans un placard de stockage situé sous la scène, à se battre contre des inconnus qui essayaient de détruire sa batterie.

19

Kate

2005 : ma rencontre avec Kate Moss. Alan, le « soul man ». L'incident Max Carlish et un bref séjour à Pentonville. Le harcèlement de la presse. Des hauts et des bas avec Bobby Gillespie. Le monde étrange de Kate, une sorte d'Arcadie. Mullord pète un câble au pays de Galles. Mon premier implant. L'amitié avec Hedi Slimane.

Ma première nuit avec Kate Moss fut un vrai carnage. Nous étions dans son manoir des Cotswolds et Alan Wass courait partout comme un taré avec ses bottes de cow-boy et un Stetson. Il n'aimait pas que je sorte avec Kate et lui hurlait : « Tu ne l'auras pas ! Tu ne voleras pas son âme ! » J'ai essayé de le calmer. « Hé, Alan, t'en fais pas, mon pote, tout va bien, ce n'est pas le diable. » Lui trouvait justement que si, et il s'est mis à gueuler qu'elle était le diable et qu'il fallait que je parte avec lui à San José.

Il a fini par se prendre Miranda Jones de plein fouet dans l'escalier, et lui et la femme de Mick ont roulé jusqu'en bas des marches. Il avait perdu une de ses boots dans la chute et saignait du nez. Au bout du compte, nous l'avons fourré dans un taxi pour le ramener à Londres. Mais, à peine à la moitié de l'allée, il est descendu du taxi et s'est enfui à travers champs en hurlant : « Les mecs, y'a que ça de vrai ! Les mecs, y'a que ça de vrai ! Tu n'auras pas son âme ! » C'est la dernière fois que nous l'avons vu.

Plus tôt dans la nuit, Alan m'avait pris à part pour me dire que tout allait bien, mais que je devais prendre garde à ne pas me laisser manger par les petits cochons, que ce n'était pas un monde pour des mecs comme nous, que nous allions boire quelques verres, faire bonne figure à cet anniversaire (Kate fêtait ses trente et un ans) et rentrer à Londres. Je n'étais pas sûr d'adhérer à sa petite organisation de la soirée. Je voulais laisser faire les choses, et alors qui sait ce qui se passerait ?

Cette soirée était un joyeux mélange. Bobby Gillespie jouait de la musique. Mick Jones avait improvisé un groupe autour de lui avec Jason Pierce de Spiritualized, un type adorable, et Danny Goffey, le batteur de Supergrass. Nous avons fait des tas de reprises. Shane MacGowan des Pogues est venu s'ajouter à la bande. J'avais pris soin de venir avec mon « kit de secours » dans une boîte à chaussures, où se trouvait tout ce dont je pouvais avoir besoin… Je m'étais installé dans un coin et voyais passer des tas de gens célèbres qui me demandaient de leur préparer une pipe. La moitié des invités voulait fumer du crack avec moi, l'autre moitié voulait qu'on me foute dehors parce qu'un type comme moi n'avait rien à faire là.

Jefferson Hack, créateur du magazine *Dazed & Confused* et père de Lila Grace, la fille de Kate, semblait particulièrement inquiet de ma présence. Finalement, la soirée d'anniversaire s'est transformée en week-end et, le matin du deuxième jour, je l'ai trouvé assis dans l'escalier, la tête dans les mains. Quand je l'ai croisé, il a levé les yeux vers moi. « Comment tu as pu faire ça ? Dire que j'ai porté un badge *What a Waster…* » Je ne comprenais rien, je ne savais pas qui il était.

C'était un week-end de dingue. Je me souviens clairement avoir pensé que ça me ressemblait pas mal – la grosse maison à la campagne, la piscine, la montagne de disques géniaux, les tapis précieux et les œuvres d'art étranges, enfin, cette fille, dont j'étais tombé follement amoureux en une seconde. Un peu comme avec Dot Allison, je pensais avoir rencontré la fille de mes rêves. Mais la grosse différence, c'était que Dot n'avait pas voulu me donner les clés de chez elle, alors que Kate m'a demandé de rester. « Écoute, tu ferais aussi bien d'emménager chez moi, si nous devons vivre une histoire d'amour. » J'étais d'accord.

Ce week-end de dingueries à la campagne mis à part, nos premiers rendez-vous restaient clandestins. À Londres, Kate et moi nous retrouvions dans d'étranges arrière-salles de restaurant. Elle avait beau être multimillionnaire, elle me disait qu'elle restait la petite fille qui avait grandi dans un HLM de Croydon. C'est pour cela que la première semaine que nous avons passée ensemble, j'ai insisté pour qu'elle prenne le bus avec moi, plutôt que la limousine dans laquelle elle se déplaçait toujours. Quand nous faisions cela, nous nous déguisions, nous mettions des perruques, puis nous sautions dans le bus et faisions le tour de Londres. Nous nous marrions bien, nous nous marrions vraiment bien. Cette première semaine, nous sommes allés nous faire tatouer. Je crois me souvenir que c'est moi qui ai insisté. Je voulais qu'elle me prouve son amour, alors je lui ai demandé de se faire tatouer mes initiales, d'apposer ma marque en quelque sorte – c'était vraiment le signe de mon sentiment d'insécurité. Moi, bien sûr, je me suis fait tatouer les siennes. J'ai essayé de l'emmener à la Pink Tower, chez Paul Ro et dans d'autres endroits du même genre, mais c'était un peu trop pour elle. À chacune de mes propositions, elle a eu l'air horrifiée.

J'ai fait très tôt la connaissance de ses parents et je me suis très bien entendu avec sa mère. Mes parents et ma sœur Emily ont rencontré Kate dans le petit appartement où j'avais emménagé, sur Dove Road, à Islington, pas très loin de chez James Mullord. J'avais truffé l'endroit de meubles en plastique rouge et installé des fauteuils gonflables. Mon père a demandé à Kate ce qu'elle faisait dans la vie – elle était trop petite pour qu'il puisse l'associer à la mannequin vedette qu'il voyait dans les magazines. Elle a beaucoup ri. À la vérité, mes parents et ma sœur étaient davantage intéressés par l'autre personne qui se trouvait chez moi ce jour-là : Rhys Ifans, acteur gallois, « le type en slip dans *Coup de foudre à Notting Hill* ! », s'est exclamé Emily. Bref, grosse journée « vedettes » pour ma famille.

Bobby Gillespie, le chanteur de Primal Scream, habitait tout près, mais sa copine, Katy England, était remontée à mort contre moi et lui interdisait de me voir. Il s'est tout de même pointé un matin, la capuche de sa parka enfoncée jusqu'aux yeux, en faisant comme s'il fumait une pipe avec la main. Il n'y avait qu'Alan et moi dans l'appartement. Bobby a fait le malin en disant que nous étions des marioles et que nous ne pourrions rien lui donner qui soit capable de l'assommer. Alors, je me suis dit que j'allais lui concocter un mélange spécial. Il est tombé raide et j'ai eu peur qu'on l'ait définitivement perdu. Dix minutes plus tard, il s'est relevé en disant : « Même pas mal. » Katy n'arrêtait pas de l'appeler : « Tu n'es pas chez Doherty, j'espère ? » Puis j'ai dit à Bobby que j'aimerais passer chez lui un peu plus tard, que nous pourrions faire un peu de musique. « Mouais, pas sûr que ce soit une bonne idée, Pete. »

Il existe une assez célèbre photo de moi le regard à moitié révulsé et l'air totalement sous le choc. Elle a été prise en janvier 2005 à Londres, au Garage, pendant un concert des Babyshambles où Danny Goffey était à la batterie et pas mal de gens célèbres dans le public. Un bon concert où nous étions très affûtés, très bons. À peu près à mi-course, j'ai sniffé un rail et un photographe a déclenché à ce moment-là. Le cliché a fini dans l'*Evening Standard* et dans le *Sun*. Les bâtards. Ils ont bien sûr écrit que j'étais raide défoncé, que « le petit ami junkie de Kate Moss » ressemblait à « un mort-vivant ». J'étais dégoûté. Ce n'était que le début d'une relation aussi longue qu'étrange avec les tabloïds. Tu ne peux pas faire le poids contre les tabloïds.

Au début, je me croyais le plus malin, je leur donnais de bonnes interviews en pensant que c'était dans le sac, mais, au final, ils me faisaient toujours passer pour un con.

Le *Sunday Mirror* a publié en une une photo de moi en train de fumer de l'héroïne. Rien de nouveau sous le soleil quant au gros titre : « Le nouvel amour de Kate Moss est un junkie ! » La rumeur a couru que c'était Max Carlish qui avait vendu cette photo au journal, qu'elle était tirée de la vidéo qu'il avait tournée pendant l'enregistrement de « Killamangiro ». À dire vrai, c'était objectivement une bonne photo, où l'on me voyait en casque de chantier et tee-shirt des QPR. Max a reconnu qu'il était bien à l'origine de cette publication et m'a assuré qu'il me donnerait une partie de l'argent qu'il avait touché. Un plan bien foireux.

Alan et moi sommes allés récupérer le pognon au Rookery, un bel hôtel à Farringdon, vraiment charmant, parfait pour s'isoler et plutôt cher – quatre cents livres la nuit. Max m'avait promis trente mille livres en liquide. Mais, quand nous nous sommes retrouvés face à face, il m'a jeté à la gueule un billet de cinq tout pourri, en me crachant cette phrase : « Débrouille-toi pour ta dose avec ça, sale junkie. » Je l'ai envoyé au tapis d'un coup de poing. Puis tout s'est emballé. J'ai pris sa carte de crédit en pensant que l'argent était sur son compte, je l'ai forcé à me donner le code et je suis allé au distributeur. Mais il était à découvert de deux cent cinquante livres et aucun retrait n'était autorisé. C'était tant mieux, car Dieu sait ce qui serait arrivé si je lui avais pris du pognon.

Résultat, je me suis retrouvé en cellule au sous-sol du tribunal de Highbury, accusé de vol et de chantage. Alan a été libéré, mais, moi, je devais payer une caution de cent cinquante mille livres si je voulais sortir de taule. Je pensais que Kate paierait la caution, sinon Rough Trade. Mais personne ne l'a payée. Comme j'étais déjà sous le coup d'un sursis à cause de l'affaire du couteau, les juges m'ont prévenu que je pouvais prendre quatre ans si j'étais condamné dans cette nouvelle affaire. J'ai dû passer les six nuits suivantes dans la prison de Pentonville, le temps de rassembler le montant de la caution. Tout ce truc n'était qu'une énorme arnaque. OK, j'étais un drogué incorrigible, mais je n'avais vraiment rien fait, cette accusation de vol et de chantage servie par le procureur quelques mois plus tard était une vaste blague, voire de la persécution pure. Vous avez vu le documentaire de Max Carlish ? Ce moment gênant où il se met à beugler cette atroce chanson, « *Together in electric dreams. We'll always be together* », puis celui où il se filme en train de dire : « *Max on Pete, inside Kate* » ? Tellement glauque.

Pendant que je croupissais à Pentonville, Will Brown a vendu une histoire à propos de moi aux journaux. Il racontait qu'il avait la certitude que je me suiciderais en prison, qu'il m'avait déjà sauvé la vie à Wandsworth, que je n'étais pas un mauvais garçon, mais un vrai modèle de vertu issu de la classe moyenne. J'étais un peu embarrassé. Pentonville est une prison de catégorie B, mais bien plus chaotique que Wandsworth, et c'est une prison locale, alors s'y trouvaient des gens que je connaissais plus ou moins ou, en tout cas, des gens qui prétendaient me connaître. À Wandsworth, j'étais un anonyme. Maintenant, j'étais le mec qui sortait avec Kate Moss et faisait la une des tabloïds. Ce n'était pas la même crémerie. De plus, mon état mental avait empiré et j'étais surtout très paranoïaque. Tous les jours, à Pentonville, un mec me disait : « Fais gaffe, untel veut te casser la gueule. » J'en entendais certains qui me demandaient, sans m'avoir reconnu : « C'est lequel, Doherty ? Je vais le défoncer à coups de poing. » Puis j'ai fait la connaissance du Général Santana, un Jamaïcain dont le vrai nom était Roy Billings. Il avait l'air de mener son petit monde, c'était un type à avoir dans la poche. Il ne communiquait avec moi qu'en chantant. Nous avons d'ailleurs écrit une chanson ensemble, « Pentonville », que nous avons enregistrée quand nous sommes sortis et que j'ai insérée dans l'album *Down in Albion.*

Je ne savais pas trop comment les choses avançaient dehors, à propos de l'argent de la caution. Les juges ont fini par baisser le montant à cinquante mille livres, et Mullord a payé avec le fric d'une exclu qu'il avait vendue au *Sun*, un truc du genre « Doherty en prison ». C'était le bouquet ! Un article horrible qui retranscrivait des trucs pourris que j'avais dits *off* sur Kate et qu'ils avaient juré de ne pas imprimer (mais, évidemment, c'était tout ce qui les intéressait), illustré de photos craignos : moi en treillis, moi dans ma tenue de prisonnier, moi sur le perron des bureaux de Mullord. Ajoutés à cela, des commentaires sur Kate avec des photos d'elle. Kate était folle de rage. Elle avait passé des années à se construire un empire, à se forger une image parfaite, et je foutais tout en l'air comme un couillon qui ne comprend pas comment fonctionne la presse à scandale. Dans mon innocence, je pensais qu'en tant que couple nous arriverions à vivre en nous foutant de tout ce cirque. Je le croyais vraiment. De son côté, elle pensait qu'il n'y avait qu'une solution : que je devienne clean, ensuite tout irait bien. Un combat qui a duré deux ans et demi – la drogue, son obsession des tabloïds et de son image. Son grand truc, et son expression favorite, c'était qu'il ne fallait pas la prendre pour une conne.

Quand je suis sorti de Pentonville, je devais respecter un couvre-feu qui m'obligeait à être chez moi tous les soirs à dix heures. C'était une contrainte infernale. L'autre condition à ma libération sous caution était que je suive un programme de soutien thérapeutique à la clinique Nightingale pendant douze semaines. La clinique ne se trouvait pas très loin de la résidence londonienne de Kate, à St John's Wood. Une nuit, elle est venue me voir, déguisée en babouchka, avec une couverture sur la tête. J'en avais tellement ras le bol de la cure que j'ai décidé que cela suffisait et que j'allais sortir. La clinique a refusé, alors j'ai ouvert la porte de force, à coups de pied. Puis nous sommes rentrés à pied jusque chez elle. En chemin, nous avons assisté à une descente de la police antiterroriste. L'aube se levait à peine, il était quatre heures du matin, et des dizaines de flics pénétraient dans des immeubles, frappant comme des dingues sur les portes en gueulant, puis traînant les gens dehors.

Le tribunal a accepté de repousser l'horaire de mon couvre-feu à minuit, ce qui m'a permis d'être présent pour le plus grand concert des Babyshambles jusque-là, celui de la Brixton Academy, fin février. En chemin, j'ai suggéré à Pat qu'on s'envoie quelques coups de poing pour faire comme si on se bagarrait. Je pensais que ce serait cool. Il a refusé. « Moi, je veux juste jouer de la guitare. » Je sais que ma proposition pouvait paraître étrange, un petit peu comme un syndrome « Carl », mais c'était encore ma vision de ce que devaient être l'ultime esprit décadent et la coolitude du rock'n'roll. Pat n'avait ni l'esprit décadent ni la coolitude, mais nous avons fini par nous bagarrer pour de bon sur scène parce qu'il ne voulait pas le faire pour rire. Comme le montrent les images de ce concert, Alan et Mick Jones se sont précipités pour nous séparer.

L'enregistrement de l'album *Down in Albion* s'est fait dans une période très sombre, très paranoïaque, parce que je ne pouvais pas me camer. Je venais de me faire poser mon premier implant de naltrexone, censé réduire les effets de l'héroïne et calmer la sensation de manque. À l'époque, c'était un petit tube implanté sous la peau dans lequel se trouvait le produit sous forme de petites pilules à dissolution lente. Aujourd'hui, on peut aussi administrer ce produit par injection. Ce traitement m'a royalement foutu en l'air et grillé la tête. Tout l'équilibre de mon organisme, tout mon mental, étaient détraqués. J'avais beau fumer – et je fumais de l'héro sans arrêt –, je ne décollais pas à cause de ce foutu implant.

Kate, Miranda et Mick avaient conspiré pour réserver un studio au pays de Galles : le studio résidentiel Twin

Peaks, situé dans une magnifique vallée, au pied de la chaîne montagneuse des Brecon Beacons. Nous avons dû y passer une semaine en mars, si je me souviens bien. Dès le premier jour, des problèmes ont surgi entre les gens du studio et James Mullord. Tout a commencé quand ils nous ont servi un ragoût vegan. James était assis à table, avec sa capuche sur la tête, et gratouillait la bouteille qui lui servait de pipe à crack se trouvant dans sa poche. Son attitude a mis soudain une ambiance très étrange. J'aimais beaucoup James, il était mon meilleur ami et le meilleur manager que j'aie jamais eu, mais sa personnalité était très sombre par bien des aspects. Il avait sans cesse cette attitude punk, ce côté hostile à tout et anti-maison de disques. Autant vous dire que Mullord était l'ennemi public numéro un chez Rough Trade.

Je trouvais bizarre que le premier album des Babyshambles soit tributaire de Rough Trade, alors que le premier album du nouveau groupe de Carl, Dirty Pretty Things, s'était fait totalement sans eux (en fait, en février 2005, Carl avait signé un contrat solo avec Mercury Records, négocié par Alan McGee pour un million de livres). Puis, après tout le bordel et les problèmes que j'avais causés, je pensais qu'ils auraient préféré continuer de travailler avec Carl plutôt qu'avec moi.

Kate et Miranda sont venues assister à la session. Je n'ai pas un bon souvenir de leur présence dans le studio. J'essayais d'enregistrer et je les voyais faire une étrange marche au pas de l'oie autour de la pièce. Kate a chanté sur « La Belle et la Bête », une chanson que j'avais écrite avec

Wolfman et Chev, de son nom complet Robert Chevalley, un Cockney pur jus et bavard comme une pie, vague ami de Wolfman qui me servait de chauffeur et de garde du corps. « *That girl's out way ahead of the game* » était de lui. « *One was a pikey with a knowledge old scriptures* » était de Wolfman et évoquait Chev. Alors que Kate et moi passions une super soirée au Boogaloo Bar, elle est montée sur scène et a chanté cette chanson. J'étais très impressionné – pour atteindre la scène, elle avait dû traverser tout le bar. Je pensais que cela la rebuterait, mais elle a parfaitement assumé. J'étais ravi. Cela étant dit, nous n'avons pas fait grand-chose dans ce studio du pays de Galles, seulement les bases de morceaux comme « Fuck Forever ».

Pendant ce séjour, nous avons pris un jour de repos pour profiter de la région. Nous sommes tous montés sur une péniche pour descendre le canal local. Pat a laissé tomber un énorme caillou de crack par-dessus bord et a dû plonger pour aller le chercher. Une journée de détente qui a fini de façon désastreuse. J'ai essayé de rentrer à Londres avec un peu d'avance en fauchant le Land Rover des mecs de la sécurité, mais j'étais tellement défoncé que je me suis planté dans un fossé. Cette session d'enregistrement est complètement partie en vrille.

L'effet d'un implant est temporaire. Quand mon implant arrivait au bout de sa vie, Kate me harcelait pour que je m'en fasse poser un nouveau. J'ai dû en enchaîner une quinzaine dans la période où nous étions ensemble. Certains duraient un mois, d'autres trois. Mais c'était toujours la même chose : quand ils étaient vides, elle me mettait au défi : « OK, voyons ce qu'elle a de si bon, cette héroïne, voyons si tu supportes. » Invariablement, après quelques semaines, elle se plaignait de l'état dans lequel j'étais et m'obligeait à retourner me faire poser un nouvel implant. Je connaissais cependant quelques moments de grâce : entre le moment où un implant avait cessé d'être efficace et la pose du suivant. Je pouvais alors prendre ce que je voulais, à l'endroit où je me sentais le roi du monde, c'est-à-dire dans l'immense lit à baldaquin de son manoir à la campagne.

Depuis que j'étais parti de chez mes parents, je n'avais jamais vraiment eu la télé, alors c'était vraiment le pied d'être au lit, une bonne grosse télécommande dans la main, à regarder n'importe quoi. Pendant que Kate faisait le mannequin à l'autre bout du monde, je bricolais vaguement avec ma guitare dans cette vieille demeure poussiéreuse en me défonçant comme un malade, et j'étais heureux, heureux, heureux, d'être seul au milieu de tant de luxe. Je vous le dis, j'y étais, j'avais atteint mon Arcadie. De temps à autre, Wolfman ou Gill passaient me voir avec de la came et, chaque fois, Kate me téléphonait dans la demi-heure : « Ma femme de ménage me dit que tu as invité des paumés, c'est la fête, on dirait... » Je niais et prétendais que c'était pour le boulot.

J'adorais quand le manoir de Kate ressemblait à une scène sortie d'un livre d'Evelyn Waugh, ces week-ends où il se remplissait de gens de la mode qui racontaient leurs exploits de la nuit devant le Bloody Mary de leur petit déjeuner. Kate avait des amis incroyables, qui travaillaient dur et avaient beaucoup de talent. Je pense à James Brown, qui se décrivait lui-même comme le coiffeur des stars, ce qui était presque sous-estimé, car il coiffait vraiment tout le monde dans le milieu de la mode. James insistait toujours pour que j'invite Drew à venir passer le week-end. Quand nous étions tous les trois, nous nous sapions et prenions de drôles d'accents, nous allions au pub, nous ramassions des champignons magiques dans les prés, nous faisions du bateau sur un petit lac ou nous partions tout simplement marcher.

Hedi Slimane, directeur artistique de Dior Homme à ce moment-là, faisait aussi partie des amis de Kate. C'était un homme très attentionné, très doux, une âme très sensible, mais aussi un type super cool si on considérait son CV. Nous étions vraiment proches, Hedi et moi. Même après notre séparation et son départ chez YSL, il a continué à me faire envoyer des costumes ou à venir à mes concerts. J'ai fait beaucoup de photos de mode avec Hedi pour des tas de magazines internationaux (*Vogue*, *Arena Homme+* et *Interview*) dont je n'aurais rien eu à foutre autrement. Je suis assez fier de figurer largement dans son livre de photographies *London Birth of a Cult* (Steidl Verlag, 2005) et d'avoir été, c'est lui qui l'a déclaré, l'inspiration de sa collection Dior Homme, printemps-été 2006.

Quand j'étais avec Kate, les Babyshambles fonctionnaient plein gaz, que ce soit dans le rythme d'écriture ou les enregistrements. De temps à autre, Kate était un frein à mon travail créatif, mais globalement elle m'a toujours encouragé, et je crois même pouvoir dire qu'elle en était très fière. Donc, dans l'ensemble, notre histoire a été positive. Comme lorsque j'ai chanté la chanson de *Mary Poppins* « Chim Chim Cher-ee » accompagné par un orchestre, au Meltdown Festival organisé par Jarvis Cocker. C'était un concert de chansons Disney, et Kate est venue aux répétitions pour s'assurer que je bossais dur, puis elle s'est arrangée pour que je participe à la chanson de *La Belle et le Clochard* avec Shane McGowan, Nick Cave et Jarvis. Elle faisait tout ce qu'elle pouvait pour pousser ma carrière musicale.

Je sais que beaucoup de gens n'arrivent pas à l'envisager comme une vraie personne à cause de sa notoriété. Moi, je peux dire que c'était une chouette môme, même si en elle se jouait souvent un drôle de mélange des genres. Un jour, je devais enregistrer une chanson avec Dot Allison. Gros producteur, gros studio – le Metropolis. Tout le monde aimait la chanson. C'était une forme de parodie – « I Wanna Be Adored »/« I Wanna Be Your Dog » – avec ce refrain : *« I wanna hold your hand, I wanna break your heart, I wanna be your man, I wanna break your heart, I wanna be your dog, I wanna break your heart, I wanna be adored, I wanna break your heart »*. Finalement, je me suis endormi dans une petite pièce qu'on appelait « la douillette », meublée de vieux sofas et pleine de livres poussiéreux, et j'ai raté l'enregistrement. Kate est venue me réveiller pour me prévenir que le dîner était prêt. Ce qui s'est passé ensuite, c'est Bobby Gillespie qui me l'a raconté. Je me serais approché d'elle et aurais repoussé son visage avec la main en lui disant d'aller se faire foutre (je veux bien croire Bobby, mais cette phrase ne me ressemble pas). Puis je me rappelle que Bobby s'est avancé pour me frapper avec un chandelier et, à la dernière seconde, la main de Katy England est apparue dans le champ et a tiré le chandelier vers l'arrière. Ensuite, tout le monde est tombé par terre n'importe comment, et les cris, les jurons et les reproches ont volé. Le genre d'incidents qui arrivaient de temps à autre chez Kate.

« Quichottesque » est l'adjectif que je choisirais pour décrire ma relation avec elle. Cependant, j'ai toujours pensé que je ne valais pas les problèmes que je lui causais. D'un autre côté, certains de mes amis pensaient que cette histoire d'amour n'était pas bonne pour moi. C'était évidemment le sentiment viscéral d'Alan, l'homme qui s'était donné pour mission de sauver mon âme.

20

Down in Albion

2005 (épisode 2) : sorcellerie au studio. Chassé d'un yacht à coups de pompe. L'été des concerts géants. Un duo avec Elton John. Kate et le rendez-vous raté des Babyshambles avec Oasis. C'est qui, ce putain de Pete Doherty ? *Je pète les plombs contre Johnny Borrell et mets le but décisif au tournoi du Soccer Sixes.*

Il planait comme un sortilège dans l'air de l'été que nous passions à la Doghouse de Henley-on-Thames pour terminer l'enregistrement de *Down in Albion.* Nous étions allés dans les bois, au bord d'un étang, pour capturer des sons destinés à l'intro de « Back from the Dead ». Là, j'ai pensé que si nous parvenions à finaliser cet album tout était possible. Côté chant, je donnais pas mal dans le cri primal et beaucoup de textes m'épuisaient nerveusement, comme celui de « The 32nd of December », que j'avais écrit pour évoquer le concert à l'Astoria, la fin des Libertines et Carl, particulièrement dans cette phrase : « *You were always a stickler for manners, but you never said goodbye, how come you never said goodbye.* » L'enregistrement commençait à me taper sur les nerfs, car je devais puiser dans les endroits les plus sombres de ma personnalité pour insuffler aux chansons une putain d'énergie. Cette plongée en moi-même me tuait, mais me mettait aussi dans le bon état d'esprit. De nombreuses chansons décrivaient la situation dans laquelle je me trouvais – la façon dont les Libertines m'avaient brisé le cœur, mon séjour en prison et l'obligation de faire avec la célébrité de Kate qui me semblait un monde marchant sur la tête. Je forgeais ma propre mythologie, en quelque sorte. Au fond, j'ai toujours fait ça et le ferai sans doute jusqu'au bout : essayer de donner du sens, une forme à tout ce qui se passait dans ma vie.

Pour cet album, j'ai capturé puis rendu les teintes les plus sinistres de cette existence, monstrueuse par bien des aspects à cette époque, dans laquelle je me débattais pour trouver le chemin vers la lumière. J'avais mené une vie plutôt débauchée avant de rencontrer Kate. Désormais, les choses étaient différentes. Un jour, en arrivant chez elle, je suis tombé sur un type dont la femme et la fille avaient été tuées dans le tsunami de décembre 2004. Et je le vois là, tout près de Kate, à lui dire que la seule façon pour lui de se remettre de cette tragédie serait qu'elle accepte de l'épouser. Mais Kate dormait, dans sa robe en lamé argent et ses grosses lunettes de soleil. Cette même nuit, « oncle Ronnie » – Ronnie Wood – est passé et je me suis un peu pris la tête avec lui, genre mise au point. Même chose avec Joe Corré, le fils de Vivienne Westwood et Malcolm McLaren, que j'avais repoussé assez violemment après l'avoir vu danser un peu trop familièrement avec Kate pendant une fête donnée à la maison. Je ne voulais pas l'assommer, mais il est tombé cul par-dessus tête et s'est fracassé le crâne sur le sol. Quand il s'est relevé, il a hurlé qu'il allait me tuer à mains nues comme il l'avait appris quand il était dans les Forces spéciales. Plusieurs personnes ont dû s'interposer pour le maîtriser. La vie ressemblait à ça avec Kate, et parfois je me disais : « Qu'est-ce qui se passe, bordel ? »

Il y avait aussi beaucoup de chansons agressives sur *Down in Albion*, comme « Pipedown », autre titre coécrit avec Pat, qui était exactement ce dont le groupe avait besoin. « Pipedown » et « Fuck Forever » étaient deux chansons formidables en concert. « À rebours » en était une autre. C'est à Jake Fior, qui me l'avait offert, que je dois d'avoir lu le roman de Huysmans qui donne son titre à la chanson. J'avais été particulièrement fasciné par la description de la tortue de Des Esseintes, à la carapace incrustée de pierreries. Cela avait même déclenché chez moi une sorte de passion pour ces animaux. Quand j'habitais la maison de campagne de Kate, j'en avais acheté tout un tas dans les petites annonces de *Loot.* J'avais même acheté une chèvre à un moment, mais cela n'a pas de rapport avec Huysmans.

Appeler notre album *Down in Albion* avait quelque chose de sacré, comme enregistrer la chanson intitulée « Albion ». Les Libertines auraient vraiment dû l'intégrer à leur deuxième album, je ne comprends pas pourquoi ils ne l'ont pas fait. C'était typiquement, absolument, résolument, foutûment une chanson pour les Libertines. « Albion », c'était nous dès le premier jour. La version des Babyshambles était super, mais quelque chose a foiré dans la production de l'album. Pour moi, à l'écoute, l'expérience de l'album était gâchée, il manquait quelque chose. Je trouvais que « La Belle et la Bête » était une chanson forte et bien foutue, mais nous en avons fait une sorte de fausse version live qui tourne en rond. J'étais très déçu. Mick Jones y fait une voix en arrière-plan que je trouvais un peu too much, et même un peu comique quand il fait « Eeeeeeviiiiiiiiill ». Ça ne marchait pas. J'ai toujours eu beaucoup de mal à la réécouter. Pourtant, c'était une chanson vraiment puissante. Quand nous la jouions en concert, elle défonçait.

« Up the Morning » était un autre titre auquel je croyais et dont j'attendais beaucoup. Mais, malgré tout ce que j'y avais mis, nous ne sommes pas parvenus à en rendre l'esprit. Je n'arrive pas à en écouter plus de quelques secondes, car je n'entends que ce que j'ai raté et cela me fend le cœur. Dire que j'ai « Up the Morning » tatoué sur mon bras... Sur les démos, Pat avait réussi un son extra que nous ne sommes jamais arrivés à reproduire à l'enregistrement, le charme avait disparu et tout est parti en sucette. Je n'avais pas non plus toutes les paroles quand nous avons enregistré – en fait, il n'y en a pas, je ne fais que marmonner. Je ne sais toujours pas, aujourd'hui, ce que je voulais dire, mais, encore une fois, c'était le résultat d'une de ces longues nuits d'errance à la Doghouse, une nuit interminable où j'essayais de me raccrocher à la musique, espérant qu'elle me ramènerait à un endroit où régnait l'harmonie.

À Cannes, je me suis retrouvé à barboter dans un Jacuzzi sur le bateau de l'actrice Sadie Frost. Je ne me sentais pas du tout à ma place. Mick Jones et les autres avaient mis le mix de « Fuck Forever » par Nellee Hooper. J'écoutais sans pouvoir m'empêcher de penser que ce n'était pas du tout comme cela que je concevais cette chanson. Pour être honnête, je n'étais pas sûr de savoir qui était Nellee Hooper – quelqu'un m'avait dit qu'il avait bossé pour Madonna, je n'en savais guère plus, même si tout le monde était persuadé que je le connaissais. J'ai fini par me faire jeter de ce yacht, parce qu'on m'accusait d'avoir fumé du crack dans la salle des machines.

Après cette semaine à Cannes, l'ambiance n'était pas au beau fixe avec Kate. Je me suis réfugié chez Gill, et Miranda est passée. Puis j'ai entendu Miranda parler à Kate au téléphone : « Tu l'as perdu, tu l'as perdu, il a été rattrapé par des forces très obscures. » Alors Kate est arrivée en limo à Hackney et je suis monté dans sa voiture.

Je vivais dans une sorte de psychose permanente. Mullord me gardait de la came dans ses chaussettes et sortait ce dont j'avais besoin au fur et à mesure – ainsi, j'étais toujours sûr d'avoir de quoi me faire une pipe. Je me souviens qu'il avait les chaussettes toutes gonflées le jour où nous avons participé au rassemblement antifasciste Unite-May Day Music Against Fascism, à Trafalgar Square. Une journée formidable où j'ai joué avec Alan. Un moment vraiment festif où nous avions le sentiment de faire quelque chose de positif dans cette mêlée qu'était ma vie, de nous battre pour quelque chose auquel nous croyions. Ces concerts antifascistes étaient du genre sérieux. On y déroulait surtout des discours, agrémentés de quelques chansons. Mais, ce jour-là, l'ambiance était au rendez-vous. La foule de quarante mille personnes était déchaînée – une jolie foule où des gens de toutes origines se mélangeaient – et, putain, qu'elle nous aimait, cette foule ! J'étais si heureux de ce que j'avais devant les yeux. J'y voyais la juste réponse à mon travail.

Le concert des Babyshambles au festival de Glastonbury a été une autre source de satisfaction. C'était la première fois que nous jouions là et nous étions programmés sur la scène principale. Les organisateurs nous avaient informés que notre concert rassemblerait le public le plus important de la journée. J'étais très en retard et les gens qui travaillaient pour Kate ont insisté pour que nous finissions le trajet à travers la foule dans le Range Rover Vogue aux vitres surteintées. Je portais un incroyable gilet Vivienne Westwood que j'avais piqué sur un shooting de Kate, je ne sais plus où, et qui coûtait huit mille livres. Je me disais que, si je le portais sur scène, cela ferait une bonne publicité à la marque et qu'on me le donnerait de bonne grâce. Les choses ne se sont pas passées comme je l'avais imaginé. La marque a envoyé quelqu'un le récupérer. J'étais dégoûté.

Pendant qu'on jouait, j'ai aperçu Scarborough Steve dans la foule, juste devant moi, torse nu. Il avait toujours une allure folle. À le voir, je me suis senti traversé par une véritable décharge de joie, pas seulement parce qu'il avait la classe, mais parce qu'à l'évidence il s'éclatait en nous écoutant.

Kate et moi étions l'attraction du moment à Glastonbury. Histoire d'être tranquilles, nous avions l'habitude de nous balader déguisés dans les allées du festival. Je portais une fausse barbe, une perruque de cheveux longs et noirs, des lunettes de soleil et un poncho, Kate une perruque brune. On a fini par nous reconnaître, il était environ cinq heures du matin. C'est le genre de moment que j'aimais beaucoup avec Kate, tellement drôle.

Fin juin, le concert « Wireless » à Hyde Park a été un autre grand moment. Il y avait de la magie dans l'air – ambiance électrique, excitation, feeling génial, communion parfaite. J'ai rencontré Ian Brown ce jour-là. J'avais tellement hâte de lui dire à quel point je trouvais ses textes magnifiques et combien ils avaient été importants pour moi quand j'étais ado. Sur « What Katie Did Next », dans l'album *Down in Albion*, chanson que j'avais coécrite avec Alan, nous avions fait une sorte de bricolage à partir des textes des Stone Roses, un vol intégral du « Good Times » de *Second Coming*. Malheureusement, mes mains étaient noires à cause de la pipe à crack et Ian n'arrêtait pas de me demander si j'avais fait du jardinage. Puis il a ajouté qu'il y avait un truc qui clochait avec ma copine. « Elle est mannequin, non ? » Un type pas facile à saisir, ce Ian Brown.

En juillet, après les festivals de l'île de Wight et d'Ibiza, nous devions faire la première partie d'Oasis au Milton Keynes Bowl. Mais nous n'avons pas été au rendez-vous, j'ai planté Mullord et le reste du groupe. Je n'en suis pas fier. Kate et moi étions à Paris pour les trente-sept ans d'Hedi Slimane. De l'autre côté de la Manche, au concert, un membre du public tenait un énorme pénis gonflable et Liam Gallagher a lancé : « Je suis content de voir que Pete Doherty est finalement arrivé. » C'était vraiment une bonne vanne, et de bonne guerre. Pendant ce temps-là, à Paris, Kate et moi dansions sur les Pet Shop Boys. La fête d'anniversaire d'Hedi faisait partie de ces moments où il me semblait que notre couple était une évidence. Kate, moi, le bon environnement, les Pet Shop Boys… Quand j'étais petit, mon père avait toujours une cassette d'Hancock dans la voiture, mais aussi une cassette des Pet Shop Boys, et à chaque fois que nous faisions de longs trajets, c'est-à-dire la moitié du temps, pour voir jouer les QPR ou courir AmyJo, il mettait toujours cette cassette. Avant toute autre, j'ai entendu des millions de fois leur version de « Always on My Mind ».

Malheureusement, le concert Live 8 à Hyde Park avec Elton John est celui dont tout le monde se souvient. Deux cent dix mille spectateurs et une audience télé et radio de plusieurs millions de personnes, tout de même ! Cette participation était l'idée de Kate, qui m'avait présenté à Elton. La rencontre avait eu lieu dans une loge du stade de Watford, où il se préparait pour un concert. Kate et lui ont eu l'air de se retrouver comme deux vieux amis. Puis Elton m'a demandé si je voulais chanter à ce concert de charité. Nous avons écouté pas mal de morceaux, puis nous sommes tombés d'accord sur « Children of the Revolution » de Marc Bolan. Nous l'avons chantée vite fait, tous les deux, dans ce stade. Tout roulait.

Le jour J, ce fut une catastrophe. J'ai eu la sensation que le groupe d'Elton avait une dent contre moi. Ils ont changé la hauteur de ton sans prévenir. C'était la tuile. Et je les voyais arborer un sourire satisfait... J'ai un peu rattrapé le coup en embrassant Elton avant de sortir de scène, ce qui a attiré l'attention sur autre chose que ma lamentable performance vocale. J'étais tellement déçu de ce que j'avais fait. Les critiques ne m'ont pas raté, qui me qualifiaient, au choix, d'« amateur », de « chant-boulé » ou de « merdique ». Peut-être que cela avait l'air d'une tentative de sabotage de ma part, mais ce n'était pas du tout le cas. Je m'étais pointé, avec une dégaine vraiment cool – j'avais une putain d'allure ce jour-là –, et ce que j'ai fait était absolument atroce, mais, il est vrai, dans un pur style punk. Style punk ou pas, j'avais vraiment honte. J'aurais voulu enfoncer le clou, montrer de quoi j'étais capable. Résultat, je suis rentré la queue basse au manoir de Kate. Je vous laisse imaginer l'ambiance. C'était encore un de ces week-ends où Mick Jones traînait au bord de la piscine, avec des mômes qui couraient partout. Un week-end qui durerait trois ou quatre jours et finirait, comme d'habitude, dans une sorte de psychodrame.

« Fuck Forever » s'est classé numéro 4 des charts, mais je ne me rappelle pas que le single se soit si bien vendu quand il est sorti. Quoi qu'il en soit, ce titre a bien résisté au temps et c'est toujours une putain de bonne chanson. Une très légère coupe dans le mot « fuck » a permis qu'elle passe à la radio. Le refrain était la réponse parfaite aux questions posées dans « What Became of the Likely Lads » :

« What became of the likely lads ? What became of forever ? » J'avais toujours cela en tête quand je la chantais, contrairement à ce que pensait Sylvain Sylvain des New York Dolls. Je l'avais rencontré en Espagne, quelques années plus tôt, au festival de Benicàssim. Quand nous nous sommes croisés la première fois, il m'a lancé : « Hé, mais je te connais, c'est toi qui as écrit cette chanson qui parle de baiser une nana toute la nuit, "Fuck Forever" ». J'ai dit oui, sans tenter de lui expliquer. De toute façon, il allait entrer sur scène. Mais j'aurais pu lui répondre que ce n'était pas du tout ce qu'il imaginait, que c'était un jeu de référence, une allusion à une chanson des Libertines qui parlait de l'impossibilité de faire durer l'amitié pour toujours. Si on a des lettres, on sait aussi que le titre est un vol flagrant du collage que Jamie Reid avait fait pour les Sex Pistols. Quand Carl a commencé à traîner avec Danny Goffey, je me souviens qu'il y avait une énorme affiche du « Fuck Forever » des Pistols dans la maison de Danny. Ce truc m'avait littéralement soufflé et je savais déjà que ce « Fuck Forever » me servirait un jour de titre. Nous avions filmé la vidéo de cette chanson sur Brick Lane et le chapeau qu'on m'avait obligé à porter ressemblait davantage à une tourte à la viande qu'à un fédora. Je ne me pardonnerai jamais d'avoir accepté de porter un truc aussi moche. Cela m'a laissé un sentiment de mission à moitié accomplie.

Le mélodrame et le chaos donnaient le ton de cette période. Roger Pomphrey filmait *Who the Fuck Is Pete Doherty ?*, un documentaire destiné à Channel 4, et il avait déjà tourné pas mal de choses. Ce type au mulet permanenté était de nouveau une vague connaissance de Mullord, dont le but restait de nous faire exister dans la conscience du public. Pour Mullord, Pomphrey serait la clé de cette reconnaissance. Ce plan avait un goût de déjà-vu, un très sale goût, celui que m'avait laissé l'épisode Max Carlish. Au point qu'à un moment j'ai agressé Pomphrey et craché sur sa caméra.

À la fin du mois d'août 2005, au festival de Reading, où jouaient les Babyshambles et Razorlight, je m'en suis pris à Johnny Borrell. Tout a démarré à cause d'Alan Wass, très remonté contre Johnny à cause de sa petite amie, je n'en sais guère plus. Alan ne cessait de répéter qu'il allait défoncer Johnny. Je me suis dit que ça allait mal finir, qu'on allait nous virer du festival et qu'il fallait que j'intervienne. Alors, je me suis interposé, mais Johnny s'est montré si arrogant et si tordu que je n'en avais plus rien à foutre de rien. Je n'avais qu'une envie : me le faire.

La semaine suivante, nous devions jouer contre Razorlight au tournoi de football caritatif Soccer Sixes, qui avait lieu à Upton Park. Du coup, Johnny Borrell s'est pointé avec deux gardes du corps et ses lunettes de soleil. Nous avons de nouveau gagné, cette année-là, en battant Razorlight, le *Sun* et Radio 1. Notre équipe comptait dans ses rangs Jai, très bon footballeur ; Dave Gardner, l'agent de David Beckham et ancien international junior, qui nous avait rejoints parce que Kate connaissait sa femme, Davinia Taylor ; Franck McAvennie, ancien attaquant de West Ham ; le Général, qui venait de sortir de prison ; et, enfin, Alan. Ce qui fait que seuls deux membres des

Babyshambles, moi et notre batteur, Adam Ficek, étaient de la partie. Les Babyshambles ont gagné ce tournoi trois années de suite. C'est moi qui ai mis le but décisif à la finale d'Upton Park. La journée était superbe et mon petit garçon, Astile, était venu assister au match. La presse n'a parlé ni de cela, ni du fait que nous avions gagné. Mais elle a affirmé que j'avais fait semblant de sniffer les lignes du terrain comme Robbie Fowler lors du derby Liverpool-Everton d'avril 1999. Sauf que je n'ai jamais fait ça. La malhonnêteté habituelle.

21

High as a Kate

2005-2006 : Kate Moss et la cocaïne, le scandale. Écoutes téléphoniques et paranoïa. La fin de Mullord. Pat s'effondre. Comment je n'ai pas impressionné Terry Hall. Descente de police pendant un concert. Abandon du projet d'album solo. Désintox en Amérique. Séparation et réconciliation avec Kate. Arrêté trois fois en vingt-quatre heures. Deux semaines à Pentonville.

Je me suis toujours demandé si le scandale Kate Moss avait quelque chose à voir avec Paul Ro. La photographie qui a tout déclenché la montrait en train de sniffer de la cocaïne au studio Metropolis de Chiswick, pendant une séance d'enregistrement des Babyshambles. L'ensemble des clichés aurait été vendu trois cent mille livres. Ces photos ont été publiées à la une du *Daily Mirror* le 15 septembre 2005, avec ce gros titre : « High as a Kate ». Les tabloïds pratiquant souvent l'art du jeu de mots, ce titre évoquait bien sûr les effets de la drogue et jouait sur une expression toute faite : « Kate » remplaçait « kite », le cerf-volant, « high as a kite » signifiant « fou de joie ». Parce qu'il avait un méga carnet d'adresses, Paul tentait sans arrêt de monter des coups avec les journaux. Il me disait par exemple qu'il était en contact avec un type du *Sun*, ou du *Mirror*, prêt à faire un article positif. Et il finissait toujours par passer un deal.

Le coup des écoutes téléphoniques a mis tout le monde sur le cul. Là, ça devenait dingue. Le fait que la presse à scandale puisse avoir accès à mon téléphone ne m'avait pas traversé l'esprit une seconde. Cependant, au bout d'un moment, je me rappelle avoir pensé que j'étais peut-être sur écoute. À peine avais-je eu le temps de me le dire que les tabloïds s'en donnaient à cœur joie avec le « junkie paranoïaque ». En 2013, dans le cadre de l'enquête Leveson sur le piratage des téléphones de personnalités publiques, j'ai reçu, en tant que victime, une indemnité de la compagnie *News International*, dirigée par le fils de Rupert Murdoch. Je ne me suis pas acharné. Mes sentiments étaient partagés. Évidemment, si j'avais relevé toutes les idioties qui figuraient dans les articles des journaux du groupe, il y avait de quoi les ruiner. Mais, à la fois, il m'arrivait de penser que ce n'était pas si grave. Je m'en tirais même plutôt bien. Donc, j'ai fini par accepter l'arrangement qu'ils me proposaient.

Cette affaire des écoutes a eu bien des conséquences. De vieilles amitiés n'y ont pas survécu, tout le monde suspectant tout le monde d'avoir vendu des histoires privées aux tabloïds. Même le téléphone de ma sœur avait été écouté, et nous avions des raisons de penser que c'était aussi le cas de celui de ma mère. AmyJo a reçu une indemnité, ma mère n'a pas voulu porter plainte. Certaines photos ont été volées depuis mon téléphone, puis publiées dans les journaux. C'est à cause de cela qu'après le scandale « High as Kate » Kate s'est retournée contre moi. Si je n'avais pas vendu les photos, comment avaient-elles pu se retrouver dans la presse ? À ses questions, je ne savais pas quoi répondre, je ne comprenais pas non plus comment une telle chose était possible. Je pensais plutôt à quelqu'un de mon entourage, quelqu'un que j'avais tort de prendre pour un ami. J'ai même pensé à James Mullord. Comme il m'avait dit, un jour, avoir reçu une offre de cent mille livres pour des photos nous montrant ensemble, moi et Kate, et qu'il courait toujours après l'argent, cette hypothèse m'avait paru la plus probable. Au moment de l'affaire, le scandale était tel que Mullord a fait la une de l'*Evening Standard* pour clamer son innocence, ce que ce genre de journal jugeait comme une info digne d'intérêt…

Cette affaire signa la fin de nos relations. C'est bien triste au fond, car je crois que Mullord n'avait rien à voir avec tout ça. Je suis même à peu près certain que les photos de Kate dans le studio avaient été prises par deux dealers de crack bangladais que nous n'avons plus jamais revus, comme par hasard. Je les connaissais depuis leurs treize ans et, à cet âge-là, ils dealaient déjà. Toujours est-il que le bruit courait, dans les rues de Whitechapel, qu'ils s'étaient fait un gros paquet de pognon en une nuit et avaient filé au Bangladesh, où ils avaient acheté des terres.

Tout ce bordel a foutu en l'air les contrats de Kate. Elle a perdu un argent dingue, notamment un contrat de quatre millions par an avec H&M. Son entourage m'en voulait à mort. La police a même demandé à l'interroger, mais toutes les charges retenues contre elle ont finalement été abandonnées, devant le manque de preuves. Pour faire son mea culpa, elle est allée en cure de désintoxication en Arizona, dans une clinique appelée The Meadows, endroit connu pour accueillir des célébrités. On disait alors qu'elle m'avait quitté, ce n'était pas vrai. Nous étions encore proches et avions décidé que lorsqu'elle aurait fini sa cure j'irais moi aussi là-bas pendant un mois. Évidemment, les journaux étaient pleins d'articles stupides sur notre séparation. Les conneries habituelles.

L'affaire Kate a éclipsé *Down in Albion*, sorti au même moment. Moi qui suis toujours impatient de lire les critiques de mes albums, j'étais servi : les papiers parlaient de tout sauf de musique, et par « tout », j'entends surtout « saloperies ». On ne s'intéressait à moi que pour des conneries ou pour ma relation avec Kate. Personne n'avait écrit que, tout de même, je savais écrire des chansons. J'étais profondément dépité. L'album n'a pas trouvé sa place, il n'a pas eu sa chance. Il n'a pas atteint le succès des albums des Libertines qui l'avaient précédé. En plus, je n'avais pas de manager. J'étais, malgré moi, un électron libre. Je demandais à tous ceux que je connaissais s'ils voulaient bien s'occuper des Babyshambles. Chacun a eu droit à son tour. Le Général a fait de son mieux, mais il était trop artiste pour le job. Paul Ro a enchaîné, puis Sally Anchassi, mon fantasme de jeune homme féru de littérature, qui avait soudain refait surface.

Sally sortait avec Terry Hall, des Specials. Elle était venue à quelques concerts des Babyshambles avec le fils de Terry, grand fan du groupe. Quand Sally a réapparu dans le paysage, elle m'a présenté Terry Hall. J'adorais les Specials et, comme je voulais impressionner Terry, j'ai répété « Do Nothing », un single de 1980. J'avais décidé de le jouer au moment où il franchirait la porte. J'étais avec Purple, un Jamaïcain du quartier de la Pink Tower que j'essayais de persuader de rejoindre la tournée des Babyshambles. Quand Terry s'est pointé avec son fils, je venais de m'injecter de la kétamine et je planais à mort. Persuadé que Purple était un hippopotame géant et que je jouais avec le groupe de reggae Aswad, j'essayais de chanter « Do Nothing », sans parvenir à trouver le bon tempo – tempo Empress Ballroom de Blackpool, témazépam remix… Terry a fait de son mieux pour se montrer amical, mais il se tenait devant moi comme un mec prêt à se barrer et s'est empressé de faire sortir son fils.

L'effondrement de Pat a commencé pendant la tournée de l'album. Il avait passé neuf jours à la prison de Pentonville après une affaire de violences conjugales. Pendant son incarcération, sa compagne est venue nous rendre visite avec une amie ballerine vraiment charmante et nous les avons quelque peu jetées dehors. Le fait que sa femme avait vu du monde pendant qu'il croupissait en prison est revenu aux oreilles de Pat. C'était le début de la fin, même si les charges retenues contre lui avaient été levées. Pendant un concert à l'université de Dublin, il a fracassé sa guitare avant de quitter la scène.

Le concert de Shrewsbury est un bon exemple du chaos qui régnait sur la tournée *Down in Albion*. La police a fait une descente dans la salle où nous jouions avec des chiens renifleurs. Certes, nous étions des drogués avérés, mais nous étions des camés de base et n'avions jamais sur nous que notre consommation personnelle, jamais de grosses quantités. Cependant, les flics semblaient persuadés du contraire. Ils ont commencé à démonter le moindre truc dans l'espoir de la prise fabuleuse qu'ils fantasmaient. Tout y est passé, les amplis, les véhicules, tout. J'ai vu Pat filer par une sortie de secours, façon Keystone Cops ou Benny Hill. Moi, j'attendais sur scène que les flics viennent m'arrêter, pour bien leur montrer que je n'avais rien. Mais ils m'ont embarqué sans même me fouiller, ni me donner la moindre raison valable. Apparemment, être Pete Doherty était une raison suffisante. Bref, on m'a arrêté arbitrairement, je n'avais rien sur moi. Au commissariat, ils ont fouillé dans tous mes carnets et ont trouvé du Valium coincé entre deux pages, que j'avais eu sur ordonnance. Ils m'ont gardé quelques jours au poste et il a fallu annuler trois concerts. C'était complètement ridicule. Quand ils m'ont libéré, un paparazzi m'attendait à la sortie, un seul. Alors, tous les deux, nous avons parlé pendant des heures, assis sur le capot de sa voiture.

Quand la tournée s'est achevée, j'étais de nouveau sans domicile. Je me suis installé dans un hôtel bon marché, sur Brick Lane, l'International, dont je me suis fait expulser après une descente de police. J'ai finalement atterri à Bath, dans le Somerset. Je me suis trouvé un appartement qui faisait partie d'un studio d'enregistrement, le Bath Moles Club – un appartement vraiment moderne. Je me disais que cela mettrait Chev à l'épreuve, parce que trouver de la came dans un coin pareil paraissait vraiment improbable. Il ne lui a pas fallu plus de trente secondes pour trouver un point de deal... J'étais allé dans ce studio enregistrer quelques démos pour un album solo acoustique que j'envisageais. Le studio me laissait faire gratuitement. En échange, j'avais accepté d'associer mon nom à un de leurs projets. C'était une décision stupide, mais cela m'a permis d'avoir un appartement où m'installer.

Quand Kate est sortie de cure, nos retrouvailles ont été très intenses émotionnellement. Comme nous l'avions prévu, je suis parti à mon tour en Arizona, à la clinique Meadows. J'ai soigneusement planqué ma came dans mes bagages et je suis parti pour Heathrow. Mais, en chemin, je me suis endormi sur la bande d'arrêt d'urgence de l'autoroute. J'y avais garé ma Jag pour fumer une pipe. J'ai été réveillé par un policier qui cognait à ma vitre. J'avais encore ma pipe à crack à la bouche. « Alors, Pete, on part en désintox ? » Je n'ai jamais compris comment il avait deviné. Puis il m'a escorté jusqu'à Heathrow. C'était absolument surréaliste.

En arrivant à la clinique, mes bagages ont été fouillés et le personnel a trouvé ma came, même celle que j'avais dissimulée dans les revers de mes jeans – ils avaient clairement l'habitude. L'ambiance était très différente de celle que j'avais connue dans les désintox que j'avais suivies en Grande-Bretagne. La clientèle était un mélange de gosses de riches et de gens essayant d'échapper à une condamnation fédérale en acceptant de se faire désintoxiquer. Au cours d'une séance de thérapie de groupe, un type a raconté qu'il passait sa vie à chercher du porno pédophile sur Internet. Je trouvais cela tellement insupportable, j'étais tellement horrifié par ce que j'entendais que j'ai refusé de participer aux mêmes séances de groupe que lui. Kate avait prévu de me rendre visite au bout de quinze jours pour m'emmener survoler le Grand Canyon en hélicoptère. Elle n'est jamais venue. Alors j'ai fugué.

Dès que je suis rentré à Londres, à la fin du mois de novembre, je me suis fait de nouveau arrêter pour possession de cocaïne et d'héroïne. C'était de la faute de Wolfman. Il avait voulu que je l'accompagne à je ne sais plus quelle expo et nous nous sommes retrouvés à Kensal Rise. Je lui ai dit que mon grand-père paternel était enterré là et que je n'étais jamais allé sur sa tombe. Alors nous avons fait un détour par le cimetière au beau milieu de la nuit. Je n'avais aucune idée de l'endroit où se situait sa sépulture, et Wolfman a fini par s'énerver. Nous n'allions pas nous taper toutes les tombes une par une pour vérifier si le nom de mon grand-père s'y trouvait. Du coup, nous avons repris la voiture. Encore excédé, Wolfman conduisait un peu sportivement. Un peu trop. Nous n'avons pas tardé à nous faire arrêter par la police.

Quand Kate a appris que je n'avais pas été au bout du traitement, elle m'a annoncé sans prendre de gants que c'était fini entre nous, qu'il n'était plus possible qu'on se voie désormais. J'ai rétorqué qu'elle n'avait pas respecté sa promesse de venir me voir pour qu'on fasse un tour d'hélico au-dessus du Grand Canyon. Notre séparation a fait la une de tous les journaux. Le *Daily Mirror* citait Kate : « J'aurais aimé ne jamais le rencontrer, c'est quelqu'un qui "utilise", dans tous les sens du terme. » Tout s'effondrait. J'ai commencé à faire n'importe quoi. Je me suis teint les cheveux en blond et j'ai chanté une version bizarroïde de « Karma Chameleon » sur l'ordi de Paul Ro. Puis j'ai fait le « Last Christmas » de Wham ! en pleurant comme un couillon devant la webcam... Après les larmes, le sang : Paul m'a filmé en train de me tracer un « K » à la lame de rasoir sur le bras. C'est à ce moment-là que j'ai commencé à utiliser du sang dans mes peintures. L'une d'elles a d'ailleurs fait la couverture du magazine littéraire *Full Moon Empty Sports Bag* et Paul a vendu l'original à une galerie pour mille livres. Voilà pour les sombres débuts de ma carrière d'artiste professionnel, mais nous en reparlerons.

Enfin, une bonne nouvelle est arrivée. Kate m'invitait pour Noël. Le 24 décembre, elle m'a appelé pour me dire qu'elle m'envoyait une voiture pour me ramener chez elle à la campagne, mais il fallait que ça reste un secret. Ce fut un Noël formidable. Un de ses gardes du corps, un Maori, était là avec toute sa famille et ils ont chanté des chants de Noël de chez eux dans la grande salle de réception en pierre. Après cette fête de Noël, Kate et moi avons continué à nous voir, en organisant des rendez-vous clandestins. James Brown entrait d'abord en contact avec moi. Il m'appelait d'une cabine téléphonique et me donnait le mot de passe. Après quoi, je rejoignais l'appartement de Pimlico, de l'autre côté de la Tamise, au niveau de Battersea. C'était un étrange appartement ancien qui ne servait qu'à nos rendez-vous. Nous nous retrouvions pour la nuit ou seulement pour quelques heures, mais je devais garder le silence absolu sur nos rencontres.

Nous étions attirés l'un par l'autre. Je l'aimais sincèrement et je sais qu'elle m'aimait aussi. Mais, entre mon chaos intérieur et le sien, cela faisait trop de bordel entre nous. Parfois, nous avions simplement besoin de nous voir. Il suffisait qu'elle claque des doigts et j'arrivais en courant. Puis, rapidement, les choses entre nous redevenaient impossibles. Et pas toujours de notre fait… Une super photographe, Nuha Rahik, que j'avais rencontrée à Nottingham à un concert des Babyshambles, m'accompagnait parfois en bus jusqu'à Londres. Nous étions très bons amis. Mais les journaux se sont mis à raconter n'importe quoi, à dire que je la baisais. Évidemment, Kate était moyennement réjouie. Voilà un exemple typique de la façon dont les tabloïds pourrissaient nos rapports.

Ce fut une période de consommation non-stop, d'arrestations multiples, d'efforts constants pour garder la tête hors de l'eau. J'ignore si la presse écoutait mon téléphone ou soudoyait la police, ou les deux, mais je me faisais serrer tous les deux jours. La police avait une sorte de petit tableau de chasse « Pete Doherty » : une arrestation valait un point, une inculpation, trois points. Malheureusement pour moi, les flics avaient le sens de la compétition et organisaient même une petite cérémonie de remise de prix chaque fin de mois, un truc genre *fantasy football.* C'était presque toujours le même flic qui m'épinglait. Cerise sur le gâteau, ils avaient fait faire des badges « Libérez Pete Doherty ». Bien sûr, quand j'y repense, je trouve ça à mourir de rire, mais à l'époque je vivais un enfer. Mon existence ressemblait au début du dessin animé *La Folle Escapade*, où le dieu Soleil dit au chef des lapins : « Tout le monde te sera hostile, ô prince aux mille ennemis, et chaque fois qu'ils t'attraperont, ils te tueront. Mais avant tout, il faudra qu'ils t'attrapent... »

Au début du mois de décembre, une voiture dans laquelle je me trouvais avec Paul Ro s'est fait arrêter et fouiller. Les flics savaient qu'ils trouveraient quelque chose, et ils ont trouvé : de l'héroïne et du crack. Une fois au commissariat de Bethnal Green, je les ai vus emmener Paul dans un bureau. À l'époque de la photo du « High as a Kate », il avait été condamné pour possession de drogues de catégorie A et placé en liberté conditionnelle avec mise à l'épreuve de douze mois. Paul connaissait tout le monde, des Bangladais aux Yardies jamaïcains qui officiaient au-delà d'Hackney et auprès de qui nous nous fournissions lorsque nous avions de quoi nous offrir de la came de qualité.

Je n'avais pas d'assurance, ne payais pas ma taxe automobile, pas plus que je n'avais de certificat de contrôle technique. Mais les flics ne vérifiaient jamais cela. Sans doute croyaient-ils que je n'étais pas assez stupide pour rouler dans une bagnole ne cochant pas ces trois cases. C'était pourtant le cas. J'ai été contrôlé quatre fois en 2006, souvent pour conduite dangereuse, mais, à chaque fois, j'avais aussi droit à la fouille de la voiture. Ils n'ont jamais trouvé que de très petites quantités de drogue et ne pouvaient donc m'arrêter que pour possession.

Un jour, j'ai été arrêté trois fois en vingt-quatre heures. La première fois, ce n'était vraiment pas de bol. En marchant dans la rue, je m'étais cogné à une fille qui ressemblait à Néfertiti et nous avons tout de suite sympathisé. Je devais être dans une mauvaise passe avec Kate, bref… J'étais super content d'aller retrouver cette fille pour notre premier rendez-vous quand je me suis fait arrêter et placer en détention provisoire. La fille en question vivait un peu dans son monde et était sans doute la seule personne du pays à ne pas savoir qui j'étais. Elle avait donc préparé un dîner, qui refroidissait sur la table sans que je puisse la joindre pour la prévenir, la police m'ayant confisqué mon téléphone. Quand j'ai fini par sortir, elle n'a pas cru une miette de ce que je lui ai raconté, persistant à me reprocher de ne pas avoir appelé pour me décommander. J'étais dégoûté. Le lendemain matin, je comparaissais devant le tribunal. Quand j'en suis sorti, je suis allé m'acheter de la came et les flics m'ont gaulé juste après. Ce n'était pas comme si j'avais eu sur moi une quantité folle, ce n'était jamais le cas, mais bon. Cette arrestation est bien tombée finalement, car je m'étais mis dans l'idée de suivre sur le continent des artistes de cirque New Age. Ils devaient prendre le bateau pour aller en Espagne, ou en Bulgarie, et je me suis dit : « Rien à branler, je pars avec eux. » Quand les flics m'ont pincé, j'étais donc sur le point de passer trois mois sur la route, trois mois de fugue avec un cirque.

Ce même jour, je me suis de nouveau fait arrêter dans la soirée. Je roulais vers Birmingham dans ma Jag avec quelques membres de The View, groupe débutant à l'époque. Nous allions au concert de Dirty Pretty Things, histoire d'essayer d'apaiser les choses avec Carl. Wolfman et moi avions déjà vu les Dirty Pretty Things à Paris – l'un de leurs premiers concerts, fin 2005. Wolfman avait détesté et nous étions partis après deux chansons. Carl a été prévenu que j'étais dans la salle et m'a invité à monter sur scène pour que nous fassions quelques chansons ensemble, mais quand ce moment est arrivé Wolfman et moi étions déjà partis. La honte. Je trouvais que le premier single de son nouveau groupe, « Bang Bang You're Dead », était plutôt bon, mais il était définitivement construit sur une succession d'accords que nous avions trouvée ensemble autrefois. Cependant, j'avais été très impressionné à la première écoute, je m'étais dit qu'enfin Carl était arrivé à faire quelque chose de cette vieille idée. Les paroles étaient bouleversantes et ne parlaient que de moi : *« I knew all long I was right from the start, about the seeds of the weeds that grow in your heart… »*, un truc comme ça. *« Bang bang you're dead, always so easily led. »* Carl n'y allait pas avec le dos de la cuillère, mais il était plutôt pertinent dans sa sombre analyse.

Nous en étions donc à ma troisième arrestation. J'avais acheté la Jag le jour même et les papiers n'étaient pas encore à mon nom. Pour aggraver mon cas, les Dirty Pretty Things ne jouaient pas à Birmingham ce soir-là, mais à Norwich, la raison de mon trajet en auto sans papiers tombait donc à l'eau. Pas de bol, vraiment. Les flics m'ont inculpé pour vol de véhicule et m'ont confisqué la Jag. Je suis resté en détention provisoire pendant deux semaines à la prison de Pentonville. Quand je suis sorti et que j'ai voulu récupérer ma voiture, elle avait été compressée façon Apéricube. Les bâtards. Une si belle bagnole, cette XJ6.

Mon second séjour à Pentonville, à la fin du mois de janvier 2006, a été vraiment déprimant. À l'accusation de vol de voiture étaient venues s'ajouter la possession de stupéfiants et quelques petites infractions routières, et nous avons été obligés d'annuler de nombreux concerts des Babyshambles. Un jour, quelqu'un a glissé des pilules sous la porte de ma cellule et j'ai fait une overdose. De quoi ? Je ne sais pas, du coup. J'avais juste entendu une voix me dire derrière la porte : « C'est pour toi, Pete. Tu verras, ce sera comme passer une journée dehors. » Alors j'ai pris ces pilules et on m'a retrouvé la tête dans mon bol de Rice Krispies. Je suis resté alité trois ou quatre jours dans l'hôpital de la prison, sous perfusion, complètement à l'ouest.

À ma sortie de Pentonville, j'ai plaidé coupable de toutes les charges dont on m'accusait et on m'a retiré mon permis pour six mois. On m'a également condamné à douze mois d'obligation de soins, c'est-à-dire à une cure de désintoxication en hôpital de jour, avec dépistages réguliers. Cette obligation de soins avec traitement de substitution et tests de contrôle signifiait que police et justice régissaient complètement ma vie. Je devais aller au centre une fois par semaine pour un contrôle d'urine. Cela ressemblait à une liberté conditionnelle. Impossible de désobéir, sinon c'était la prison. Non seulement on saurait exactement quand je prenais de la drogue, mais, si j'étais trouvé en possession de stupéfiants à un contrôle de police, on pourrait me mettre à l'ombre, et pour longtemps. On me tenait par les couilles, il n'y a pas d'autres mots.

22

Mick

2006 (épisode 1) : arrivée de Mick Whitnall – nouvelles chansons, nouveau son, nouveau look. Période kétamine. Johnny Headlock part en vrille. Le scandale des photographies volées – « Pauvre taré de camé ! » J'échappe à la prison – « Veinard de cracker ! » Nouveau management et gros contrat. The Blinding EP, *album cinq titres. Conflits avec Alex Turner, Lily Allen et Mike Skinner.*

Mick Whitnall est venu remplacer Pat à la guitare. Je l'avais connu au début des Libertines et, depuis la formation des Babyshambles, il nous servait de roadie et de confident. Mick nous a apporté de nouvelles influences musicales. Vieux skin de gauche, il venait de la scène Oi !, avait été roadie pour les Bad Manners et The Exploited et était à fond dans le ska et le reggae. C'est ainsi que j'ai commencé à beaucoup écouter Jimmy Cliff.

Mon look aussi a changé, parce que Mick et sa femme, Hannah, qui donnait des conférences sur l'art à la Goldsmiths University, possédaient des tonnes de fringues et m'en filaient toujours. J'ai commencé à adopter un look skinhead : tee-shirt Fred Perry et jeans avec des bretelles. J'avais toujours aimé ce genre d'allure. Je ne pouvais pas quitter la maison de Mick, à Lewisham, sans qu'il me donne quelque chose, une chemise, des lunettes de soleil… « Ça va t'aller super, Pete ! » ou encore : « Ça te dirait d'essayer ces chaussettes rouges ? » Quel que soit l'endroit où nous nous trouvions dans le monde, la première chose que Mick faisait – mis à part ce que font tous les héroïnomanes, et il en était un conséquent –, c'était de se mettre en quête d'une boutique de chaussures à prix raisonnables. Tout naturellement, il est devenu le styliste du groupe, le dénicheur de nouvelles tendances. Tous les groupes ont un styliste, mais rarement en leur sein. Il m'arrivait de tenter d'endosser le rôle, mais les vraies icônes de la mode étaient définitivement Mick et Scarborough Steve. Des mecs qu'on ne pouvait côtoyer sans que leur style déteigne sur vous ou sans avoir envie de leur faucher leurs fringues.

Cependant, après le départ de Pat, je n'étais pas sûr de vouloir poursuivre l'aventure des Babyshambles. J'envisageais de commencer une carrière solo ou de fonder un nouveau groupe avec Mick. J'avais d'ailleurs dit au *NME* que nous travaillions ensemble sur un album intitulé *Whitnall and I*, titre que je trouvais malin à l'époque. De la même façon qu'avec Pat, j'entretenais mon addiction à l'héroïne avec Mick. Mais comme j'étais régulièrement testé dans le cadre de mon obligation de soins, nous préférions nous défoncer à la kétamine. Une chose que j'avais apprise très tôt, c'était que la kétamine et le LSD n'étaient pas détectés par les tests.

La première fois que Mick a fait de la scène avec les Babyshambles, c'était aux NME Awards, en février 2006. Nous avons joué « Albion » et, sur les images, on voit clairement que les yeux de Mick sont hallucinés puis complètement révulsés au moment où il souffle dans son harmonica. Il était raide défoncé. Nous n'avons pas eu droit à une table ce soir-là, nous n'avons pas non plus été invités à la fête, bref que dalle, si ce n'est, pour moi, le prix de l'artiste le plus sexy. Mais ce qui m'a vraiment fait chier, c'est qu'on nous escorte pour rentrer et pour sortir, comme si nous allions foutre le bordel. Du coup, le bordel, nous l'avons foutu : nous avons cherché la bagarre avec tous les groupes que nous croisions, puis nous nous sommes battus pour de bon avec la sécurité quand ils ont voulu nous jeter dehors. Le retour des jours heureux.

Un ou deux concerts étaient déjà prévus, en Europe continentale et en Grande-Bretagne. Mick les a faits et tout s'est bien passé. Après un concert à Paris, je suis resté à l'hôtel, pendant que notre bus rentrait à Londres. Gill nous avait suivis dans sa vieille Vauxhall Cavalier et, comme elle restait également à Paris, elle avait offert de me raccompagner à Londres. Johnny Headlock était aussi du voyage. Quand nous sommes arrivés tous les trois au ferry, les douaniers ont désossé la voiture et, dans le bagage où je rangeais des babioles, ils ont trouvé le trophée de l'artiste masculin le plus sexy de l'année, gagné à la soirée du *NME*. Ils étaient morts de rire.

Je me suis trouvé un nouveau logement sur Laburnum Street, dans le quartier de Shoreditch. Dans ce pâté d'immeubles circulait pas mal de kétamine. Une merde à laquelle Johnny n'aurait jamais dû toucher. Un jour, je l'ai récupéré alors qu'il essayait de sortir en nageant dans les escaliers. Il était totalement perdu et vraiment inquiet de constater qu'il n'allait nulle part. Il est resté dans cet état des heures et des heures. Nous partions pour un concert et c'était lui qui devait charger le van. Au lieu de ça, il a commencé à délirer, à dire qu'il était prisonnier d'un épisode de *Futurama*. Il imitait en boucle les voix des personnages, à tel point qu'il ne retrouvait plus sa propre voix. Il s'est finalement assis par terre et s'est mis à pleurer en disant, entre deux sanglots, qu'il ne se rappelait plus qui il était.

Je suis allé en Autriche donner quelques concerts en solo pour une cinglée, Bettina Aichbauer, qui avait, pour l'occasion, réservé un cinéma porno. À la date de mon retour en Angleterre, un rendez-vous super important avec Rough Trade était prévu. Je ne me souviens plus à quel sujet précisément, mais il m'est soudain apparu que j'allais devoir trouver quelqu'un pour remplacer Mullord. Quelqu'un qui soit la bonne personne pour, cela va sonner un peu convenu, « revenir dans le jeu ». J'avais absolument besoin d'aide pour souder et maintenir le groupe. Je ne pouvais pas continuer à trimballer tout le monde en Jag pendant les tournées.

Devant les appartements de Laburnum Street se trouvait un tout petit espace fermé par une barrière. J'y avais garé un vieux taxi, squatté par quelques « cuisiniers » de kétamine, et trois Jaguar – une XJS et deux modèles vintage. C'est Tony « Big Vern » Smith, qui travaillait au garage Jaguar d'Odessa Street, qui me les avait trouvées. J'en ai eu comme ça une dizaine. Quand elles lâchaient, nous les abandonnions sur place. Je faisais beaucoup de concerts payés de la main à la main. En général, dès le lendemain, j'allais m'acheter de la came, un nouveau chapeau et une Jaguar. Ma vie a longtemps ressemblé à ça et j'en ai aimé chaque instant.

Alizé Meurisse et sa copine Stéphanie ont emménagé à Laburnum Street, et l'endroit est devenu une sorte de nouvelles Albion Rooms. Alizé n'avait que vingt ans, mais elle était déjà photographe, artiste et autrice. Son premier roman, paru en 2007, a eu un certain succès en France. La côtoyer a titillé mes ambitions littéraires. Au début, Alizé filmait sans arrêt avec sa petite caméra, elle prenait aussi de belles photos. Des photos prises sur le vif, au hasard des rues ou dans l'appartement, quand les dealers passaient. Elle en avait fait une, depuis la fenêtre, que j'aimais beaucoup, où l'on me voyait en train d'acheter une dose dans la rue. Je lui ai commandé quelques projets. C'est elle qui a réalisé la pochette de mon album *Grace/Wastelands* – je laisse les gens croire qu'elle est de moi – et celle de *Shotter's Nation* des Babyshambles. L'idée de dessiner Thomas Chatterton étendu sur le dos était de moi, mais le dessin, c'est elle. Kate a été très jalouse de savoir qu'Alizé habitait chez moi.

Elle était là quand l'appartement a été cambriolé et que des photos ont été volées et ont fini à la une du *Sun* sous le titre : « Pauvre taré de camé ». Ce titre légendait une photo où on aurait dit que je faisais une injection à une fille inconsciente. Pour revenir au cambriolage, Alizé m'a raconté qu'elle dormait quand quelqu'un est entré par la fenêtre. Elle avait eu trop peur pour tenter quoi que ce soit. L'appartement a été retourné. Toutes les affaires d'Alizé ont été éparpillées. Le cambrioleur a pris des photos, dont une de Kate au lit. Que le *Sun* a également publiée.

Le jour où ce numéro du *Sun* est sorti, j'étais descendu acheter du lait au magasin du coin, quand la police m'a interpellé. Un des flics avait le journal à la main – leur pièce à conviction numéro un. La semaine précédente, j'avais été arrêté pour possession de drogue, ce qui fait que j'étais désormais soumis à un test de contrôle deux fois par semaine. J'avais la désagréable sensation que les flics se réjouissaient déjà de pouvoir enfin m'envoyer en prison, grâce à ce nouveau scandale. Pendant mon interrogatoire, ils ont fouillé l'appartement et sont tombés sur une seringue. Le labo y a identifié le sang de la jeune fille de la photo. Cette fille était une amie qui avait assisté à de nombreux concerts sauvages et avec qui nous avions fait une série de photos stupides, dans le cadre d'un projet artistique. Je n'avais jamais couché avec elle, mais, dans les interviews qu'elle a données à la presse à la suite de cette histoire, elle a déclaré qu'elle était amoureuse de moi ! J'aurais préféré qu'elle dise que, contrairement à ce que prétendaient les journaux, je ne lui avais pas injecté d'héroïne. Comment dire à quel point cela m'aurait davantage fait plaisir…

J'étais profondément choqué par cette nouvelle histoire. Ce dont on m'accusait était tellement horrible. Ce qui me rendait malade, c'était qu'on me croie capable d'injecter de la drogue à une fille inconsciente, au lieu de se dire que j'étais complètement con de prendre ce genre de photo – ce qui était sans doute le cas. Toujours est-il que la police et les journaux avaient déshonoré mon nom. Une telle calomnie risquait d'entacher définitivement ma réputation. Dès que la police a interrogé la fille en question, il est apparu évident que rien ne s'était passé, sinon j'aurais été inculpé.

Après la parution de l'article du *Sun*, la guerre est montée d'un cran entre moi et les tabloïds. Les types qui dealaient au « Murder Mile » et avec qui je traînais défonçaient les voitures et les appareils photo des paparazzi. Je filais une pièce de dix aux gamins de Laburnum Street pour qu'ils viennent les harceler et leur jettent des trucs à la gueule. J'étais sans arrêt harcelé. En sortant du tribunal où l'on venait de réexaminer ma peine, c'était carrément l'essaim et j'ai envoyé un fly-kick à un reporter de la BBC que j'avais pris pour un paparazzi. Il a porté plainte pour agression. À cette audience, le juge venait de déclarer que je faisais des progrès avec mon addiction et il m'a félicité pour ma détermination. Évidemment, dans les gros titres, cette information n'a pas fait le poids face à l'« agression » au fly-kick.

C'est à ce moment-là que sont arrivés Adrian Hunter et Andy Boyd, mes managers pour la décennie à suivre. Adrian et moi nous étions régulièrement croisés au cours des dernières années. C'était un type à l'ancienne, cool et *old school*, un peu comme Mick Whitnall. Je l'avais souvent vu danser sur de la Northern Soul dans son club de Camden, le Solo. J'ai toujours aimé les hommes qui savent danser. Le jour, il était plutôt du genre Écossais grognon, portant toujours le jean qu'il fallait et faisant les mots croisés du *Standard* au bar du Good Mixer, devant une pinte de Guinness. Quand on m'avait jeté des Libertines, je lui avais demandé si je pouvais faire un concert au Solo. Je me souviens qu'il avait jeté un coup œil à Owen, avec qui j'étais venu et qui portait un survêtement Adidas noir. Ensuite Adrian s'était retourné vers moi en disant : « Non, ça ne va pas être possible. Je sais où ira l'argent. » À cause de cette réponse, j'ai su que c'était le genre de type à qui je pouvais faire confiance.

Adrian voulait bien réfléchir à ma proposition de manager les Babyshambles, si j'arrêtais la drogue. J'avais lutté bec et ongles, puis tout gâché pour pouvoir fumer ma putain de pipe à crack. Adrian a encaissé pendant un moment, puis il est passé de « Tu dois arrêter » à ne plus supporter de rester dans la même pièce que moi quand je me droguais. Puis, de là, il a tout simplement refusé de m'aider.

Andy Boyd était son collaborateur, et j'avais été assez rebuté par le personnage à notre première rencontre. Je ne sais pas vraiment quelle vision j'avais de l'homme providentiel, mais ce n'était pas Andy Boyd. J'attendais plutôt une figure à la Colonel Parker. J'avais dit dès le départ que je refusais de faire quoi que ce soit avec Andy. Je pensais qu'il n'était bon ni pour moi ni pour le groupe. Seulement, Adrian a déclaré qu'il ne ferait rien sans lui. Andy était plutôt arrogant et me rappelait tellement les mecs qu'on croisait dans les maisons de disques. Il avait été le manager et le compagnon et coauteur de Sophie Ellis-Bextor au moment de son tube « Murder on the Dancefloor ». Finalement, elle était tombée enceinte d'un autre mec. Andy n'en parlait jamais, mais Mick connaissait les dessous de l'affaire. Andy avait aussi fait partie d'un groupe de Britpop, The Shave, qui avait failli avoir du succès. Il chantait sans arrêt, c'était le roi du karaoké. Pour gagner ma confiance, Andy allait devoir changer et ressembler davantage à une sorte de parrain du Milieu. Il a donc abandonné son personnage à la Alan Partridge et ses BMW. Il s'est mis à nous conduire et à aller chercher ou récupérer ce dont nous avions besoin. Il avait chopé le truc. Puis j'ai insisté pour qu'il se mette à la Jaguar, et il en a eu toute une série, des modèles anciens vraiment beaux. Il avait accompli sa métamorphose.

Cela peut paraître méchant de ma part de dire qu'il y avait quelque chose que je n'aimais pas chez Andy au début, mais je crois qu'il pensait la même chose de moi. Lui et Adrian avaient une vision bien précise de la façon dont on manage un grand groupe, et ils étaient sûrs de leur coup. Seulement, il fallait faire avec moi, le type enfermé dans une sorte de cocon créatif et spirituel posé sur un champ de seringues. Mick et moi avons commencé à nous isoler pendant des heures pour écrire, des heures très créatives, très fertiles. Puis nous sommes entrés en studio dans le quartier de Farringdon, au sous-sol de la célèbre boîte de nuit Fabric. Là, nous avons enregistré de très nombreuses chansons, genèse du disque *The Blinding EP*, sorti à la fin de l'année 2006. Un jour, un jeune ado avec l'accent du Nord, qui avait l'air d'avoir quatorze ans, a passé une tête pour nous saluer. J'ai pensé que c'était un fan qui voulait un autographe et, comme il s'était un peu imposé pendant le travail, je n'ai pas été tendre avec lui. « Tu vois pas qu'on enregistre, là ? Alors, à moins que tu aies du crack pour moi, tu ferais mieux de te casser ! » Je venais de vexer Alex Turner, le leader d'Arctic Monkeys, que je ne connaissais pas du tout, bien que le groupe soit alors à son apogée. Sans doute refroidi, il n'a pas osé me dire qui il était et, sans demander son reste, il a décampé. Il a dû penser que je l'avais snobé et m'en a vraiment voulu. Pendant un festival, j'ai voulu assister backstage à un de leurs concerts avec Kate, qui les aimait beaucoup. Impossible. Consigne d'Alex Turner. Je me rappelle avoir dû courir jusqu'en haut de la rampe pour ne pas me faire ceinturer façon rugby par la sécurité.

L'enregistrement de *The Blinding EP* a été fantastique. On nous avait laissé la disponibilité complète du studio et nous avons produit nous-mêmes l'album avec l'ingénieur du son. Drew, Mick et Adam étaient vraiment aux commandes et ces nouvelles chansons étaient ce que nous avions fait de mieux à cette époque. « Sedative » était top, vraiment une belle chanson et du pur Doherty/Whitnall. Nous avions également inclus « The Blinding » et « Love You But You're Green », des chansons déjà prêtes, que le groupe devait simplement apprendre et jouer. J'imagine que les gens pensent que « The Blinding » parle de drogue, mais cette chanson avait été écrite bien avant mon addiction et fait en réalité référence à la Bible, au Moyen Âge, parle de la façon dont il faut être aveugle au monde extérieur pour voir plus clairement dans son âme. C'est aussi un mot d'esprit : *« Come and see the blinding »*... Voir l'aveuglement (oui, je sais, c'est un peu facile). J'étais très fier de l'enregistrement de « Beg, Steal or Borrow » et je croyais vraiment à cette chanson. Sur une des prises, je faisais un solo fou, un truc complètement barré que j'ai été incapable de refaire ensuite. On peut cependant l'entendre, car cette prise a été filmée et figure dans le documentaire intitulé *Arena*, que BBC Four a diffusé à la fin de cette année-là.

Ashtar Al Khirsan nous avait suivis pendant quelques mois pour réaliser ce documentaire. Femme d'âge mûr, plutôt petite, en chemisier, jupe droite et chaussures plates, elle m'a d'emblée fait l'impression de quelqu'un d'honnête et d'intéressant, très différente des gens que nous avions l'habitude de voir traîner autour de nous. J'étais aussi assez séduit, je l'avoue, par ces trois petites lettres, « BBC ». La première fois qu'Ashtar m'avait interviewé, c'était pour un reportage que j'avais trouvé très réussi sur Ray Galton et Alan Simpson, les scénaristes de comédies qui avaient écrit pour Tony Hancock et créé le sitcom *Steptoe and Son*. Je lui faisais implicitement confiance.

Elle nous a suivis en Allemagne pendant une tournée. Là, dans un B&B des plus bizarres, elle m'a fait craquer en me posant des questions sur mon père. On me voit d'ailleurs en pleurs dans le documentaire. Elle n'avait pas compris à quel point j'étais affecté par tout ce qui le concernait. Elle ne s'en est rendu compte qu'au dérushage. Je n'avais plus du tout de contacts avec lui à cette période. Je crois qu'il ne parvenait pas à accepter l'idée que son fils soit un drogué, comme beaucoup de parents. Je n'étais pas très content de son attitude. Je ne me rendais pas compte de la situation : à l'époque, il travaillait encore pour l'armée, et me voir sans arrêt faire la une des tabloïds, y voir s'étaler en grosses lettres ce nom qui était aussi le sien… C'était, chez lui, le vieux sens de l'honneur qui parlait.

À la même époque, ma mère a sorti son livre, *My Prodigal Son*. De très nombreux bouquins sont sortis sur moi à la même époque – tous illisibles. Un type du *Daily Mirror* en a pondu un plutôt étrange, où aucune citation n'était exacte. Quand je regardais ce qui sortait sur moi sur Internet, j'avais souvent la sensation qu'il ne s'agissait pas de véritables livres, mais simplement de couvertures, d'assemblages de photos et de citations étonnantes. Le livre de ma mère n'avait évidemment rien à voir avec tous ceux-là. Il m'a beaucoup ému et j'ai trouvé plutôt intéressant d'entendre sa version des choses. Certains faits qu'elle présente comme tragiques ou inquiétants me semblent, non pas amusants, mais beaucoup moins graves que l'interprétation qu'elle en a. Je pense à l'épisode où je me suis effondré dans le cimetière. Avec ce livre, ma mère a donné beaucoup de conférences en prison. Il est même devenu, cette année-là, l'ouvrage le plus emprunté dans les bibliothèques carcérales. Du coup, un aumônier l'a invitée à venir parler de drogue avec des prisonniers et de la façon dont elle affecte les familles. Ma mère avait besoin de réponses et de consolation face à l'addiction de son fils. C'est ce qu'elle a cherché à travers son livre et sa tournée de conférences.

Adrian et Andy avaient tout mis en place pour nous mener à un succès populaire. Ils avaient affronté Rough

Trade et obtenu un nouveau contrat pour les Babyshambles avec Parlophone, un label qui appartenait à EMI et avait été celui des Beatles. Je trouvais ça vraiment cool. Le contrat était aussi très lucratif, ce qui nous rendait fous de joie. Cette négociation avait totalement affermi ma confiance en Adrian et Andy. Ce qu'ils avaient planifié, les gens avec qui ils prévoyaient de signer, le montant qu'ils espéraient – tout était devenu réalité. Le négociateur en chef, c'était Andy Boyd. Dans ce genre de situation, il était à son meilleur. Andy et moi avions créé une sorte de personnage comique à partir de lui, un alter ego tordu que nous appelions le Boydster, l'archétype, façon Alan Partridge, du cadre de l'industrie du disque. Andy jouait parfaitement son personnage. Il faisait le mec toujours débordé, agrémentant son jeu de formules impayables : « On va aligner les canards contre le mur et les descendre un par un. » Et, chaque fois qu'il devait partir, il lançait : « Quand faut y aller, faut y aller. » Il était irrésistible en Boydster.

Adrian et Andy avaient également organisé la plus longue tournée que les Babyshambles aient jamais faite : six semaines à travers l'Europe et la Grande-Bretagne, avec de très nombreuses dates dans des festivals. À mi-parcours de cette tournée, Wolfman, Mick et moi sommes allés au Portugal nous faire poser des implants à la naltrexone. Cet été-là, j'ai aussi fait un long séjour au Priory Hospital du nord de Londres, à cause de mon affaire de justice. À Londres, je m'étais de nouveau fait arrêter. La quantité que les flics avaient trouvée sur moi devait être assez importante, car ils comptaient bien, cette fois, me faire tomber pour trafic. Du coup, j'ai reçu l'obligation de rester en cure de désintoxication jusqu'au jugement. La police disait que j'irais certainement en prison. Pendant le transfert du commissariat au tribunal, un inspecteur m'a suggéré, dans mon intérêt, de leur donner le nom de gros trafiquants. Si j'acceptais, ils se montreraient compréhensifs. J'ai répondu : a) que je ne connaissais pas de gros trafiquants et, b) que si j'en connaissais je ne pourrais évidemment pas balancer leurs noms, ils savaient bien pourquoi. Entrer en désintox me faisait mal au cul, mais pas assez pour que je devienne une balance. Je m'en suis sorti sans passer par la case prison, mais j'ai eu droit à trente et un jours de cure – au Priory Hospital. Le gros titre en une du *Times*, ou peut-être du *Telegraph*, je ne suis plus très sûr, était : « Veinard de cracker ! »

Kate m'a rendu visite au Priory Hospital, ce que j'ai trouvé très gentil. Là-bas, je m'arrangeais pour faire passer de la drogue en douce. L'équipe soignante voyait bien que, de temps en temps, quelque chose clochait, mais ils n'arrivaient jamais à identifier le problème. La cure était située dans un bâtiment classé assez exceptionnel et dans un quartier plutôt luxueux de Southgate, Enfield. Je me suis fait une grosse bande de potes dans cet hosto, des jeunes drogués fans de musique. Par bien des côtés, la cure ressemblait à une colonie de vacances. Rien que des accros à la kétamine qui se marraient bien pendant les séances de thérapie de groupe.

Pendant que j'étais en désintox, les Babyshambles tenaient le haut de l'affiche au festival Loaded in the Park, à Clapham Common. Je me suis pointé au concert dans ma tenue d'hôpital, j'ai joué et je suis rentré tout de suite après. Il fallait que je respecte l'horaire imposé par le Priory. Lily Allen, qui était aussi à l'affiche, est venue me voir backstage et m'a dit des choses étranges : « Toi et moi, Pete, on est pareils. On est de la classe moyenne. Mon grand-père était inspecteur des impôts. » Je lui ai répondu que non, on n'était pas pareils, parce que mon grand-père était chauffeur de taxi. Ce même soir, j'ai vomi sur les pompes de Goldie.

Je m'étais toujours dit que j'aurais dû faire plus de collaborations avec des gens célèbres. Alors, quand on m'en a demandé une sur le single « Prangin' Out » de Mike Skinner des Streets, j'étais ravi. Il avait beaucoup de succès à l'époque, mais je le suivais depuis un bout de temps, parce que j'aimais beaucoup ses textes et son personnage de poète excentrique. À ma sortie du Priory Hospital, je suis allé dans son studio de l'ouest de Londres pour faire les voix. Lui n'était pas là. Je crois qu'il essayait d'arrêter la came à ce moment-là, ou peut-être était-il déjà clean. Bref, j'ai bossé seul avec son ingénieur du son, ou son producteur. Puis, quand nous nous sommes enfin vus en vrai, je crois que j'ai de nouveau vomi. Tu m'étonnes que personne ne voulait travailler avec moi ! Nous avons tout de même fait une couverture conjointe du *NME* et nous avons toujours conservé du respect l'un pour l'autre. Je me souviens qu'il avait dit de très gentilles choses sur mes textes. À la vérité, moi et mes contemporains – les Lily Allen, Mike Skinner, Noel Gallagher, etc. – étions comme des vaisseaux voguant dans la nuit : nous restions prudemment à distance.

23

Mark Blanco

2006 (épisode 2) : fiancé à Kate avec mariage en vue – voyage à Florence. « La bataille de Rome ». Tournage de vidéos avec Julien Temple. La mort de Mark Blanco – la nuit du drame et l'enquête qui a suivi.

Kate a annoncé officiellement nos fiançailles en octobre 2006. Nous devions nous marier dans une petite église proche de sa maison de campagne. À sa demande, le curé est venu nous voir pour nous bénir et parler de l'organisation de la cérémonie. J'ai trouvé ça gênant. À un moment, je me suis senti si offensé que je l'ai jeté dehors. Il avait osé demander à Kate si elle avait bien pris en compte la situation : n'étais-je pas un peu jeune et un peu instable ? J'écoutais, assis avec eux à la table de la cuisine, en me demandant s'il me prenait pour un sourd. Puis je lui ai demandé de dégager. Je n'ai pas fait plus poli.

Kate et moi adorions les charades. Quand j'ai rencontré son frère pour la première fois et qu'on a commencé à évoquer le mariage, il m'a dit que j'aurais son consentement si Kate et moi les battions, lui et sa compagne, aux charades. C'était un pur mec de Croydon, pas un branchouille fashionista. Et Kate et moi les avons battus.

J'étais très heureux à cette époque, car Kate avait fait un effort avec certains de mes amis. Après un concert à Londres, je me suis réveillé en pleine nuit dans sa maison de St John's Wood, et je l'ai trouvée à la table de la cuisine, en pleine discussion avec Sally Anchassi. Les deux femmes étaient très différentes. Il n'est jamais facile de créer un climat de confiance entre des gens d'origines et de trajectoires différentes, mais j'aime quand cela fonctionne et que les gens interagissent. Sally s'occupait toujours de manager les Babyshambles en tournée et Kate était venue avec nous en Italie, où elle était montée sur scène, à Milan et Florence, pour chanter « La Belle et la Bête ».

La raison principale pour laquelle elle nous avait rejoints n'était pas la chanson. À Florence se trouvait un joaillier chez qui je devais acheter une bague vénitienne Renaissance dont Kate avait envie. Tout ce que j'ai gagné sur cette tournée y est passé. Cette bague m'a coûté quatorze mille livres. Horrible ! Pas la bague, qui était magnifique, mais le prix, proprement hallucinant. Quand nous avons joué à Rome, Kate était déjà rentrée à Londres. Ce concert romain a donné lieu à un article dans le *Sun*, intitulé « La bataille de Rome ». Un vrai carnage, ce concert, terriblement fougueux. Adam s'est fait agresser sur scène, tandis qu'Adrian, debout sur un moniteur, brandissait un pied de micro pour repousser la foule. Sur une photo de cette soirée mémorable, j'apparais le crâne ensanglanté, conséquence d'une bagarre avec des paparazzis italiens. Cet article du *Sun* est le seul dont j'ai pensé qu'il était un putain de bon article, comparé à tous les autres, qui avaient été si embarrassants. La tournée italienne des Babyshambles a été partout spectaculaire. Mais Rimini l'emporte haut la main, avec son anecdote légendaire, celle de la « Rimini Slasher », une fille qui avait insisté pour taillader les fringues de Mick et qui avait fini par l'avoir à l'usure. J'étais dans ma chambre avec deux filles quand on a cogné à la porte. Quand j'ai ouvert, il était là, en lambeaux, avec cette fille qui continuait son carnage et qui s'est exclamé : « Soyons romains, faisons une orgie ! »

Même si j'étais au mieux avec Kate, il y avait tout de même des hauts et des bas. Tout du long, notre relation a été en dents de scie. Je n'étais pas un ange, certes, mais les tabloïds et leurs mensonges noircissaient le tableau. Une fois, ils ont prétendu que j'avais eu une aventure, en tournée, avec un mannequin d'Afrique du Sud, Lindi Hingston. C'est bien arrivé, mais après la rupture avec Kate. À cette époque, le « Kate Gate » était du passé, sa carrière s'était complètement remise du scandale cocaïne et elle signait des contrats de tous côtés.

Kate nous avait autorisés à filmer la vidéo de « Love You but You're Green » chez elle, dans les Cotswolds. Le réalisateur était Julien Temple. Ce fut un désastre complet. À cause d'un changement de planning de dernière minute, il n'était plus possible de tourner chez Kate. Alors Julien a tourné en extérieur, sur des chemins de campagne, tandis que notre bus de tournée était garé à l'arrière de la maison. Nous avions déjà fait appel à Julien pour « The Blinding » et nous étions très flattés et très excités de travailler de nouveau avec lui, surtout à cause de ce qu'il avait fait avec les Sex Pistols. Cela faisait partie d'un plan de promo de Parlophone. L'album *The Blinding EP* a vraiment bien marché, mais la vidéo du single-titre était particulièrement étrange. Nous avions toujours galéré avec nos clips et il m'a fallu des années avant d'arriver à un résultat valable. Quoi qu'il en soit, c'est par Julien que nous sommes entrés en contact avec Strummerville, la fondation de Joe Strummer, pour laquelle les Babyshambles ont fait une reprise de « Janie Jones », la chanson des Clash – version qui est sortie en single. Drew s'est occupé de la production et a fait participer un tas d'autres groupes. Carl est venu chanter sur notre reprise. Drew savait prendre le pouls de l'industrie du disque et du monde de la musique. Il était toujours au bon endroit au bon moment. Mick et moi le surnommions « Social Drew » et il le méritait bien, toujours présent sur la liste des invités des soirées de charité trendy pour lesquelles il se chargeait d'organiser des concerts.

Les Babyshambles n'ont pas cessé de tourner à cette époque. Adrian et Andy nous ont fait faire des concerts non-stop, dans toute l'Europe et au Royaume-Uni, de la fin du mois de septembre jusqu'à la fin du mois d'octobre puis, de nouveau, de début décembre au début de l'année 2007. Nous avons aussi enregistré, encore une fois à la Doghouse : « Terrible Pain » avec le Général et « Hired

Gun », chanson écrite par Alan. C'est au beau milieu de cette période mouvementée et très occupée que Mark Blanco est mort. Début décembre.

C'était étrange, car je ne le connaissais pas vraiment. Mais, après sa mort, beaucoup d'amis à lui sont sortis du bois. Martin Tomlinson, du groupe Selfish Cunt, s'est mis en tête de trouver le fin mot d'un drame qu'il trouvait mystérieux. Je l'ai rencontré dans la maison de Kate à St John's Wood, à un moment où j'avais la maison pour moi tout seul pendant une semaine, ce qui était plutôt rare. En gros, Tomlinson m'a accusé de m'être enfui en laissant son pote crever tout seul dans la rue. Euh, ben... ouais, en fait. Qu'est-ce que je pouvais dire ? Il avait raison. À l'époque, avec moi, on tirait à vue. Alors je n'avais pas spécialement envie de me retrouver à moins de cinq cents mètres d'un flic, en particulier avec un corps inconscient à mes côtés. À la fin du mois de novembre, j'avais violé mon obligation de soins pour la énième fois et avais été arrêté et inculpé pour possession de crack et d'héroïne. Je devais comparaître devant le tribunal le lundi suivant. J'ai finalement été condamné à payer une amende de sept cent soixante-dix livres, on m'a retiré mon permis de conduire pendant quatre mois et rappelé à l'ordre sous peine de prison ferme à la prochaine interpellation. Voilà pour les faits que je connais et qui justifient mon attitude. Mais comment est-ce que j'explique que Mark Blanco soit mort ? Je ne peux pas l'expliquer, je ne sais rien. Personne ne sait ce qui s'est passé.

C'était un samedi soir très bordélique. J'étais à l'hôtel Malmaison dans le quartier de Farringdon, je faisais la fête. J'avais besoin d'une pause, alors je suis allé chez Paul Ro avec Kate Russell-Pavier, que je venais de rencontrer, pour me reposer un peu. Je voulais fumer tranquille avant de retourner à l'hôtel. Chez Paul, il y a eu un incident, une bagarre, et un type archi bourré a commencé à m'emmerder. J'ai dit à Paul : « Soit il se barre, soit c'est moi qui me barre », et j'ai été soulagé que Paul choisisse la première option. Je savais que Paul et ce mec étaient potes. Le mec, c'était Mark, et il a dû être blessé que Paul choisisse la soi-disant star du rock dont il entendait parler sans arrêt plutôt que lui, le pote lambda en quête de reconnaissance – c'est ce que disaient ses amis, que Mark estimait mériter un peu de célébrité parce qu'il avait le charisme pour ça.

J'avoue ne pas avoir bien perçu ce fameux charisme. Mark ne s'était pas montré cordial, il ne m'avait pas tendu la main, il s'était comporté en casse-couilles plein d'amertume. Peut-être avait-il entendu dire que j'étais un type un peu explosif, un peu soupe au lait, mais pas cette nuit-là. Cette nuit-là, fracassé de fatigue, j'étais plutôt du genre moelleux, et lui qui m'asticotait, qui m'asticotait… Sur le coup, à cause de son agitation anormale, j'ai pensé qu'il était un peu perturbé. Il était en boucle sur la pièce dans laquelle il jouait au coin du George Tavern Pub, *Mort accidentelle d'un anarchiste* de Dario Fo. Il brandissait sous mon nez, comme un dingue, les affichettes du spectacle. En temps normal, j'aurais été ravi de discuter avec lui théâtre local, mais il n'était pas en état de discuter, il me collait de plus en plus et semblait perdre les pédales. Si je pouvais remonter le temps, je crois que je le prendrais dans mes bras pour une grosse embrassade en lui demandant de me parler de son très intéressant prochain spectacle.

Mark était super grand et, quand je me suis levé pour mettre fin à son harcèlement, je l'ai trouvé très intimidant – d'autant plus qu'il m'avait coincé dans un angle de la pièce. J'ai été très surpris d'apprendre que l'autopsie n'avait décelé aucune trace de drogue dans son sang, parce qu'il n'arrêtait pas de me bassiner avec le crack, son visage quasiment collé au mien. « Tu veux du crack ? Tu aimes ça, non, Pete ? Tu veux du crack ? » Il répétait cela de façon vraiment bizarre, en surarticulant et avec un léger zozotement. À l'évidence, s'il n'avait pas pris de crack – mais j'étais persuadé qu'il en avait pris –, il me parlait sur un ton très méprisant et ça m'a fait chier. Défoncé ou pas, j'ai demandé à Paul de le foutre dehors. Ce qu'il a fait. Une fois dehors, Mark s'est mis à tambouriner sur la porte, que nous avions fermée à clé et verrouillée de l'intérieur. J'étais soulagé, cependant. Il ne pouvait plus entrer.

Puis les coups sur la porte ont cessé et je me suis enfin détendu. Un peu plus tard, nous avons entendu des cris dans la rue. Je suis descendu et je l'ai vu, étendu par terre, avec du sang qui lui coulait de la tête. J'étais sous le choc. Quelqu'un, de l'appartement, a appelé une ambulance. C'est là que je me suis barré. Je n'ai su qu'il était tombé du balcon que deux jours plus tard, quand je l'ai lu dans les journaux. Cette nuit-là, j'avais d'abord pensé qu'il avait glissé en marchant et s'était simplement ouvert le crâne. Jamais je n'aurais pu imaginer qu'il était mort.

Je n'ai pas le sentiment d'avoir fait quelque chose de mal en me barrant. Je sais pourtant que ça en a l'air. Je dirais que j'ai fait au mieux. Il fallait que je me protège. Je voulais aussi protéger la gamine que j'avais entraînée dans cette soirée et qui n'avait que dix-neuf ans. Je ne me rappelle pas que Johnny Headlock ait joué le moindre rôle ce soir-là, même si j'ai su, plus tard, que des images de vidéosurveillance le montraient quittant les lieux peu de temps après moi. Je ne sais pas comment et quand il était arrivé chez Paul. Le flic de la criminelle qui m'a interrogé a été très rassurant. Il m'a dit dès le départ qu'il savait que je n'y étais pour rien. Je ne peux pas vous expliquer à quel point j'étais reconnaissant de l'entendre dire ça. J'avais enfin affaire à des vrais flics, pas comme ceux qui me couraient après d'habitude pour consommation de drogue et me menaçaient de me charger à mort, genre « ta parole contre la nôtre ».

L'enquête ayant été rouverte plusieurs fois, j'ai désormais une idée plus précise de qui était présent chez Paul ce soir-là. Annabel était là. C'est elle qui aurait trouvé Blanco sur la chaussée en sortant pour acheter des cigarettes. J'aimais beaucoup Annabel. Elle entretenait une liaison secrète avec Paul. Fille d'avocat et petite-fille d'un membre du Parlement, c'était une femme bien élevée qui s'encanaillait un peu. Naomi aussi était présente ce soir-là. Sorte de louve solitaire, cette fille mystérieuse avait une réputation de menteuse compulsive, voire de sociopathe.

Pendant des années, j'ai cru qu'elle était de ces traders qui se droguent de façon occasionnelle. Elle venait parfois aux concerts des Babyshambles, mais nous la voyions surtout dans les endroits où, après le spectacle, les gens se réunissaient pour fumer du crack.

Après être partis de chez Paul cette nuit-là, nous sommes rentrés à l'hôtel Malmaison. Johnny était là sans aucun doute, car je me rappelle qu'il a poignardé Mick avec un couteau à viande. Quand nous sommes arrivés, l'endroit avait subi pas mal de dégradations. La porte avait même été sortie de ses gonds. Il était temps que je foute les gens dehors, même si je n'étais pas pour rien dans tout ce bordel. La police est arrivée aux premières heures du jour pour virer tout le monde. Ce que je voulais, c'était un endroit tranquille pour me reposer, et voilà que ma chambre d'hôtel chic venait d'être saccagée – le montant des dégâts figurant sur ma note de room-service. J'étais sous kétamine à ce moment-là, avec plus de choses à chasser de mon esprit que d'habitude, après le stress de ce qui s'était passé chez Paul.

J'ai été, autrefois, si souvent offensé par ceux qui m'accusaient d'être complice de je ne sais quel projet d'assassiner Mark Blanco que je n'avais guère le temps de m'attrister de sa disparition – ce que je fais à présent. Je crois que ce sentiment venait rarement à la surface, parce qu'à cette époque la colère prenait le dessus. Aujourd'hui, le temps a passé et je regarde les choses avec plus de distance. Je vois toute l'atrocité de cette histoire, l'atrocité de mon geste, quand je me suis enfui alors que son corps gisait, inconscient, sur la chaussée.

On m'a dit que des images de vidéosurveillance montraient que Mark était parti puis revenu. Sur ces images d'assez pauvre qualité, on le voit quitter l'immeuble, trébucher contre une voiture en stationnement et partir en titubant sur la route, puis revenir vers l'entrée de l'immeuble. Un peu moins d'une minute plus tard, la vidéosurveillance le montre en train de tomber du balcon du premier étage. On me voit aussi sortir et m'approcher de son corps à 12 h 39, puis quitter la scène à 12 h 50.

Quand j'ai compris qu'il n'était pas passé par-dessus le balcon la première fois que nous l'avions mis à la porte, j'ai été soulagé, car c'est ce qui m'avait inquiété au début. Paul avait une théorie : Mark était tombé en tentant de grimper sur le réverbère. Il ajoutait que Mark lui avait dit, pendant la soirée, qu'il voulait sauter, depuis le balcon, sur le réverbère de l'éclairage public. Paul avançait que c'était peut-être une sorte de performance artistique en lien avec la pièce de Dario Fo dans laquelle jouait Mark et qui mettait en scène le mensonge de policiers assassins qui faisaient passer le meurtre d'un anarchiste pour une chute accidentelle ou un suicide.

Les aveux de Headlock ont été un énorme choc. Le soir du drame, il était complètement bourré et à la rue, et il a prétendu qu'il avait tué Blanco pour avoir un endroit où coucher cette nuit-là. La police n'a pas jugé ses aveux crédibles et j'ai entendu dire qu'il avait été interné. Tout le monde savait que l'éternel fantasme de Johnny était de passer pour un dur à cuire. Je l'imagine bien fanfaronner ici et là qu'il avait poussé Mark du balcon, que c'était comme ça qu'il réglait leur compte aux emmerdeurs, une bravade de mec bourré qui veut jouer les gros bras. Un baratin très bêtement indélicat quand des gens sont dans la peine.

La vérité est que je n'ai rien à voir dans la mort de Mark Blanco, que je n'ai demandé à personne de le pousser du balcon, pas plus que je ne l'ai poussé moi-même. Je ne crois pas qu'il ait été assassiné, mais je comprends que les zones d'ombre entourant sa mort ont pu prêter à bien des théories plus ou moins conspirationnistes. Ce que veulent certains et ce qu'ils tentent de présenter comme la vérité est injuste. Je veux bien que Johnny Headlock soit un taré de bonne foi avec un penchant pour la violence extrême, mais le désigner comme coupable dépasse les bornes, même si je comprends la souffrance d'avoir perdu quelqu'un qu'on aime. Que la mère de Mark continue à penser que je suis pour quelque chose dans la disparition tragique de son fils me brise le cœur. J'en déduis qu'elle est encore incapable de faire la paix avec cette terrible tragédie.

24

Shotter's Nation

2007 : une cérémonie sur la plage avec Kate. Une opération de sauvetage. Le visage de Gio-Goi. Couverture de Vogue *et accident de voiture à Ibiza. Rencontre avec Shane MacGowan. Première exposition de mes tableaux de sang. Enregistrement de* Shotter's Nation. *Rencontre avec Keith Richards et Paul McCartney. Rupture avec Kate.*

Récemment, j'ai retrouvé un Polaroid de Kate et moi, pris sur une plage de Thaïlande en janvier 2007, pendant notre « cérémonie ». Ce n'était pas un vrai mariage, plutôt une sorte de rituel comme on fait là-bas : on enroule autour de vos deux cous un serpent en vous offrant des fleurs tandis que vous jurez fidélité éternelle de votre cœur au cœur de l'autre. Ces vacances ont fini dans un sacré bordel. Nous étions là-bas avec Sir David Tang, homme d'affaires multimillionnaire de Hong Kong et ami de Kate, qui avait l'habitude de passer des vacances avec elle et toute une bande dans des endroits de ce genre ou sur des bateaux. Sarah Ferguson était aussi de la partie.

J'ai fini par déserter, j'ai rencontré des routards et je me suis fait arrêter. Je courais partout comme un taré quand je les ai rencontrés. Puis ils m'ont filmé en train de me piquer dans un hôtel de Phuket et ils ont vendu les images. Kate et David sont venus au commissariat payer la caution pour me sortir de prison, et j'étais tellement défoncé que j'ai traité Kate de conne avant de lui envoyer un fly-kick et de m'enfuir en courant sur l'autoroute. Ensuite, c'est le trou noir. Tout ce que je sais, c'est que je me suis réveillé à Heathrow vêtu d'un short de policier thaïlandais et sans mon passeport. Le short, c'était une blague de David Tang, qui apparemment trouvait ça drôle. En Thaïlande, j'avais été chez un tailleur me faire confectionner un costume pour pas cher et cela avait dégénéré en dispute, je ne sais même plus pourquoi. C'est juste après que je me suis enfui et que j'ai rencontré les routards. Au grand amusement de David, le costume a été livré trois jours après mon rapatriement.

À mon retour, j'ai bossé avec Anthony Donnelly pour Gio-Goi, sa marque de streetwear. J'avais été payé pour devenir le visage de la marque et je devais aussi assurer le stylisme d'une collection, comme ce que Kate avait fait avec Top Shop. C'était un peu gonflé, mais j'ai tout de même eu quelques idées fortes. En fait, beaucoup de pièces avaient déjà été conçues et mon rôle se bornait à les valider ou pas. J'ai fait un petit concert pour le lancement de la collab' au grand magasin Selfridges, puis nous avons fait des photos pour le *Sunday Times*. Ce jour-là, Anthony m'a sauvé la vie. Mon implant s'était salement infecté. Anthony m'a allongé dans son Range Rover et m'a transporté jusqu'au

Bupa, un hôpital privé. C'était horrible, j'avais l'estomac qui recrachait les pilules de l'implant avec du pus. J'étais très mal en point et on a dû m'opérer. Anthony a payé pour moi. Dieu que je lui suis reconnaissant !

Quand Kate est rentrée de Thaïlande, nous nous sommes réconciliés et nous sommes partis à Dublin avec Gio-Goi. Pendant notre séjour, nous sommes allés retrouver Shane McGowan dans un restaurant chic où je lui ai passé une pipe sous la table. Puis il a dit : « J'aime beaucoup ce Johnny Depp, ouais, et j'aimais beaucoup quand Kate était avec lui. Tu savais qu'il était à moitié indien, à moitié allemand, à moitié irlandais ? » Je lui ai répondu que parler d'un ex-petit ami de Kate devant moi était plutôt indélicat et qu'en plus il était nul en maths. « Ouais, mais c'était quand même son petit ami et il en connaissait un rayon sur la baie des Cochons. Toi, qu'est-ce que tu sais de la baie des Cochons ? » Je dois bien admettre qu'à l'époque ma connaissance du sujet était plutôt limitée.

Kate adorait Anthony et son frère Chris. Nous séjournions dans leur villa d'Ibiza quand nous avons failli mourir dans un accident. C'était au moment du shooting de la couverture de *Vogue* que je devais faire avec Mario Testino. La femme de Shane MacGowan, Victoria Mary Clarke, faisait partie de l'équipe et Shane s'est pointé pendant la séance photo. Il s'est désapé et a insisté pour que je fasse la même chose. « Allez ! Enlève tes fringues, ça va faire une super photo. » J'ai fini par me casser la gueule, complètement à poil, à travers le cyclo qui servait de fond.

À Ibiza, alors qu'avec Kate nous roulions à flanc de montagne, j'ai quitté la route. Je n'ai jamais parlé à personne de cette histoire, mais nous aurions pu y passer. Kate et moi n'avions rien, mais la voiture était complètement foutue. On nous attendait à une soirée *fashion* et nous nous sommes retrouvés à errer dans les collines, complètement perdus dans la nuit.

Je vivais à présent dans un très étrange endroit du quartier de Shepherd's Bush où mon père avait passé sa jeunesse, juste sous la Westway, portion surélevée de l'autoroute 40. C'était un logement préfabriqué, en planches et poutrelles métalliques, au-dessus de l'atelier d'un mécanicien, que j'appelais « L'Étagère ». Une radio pirate était aussi installée là. Le type qui s'en occupait, dealer de crack à ses heures, se faisait appeler Satan. La radio diffusait de la techno, du garage et du hip-hop et, ma guitare acoustique dans le dos, j'y faisais parfois de petites apparitions, ce qui amusait tout le monde. Un jour, Lindi, le mannequin sud-africain qui deviendrait quelques années plus tard la mère de ma fille, m'a envoyé un message pour me dire qu'elle déjeunait avec la mère de Satan. Le monde est un enfer décidément bien petit.

L'Étagère était le refuge idéal pour réfléchir et travailler. Andy Boyd m'avait dealé un loyer raisonnable avec le mécanicien d'en dessous. Certes, c'était un taudis, mais il y avait l'eau courante et des toilettes de chantier. Toute la journée, en dessous, ça réparait des bagnoles et je devais attendre six heures du soir pour pointer le bout de mon nez et utiliser les toilettes. La chanson « Broken Love Song » sur *Grace/Wastelands* a été écrite à cet endroit – *« Under the Westway, down by the Scrubs, how long must we wait for them… killing us, they are the loneliest »*. Tout près de Wormwood Scrubs et du terrain des QPR, ce lieu était aussi collé à un camp de Gitans irlandais. Je me suis fait bien avoir par deux gosses de ce camp, des mômes de onze ans avec des visages de vieux de soixante. Un jour, ils ont prétendu que leur grand frère avait un cadeau pour moi, puis ils ont sorti un revolver d'un mouchoir. Dès que j'ai eu posé ma main sur la crosse… « Ah, ben, mince, maintenant, y'a tes empreintes dessus ! On veut trente mille ou tu tombes pour vol à main armée. »

J'entreposais toutes mes toiles dans ce taudis et j'essayais d'y peindre et d'y écrire des chansons. Je ne voyais personne. Qui aurait voulu venir jusqu'ici ? C'était tellement naze comme endroit. Les gens pensaient sûrement que je pouvais m'offrir mieux. Seulement, l'avance de Parlophone avait dû être divisée en quatre, moins la part de nos managers, Adrian et Andy. Puis il fallait prendre en compte le coût de ma dose quotidienne de came. Bref, l'argent fondait comme neige au soleil.

Andy Boyd m'avait organisé une exposition à la galerie Bankrobber à Notting Hill. Elle s'intitulait *Bloodworks*. Andy avait ce talent de faire surgir l'argent comme par magie. Quand j'ai peint mon premier tableau avec du sang – celui qui a été utilisé pour la couverture de *Full Moon Empty Sports Bag* –, j'ai déclaré que me servir du mien était une façon d'évoquer le caractère autodestructeur de la célébrité. À la vérité, ces tableaux de sang n'ont jamais été un commentaire direct ou intentionnel de quoi que ce soit. J'utilisais tout bonnement un matériau que j'avais sous la main. C'est marrant, cette façon que j'ai de fétichiser les choses et les gens – Owen, par exemple. C'est vraiment un trait de mon caractère. Très longtemps, quand j'étais plongé dans l'univers de la drogue, mes tableaux reflétaient aussi une fétichisation de cet univers – des seringues, du sang, des marmites et des cuillères. Beaucoup de mes travaux de l'époque consistaient simplement à dessiner au doigt autour d'une cuillère, en utilisant le noir de son dos, « the dark side of the spoon » si vous préférez, ou à utiliser mon sang. Une immersion crasseuse, sordide dans ce monde de la came, une façon d'en sortir, de sauver quelque chose de cette nuit sans fin. C'était ainsi que je m'exprimais, en traçant quelques textes étranges sur la toile, la silhouette d'un bras, d'un pied pris dans un garrot, avec du sang, du sang partout, beaucoup de sang.

J'aime énormément Jean-Michel Basquiat, l'artiste new-yorkais. Je trouve dans mon travail quelques échos du sien, notamment les collages, l'utilisation du texte, les silhouettes. À l'époque, Basquiat n'était pas une source d'inspiration pour moi, mais plus les années ont passé, plus je me suis senti attiré par son travail. J'ai fait plusieurs expositions après cette première à Notting Hill, dont une à Paris, en janvier 2021, intitulée *The Fantasy Life of Poetry & Crime* à la galerie Chappe. Un lieu vraiment très cool, près du Sacré-Cœur, dans une petite rue pavée qui grimpe sec, où j'ai fait deux ou trois expos, dans le coin le plus mythique et le plus romantique de Montmartre, là où Carl et moi habitions quand nous avons écrit « Don't Look Back into the Sun ».

Pour ce qui est de la peinture, mon style est toujours resté à peu près le même. Je suis reconnaissable à quinze kilomètres. Durant ma première exposition, chez Bankrobber, j'ai tout vendu, quatorze toiles. J'étais stupéfait, et ravi. C'était donc possible, des gens étaient prêts à mettre la main à leur porte-monnaie pour mon travail. Bankrobber avait une réputation de galerie sérieuse et bien installée, et les tableaux étaient plutôt chers. Robin Barton, le curateur de l'expo, était un célèbre photographe devenu marchand d'art. Par la suite, il s'est occupé de la première exposition de Banksy à New York. Grâce à cette exposition chez Bankrobber, je suis entré en contact avec des collectionneurs. Quand des gens commencent à vous collectionner, c'est une autre aventure, quelque chose qui s'inscrit dans la durée. D'ailleurs, ces collectionneurs du début suivent encore mon travail aujourd'hui. Quand je vois certaines collections de mes œuvres, je suis très envieux et je regrette presque de ne pas avoir conservé pour moi certaines toiles, notamment les très grandes, que je faisais tout au début et dans lesquelles j'avais mis tant de moi.

L'exposition à la galerie Bankrobber était concomitante de la sortie d'un livre, *The Books of Albion*, recueil de textes tirés de mes journaux et illustrés de dessins au sang. Ce livre me mettait mal à l'aise, parce qu'il avait été édité de façon très bizarre. J'étais conscient qu'en faisant ce livre je ferais de la peine à certaines personnes, mais c'était sans doute de l'ordre de l'exutoire pour moi. Cependant quelque chose dans ce livre reste inachevé.

Je passais presque tout mon temps avec ma guitare acoustique, j'écrivais des chansons plus douces. Nombre de celles de l'album *Shotter's Nation* ont été écrites lorsque je vivais seul dans la maison de campagne de Kate. Des chansons qui avaient même un caractère bucolique. Quand j'étais seul au manoir, je mettais *Harvest* de Neil Young, volume à fond. Parfois, j'écoutais aussi la folk de Bert Jansch. J'avais conscience que les trois albums que j'avais sortis avec les Libertines et les Babyshambles étaient plutôt raides. J'avais désormais envie de plus de douceur. J'écrivais des textes où je ruminais ma relation avec Kate et le grand écart absolu qui existait entre la désolation de ma vie misérable à L'Étagère et le luxe de la maison de St John's Wood. La plupart de mes journaux de cette période contiennent de multiples variations de chansons écrites à ce moment-là, comme « Unstookie Titled » et « Deft Left Hand ».

C'est aussi le moment où j'ai commencé à jouer de plus en plus en solo avec ma guitare. C'était une décision de ma part. Ainsi, quelque chose de différent s'exprimait, surgissait. Mon premier gros concert solo a eu lieu au Hackney Empire. Carl est venu m'accompagner et nous avons joué ensemble quelques chansons des Libertines, toujours à la guitare acoustique. C'était la première fois depuis bien longtemps que je jouais avec Carl et c'était très émouvant. J'ai aussi joué avec Bert Jansch ce soir-là, « Needle of Death ».

Un moment formidable qui reste, jusqu'à aujourd'hui, un des meilleurs souvenirs de ma carrière de musicien. Bert Jansch, légende de la folk écossaise, avait inspiré des gens comme Jimmy Page et Neil Young. « Needle of Death » était un titre de son premier album, sorti en 1965, une chanson sur l'héroïne. J'étais très satisfait de la version que nous avions faite ensemble, mais quand j'écoute le live de ce concert je m'aperçois, parce qu'on entend le bruit des conversations qui continuent pendant que nous jouons cette magnifique chanson, preuve que les fans n'avaient aucune idée de qui était Bert. Nous avons aussi interprété une nouvelle chanson à moi, « Lost Art of Murder ». J'ai de si bons souvenirs de mon travail avec Bert. Lui et sa femme étaient venus à St John's Wood – Kate n'était pas là, partie je ne sais où – et, pendant des heures, nous avions répété « Lost Art of Murder » et « Needle of Death ».

Je n'ai aucun souvenir de la façon dont Bert et moi avions été mis en contact, mais je remercie la personne qui, quelle qu'elle soit, en est responsable. Bert a également participé à *Shotter's Nation*. Je suis allé le voir chez lui avec Alan. C'était une maison de ville avec des tonnes de guitares sur les murs. J'avais dit à Alan que je voulais y aller seul, que c'était mieux pour faire connaissance, mais il a insisté pour m'accompagner, en me sortant son truc incompréhensible sur les mecs, etc. Un peu intimidés, nous nous sommes installés dans son jardin, un rectangle tout en longueur, puis sa femme nous a apporté du thé. Le couple vivait dans cette maison depuis leur arrivée à Londres en 1969, et c'est aussi là que Bert est mort peu après, vite suivi par sa femme, qui ne lui a survécu qu'une année. Alors que nous jouions dans ce jardin, je me suis senti traversé par la sensation vaste et profonde de me trouver au cœur de l'histoire britannique de la guitare. Bert était un magicien. C'était aussi un vieux ronchon et sa femme n'arrêtait pas de le lui faire remarquer. Il me demandait sans cesse ce que je voulais sur « Lost Art of Murder ». Je lui ai répondu : « Que tu te fasses plaisir. » Bert s'en tenait à des choses très basiques, là où j'aurais préféré tout de même quelque chose de plus sophistiqué, un picking un peu complexe. Pendant l'enregistrement, il a fait comme au fond de son jardin, simple, basique, et j'étais un peu déçu.

Je n'avais pas du tout vu le lien qu'on pouvait faire entre « Lost Art of Murder » et la mort de Mark Blanco, particulièrement la façon dont le refrain pouvait résonner : *« What a nice day for a murder »*. Évidemment, aujourd'hui, je comprends ce qu'on a pu penser. Mais, en aucun cas, cette chanson n'avait à voir avec Mark – sa mort n'était pas un meurtre. À dire vrai, le titre venait d'une grosse bourde de ma part. J'étais persuadé qu'il s'agissait de celui d'un essai de George Orwell, mais le titre du livre auquel je pensais était en fait *Decline of the English Murder* (*Déclin du meurtre à l'anglaise*) – l'erreur de couillon. Ce n'est qu'à la sortie de *Shotter's Nation* que j'ai réalisé ma méprise. J'étais dégoûté.

L'enregistrement de *Shotter's Nation* a eu lieu à Londres, aux studios Olympic. Stephen Street était chargé de la production. Il avait déjà produit Blur et Morrissey – ses principaux titres de gloire. Du premier au dernier jour de mix, Stephen savait exactement où il allait. Il avait une idée précise de ce qu'il voulait et l'a entièrement accomplie – coller partout des arrangements de cordes, y inclure des bouts de guitare. Du coup, il n'y a pas vraiment eu de prises purement live. Côté voix, il n'a cessé de me pousser dans mes retranchements. D'une certaine façon, il me faisait penser à Bernard Butler, un type très installé, pépère, avec une femme, des enfants, une vie domestique stable. Le feu entre nous était entretenu par les histoires qu'il me racontait à propos de Morrissey, à l'époque où ils travaillaient ensemble, sur lequel je ne cessais de le harceler de questions.

Je travaillais avec Stephen Street sans trop savoir ce que j'en pensais. Ce n'est qu'une fois l'album terminé que cette collaboration est devenue pour moi une évidence. De son côté, la satisfaction était la même, si j'en crois une interview qu'il a donnée au *Telegraph* en décembre 2020 : « Je suis très fier de ce que nous avons fait. Je l'aime et je m'inquiète pour lui, et je sais qu'il détesterait m'entendre dire ça, mais il est, avec Morrissey, l'un des plus grands poètes avec qui j'ai travaillé. »

Andy Boyd était venu me chercher à Clouds House, où j'étais en désintox. L'album venait de sortir et les premières critiques commençaient à tomber. Andy a mis *Shotter's Nation* dans la voiture. J'étais agréablement surpris, et fier, en fait. Habituellement, quand j'écoutais mes disques une fois terminés, je ressentais toujours une sorte de détachement, voire de déception. Mais, en écoutant *Shotter's Nation*, je me suis dit, sans que cela ait rien à voir avec l'enthousiasme d'Andy Boyd : « Merde ! On a fait un putain de bon album. »

Depuis l'époque où les Libertines avaient signé leur premier contrat, je ne m'étais pas trouvé dans un groupe aussi soudé, aussi concentré sur son travail que celui qui avait enregistré *Shotter's Nation.* Ne se trouvaient là que des musiciens travailleurs et talentueux, dont Adam Ficek et Drew à la section rythmique. Quant à Mick et moi, nous avions écrit un paquet de bonnes chansons ensemble, auxquelles nous croyions profondément. Au final, l'album était une réussite, mais le processus qui avait conduit jusque-là avait été une route semée d'embûches. Je me rappelle que Stephen m'avait beaucoup impressionné quand il avait porté Mick, complètement défoncé à la kétamine, des toilettes à la salle d'enregistrement. J'ai alors pensé que ce type avait des qualités qui allaient bien au-delà de ce que j'imaginais.

Il lui arrivait cependant de nous gueuler dessus pour que le job soit fait. Son frère, accro au crack et à l'héroïne, s'était suicidé en se jetant d'un pont sur l'autoroute, alors la came, ça ne le faisait pas marrer. Il était même plutôt crispé sur la question. Notre collaboration était, de ce point de vue, une combinaison malheureuse, Mick et moi étant totalement accros. Stephen avait des doutes sur certains titres, en particulier « Deft Left hand », que je n'arrêtais pas de réécrire, regardant chaque mot à la loupe. Je voulais que cette chanson défonce, qu'elle soit parfaite. Côté musique, j'avais le sentiment qu'on y était. Restait à poser des paroles à la hauteur.

Chaque fois que Kate se pointait au studio, l'ambiance virait au drame, et je devais subir ses lamentations sans fin au sujet de ma toxicomanie. Elle et moi avions coécrit pas mal de chansons de cet album. Chez elle, posés le long du lit dans des cadres dorés, se trouvaient de très courts textes qu'elle avait écrits de son écriture si singulière. L'un d'eux évoquait Stevie Wonder, je ne me souviens guère de plus. Mais ce dont je me souviens, c'est que je trouvais ces textes incroyables. Alors, j'ai sorti quelques phrases de ces cadres pour les inclure dans des chansons. Elle me disait toujours que si j'utilisais ses textes j'allais devoir la faire figurer dans les crédits. De la même façon, lorsque j'étais installé à écrire, il m'arrivait de lui piquer des choses qu'elle disait. Kate avait vraiment une façon particulière de s'exprimer. Quand les paroles venaient plus d'elle que de moi, je trouvais honnête de la créditer. C'est le cas pour « You Talk » – *« you talk a good game »*, citation de Kate. Une étrange chanson sortie en single, où l'on peut entendre cette phrase qui, cette fois, est de moi : *« Bevan, he drops stones from heaven, L-O-R-D forever. »* Bevan était notre principal dealer à l'époque, et L-O-R-D évoquait le nom de sa bande à Tottenham, la bande de Lordship Lane, une bande de rappeurs et de dealers. Bevan et sa bande avaient enregistré pas mal de démos à Odessa, le studio de Gwyn. Il se trouve qu'ils le connaissaient et en pensaient la même chose que les Libertines à l'époque : « Trop lent, ce mec, vraiment trop lent. » J'ai enregistré avec eux chez Gwyn, ils étaient vingt-deux dans le studio.

Kate n'a jamais reçu la reconnaissance qu'elle méritait pour ses textes et n'a sans doute jamais touché grand-chose en droits d'auteur. Cependant, j'aime penser qu'elle écoute encore les chansons de ce temps-là avec émotion. « UnBiloTitled » est un super morceau, un des morceaux que les gens ont préféré sur l'album, du pur Wolfman/Doherty. La phrase qui dit *« The more that you follow me the more I get lost »* est de Wolfman. C'est vraiment un fin parolier. Sur « French Dog Blues » se trouve une citation évidente de la chanson « Deep Pile Dreams » de Ian Brown. J'aimais cette chanson depuis que j'étais ado et qu'à Nuneaton ou Coventry j'écoutais l'album *Unfinished Monkey Business.* Pour être tout à fait honnête, trois ou quatre titres de l'ensemble Babyshambles/Libertines/Puta Madres ont été honteusement empruntés aux Stone Roses ou aux textes de Ian Brown, et ils n'ont jamais fait chier avec les droits, ils nous ont laissés gagner nos deux balles avec. « There She Goes (a Little Heartache) » est l'un des titres dont je suis le plus fier comme parolier. Cette chanson, je la cherchais en moi depuis des années. J'avais toujours voulu écrire un truc dans ce goût-là, un air de crooner un peu jazzy. Y parvenir enfin a été une immense satisfaction.

L'album contient également des titres purement rock et très mélodiques : « Carry On Up the Morning » et « Delivery ». Ces chansons écrites avec Mick ont parfaitement fonctionné pendant les tournées de *Shotter's Nation.* Avec leur structure imparable, elles saisissaient immédiatement le public. Dans le breakdown de « Carry On Up the Morning » – *« I know where to find you, where to find you my love, in that same old place by the river »* –, je faisais référence à l'appartement de Pimlico où Kate et moi nous retrouvions en secret et dans lequel je devais entrer en passant par la fenêtre.

« Delivery » racontait, à la base, l'histoire d'un type qui travaille dans une brasserie, un type en Fred Perry et jean à bretelles qui attend une livraison de bière adossé à un mur. Mick et moi étions à la Pink Tower en train d'échafauder des textes quand j'ai dit qu'on allait écrire sur un skinhead en apprentissage dans une brasserie. Finalement, « Delivery » a pris un tout autre sens, évidemment, parce que celui qui le chantait, moi en l'occurrence, était un toxico. La naissance de cette chanson, premier single de l'album, correspond au moment où nous avions décidé de réécrire « All Day and All of the Night » en mode mineur, ce qui est tout à fait le cas dans le refrain. Pour le reste, la musique reste proche du titre original.

Quand ce titre est sorti, nous nous sommes retrouvés chez Konk, le studio de Ray Davies, dans le nord-ouest de Londres, avec le *NME*, pour une performance Babyshambles/Ray Davies. Ray s'est pointé à la dernière minute. Il ne voulait pas le faire. Au début, tout se passait très bien. Ray était au piano et nous passions du refrain de « Delivery » à celui de « All Day and All of the Night ». Cette version a été enregistrée et doit traîner quelque part, mais elle n'est jamais sortie. Puis Mick est arrivé et a fait son grand numéro. Il s'est appuyé contre un ampli et nous a fixés avec des yeux inquisiteurs. Ray était terrifié et il a fini par nous lancer : « Bon, les gars, toutes les bonnes choses ont une fin ! » Je lui ai alors tendu un drapeau, un vieux drapeau de la marine britannique avec le Union Flag dans le coin, et il m'a serré dans ses bras. Puis la séance d'enregistrement a pris fin... Dommage.

Au début du mois de juin, Kate a voulu que je l'accompagne au concert que les Rolling Stones donnaient au festival de l'île de Wight. Là-bas, Keith Richards m'a pris à part et m'a donné quelques conseils. « Remonte tes manches », m'a-t-il dit dans un rire de vieux loup de mer. Puis il m'a expliqué que, dans les années 1970, un flic de Londres, chaque fois qu'il le croisait dans la rue, lui disait : « Remonte tes manches, Richards. » Ce que Keith essayait de me dire, c'était qu'il valait mieux éviter de se piquer les veines des bras. Il m'a également conseillé de toujours m'assurer que la came que j'achetais était de bonne qualité, de qualité pharmaceutique, ajoutant que les injections sous-cutanées étaient préférables aux intraveineuses, qu'en faisant cela, on réduisait les risques. Puis il m'a donné ce dernier conseil : « Ne laisse jamais une femme te dire ce que tu dois faire ! »

Le concert allait commencer quand j'ai dit à Kate que ce serait bien d'aller dans la fosse – si tant est qu'il y en eût une à un concert des Rolling Stones. Kate préférait s'asseoir dans le carré VIP, où se trouvait toute la famille Richards. Je suis resté là avec Kate pendant deux titres, mais ça ne le faisait pas, alors je suis retourné dans la loge de Ronnie Wood – ils avaient chacun une loge –, je me suis camé et je suis tombé dans les pommes. Quand je me suis réveillé, j'étais sur le ferry avec Kate, qui m'a expliqué qu'on m'avait transporté discrètement de la loge jusqu'au bateau.

Keith Richards m'avait vraiment séduit. J'avoue que je n'avais jamais été très Rolling Stones, et je ne suis toujours pas un grand fan, mais Alan l'était et Kate aussi. Quand j'ai rencontré Keith, j'étais presque déçu de l'apprécier, parce que j'avais toujours pensé que les Stones étaient des musiciens de baloche. Lisa Moorish avait l'habitude de mettre à fond leur « Gimme Shelter », montant encore le son au moment de *« Rape, murder, it's just a shot away, it's just a shot away »*, et elle me harcelait pour que nous en fassions une reprise tous les deux. À l'époque, pour moi, c'était « Plutôt mourir ! ». Mais, les années passant, la beauté de certaines de ces chansons vous rattrape. Moi, il a fallu que j'attende d'avoir trente ans – c'est un truc de vieux renard, les Stones. Alan, lui, avait une vision mystique de tout ce qui était blues électrique. Il aimait Led Zeppelin et des trucs dans le genre. Ce n'était définitivement pas ma came. Moi, j'étais plutôt Johnny Thunders.

Kate était aussi avec moi le jour où j'ai rencontré Paul McCartney – une rencontre organisée par *The Observer* au London Victoria Palace Theatre. McCartney m'a raconté qu'il m'avait vu jouer « Lost Art of Murder » dans l'émission *Friday Night with Jonathan Cross* et qu'il avait d'abord pensé que je n'allais pas y arriver. Puis qu'il avait été surpris de voir que, finalement, je m'en étais tiré. Il faisait allusion au fait que j'avais pas mal tâtonné sur le bas de mon manche de guitare. J'étais immensément fier qu'il m'ait regardé avec tant d'attention, au point de se demander si j'allais faire ou non les bons accords. Dans les années qui ont suivi, j'ai souvent croisé son fils James, un type intéressant. Chaque fois, il me disait que son père priait pour moi, priait pour qu'un ange veille sur moi pendant mes heures les plus sombres.

Glastonbury est probablement le dernier endroit où Kate et moi sommes allés ensemble, cette même année. Un joli souvenir, à graver dans le marbre. Nous avons passé du bon temps à nous balader dans le festival sans aucun stress. Je jouais sur la scène acoustique du Greenfield. L'équipe de Gio-Goi était là. Ils ont pris des photos de Kate et moi sur une vieille moto de biker qu'ils avaient apportée pour l'occasion. Je me rappelle avoir interdit l'accès à ma caravane au mari de Stella McCartney après qu'il avait fait d'étranges commentaires sur mon état de santé. J'ai d'ailleurs viré tout le monde. J'avais apporté une grosse boîte à chaussures pleine de came – la fête ! Un matin, Kate et moi nous sommes déguisés pour sortir tranquilles. Il était cinq heures et je suis allé taguer « Lily Allen est une traînée » avec de la boue sur une grande bâche blanche, pour me venger d'une remarque désagréable qu'elle avait faite sur scène, la veille, à mon sujet.

La fin de mon histoire avec Kate n'est pas liée à un événement particulier. Nos mondes, au bout du compte, n'étaient pas compatibles. Le temps que nous avons passé ensemble a été émaillé de toutes sortes d'incidents. Kate avait fait installer un bouton d'alerte près de son lit et un autre dans la cuisine. Un jour qu'elle était absente, alors que je farfouillais au bas du lit, probablement à la recherche d'un caillou qui était tombé, j'ai poussé par inadvertance sur ce bouton d'alerte. En moins de temps qu'il n'en faut pour le dire, douze policiers armés sont arrivés au cottage de St John's Wood. Ce genre d'incident l'agaçait au plus haut point. Bref, notre relation était devenue une guerre permanente, toujours sur le même modèle : des hauts, puis des bas, aussi soudains que violents. Même si je n'en ai pas l'air, je suis quelqu'un de très fragile et je n'ai pas le fantasme de la relation destructrice. Cela n'a rien de glamour, c'est simplement épuisant et cela finit par vous rendre mauvais.

Une dernière grosse dispute a donné le coup de grâce à notre relation. Kate a bousillé une de mes guitares, une Gibson des années 1930, elle l'a littéralement écrabouillée. Puis elle a pris Pandy et l'a arrosé d'essence avant d'y mettre le feu. Ne riez pas, ce n'est pas drôle, je tenais énormément à Pandy et l'emmenais toujours avec moi. J'aimerais tellement que ce que je viens d'écrire soit un mensonge, que Kate ne l'ait pas détruit, qu'il soit encore chez elle, quelque part. Malheureusement, autant que je sache, Pandy est mort, réduit en cendres. Je n'arrive pas à le digérer. Pandy était la seule chose à laquelle je tenais vraiment. La seule fois où j'ai reparlé à Kate depuis, c'était il y a huit ou neuf ans, à Paris. Elle m'a appelé sans prévenir. Et tout ce que j'ai trouvé à lui dire, c'était : « Tu as toujours le tatouage ? »

25

Sturmy

2007-2008 : long séjour en cure de désintoxication. Déménagement à la campagne. Un tube et un album, plus une tournée dans des stades. Je traîne avec Amy Winehouse. Une photo regrettable. Un détour par Wormwood Scrubs. Enregistrement de For Lovers.

Vers la fin de l'été 2007, je suis entré, avec un implant tout neuf, au centre de désintoxication de Clouds House, à Salisbury, dans le Wiltshire. Une cure prévue pour six longues semaines et qui s'est plutôt bien passée. Mon père et Astile sont venus me rendre visite. La période était à la réconciliation familiale, et je suis devenu vraiment clean. En mai, j'avais été arrêté à Kensington pour conduite sans assurance et sans vignette, et les flics avaient trouvé du crack, de l'héroïne, de la kétamine et de l'herbe dans ma voiture. J'étais seul cette nuit-là. Mon affaire avait été ajournée jusqu'en octobre et, dans l'intervalle, je devais absolument me tenir à carreau. Le jour où les Babyshambles ont joué au V Festival, je pensais avoir de nouveau tout foutu en l'air :

la police m'a arrêté pour détention de drogue et j'ai passé la nuit au commissariat de Bethnal Green. Cependant, j'ai réussi à m'en sortir sans poursuites – d'après les flics, à cause d'une erreur de procédure : ils ne m'avaient pas présenté au tribunal dans le délai légal de vingt-quatre heures suivant l'arrestation. Coup de bol ! Cette fois-là, Andy conduisait et Rini était avec nous. J'avais une énorme quantité de came avec moi et, je ne sais plus comment, je suis parvenu à la planquer, avant que les flics ne nous serrent, dans un pylône électrique où je suis retourné ensuite tout récupérer.

Quand j'étais en traitement à Clouds, j'ai emménagé dans un petit cottage tout proche, à Marlborough, puis Rini et Mick sont venus habiter avec moi. C'est dans ce cottage que nous avons tourné la vidéo de « You Talk », où Alan, qui passait souvent, apparaît. À ma sortie de cure, en octobre, les journaux disaient que j'étais fiancé à Rini, ce qui était faux. Nous avions certes une longue relation de compréhension mutuelle, mais rien de plus. Nous nous faisions beaucoup de cadeaux, nous nous sommes même offert des bagues, mais il s'agissait d'un engagement plus spirituel que concret. D'ailleurs, il n'était pas vraiment question de sexualité entre nous, nous faisions très rarement l'amour, et notre relation a fini par devenir un truc de frère et sœur. À cette époque-là, j'ai été condamné pour préjudice corporel, après avoir chassé à coups de pied un photographe qui essayait de nous prendre en photo.

J'étais encore à Clouds quand le single « Delivery » est sorti. Si elle n'a pas été un succès retentissant, cette chanson a tout de même correctement marché. Je trouve qu'elle avait vraiment un truc irrésistible. La vidéo, filmée à L'Étagère et aux alentours, n'était pas démente, mais correcte elle aussi. Point positif : je portais un super chapeau. À cette époque, *Shotter's Nation* commençait à bien prendre et ça sentait super bon pour les Babyshambles. J'ai reçu un disque d'or pour cet album, et le succès que nous connaissions a poussé les ventes de *Down in Albion*, qui, lui aussi, a fini disque d'or. Mais, honteuse ombre au tableau, à ma sortie de Clouds, ma consommation de drogue a atteint des sommets inimaginables. Je serais probablement millionnaire aujourd'hui si j'avais réussi à rester clean quelques années. Au moment où *Shotter's Nation* arrivait dans les bacs, des affiches annonçaient la sortie d'un best-of des Libertines sans que nous ayons été mis au courant, donc sans notre accord. C'est aussi le moment où a débuté la campagne publicitaire Roberto Cavalli dans laquelle j'apparaissais.

Adrian et Andy avaient organisé une tournée dans des stades pour soutenir l'album, que Parlophone a également poussé, si bien que *Shotter's Nation* a grimpé tout en haut des classements de ventes de disques en France et en Allemagne. Son titre m'avait été inspiré par un graffiti qui ornait, depuis des années, le mur du salon de Paul Ro et que j'avais toujours adoré. Adrian et Andy espéraient aussi que nous arriverions à vendre des disques aux États-Unis. Malheureusement, cet espoir était compromis dès le départ, car je n'étais pas autorisé à mettre les pieds là-bas à cause de mes diverses condamnations. Mais Adrian et Andy ne s'avouaient pas vaincus et tentaient sans cesse des recours devant le tribunal pour obtenir cette autorisation, insistant sur l'impact économique que représentait l'impossibilité d'assurer une tournée ou la promotion de l'album sur le territoire américain. Autorisation que nous attendons encore aujourd'hui.

Sur cette tournée, nous avons essayé de faire revenir Pat avec nous pour jouer « Pipedown » et « Fuck Forever ». Mais le jour de notre premier concert, à la Manchester Arena, Pat est tombé sur un dealer avec une araignée tatouée sur le visage dans le hall de l'hôtel, et il a disparu, sans réapparaître à l'heure du concert. De mon côté, j'avais du mal à me faire à l'idée de jouer dans des salles aussi grandes et devant autant de public. Je ne comprenais pas tout à fait à quoi ça rimait, voire, j'étais un peu contre ce genre de grosse mécanique. Si bien que, d'une certaine façon, je partais battu d'avance, l'esprit encombré de pensées peu encourageantes – tous ces gens sont-ils des fans des Babyshambles ou simplement des gens qui se sont retrouvés par hasard avec une place ? Au stade de Wembley, je me rappelle avoir monté les marches qui conduisaient sur scène comme on monte à l'échafaud. J'aurais dû me réjouir, sans doute, mais je n'y arrivais pas. S'il m'était permis de revivre ce moment aujourd'hui, j'en profiterais sans doute comme il convient. Malgré mes réticences, quand je regarde les images de cette tournée, beaucoup de concerts sont vraiment jubilatoires.

Le concert de Glasgow, en particulier, me laisse le souvenir, aussi précis que bouleversant, d'un moment quasi parfait. C'est d'ailleurs ce concert qui a été capté pour l'album live, sorti en 2008, *Oh! What a Lovely Tour*. À Wembley, il y avait eu pas mal de tiraillements, mais, à Glasgow, tout avait parfaitement fonctionné, le public n'avait fait qu'un avec nous, et je m'étais senti totalement à ma place sur la scène, transcendé par l'énergie de la foule, avec un groupe en totale harmonie.

Le cottage de Marlborough devenait quelque peu surpeuplé. Sept personnes y avaient emménagé. Amy Winehouse et Blake, qu'elle venait d'épouser, passaient très souvent nous voir et nous sortions tous ensemble en ville, au Sun Pub. Blake venait d'être arrêté pour agression, il avait tabassé le propriétaire du Macbeth Club.

Amy et moi nous étions croisés de temps à autre ces dernières années, dans des émissions de télé ou des festivals, mais je ne pouvais pas dire que je la connaissais. Son album *Back to Black* venait de sortir et faisait un carton. Elle était en train d'acquérir une immense notoriété. J'adorais « Rehab ». Pour moi, Amy était une sorte de superhéroïne spectaculaire, elle avait tout pour elle. La première fois que nous avons eu une véritable conversation, elle m'a demandé si je disais « I ain't got a Scooby » ou « I ain't got a Danny ». J'ai répondu « I ain't got a Danny ». « Parfait, bonne réponse ! » m'a-t-elle dit alors. Elle détestait les gens qui, pour dire « I ain't got a clue » (« Je n'en ai pas la moindre idée »), disaient « I ain't got a Scooby » (à cause de la rime Scooby Doo/clue) et préférait ceux qui disaient « I ain't got a Danny » en faisant référence au travesti Danny La Rue. Son père était chauffeur de taxi, lien indéniable entre nous, et je lui racontais les balades que je faisais avec mon grand-père, dans son taxi noir, à Liverpool. Je lui disais toujours que j'aimerais faire une reprise en duo d'une chanson de Billie Holiday. Quand Amy chantait au cottage, elle me tirait des larmes. Sans doute parce que la blessure de ma séparation avec Kate était encore à vif.

Amy avait demandé à Blake ce que j'avais demandé à Kate : de se faire tatouer son nom. Elle et Blake, c'était vraiment quelque chose. Ces deux-là étaient la définition même d'être ensemble. Pour être tout à fait honnête, Mick Whitnall les intéressait bien davantage que moi et, d'une certaine façon, notre amitié s'est forgée autour de l'adoration absolue qu'ils concevaient pour lui. Mick avait toujours plu à Amy, qui avait d'ailleurs voulu le prendre comme musicien. C'était un grand guitariste et un excellent parolier. Je crois même qu'Amy en pinçait un peu pour lui. Il nous racontait toujours comment elle se pointait, au beau milieu de la nuit, juchée sur ses talons hauts, dans la maison de Lewisham où il vivait avec Hannah, et s'asseyait à la table de la cuisine pour dire à celle-ci qu'elle devait le quitter. Amy a engagé Mick pour quelques séances d'enregistrement à la Doghouse, puis il s'est retrouvé à jouer dans son groupe de façon informelle. C'est par Mick qu'Amy a rencontré Julie, qui traînait avec les Babyshambles. Julie était la mère de Dionne Bromfield, qui chanterait plus tard avec Amy, avant que celle-ci ne lance sa carrière solo sur son label, Lioness. Amy était en quelque sorte devenue la marraine de Dionne. Mais, depuis des années, à l'époque où elle vivait encore dans l'appartement HLM de sa mère, c'était moi son parrain. Je tiens à dire qu'Amy s'est beaucoup occupée de Julie.

À la fin du mois d'octobre, je suis retourné devant le tribunal pour le prononcé de ma peine. J'étais sorti clean de Clouds et la justice a constaté que j'étais en progrès. J'ai donc évité la prison. C'était déjà ça. Mais j'ai tout de même été condamné à du sursis, quatre mois avec mise à l'épreuve de deux ans, une obligation de contrôle de dix-huit mois et une obligation de soins de douze mois. J'étais soumis à des tests obligatoires bihebdomadaires. Tests où je me révélais souvent négatif, surtout quand je trouvais quelqu'un de clean pour me donner un échantillon d'urine à mettre dans mon tube… J'ai commencé à consulter le Dr Vanessa Crawford, une légende dans le monde des spécialistes de l'addiction avec laquelle ma mère est restée en contact jusqu'à aujourd'hui. Le Dr Crawford a même fait le déplacement jusqu'au Portugal pour vérifier mes implants et a joué un rôle très concret dans mon traitement. À ce moment-là, je n'étais pas sous méthadone ou équivalent – c'était tout ou rien, l'implant ou rien. Elle nous a beaucoup aidés, moi et Wolfman, de manière très pratique.

J'avais pris la décision de rester à la campagne, mais j'avais besoin de plus d'espace et de tranquillité, ce qui manquait au cottage. Alors Andy m'a trouvé un autre lieu de résidence, Sturmy House, à la sortie de Marlborough. La maison faisait partie de la propriété de Savernake, qui incluait la célèbre forêt du même nom où Henri VIII avait l'habitude de chasser. Je connaissais l'histoire de cet endroit et je trouvais très excitant d'y habiter. La maison principale, Tottenham

House, était un manoir énorme, classé « demeure d'intérêt exceptionnel ». La Hammer y avait longtemps tourné ses films d'horreur. La nuit, j'aimais beaucoup prendre la Jag et la malmener à travers champs en direction de « la maison des horreurs de la Hammer ». Sturmy House était une dépendance où se trouvaient autrefois les écuries et les chambres du personnel. Puis elle était devenue un temps un Bed & Breakfast, propriété de l'actrice Jodie Foster. Quand je m'y suis installé, c'était une ruine.

La maison comptait neuf chambres et tout un tas de salons. Je me suis organisé une sorte de cabinet de « curiosités arcadiennes » avec tous mes objets fétiches, mes drapeaux, mes statues, mes vieilles pubs de cigarettes… Mon Arcadie. Plutôt ostentatoire, mais façon clodo. Quelques mois après mon installation, Lisa a emménagé dans un village voisin avec Mollie et Astile, qui a intégré l'école primaire locale, ce qui m'a permis de le voir beaucoup plus régulièrement, et c'était bien la première fois. À Sturmy House, j'ai vécu une période très heureuse dans un environnement plein de figures locales hautes en couleur – des chasseurs, des pêcheurs et un vieux bonhomme toujours en quête de je ne sais quel trésor avec son détecteur de métaux.

La première chose venue entacher notre succès grandissant a été une photo du *Sun* où l'on me voyait en train de me shooter. Elle avait été prise début novembre à Munich, aux MTV Music Awards européens. À cette occasion, les Babyshambles avaient rendu hommage au succès d'Amy Winehouse en interprétant « Delivery », le tout annoncé par Snoop Dogg. Amy a raflé tous les prix cette année-là.

Et je me souviens que tous les trois – Amy, Blake et moi –, nous avons passé la soirée à boire des White Russians. J'étais un peu dans la merde, je devais onze mille livres à un dealer. Alors, pour sauver ma peau, j'étais parvenu à un accord avec lui : je le laissais me prendre en photo en train de me shooter et le prix de la vente du cliché effacerait ma dette. Au final, je crois qu'il a réussi à en obtenir six mille. Je connaissais ce dealer depuis que j'étais môme. Il venait à Sturmy à peu près une fois par semaine avec un tas de came. J'avais toujours un implant, qui fonctionnait à moitié. Alors, les effets du fameux shoot de la photo, c'était zéro. Résultat : la BBC a refusé de passer « You Talk ». Ensuite, il a fallu engager une véritable bataille de com'. Les tabloïds me présentaient constamment comme une figure maléfique. Moi, je restais sur la même ligne : qu'ils se mêlent plutôt de ce qu'ils comprennent et cessent de s'intéresser à la vie culturelle, sujet sur lequel ils n'ont aucune légitimité. Quelle qu'ait été la raison de leur intérêt pour ma consommation de drogue, j'avoue que ça m'a toujours dépassé.

Quand la tournée *Shotter's Nation* s'est achevée, j'ai été en prison pendant quatorze semaines pour avoir violé mes obligations judiciaires. J'avais raté deux rendez-vous avec mon conseiller de probation. Pour me présenter à l'un d'eux, j'avais fait le voyage exprès de Glasgow à Londres, mais j'étais arrivé en retard. Quand j'ai protesté, on m'a accusé d'outrage à agent. J'étais effondré. Il faut dire que j'étais mal tombé. Le juge du tribunal de West London avait la réputation d'avoir la dent dure. Chaque fois que des gens me demandaient qui s'occupait de mon dossier et que je donnais son nom, on me disait : « Ah, lui… » Les accusations qui pesaient contre moi étaient vraiment mineures, même si, mises bout à bout, elles faisaient mauvais effet. Tout compris, la quantité de drogue incriminée restait très infime. Disons que j'ai pris cher pour pas grand-chose.

Scrubs était encore une prison de catégorie B, mais elle avait une terrible réputation. C'était une vieille maison d'arrêt victorienne, sale, délabrée et infestée par les rats, débordant de meurtriers, de violeurs et de terroristes. Quand j'y étais enfermé, le *Sun* a mis ma photo en une, avec un gros titre qui prétendait que je fumais de l'héroïne dans ma cellule. Des conneries, comme d'habitude. Fumer de l'héro dans cette aile réservée aux condamnés en cure de désintoxication était tout simplement impossible. Quant à la photo, prise par quelqu'un qui avait dû cacher un téléphone dans son cul, elle avait été prise pendant que je me brossais les dents. Je me rappelle très bien avoir entendu quelqu'un me demander de sourire. Quand je me suis tourné vers la porte de ma cellule en plein brossage, j'ai vu un prisonnier me prendre en photo avec un téléphone. Puis ce type m'a demandé comment il voulait qu'on partage l'argent qu'il comptait obtenir avec ce cliché. Je lui ai dit qu'il faisait ce qu'il voulait, que je ne voulais pas être mêlé à ça, que je ne voulais pas de ce genre de pognon. Voilà comment cette photo a fini dès le lendemain en une du *Sun*.

À Scrubs, les menaces étaient aussi diverses que permanentes. J'entendais qu'on voulait me casser la gueule, simplement parce que mon nom était dans le journal. J'étais toujours curieux de voir à quoi ressemblaient ceux qui brandissaient ce genre de menaces. Souvent, des types lambda, peut-être un peu tordus sur les bords. Au besoin, je pouvais compter sur la protection de Ray, un vieux boxeur à mains nues – et les occasions d'avoir besoin d'aide dans cette taule étaient nombreuses. Vanessa Frake, la directrice de la prison, a récemment sorti un livre (*The Governor*, Harper Element, 2021) sur son expérience à Scrubs. Elle y cite tous les prisonniers célèbres dont elle a eu à s'occuper, parmi lesquels Myra Hindley, la femme du couple responsable d'une série de meurtres d'enfants et d'adolescents, dits « meurtres de la lande » (évoqués par les Smiths dans la chanson « Suffer Little Children »), ainsi que Rose et Fred West, les monstres violeurs et démembreurs de Gloucester. Pourtant, elle a osé écrire que le prisonnier qu'elle détestait le plus, c'était moi ! Pire que cette enfoirée de Rose West ? Ben voyons. Elle m'a même fait mettre à l'isolement après la publication de la photo du *Sun*, sous prétexte que je sapais son « excellent travail ».

Finalement, la durée de ma peine a été divisée par deux, puis encore réduite de quelques semaines pour répondre au plan gouvernemental de réduction du surpeuplement carcéral. Bref, je n'ai fait qu'un peu plus de quatre semaines. Une libération conditionnelle : j'étais interdit de séjour à Londres entre minuit et neuf heures du matin. C'est à ce moment-là, à ma libération, que mon gros titre de tabloïd préféré est sorti. Il s'agissait d'un journal gratuit londonien, dont la une affichait une photo de moi à ma sortie de Scrubs, avec ce seul mot : « Banni ! » Je trouvais ça génial. Banni de Londres !

Ensuite, j'ai tout fait pour me créer une vie décente à la campagne. Je passais beaucoup de temps à marcher dans les bois et dans les collines du Wiltshire. J'errais dans Arcadie… Mon existence était un subtil équilibre entre une toxicomanie débridée, des injonctions de désintoxication et les joies de la campagne. Ce qui, au final, a fait de Sturmy un étrange univers psychédélique. Beaucoup de gens sont passés par Sturmy House. Alizé y est restée pendant des mois, veillant sur la maison quand je n'y étais pas.

Le temps se perdait parfois à Sturmy, sans jamais se retrouver. Ce fut le cas pendant quelques mois. Quand Adrian et Andy venaient pour me secouer, je leur répondais que je voulais profiter de ce temps perdu comme d'un trésor. En 2008, les Babyshambles devaient jouer au festival de Glastonbury. J'ai refusé d'y aller. Jake Fior est venu me chercher par la peau des fesses. Il m'a traîné de force jusqu'à sa voiture et m'a emmené au festival, où j'ai fait ce que j'avais à faire, c'est-à-dire jouer. Au mois de juillet, malgré mes bonnes résolutions de regarder passer le temps, j'ai donné l'un de mes plus gros concerts en solo au Royal Albert Hall. J'étais incroyablement tendu avant ce concert. Bien qu'il n'y ait eu que des places assises, le public a fini par envahir la scène. Un vrai moment à la Bill Haley, une sorte de « Rock Around the Clock » à l'Albert Hall, avec Wolfman en première partie. Dans le chaos de cette invasion se trouvaient certes quelques tarés, mais l'ambiance était bon enfant dans l'ensemble. À un moment, je me suis retrouvé avec un casque de pompier sur la tête, sans doute parce que les pompiers de la salle se battaient contre les envahisseurs. J'ai fini par venir triomphalement réclamer le retour du calme, prêt à recevoir l'adulation du public. Mais personne ne m'a reconnu avec le casque et les objets les plus divers ont commencé à voler dans ma direction tandis qu'on me gueulait de me barrer. Dans mes souvenirs, ce concert est resté un bon concert, un concert réussi. Il était – enfin ! – l'opportunité que je n'avais jamais eue du temps des Libertines : celle de faire les choses comme je le voulais, avec le soutien de mon management.

À ce moment-là, j'étais en train d'enregistrer quelques titres avec Jake Fior et Wolfman pour l'album *For Lovers*. Jake avait dix chansons qu'il voulait que j'interprète. Je ne sais où sont désormais les bandes de cette session. Jake était fou de rage parce que nous étions sans arrêt dérangés par des gens qui passaient nous rendre visite. Je crois me souvenir que Jake avait le Général dans le pif. De son côté, Wolfman cultivait une certaine propension à l'absence. Dans le groupe que Jake avait constitué pour cette session se trouvait un ancien petit ami d'AmyJo, Alex, musicien professionnel et DJ. C'était une situation assez étrange pour moi, car je ne voyais pas beaucoup AmyJo à cette époque. Nous nous étions engueulés pour une connerie, probablement à cause de papa et maman, et nous sommes restés éloignés pendant des années. Je ne l'ai revue que lorsque sa carrière musicale a commencé à décoller en Espagne – elle tenait sa revanche. Depuis, nous sommes redevenus presque aussi proches que lorsque nous étions enfants. Nous avons réussi à recoller les morceaux. À la même époque, ma relation avec papa n'était pas non plus au beau fixe. Il avait rompu les ponts et était allé jusqu'à dire : « En ce moment, je n'ai pas de fils. »

26

Grace/Wastelands

2008-2009 : j'écris avec une Amy Winehouse à côté de ses pompes. Le jour où nous avons rencontré Dieu – Lee Mavers. Magie noire avec Peaches Geldof. J'enregistre mon premier album solo, Grace/ Wastelands. *Graham Coxon à la guitare. Un conseil de Roger Daltrey. Je fête mon trentième anniversaire.*

J'essayais d'écrire avec Amy. Je la trouvais tellement douée, tellement incroyable. J'étais totalement amoureux. Je voulais faire quelque chose de bien, mais elle était à côté de ses pompes la plupart du temps. Durant l'incarcération de Blake, elle est devenue particulièrement difficile.

Entre les médicaments et la méthadone, elle ne touchait plus terre. Je devais souvent la porter à l'étage et la coucher dans la chambre d'amis, où elle se réveillait sans comprendre ce qui s'était passé. Tenter d'écrire de la musique avec elle, c'était assister à la bataille permanente entre son génie et ses excès. Avec Amy, je voulais créer quelque chose qui dure, quelque chose qui soit la preuve que nous avions fait du bon travail ensemble. Mais rien de tel n'est sorti de notre collaboration. Nous avons eu quelques moments magiques, souvent au beau milieu de la nuit. En subsistent quelques enregistrements, qui sont toujours dans mon ordinateur et que personne n'a jamais vus ni entendus.

J'ai encore le cœur brisé quand je pense à l'étendue et à la profondeur de son mal-être. Certains pensent peut-être que j'ai donné de faux espoirs à Amy, mais ce n'était pas du tout le cas. J'avais l'intention sincère de veiller sur elle. Les gens de son entourage s'inquiétaient de notre relation sans la comprendre. Sa façon de mener sa carrière était bien plus professionnelle que la mienne, elle connaissait un succès plus populaire et son groupe était mieux organisé. Restait que, pour son entourage, je représentais un danger. Je pense que c'est une vision inexacte, une mauvaise analyse de ce qui se passait entre elle et moi. Quand elle venait à la maison, elle était toujours dans un état de chaos indescriptible – comme si elle avait besoin de se mettre la tête à l'envers quand je lui tenais compagnie. Comme si, lorsque nous étions ensemble, elle était enfin autorisée à se laisser aller à son désordre intérieur. Du coup, pour moi, c'était tout l'inverse, je faisais en sorte d'être absolument présent pour pouvoir prendre soin d'elle. Sa fragilité me frappait très fortement, j'étais troublé. Elle ne savait pas consommer de la drogue de façon constructive. Elle n'était pas une toxico « normale », qui sait quoi prendre et comment. Pour elle, prendre de la came, c'était toujours outrepasser les limites.

Quand Amy était à Sturmy, c'était toujours le chaos. Avoir une conversation sensée était quasiment impossible. Elle me demandait sans cesse de la piquer, ce que je refusais fermement. C'était cent pour cent hors de question.

À cette époque, je faisais pas mal de vidéos perso pour YouTube avec mon ordinateur portable. Je sais qu'après notre séparation Kate avait eu peur que je publie des images de notre intimité, mais la seule vidéo que nous avions faite, c'était avec Sadie Frost dans sa grange des Cotswolds, où elle et Sadie dansaient dans nos vestes militaires rouges. Ma vidéo préférée de cette période est celle que j'avais tournée quand Lee Mavers, de The La's, est venu me rendre visite à Sturmy. J'avais intitulé ces images « Didn't We All Have a Lovely Day the Day We All Met God ». On m'y voit avec Astile incitant Lee Mavers à jouer quelques morceaux. Des images que je trouve assez fascinantes. Oui, ce jour-là, c'était vraiment comme rencontrer Dieu. Certaines chansons de The La's sont parmi les meilleures jamais écrites, paroles et musique, comme « Over » ou « Son of a Gun ». Lee Mavers était devenu pour moi une sorte d'obsession, je le trouvais surhumain. On ne sait pas grand-chose de son passé, de ce début des années 1980 à Liverpool, mais certaines personnes que j'ai rencontrées m'ont raconté qu'il restait assis sur les docks à fixer la mer de façon quasi mystique. Moi aussi, je faisais cela chez ma grand-mère, à Liverpool, j'errais sur les docks, le regard rivé sur la mer.

Je vivais une période très riche d'un point de vue créatif, mais aussi très pauvre pour ce qui concernait les concerts, qui brillaient malheureusement par leur absence. Je passais mon temps à écrire des chansons pour *Grace/Wastelands*, essayant de capturer l'esprit de Sturmy, que je fantasmais comme une version crade et noire de Graceland. Je voulais que cette maison soit une sorte de quartier général de la pop culture, mais, invariablement, les gens fuyaient au bout de quelques jours. Certains petits inconvénients – l'absence d'eau courante, de chauffage – suffisaient à les décourager. Quand Alan était là, il endossait un personnage qu'il appelait Country Al. Il enfilait une veste de chasse et de grosses bottes, puis nous partions pour de longues randonnées à travers la campagne et la forêt, qui finissaient toujours au pub. C'est avec lui que j'ai écrit « Sweet By and By ». J'accorde beaucoup de valeur à cette chanson. Elle était très importante pour moi. Elle fonctionnait comme une lamentation, au sens musical du terme, sur les débuts des Libertines, et je l'avais conçue en pensant en particulier à notre toute première tournée.

Il y avait beaucoup de passage à Sturmy. Lindi est venue quelques fois. J'ai essayé d'écrire des chansons avec Rini, et j'ai fait pas mal de courtes séances d'écriture avec Peaches Geldof. J'aimais beaucoup cette fille, elle était vraiment cool. Elle portait des tatouages extraordinaires sur le ventre, des créatures païennes mi-hommes mi-chèvres. Elle pratiquait la magie noire et prenait de la drogue. Une fille étonnante, une vraie puissance créatrice. Elle m'a toujours beaucoup impressionné. Encore une fois, comme avec Amy, peut-être pense-t-on que je lui ai donné de faux espoirs. Ce n'est pas du tout le cas. Nous nous rendions service pour la came. Elle allait m'en chercher, j'allais lui en chercher. Parfois, elle venait avec son matos, ses seringues, etc. Elle était tellement déchaînée que, près d'elle, souvent, je me sentais vieux – ce que j'étais si on comparait nos âges, évidemment. Peaches était intarissable quand il s'agissait d'art africain ou d'inimaginables positions sexuelles. Elle n'était à Sturmy que par intermittence, ne restait jamais longtemps. Je ne la contraignais en rien, elle faisait comme elle voulait. Je ne me permettais jamais aucune remarque. Je l'aimais comme ça, en jolie fille à l'esprit entièrement libre et entièrement créatif.

« Palace of Bone », qui figure sur *Grace/Wastelands*, a été écrite à Sturmy et inspirée par Peaches. Elle m'avait aidé à installer un étrange autel constitué de bougies, de chandeliers autour desquels nous avions enroulé des peaux de serpent, de canards et de merles empaillés, et de nombreux crânes. C'est cet autel qui a inspiré « Palace of Bone », mais aussi l'ambiance qui régnait à Sturmy, ce constant va-et-vient d'épaves et de parasites dans ce que j'avais conçu comme un refuge créatif où chacun pouvait venir danser « *in the palace of bone* ».

Stephen Street était très excité à l'idée d'enregistrer les chansons plus intimes que j'avais écrites pour les jouer en solo, et il voulait garder Mick… Enfin, disons-le plutôt comme ça : il avait surtout très envie de me voir travailler avec un autre guitariste. Adam et Drew étant très présents sur *Grace/Wastelands*, on peut donc dire que c'est une sorte d'album des Babyshambles. Stephen a aussi fait appel à Graham Coxon, de Blur, que j'aimais beaucoup.

Nous avions du respect l'un pour l'autre. Je peux même dire que je le vénérais, que je l'adorais depuis le temps où, dans les baraquements militaires de ma jeunesse, je regardais la vidéo de « Beetlebum » en pensant qu'il était l'un des plus grands. Alors, vous imaginez quel honneur c'était pour moi de l'avoir sur mon album. Je me souviens très bien du premier jour d'enregistrement. Nous devions faire « I Am the Rain », que j'avais écrite avec John Robinson des Bandits, groupe formidable, brillant, qui avait joué avec les Libertines à leurs débuts. Nous étions restés debout toute la nuit à mater de vieux films d'Hitchcock, notamment *Meurtre* (*Murder !*, 1930) où figure cette réplique : « Sir John, Sir John, what are you going to do, Sir John ? » Elle m'était restée en tête, si bien que j'ai expressément demandé à Stephen Street d'inclure cet extrait sonore dans l'album. Mais cela s'est révélé impossible, sans doute parce que les droits coûtaient trop cher.

Pour l'une des nouvelles chansons que j'avais écrites, « 1939 Returning », je voulais un duo avec Amy. Je l'avais enregistrée avec un téléphone en train de la chanter, mais celui-ci était introuvable. J'étais très préoccupé par cette perte. Stephen, lui, ne s'en souciait pas le moins du monde et il a continué à avancer. Le morceau a alors pris une forme qui n'était pas celle que j'avais prévue. Nous avons aussi enregistré quelques-unes de mes vieilles chansons, comme « Arcady », « Lady Don't Fall Backwards » et « New Love Grows on Trees », une évocation de Carl dans ses moments de désespoir les plus violents, à l'époque où il parlait sans cesse de mettre fin à ses jours. J'ai trouvé formidable de rejouer tous ces titres. Après *Shotter's Nation*, et les trucs plus commerciaux que nous avions faits, je trouvais qu'il était temps de montrer un autre visage de moi-même, de laisser s'exprimer mon côté folk et poétique, mon côté auteur, le vrai moi-même, en quelque sorte.

« Salomé », inspirée de l'histoire biblique, faisait partie de mes chansons préférées de l'album. Je l'avais écrite dans la maison de campagne de Kate, en gratouillant ma guitare devant la cheminée. Il y flambait un grand feu et j'avais pris beaucoup de came. Dans la mélodie, le beau passage d'accord, d'un *si* bémol à un *mi* bémol majeur 7e, est l'œuvre de Mick. Je me souviens qu'il jouait ces accords sans arrêt, comme pour me convaincre. Mais ma chanson préférée, et sans doute ma préférée de toutes les chansons de ma carrière, est « Sheepskin Tearaway », coécrite avec Dot Allison. Elle évoque Wolfman et Gemma, une fille rencontrée à l'un des premiers concerts des Libertines, à Liverpool, qui portait un haut déchiré où était écrit « Arcadian Wench », « fille de joie d'Arcadie ». Elle me rendait souvent visite à Londres, puis elle et Wolfman se sont mis ensemble et leur histoire a duré quinze ans. J'aime profondément cette chanson. « A Little Death Around the Eyes » est, elle, directement inspirée du titre d'un roman que la sœur de Carl, Lucie, avait écrit. J'ai toujours beaucoup aimé ce titre et toujours pensé que cela ferait une bonne chanson. Quant à la phrase *« Your boyfriend's name was Dave, I was bold and brave »*, passage essentiel de la chanson, elle a été écrite par Carl, d'où la mention Doherty/Barât dans les crédits. Pour le reste, Carl et moi n'avons pas travaillé ensemble.

Nous nous étions croisés à un concert que j'avais donné pendant le défilé de la marque Gio-Goi, au Prince of Wales. Une rencontre furtive, quelques chansons jouées ensemble de façon un peu chaotique sur la petite scène d'un pub avant de repartir chacun de notre côté dans la nuit. Ce moment a été filmé pour un programme de MTV qui s'intitulait *Pete Doherty in 24 Hours*, diffusé au début de l'année 2009. Anthony Donnelly avait tout organisé. Une vraie aventure, sans anicroche. Son livre, *Still Breathing. The True Adventures of the Donnelly Brothers* (Black & White, 2012), raconte en détail la façon dont les choses se sont passées. La presse, elle, en a fait un peu trop sur mes retrouvailles avec Carl, car, contrairement à ce qui a été dit, il n'était pas question que les Libertines se reforment à ce moment-là, même si je conçois que cela pouvait donner le sentiment qu'entre nous, l'ambiance était au rapprochement et que, du rapprochement à la reformation, il n'y a parfois qu'un pas. Quand ce concert a eu lieu, Annalisa et lui se séparaient. Je crois qu'il avait du mal à encaisser, mais, d'une certaine façon, ce passage compliqué a pavé la voie d'un réchauffement de nos relations. Je ne pense pas qu'avec Annalisa dans le paysage cela aurait eu la moindre chance de se produire.

« Last of the English Roses », le premier single tiré de l'album, était aussi une vieille chanson – tout en elle, d'ailleurs, était vieux. Les paroles, avec des mots passés de mode comme « cheeky » et « saucy », ont un côté comédie à la *Carry On.* Même s'il y est question de *« my famous Aunty Arthur »*, « ma célèbre tata Arthur », le fameux Arthur, frère aîné de ma mère qui, suivant la voie de Percy, est devenu taxi, n'a jamais été un travesti. Je me souviens qu'à Liverpool, ma grand-mère avait conservé tous ses vêtements des années 1980 dans une armoire. Vous vous demandez peut-être qui est cette « Last of the English Roses » ? Je n'en sais rien. Sincèrement, je ne sais pas du tout de qui je voulais parler. Un des auteurs qui m'avaient inspiré cette chanson était un écrivain portugais, Fernando Pessoa. Il avait l'habitude de s'inventer toutes sortes de personnages et d'identités. Quand on lit sa correspondance, il est très difficile de savoir qui il invente et qui existe vraiment, car il s'écrivait souvent à lui-même, ce qui a parfois égaré ses biographes. Finalement, on a découvert que tout était inventé, tous les noms, tous les poètes qui collaboraient soi-disant à ses revues. Je pense qu'il y a le même genre d'invention dans certaines de mes chansons, comme dans « Last of the English Roses ». Mais ce titre englobe aussi une réalité bien plus large, il convoque quelque chose de très spécifiquement anglais dans lequel j'aime penser que je puisais.

Bizarrement, ni « Last of the English Roses » ni l'album ne se sont très bien vendus en Grande-Bretagne. Cependant, les années passant, l'album s'est bien maintenu et il n'y a pas un seul concert solo où je ne joue pas « Last of the English Roses ». À sa sortie, j'ai fait plusieurs chansons de *Grace/Wastelands* à la télévision française, en solo, avec une guitare et un ampli. En Angleterre, il n'existait aucun programme télé où tu pouvais faire ça, te pointer avec ta guitare et jouer ce que tu voulais live. C'était donc une formidable opportunité. On me percevait différemment en France. C'était un peu stressant de faire ce show à la télé, mais quand je l'ai revu, des années plus tard, j'y ai pris beaucoup de plaisir et j'ai trouvé que c'était une bonne performance. Je ne sais pas d'où sortaient les mômes du public, je n'avais vu de publicité nulle part. Je pense que cette émission avait simplement rassemblé des gens qui aimaient la musique et qui ont poliment applaudi à la fin. « Last of the English Roses » est en quelque sorte mon gros succès français. Les gens ont beaucoup aimé l'album et, des années après, ils m'en parlent encore comme de leur album préféré. J'étais vraiment ravi de ce succès français, aussi ravi que j'étais déçu par la faiblesse des ventes dans mon pays natal.

Mick s'était senti exclu pendant l'enregistrement de *Grace/Wastelands*. La tournée européenne des Babyshambles, à la fin de l'année 2008, tombait bien. C'était l'occasion de tous nous rassembler. Au début de l'année 2009, à Bristol, nous avons fait un concert caritatif avec Roger Daltrey pour une association d'aide aux enfants cancéreux. Je crois me souvenir que nous avons joué quelques vieux tubes des Who avec lui. Roger Daltrey était vraiment cool et vraiment super avec moi. Alors que j'étais en train de me défoncer au crack, il m'a collé au mur en me disant qu'il pouvait faire passer l'envie de la drogue à n'importe lequel de ses amis avec de l'alcool. « Tu sais, certains de mes amis étaient comme toi, totalement accro, et je les ai sortis de leur addiction par l'alcool, c'est ça que tu veux que je fasse ? » J'avais l'impression d'entendre John Lydon. Puis il a demandé une bouteille de whisky et j'étais terrifié à l'idée qu'il me vide la bouteille de force dans la gorge, peur que le whisky me coule dans le cou et ne ruine la came que j'avais sur moi. C'était un bon gars, mais il s'emportait violemment dès qu'il était question de drogue. Nous nous sommes tout de même bien entendus. Je crois qu'il était très surpris de voir que, malgré la came, nous étions capables de jouer. Je me souviens qu'il avait montré Mick du doigt en s'exclamant : « Est-ce qu'il est seulement foutu de marcher, nom de Dieu ? »

Les gens de l'association m'ont proposé de devenir un de leurs ambassadeurs. C'est ainsi que j'ai joué aux funérailles d'un jeune fan mort du cancer, Daniel Squires. Il n'avait que seize ans. J'ai fait la même chose au pays de Galles, pour Bluebell, quatorze ans quand elle est morte. Elle était handicapée et aimait beaucoup les sessions un peu *dark* que j'avais postées en ligne. Je passais lui rendre visite dès que je le pouvais et je lui jouais les chansons qu'elle aimait. Je faisais ce genre de choses avec pas mal de mômes, je venais les voir chez eux – je m'empresse de dire que leurs mères étaient toujours à la maison. C'était une belle surprise pour eux, cela leur redonnait le sourire. Je passais, je jouais de la musique dans le jardin et je dînais avec toute la famille.

La tournée des Babyshambles a duré quelques mois. Entre deux concerts, chaque fois que c'était possible, je jouais en solo à Londres, au Hackney Empire ou au Shepherd's Bush Empire. Puis j'ai recommencé à organiser des concerts sauvages. Le lieu de ces concerts, programmés en général vers minuit, n'était communiqué qu'au dernier moment. C'était toujours super fun, avec Clara la maigrichonne, en résille et peau de mouton, qui finissait immanquablement par aller s'asseoir dans la pièce du fond où Alan était installé, les pieds – enfin, les boots – sur le bureau. J'avais rencontré Clara par Mark Hammerton quand nous écrivions « Can't Stand Me Now » ensemble. C'était une très belle fille et elle est devenue une amie fidèle.

Au début de l'année 2009, j'ai été sur la route nonstop pendant environ cinq mois. Stephen avait constitué un groupe pour m'accompagner en tournée à travers la Grande-Bretagne et l'Europe, à l'occasion de la sortie de *Grace/Wastelands*. Une super tournée. Drew et Adam faisaient partie du groupe, Graham Coxon s'est ajouté à nous pour la tournée, Stephen Large, qui avait travaillé avec Blur et Madness, était aux claviers. Une grande cohésion et un très bon esprit d'équipe régnaient dans cette formation. Rien à voir avec la tournée des Babyshambles où Mick et moi nous barricadions à l'arrière du bus pour prendre du crack et de l'héro tranquilles. Stephen et Graham étaient de véritables professionnels. Lord Large a emmené sa compagne à certains concerts. Cela prenait des airs de réunion de famille. Lee Mavers est venu jouer avec nous à Birmingham, une nuit formidable ! Nous étions aussi accompagnés par trois joueurs d'instruments à cordes et deux danseuses classiques, Céline et Octavie, qui collaboreraient encore souvent avec nous.

Après avoir fait profil bas avec la came pendant cette tournée, c'est-à-dire en ne fumant pas de crack devant tout le monde dans le bus, je voulais vraiment m'éclater pour mon trentième anniversaire. Alors j'ai organisé une énorme fête à Sturmy. Les Paddingtons sont venus jouer dans le salon, c'était génial. Ce qui s'est révélé moins fun, c'était le cadeau qu'ils m'avaient apporté : des tonnes de témazépam. J'ai tout pris et je suis tombé dans les vapes. Je ne me suis réveillé que deux jours plus tard, dans une maison complètement dévastée où traînaient encore quelques fêtards.

Quelques jours après, la police a fait une descente à Sturmy. Je me suis d'abord fait arrêter pour conduite sous stupéfiants, puis les flics ont trouvé un peu d'héroïne dans ma voiture. La caution qu'on m'a demandée était vraiment excessive : cinquante mille livres. Pendant que j'étais sous les verrous, les flics sont allés perquisitionner la maison, où ils ont trouvé des tonnes de came, et toutes mes planques. Ils ont complètement foutu en l'air ma collection de chromos de marques de cigarettes, ils ont démonté chaque cadre, ont fait le tour de mes objets de collection, dans lesquels je planquais ma came pour les cas d'urgence. Bref, ils ont fouillé Sturmy du sol au plafond.

Après cet « incident », je me suis fait poser un autre implant. Mais comme j'avais encore des opiacés dans le corps, je me suis retrouvé dans un drôle d'état quand il a fallu se rendre à Glastonbury pour jouer. C'était pendant l'été 2009. Je me sentais incapable de quitter Sturmy. C'est alors qu'Andy est apparu en hélicoptère. Il s'est posé près des écuries, m'a traîné jusqu'à l'hélico et m'a emmené jusqu'à Glastonbury dans mon bas de survêt' merdique. Amy était l'invitée surprise des Babyshambles cet été-là.

Elle non plus n'était pas dans un état reluisant. Au festival V, elle a déboulé sur scène en trébuchant. Ensuite, elle est montée avec nous dans le bus, puis elle et moi avons commencé à flirter. Au moment où nous allions passer à des choses plus sérieuses, ses gardes du corps nous sont tombés dessus et l'ont embarquée, me l'arrachant littéralement des bras. Le ton a monté entre Adrian Hunter et ces mecs qui la traînaient de force hors du bus tandis qu'elle se débattait en hurlant. Le lendemain, j'ai demandé des explications à Amy. Elle m'a juré qu'elle ne se souvenait de rien. C'était un peu vexant.

27

Robin

2009-2010 : mourir pendant un instant à Sturmy et voir Morrissey. Un chœur nazi. Gel et crue. Andy Boyd en prison pour délit de fuite. Mort de Robin Whitehead. Reformation des Libertines. Amy rôde. Je joue dans un film et prends six mois pour possession de cocaïne.

Mon cœur s'est arrêté de battre à Sturmy. Pendant la nuit, une horrible nuit. Il ne s'agissait pas d'une de ces overdoses foudroyantes qu'on fait immédiatement après une injection. J'ai simplement senti mon cœur se mettre à battre de plus en plus lentement et je me souviens avoir pensé que c'était la fin. Je venais de m'injecter de la kétamine et de prendre de drôles de cachets de Valium qui traînaient là et que j'avais commandés en ligne, en Thaïlande, par pots d'un millier. Avant de m'évanouir, c'était comme si je me trouvais à l'arrière d'un taxi fonçant contre un mur. On m'a dit qu'une des danseuses avait appelé les secours après que j'ai perdu connaissance. Je venais de faire un arrêt cardiaque.

Je suis arrivé au Great Western Hospital de Swindon pieds et torse nus, avec un bas de survêtement Adidas vert qui appartenait à Andy Boyd. On m'a immédiatement placé en soins intensifs. Je ne sais pas si j'ai été victime d'une hallucination ou quoi, mais j'étais convaincu que Morrissey se trouvait dans la même unité de soins que moi ou qu'il y avait été peu de temps auparavant. J'étais sûr que je le tenais d'une infirmière. Puis une autre infirmière, une Irlandaise, est venue prendre son tour de garde. Je voulais en avoir le cœur net, alors je lui ai demandé : « C'est vrai, ce que m'a raconté votre collègue, que Morrissey était aussi en soins intensifs ? » Elle ne voyait pas du tout qui c'était. J'étais stupéfait. Alors, j'ai tenté autre chose : « Écoutez, avez-vous ici un patient de presque quarante ans avec une sorte de mèche ? Il est peut-être hospitalisé pour, je ne sais pas, accès de mélancolie, un truc comme ça. » Elle m'a dit qu'elle n'en savait rien, mais qu'elle allait vérifier. Ah, je vous le dis, j'étais dans un drôle d'état quand je suis arrivé à l'hosto… J'avais la sensation de m'être pris un bus en pleine poire.

Robin Whitehead était elle aussi gravement tombée dans ce truc de Valium thaïlandais. Elle s'apprêtait à monter un film, *Road to Albion*, à partir d'images inédites des débuts des Libertines. Le projet était un peu vague, mais elle avait trouvé une salle de montage dans Soho. Je me souviens qu'à chaque fois qu'elle prenait de l'acide elle me suppliait de coucher avec elle. Elle s'était également laissée embarquer dans les « rituels sexuels de magie noire » de Peaches Geldof. Un jour, je l'ai vue essayer de se shooter avec une aiguille tout émoussée. Je n'aimais pas, mais alors pas du tout, la voir consommer. Elle avait une vision totalement romantique de l'héroïne, bien au-delà de celle que j'avais moi-même. Elle considérait cette drogue comme l'outil ultime du bien et de la créativité, si bien qu'elle a commencé un nouveau film, intitulé *L'Opium et l'Imagination romantique*, un hommage au cercle que nous formions, Wolfman, Alan et moi.

Je peux à peine vous dire à quel point cette période a été difficile. Des événements très sombres se sont enchaînés et les tabloïds ont atteint, avec moi, le sommet de la diabolisation. Tout a commencé en décembre 2009, alors que j'avais encore quelques dates de concerts en solo. Au festival de Munich, j'ai chanté « Deutschland über alles », l'hymne national allemand. J'ignorais que le premier vers, « Deutschland, Deutschland, über alles », n'était plus chanté que par les militants d'extrême droite et les néonazis. Pour dire le moins, cela renvoyait à la période la plus sombre de l'histoire allemande, et le sujet était ultrasensible. Nous faisions un bœuf avec quelques musiciens sur une scène où nous n'étions pas censés nous trouver – c'était déjà mal engagé –, et la seule chanson qui m'est venue à l'esprit à ce moment-là était « Deutschland über alles ». Résultat, j'ai eu droit au gros titre le plus choquant que j'aie lu à mon propos : « Doherty entonne un hymne nazi. » Je me rappelle qu'ensuite l'ambiance s'est singulièrement tendue autour de moi dans ce festival munichois. Je passais mon temps à courir partout pour échapper aux gens qui voulaient ma peau comme à ceux qui voulaient me féliciter. Un peu plus tard ce soir-là, j'ai été arrêté pour avoir défoncé un pare-brise.

Pendant que j'étais sur le continent, une canalisation d'eau a rompu à Sturmy et la maison a été entièrement inondée. Toutes mes affaires étaient foutues, mes livres, mes disques, un vrai désastre. Si vous n'avez jamais été envahi par les moisissures, vous ne pouvez pas comprendre à quel point c'est horrible. Le moindre mur en était infesté. Après l'inondation, il avait gelé, puis dégelé, puis de nouveau gelé – tout cela en quelques jours. Tout était pourri, et j'ai perdu un nombre considérable de choses auxquelles je tenais.

En décembre, suite à mon infraction de l'été, je suis retourné devant le tribunal pour le prononcé de la peine. Retrait de permis de dix-huit mois. Mais, hasard malheureux, pendant que j'étais devant les juges, de l'héroïne est tombée de ma poche, treize doses. Et me voilà, en plus, accusé de possession de stupéfiants. Dieu du ciel ! L'histoire qui allait me tirer de là, l'histoire que j'ai servie à la cour et que la cour a crue, c'est que je n'avais pas porté ce costume depuis très, très longtemps et que cette drogue était restée dans ma poche depuis la dernière fois que je l'avais mis. Ce qui aurait été plus proche de la vérité, c'était que ces doses, mal planquées dans mon pantalon, avaient fini par glisser le long de ma jambe avant de tomber par terre. Je devais être bon conteur, car je m'en suis tiré avec une amende.

Puis, juste avant Noël, Andy Boyd a pris douze mois ferme. En septembre, près d'Ipswich, il avait renversé un certain Chris Corder qui distribuait les lettres d'information de la paroisse au moment de l'accident. Atteint de graves lésions cérébrales et de nombreuses fractures, l'homme de quarante-deux ans était dans un état végétatif – il resterait tétraplégique pendant dix ans avant de mourir en 2020. Cette terrible tragédie a été un choc pour tout le monde. Non seulement Andy était au volant de ma Daimler, mais il a déclaré à la police que je savais qu'il n'était pas assuré. On m'avait retiré mon permis, alors, évidemment, j'avais suspendu l'assurance. Il a ajouté que je lui avais donné l'autorisation de conduire ma voiture, ce qui me rendait légalement responsable. L'affaire prenait un tour compliqué et confus. La veille de l'audience, je suis allé voir les avocats à la cour de justice d'Holborn et il m'a fallu remplir des tas de paperasses. Du côté de la famille de la victime, c'était aussi la confusion. Quand Andy est arrivé au tribunal d'Ipswich, la foule s'est mise à hurler en se déchaînant contre lui : « Un musicien célèbre devrait être un exemple ! » Comme vous l'avez compris, les gens me confondaient avec lui. Andy ne s'est décidé à m'avouer qu'il avait renversé quelqu'un que lorsque la police m'a contacté pour me dire que ma voiture avait été mise en cause dans un accident. Mais, tout de même, devant les juges, il a reconnu l'excès de vitesse et le délit de fuite.

En janvier, autre drame, Robin a fait une overdose. Elle est morte dans le lit de Wolfman, chez Gill, à la Pink Tower. Elle n'avait que vingt-sept ans. Alan et moi l'avions vue la veille de sa mort. Elle était excédée parce que j'avais refusé de lui refiler de la came. Je pense qu'après notre départ Wolfman et elle sont restés debout toute la nuit avant de s'écrouler de sommeil. Le lendemain, Wolfman l'a trouvée morte. La police a déclaré que le décès n'était pas suspect. J'en ai discuté avec les flics. Ils avaient trouvé de la drogue chez Gill. Finalement, après l'autopsie, le coroner a conclu à une mort accidentelle. La quantité d'héroïne retrouvée dans son sang n'était pas très importante, mais suffisante pour tuer un consommateur occasionnel.

La tristesse me rongeait le cœur. La famille de Robin refusait que j'assiste aux funérailles. Son père, Peter Whitehead, réalisateur qui, dans les années 1960, avait tourné *Charlie Is My Darling*, le premier documentaire sur les Stones, avait menacé de nous tuer, Astile et moi. Il m'avait glissé qu'il savait où mon fils allait à l'école et avait dit sur un drôle de ton à Alan de se méfier des nids-de-poule. Il était persuadé que nous avions assassiné sa fille. Avant sa mort, il m'accusait déjà de la pousser à consommer et de lui faire perdre son temps. Un jour, il s'est pointé à Sturmy pour superviser une interview que j'avais soi-disant refusée à Robin. Mais j'étais toujours heureux que Robin m'interviewe, je ne lui avais donc jamais refusé aucune interview.

Puis le cinéma est venu à moi par l'entremise d'une réalisatrice française, Sylvie Verheyde, qui avait un rôle à me proposer. Je l'ai invitée à venir passer quelques jours chez moi. Elle sortait d'un joli succès avec *Stella*, un très bon film. Nous vivions nos derniers jours à Sturmy. L'électricité avait été coupée et nous étions sur groupe électrogène. Pour couronner le tout, le toit fuyait. Sylvie

Verheyde, qui dormait par terre sur un matelas, était bonne joueuse. Elle ne perdait pas le sourire malgré la situation et nous avons bien ri tous les deux quand les flics se sont lancés à ma poursuite pour je ne sais plus quelle raison et que nous avons dû partir en courant à travers la forêt pour leur échapper. Elle avait donc un projet pour moi, un film historique, l'adaptation d'un grand classique, un roman d'Alfred de Musset, *La Confession d'un enfant du siècle.* Elle voulait que j'interprète le personnage principal, Octave. Le budget était plutôt conséquent, cinq millions, et la production m'avait pris un appartement dément à Paris pour les premières lectures et les essais. Il a aussi fallu que je me balade pas mal entre Berlin et Londres pour les costumes, trouver les bons, les ajuster… Je me suis beaucoup amusé et j'ai trouvé cela très excitant. Depuis ma première pièce de théâtre à l'école, j'avais toujours aspiré à devenir comédien. Au fond, j'aurais préféré être acteur, voire *pantomime dame*, plutôt que musicien. J'adore jouer la comédie. J'ai eu quelques opportunités dans ce domaine au fil des années, mais elles sont toutes tombées à l'eau parce que je ne les ai pas saisies à temps ou que je n'ai pas eu la possibilité de les saisir, à ma grande déception. Je me souviens, par exemple, qu'on m'avait proposé un rôle dans le célèbre feuilleton *EastEnders.*

À peu près à la même époque, les Libertines se sont reformés. J'étais dans une situation financière critique, en partie à cause de l'accident d'Alan et des indemnités à sept chiffres, obtenues par Corder (l'organisme chargé de l'indemnisation des victimes de conducteurs sans assurance nous poursuivait, moi et Boyd, pour récupérer l'argent versé). Je n'ai jamais vraiment su où j'en étais financièrement, mais, à ce moment-là, ce qui est sûr, c'est que c'était un peu la panique. La situation des autres membres du groupe ne devait pas être beaucoup plus brillante. En plus, ils étaient tous chargés de famille. Carl, côté logement, naviguait entre deux eaux. Après notre reformation, il a enfin pu trouver ce qu'il appelait une « maison en dur », à Stoke Newington. Nous étions prévus aux festivals de Reading et de Leeds. C'était vraiment joyeux de se retrouver ensemble et il y avait beaucoup d'argent à la clé, plus d'un million de livres. Mais nous n'avions aucun nouveau titre et nous ne passions guère de temps ensemble en dehors des répétitions. J'étais toujours accro, et pourtant très heureux, car j'avais enfin une chance de remonter la pente et de montrer à Carl que j'étais un consommateur de crack et d'héroïne tout à fait supportable. Je me voilais la face. À cause de la came, j'ai raté un nombre impressionnant de répétitions.

Pour nous roder avant les festivals, nous avons joué quelques concerts au Kentish Town Forum. Carl et moi couchions à l'hôtel Malmaison à Farrington, où Amy Winehouse est venue nous voir. Elle était super excitée par ses nouveaux implants mammaires – l'opération était toute fraîche. Après le départ de Carl, elle a commencé à me courir après dans la chambre d'hôtel. Mais ses gardes du corps veillaient dans le couloir et les tabloïds planquaient sur le parking, il ne pouvait donc rien arriver. J'ai essayé de le lui expliquer, de lui dire qu'on était tout sauf tranquilles ici, mais rien à faire, elle a continué à me courir après comme une lionne.

Jouer nos anciennes chansons était excitant et le public semblait très heureux de nous revoir. Il y avait toujours eu beaucoup de femmes aux concerts des Libertines, mais, à Reading, j'ai été frappé de voir le nombre d'adolescentes présentes. Moi, j'avais vieilli, mais les fans, eux, avaient rajeuni. Les gros concerts prévus pour notre reformation faisaient le buzz. Je n'avais jamais vraiment joué en festival avec les Libertines. Nous avions bien participé quelques fois à celui de Brixton, mais avec des concerts toujours foireux où j'avais chaque fois quitté la scène avant la fin. J'allais avoir l'occasion de me débarrasser de ce sentiment d'inachevé.

En septembre, après l'enquête sur la mort de Robin, j'ai été inculpé pour possession de cocaïne et Wolfman, pour suspicion de revente. Personne ne pouvait croire que j'avais été inculpé sur la seule foi d'images vidéo. Pourtant, c'était bien sur les images du film tourné par Robin que la police fondait son inculpation. C'était douteux, voire malhonnête, et, surtout, tellement injuste, tellement dingue, tellement coup monté ! Robin m'avait certes filmé en train de fumer du crack, mais il existe des millions d'images de moi fumant du crack et je n'ai jamais été inculpé pour ça. Cette inculpation n'avait décidément aucun sens. Sur l'extrait incriminant, filmé la veille de sa mort, Wolfman tirait une taffe sur ma pipe, puis la passait à Robin et l'aidait à l'allumer. Sur les mêmes images, on m'entend clairement refuser de lui passer cette pipe.

L'affaire a traîné des mois et des mois. En mai 2011, après avoir plaidé coupable sur la base des images tournées par Robin, j'ai été condamné à six mois de prison. Une complète parodie de justice que j'avais du mal à avaler. Les cinq sœurs de Robin étaient toutes là à l'énoncé du verdict. Wolfman était complètement largué. Même quand on lui a dit qu'il était condamné à douze mois, il n'a rien compris. J'ai dû le lui répéter. Là, il a commencé à percuter et à montrer des signes d'inquiétude. Puis, ce n'était pas rien d'être là, dans le box, à croiser les regards des cinq sœurs de Robin… Cela vous paraîtra peut-être étrange, mais je pensais que ces six mois allaient enfin me permettre de faire le deuil, même si c'était totalement injuste. J'avais le sentiment que je devais faire pénitence, non parce que j'étais fautif, mais parce que les circonstances de ce décès et la tristesse qui en résultait étaient horribles. Wolfman partageait le même sentiment. Être condamné, c'était comme plonger dans un grand trou noir où nous pourrions trouver le temps de pleurer sa disparition. Baisser la tête et accepter la sentence nous offrait aussi une chance de décrocher, même si c'était en dépit de notre volonté. Ces mois de détention ont vraiment été une période de deuil, de pensées profondes et attristées pour Robin, que nous aimions, Wolfman et moi, de tout notre cœur.

Quand je suis arrivé à Pentonville, beaucoup de gens ne comprenaient pas ce que je foutais là. On se demandait ce que j'avais bien pu faire ou quelle énorme quantité de came j'avais bien pu transporter. J'ai expliqué que je n'avais rien fait, qu'on ne m'avait pas interpellé avec de la drogue, mais qu'on m'avait vu en prendre sur une vidéo. Immanquablement, on me rétorquait qu'on ne prenait pas six mois pour ça, que cette peine, c'était des conneries et qu'il fallait que je fasse quelque chose. Mais qu'est-ce que je pouvais bien faire à part supporter stoïquement mes six mois ? Cet été-là, les Libertines devaient jouer au festival de Glastonbury, il a fallu annuler. Puis tout est retombé, tout s'est éteint. Notre management a annoncé que c'était fini, il n'y aurait pas de tournée. Financièrement, ça foutait tout en l'air. Un putain de gros bordel.

Sinon, en prison, rien de nouveau, la came en douce, la surpopulation, la violence, les bagarres. Plusieurs incidents dans mon aile ont incité les autorités pénitentiaires à me transférer à Wayland, prison de catégorie C de Norfolk, qui avait la réputation d'être la prison d'Angleterre la moins infestée par la drogue. C'était bien ma veine. Là aussi, quelques incidents se sont produits, des incidents très désagréables. On me réclamait de l'argent pour assurer ma protection. Sauf que je n'avais pas une thune. Alors, certains détenus s'introduisaient dans ma cellule pour me casser la gueule et je me défendais en balançant la télé ou des chaises. Jamais aucun gardien ne venait à mon secours.

Pendant cette période d'incarcération, j'ai pu suivre un atelier d'écriture créative – c'était la première fois que je voyais ce genre d'activité en prison. Mais, là aussi, un type m'a menacé… pour que j'écrive un poème à sa petite amie. Je l'ai fait et, ensuite, tout s'est très bien passé entre nous – sa copine avait aimé mon poème. On m'a également demandé de monter un groupe de prisonniers. L'enfer !

Je me suis retrouvé avec un clavier manchot et un mec archi nul qui insistait pour chanter – deux connards. Il y avait sans arrêt des bagarres, sans arrêt des mecs qui me cherchaient des noises, et tous les autres, dans la cour, qui s'écrasaient le nez contre la vitre pour nous regarder répéter. J'ai obtenu une liberté conditionnelle et je suis sorti en juillet, juste avant le concert que nous devions assurer au bal annuel des officiers ou un truc comme ça. J'ai donc fait deux mois. Ma libération était soumise à l'obligation, pendant le temps restant de ma peine, de rester à mon domicile entre sept heures du soir et sept heures du matin.

28

Sequel to the Prequel

2011-2013 : retour à Camden. Mort d'Amy. Les voix imaginaires. Wolfman, Suzie, Elspeth et Adem – démos et des bas. Faire le routard avec Alan. Nouvelle dette de drogue phénoménale. Rencontre avec Carla Bruni. Un flop à Cannes. Un troisième album des Babyshambles.

Je n'étais sorti de prison que depuis quelques semaines quand Amy est morte, à l'aube. Je n'ai appris sa mort que le lendemain matin. Je ne l'avais pas revue, elle habitait tout près, pourtant. Moi, je passais ma conditionnelle dans le sous-sol d'une serrurerie de Camden High Street, sur un matelas posé à même le sol au milieu d'un fouillis de feuilles d'alu et de seringues. Je consommais comme un dingue et n'étais bon à rien – c'est ainsi que je tuais le temps jusqu'à la fin de ma peine, en attendant de voir ce qui allait se passer ensuite dans ma vie. Je me tenais volontairement à distance d'Amy. Elle m'avait laissé un message sur mon répondeur peu avant de mourir. Elle disait qu'elle avait envie de me voir. J'ai gardé ce message très longtemps.

Mes souvenirs de cet été-là ? Les émeutes de Londres, la dispute phénoménale d'un couple de voisins et le fantôme d'Amy, quittant son corps et s'élevant au-dessus de la ville. J'avais enregistré la dispute du couple sur mon téléphone et je m'en suis servi dans une chanson intitulée « Oily Boker », sur l'album *Hamburg Demonstrations.* Il s'agissait d'un Écossais et d'une Cockney, et leur altercation était plutôt gratinée. Je m'étais placé contre la porte de mon taudis et, du bout d'un long couloir, me parvenaient des cris horribles : le type accusait la fille de coucher avec ses potes et elle lui répondait qu'elle demanderait à ses frères de lui couper la bite et de la lui fourrer au fond de sa gorge de « gros connard ». À cette époque, j'étais persuadé que ces deux-là projetaient de me tuer. J'étais dans un état de totale parano, au fin fond du trou de ma toxicomanie.

Jusque très récemment, il m'arrivait même d'entendre des voix, des voix menaçantes. Pendant des années, j'ai entendu très distinctement deux voix de femmes avec l'accent du Yorkshire, mais j'étais bien le seul. Le phénomène était purement imaginaire. Ces deux voix persiflaient sans cesse, critiquant ce que j'étais et ce à quoi ressemblait ma vie. Une rhétorique vraiment toxique que j'ai dû supporter tellement longtemps. L'une disait à l'autre : « Ce putain de connard de raté, pour qui se prend-il ? Mais regarde-le ! Il est repoussant, je ne le toucherais pas pour tout l'or du monde, et Dieu sait que je ne suis pas bégueule. » L'autre enchaînait : « Totalement d'accord avec toi... » Et ça continuait, ça continuait, c'était sans fin. Je les entendais, dehors, derrière la fenêtre. Je me précipitais pour les voir, sûr que j'allais les prendre sur le fait. Seulement, à chaque fois, c'était comme si elles disparaissaient par magie dans je ne sais quel recoin d'ombre. Je ne les ai donc jamais vues, mais j'imaginais qu'elles étaient la version made in Yorkshire des Fat Slags, deux grosses pouffes horribles, héroïnes d'un comics que je lisais dans les années 1980, dans le magazine *Viz*. Je ne peux être sûr de rien, c'est comme cela que je les imaginais, c'est tout.

Quand je repense à cette période, tout me semble lointain, sans doute parce qu'alors mon horizon se limitait à mon sac de came. Seulement, il fallait écrire ou jouer de la musique pour acheter de la drogue. Je sentais que les gens avaient de plus en plus de mal à faire la différence entre le Doherty musicien et le Doherty des tabloïds, ce que je n'arrivais pas à digérer. Je me sentais plus heureux et plus en sécurité dans mon petit cocon de came. Pendant très, très longtemps, tout mon argent y est passé. C'était une période très sombre où je n'avais plus aucune satisfaction artistique, où je consommais et grattais la moindre thune du moindre concert que j'arrivais à dealer. Vous me direz, j'avais longtemps vécu comme ça. Seulement, là, c'était différent, l'ambiance était beaucoup plus noire, beaucoup plus désespérée.

Je traînais avec Wolfman et une fille qui s'appelait Elspeth. Elle habitait dans une cité HLM de l'Oxfordshire, tout près de la maison de campagne de Kate, et travaillait au pub du coin – c'était là que je l'avais rencontrée. Elle était plutôt jeune, vingt ou vingt et un ans. Un autre originaire de l'Oxfordshire traînait aussi avec nous, Manchester Mike, du groupe Law Abiding Citizens. Il était pote avec Bez, qui avait pris certaines de mes plus grandes toiles pour une vente de charité – au moins cela servirait-il à faire quelque chose de bien. L'appartement dans lequel je vivais était minuscule. Pourtant, je perdais de la came sans arrêt sans jamais la retrouver. Quelqu'un me la volait, mais qui ? Mystère non résolu.

Quand j'habitais à Camden, j'avais fait la connaissance de Suzie Martin, à qui je demanderais de chanter un titre dans l'album *Hamburg Demonstrations.* Elle sortait avec Wolfman et nous avions un stand sur le marché de Camden, le Doherty & Martin, où nous vendions le tas de bricoles que j'avais amassées au cours des années. C'était super sympa. Suzie avait le sens des affaires, elle refourguait des cigarettes avec une trace de rouge à lèvres, en prétendant qu'elles avaient été fumées par Amy Winehouse. Quand elle n'était pas au stand, elle faisait tourner le pub Torriano de Kentish Town, qu'Andy Boyd avait l'habitude de fréquenter. J'ai fait beaucoup de concerts dans ce pub. Alan et moi y organisions des soirées folk et des soirées blues, et c'est là que j'ai rencontré la violoniste Miki Beavis. Nous avons commencé à improviser ensemble au Torriano, puis les choses sont devenues plus sérieuses et nous avons fini par faire véritablement de la musique ensemble. C'était le temps des concerts à quatre – moi et les trois filles : Miki, Céline et Octavie.

L'époque aussi où j'ai commencé à travailler en studio avec Adem Hilmi, un jeune Italien de Londres, très maigre, très petit, avec un caractère de cochon qui le rendait malpoli malgré lui et lui valait de se faire sans arrêt casser la gueule. Bref, un mec très cool et très chiant. Adem louait une salle dans un studio qui se trouvait non loin de Wormwood Scrubs. Nous y avons finalisé « Down for the Outing », chanson qui figure sur *Hamburg Demonstrations.* Wolfman avait collaboré à l'écriture. Les paroles étaient, de son côté, très étranges, du mien, très émouvantes : *« Sorry Dad for the good times that I had, they made me look so bad, sorry Mum for the good things I've done, gave you hope when there was none. »* J'ai longtemps eu beaucoup de mal à chanter ce texte. Les démos que j'ai enregistrées avec Adem ont vraiment un son qui leur est propre et cela s'entend très bien sur *Hamburg Demonstrations.* Leur texture est meilleure, elles dégagent quelque chose de plus intéressant – je pense à certains effets sonores, à ces notes d'accordéon qu'on entend parfois en fond. La démo de « Nothing Comes to Nothing », de l'album des Babyshambles *Sequel to the Prequel*, a été enregistrée par Adem. Une très bonne démo que j'ai immédiatement mise en ligne. C'était une chanson à propos d'Elspeth, *« An Amwellian do, a tongue soaked in booze, says he's filthy and much older than you »*. J'y évoquais les soirées où nous allions voir ensemble des spectacles de stand-up au Filthy's, sur Amwell Street. J'étais très heureux de l'emmener là-bas, de lui raconter l'histoire de cet endroit, pourquoi et comment il avait compté pour moi. Un soir, les mecs qui passaient sur scène nous ont fait chier en se foutant de notre gueule. Toute la soirée, ils n'ont pas arrêté de s'adresser à elle en prononçant systématiquement son nom de travers, lui lançant, entre autres : « T'as raison, se trouver un vieux junkie, c'est toujours un bon plan. » Du coup, les verres et les insultes ont volé.

J'ai demandé à Adem de venir sur la tournée européenne solo qu'Adrian m'avait programmée. Je le voulais aux claviers – il avait l'art de sortir d'un Moog les sons les plus bizarres. Mais il est arrivé dans le bus avant moi et, quand il a tenté de s'expliquer, Adrian l'a jeté dehors en lui disant qu'il n'était pas au courant. Je me suis pointé au dernier moment, le bus était prêt à partir. C'est alors que j'ai dit à Adrian : « C'est bizarre, j'ai invité un musicien sur la tournée et il n'est pas là… » Adrian m'a répondu de ne pas m'en faire, qu'on serait bientôt à Douvres. Puis j'ai reçu un appel d'Adem qui m'a raconté ce qui s'était passé, et Adrian et moi nous sommes engueulés. Les choses se sont finalement arrangées et Adem a pu nous rejoindre. Nous formions une drôle de clique, Adem, Elspeth, Wolfman, les deux ballerines et moi. Une drôle de clique pour un triste désastre.

Après cette tournée ratée, je me suis mis à travailler tout seul. J'ai cessé de collaborer avec Andy et Adrian. Nous étions désormais dans une impasse. J'ignorais tout de ma situation financière. Les Babyshambles, c'était fini ou presque. Alan et moi faisions désormais une sorte de tournée improvisée en Europe. Nous nous démerdions pour trouver n'importe quel chauffeur de taxi foireux ou n'importe quel particulier en partance, bref quelqu'un qui soit OK pour nous prendre dans son véhicule, et c'est comme ça que nous tournions de ville en ville. Tout allait de travers dans ces concerts, nous avions désormais affaire à des tourneurs bas de gamme, et l'organisation allait de pair. Alan voulait lancer un nouveau groupe, les Travelling Tinkers, les « Nomades ». Ce que nous avions toujours rêvé d'être.

J'étais plus en sécurité loin de Londres. J'avais trop creusé ma dette auprès du dealer habituel de Sturmy – il m'avait fourni de la meth, beaucoup de meth, des milliers et des milliers de doses. À la toute fin du tournage de *Confession d'un enfant du siècle*, beaucoup de gens ont pris l'avion pour m'apporter de la came. Puis un dealer s'est pointé, paniqué, disant que son oncle avait besoin que je le rembourse, vingt-trois mille livres au total. Andy Boyd, qui habitait tout près, à Camden, m'a aidé à rassembler l'argent. J'étais tellement fauché. Il a monté une expo à la Cob Gallery de Kentish Town, *On Blood : A Portrait of the Artist.* En plus de mes tableaux, Andy avait rassemblé toutes les affaires que j'avais emportées de chez Kate et de la maison de Sturmy pour les vendre aux enchères, comme ce magnifique bureau de style Louis XIV sur lequel j'avais griffonné le mot « cunt », un grand nombre de mes guitares et de mes drapeaux. Un mini concert avait été organisé pour le vernissage, et James McCartney a joué avec moi. Un tableau de sang représentant Amy Winehouse s'est vendu trente-cinq mille livres, ce qui m'a permis de régler une partie de ma dette. Andy Boyd venait de me sauver le coup. Mes deux concerts en solo, la vente du tableau, le tout payé en liquide… Ma dette était totalement épongée. L'oncle de mon dealer nous a serrés de près jusqu'à la fin, garé devant tous les endroits où nous nous trouvions, nous rappelant à chaque instant le temps qui restait jusqu'à échéance.

Quand ma conditionnelle a pris fin, j'ai emménagé à Paris. Céline et Octavie, qui travaillaient sur tous mes lives, s'en sortaient plutôt bien dans le monde de la danse et y possédaient un appartement à leurs noms. Je me suis installé chez elles, rue de Copenhague, l'adresse à laquelle je suis resté le plus longtemps dans cette ville. Le film *Confession d'un enfant du siècle* sortait à la fin de l'été, et je m'étais mis dans l'idée que j'allais devenir une star de cinéma.

Je fréquentais trois frères qui possédaient une marque célèbre de prêt-à-porter, The Kooples, et nous avons sérieusement envisagé une collaboration pour une ligne de vêtements. C'était très amusant. Je voulais quelque chose dans le style skinhead, des trucs casual, mod, des pièces iconiques, des parkas, des bretelles, des chapeaux, des jeans cool, des boots et des chemises de pénitencier. Rini, qui était à Paris, a posé pour la ligne féminine, moi pour la ligne masculine. J'ai fait participer ma vieille amie Alizé Meurisse à cette histoire et elle a dessiné un des modèles qui se sont les mieux vendus, une pièce épuisée quasi immédiatement. Je menais une vie très excitante, j'allais dans des hôtels chics, par exemple l'Hôtel Amour, pour donner des interviews à des magazines de mode et leur montrer nos modèles. La campagne d'affichage s'étalait partout dans Paris et j'étais très fier de ce que j'avais fait.

J'ai été invité à rencontrer Carla Bruni, à l'époque déjà mariée à Nicolas Sarkozy. Je suis allé chez elle et nous avons travaillé ensemble sur une chanson. L'impasse où elle habitait était surveillée tous les deux mètres par des militaires avec des armes automatiques. Carla Bruni est souvent malmenée en France, mais je dois dire que je l'ai trouvée cool, et j'ai beaucoup aimé cette journée passée en sa compagnie. Quand la voiture présidentielle est venue me chercher rue de Copenhague, Céline et Octavie étaient dégoûtées : « Qu'est-ce que tu fous avec elle ? Elle est nulle, elle est naze ! » Moi, pendant ce temps-là, je ne pensais qu'à une chose : j'allais rencontrer la femme du Président.

C'est à Paris que j'ai rencontré Katia de Vidas, avec qui je me suis marié en septembre 2021. Pendant longtemps, nous n'étions, elle et moi, que de bons amis. Elle travaillait dans le cinéma, principalement comme monteuse et cadreuse pour la fondation Stanley Kubrick à Londres. Jan Harlan, beau-frère et producteur de Kubrick, était son patron. Parfois, le magazine *Les Inrockuptibles* faisait appel à elle pour filmer les concerts qu'ils organisaient. C'est comme ça qu'elle s'est retrouvée sur la route avec les Babyshambles et qu'elle s'est intégrée à la bande. Mais elle restait intouchable. Au fil des années, je suis tombé amoureux d'elle. Bien après notre première rencontre, elle a commencé à tourner un film sur moi, puis elle a rejoint les Puta Madres aux claviers.

Je consommais toujours énormément de drogue. Quand j'essaie de me souvenir de cette époque, ma vie n'est qu'un grand trou noir. Je devais me battre contre mon propre corps, j'avais sans arrêt des abcès, mes veines rendaient l'âme. Céline, Octavie et Katia me disaient que j'étais moribond, qu'il fallait d'urgence que j'entre en désintox. Adrian voulait que je retourne en Thaïlande et tentait de me mettre dans des avions que je ratais sans cesse. Je me faisais engueuler par les filles : « Mais, putain, vas-y, ça va être super, tu vas passer un séjour génial là-bas ! »

Chiang Mai était un endroit incroyable. Tellement luxueux. C'était une cure haut de gamme pleine d'accros européens super riches qui voulaient décrocher pour de bon ou se mettre un temps au vert. J'avais un bungalow confortable pour moi tout seul, c'était formidable. Je suis effectivement devenu clean dans cet endroit. Mais, à la seconde où je le suis devenu, je me suis dit : « Merde, il faut que j'en prenne. » Puis je me suis un peu engueulé avec le directeur de la cure et ça s'est mal terminé. Seul point positif de ce séjour : j'ai fait la connaissance du directeur adjoint, un certain Simon Mott. Il n'était pas mon thérapeute, juste un type avec les cheveux en bataille et constamment pieds nus, qui avait passé son enfance en école privée et rêvait de sortir les gens comme moi de leur toxicomanie. Il a fini par ouvrir son propre établissement, Hope, à Si Racha, toujours en Thaïlande. Ce serait là que je finirais par m'en sortir pour de bon… bien des années plus tard.

Confession d'un enfant du siècle a été projeté au Festival de Cannes. Ma mère avait fait le voyage. À l'époque où j'étais à Camden en liberté conditionnelle, j'étais allé au mariage d'Emily, qui épousait un parachutiste, et mon père et ma mère avaient été surpris de me trouver aussi sain d'esprit après tout ce que racontaient les tabloïds.

Comme je l'ai déjà dit, je me voyais déjà en star de cinéma. Ce film, j'en étais persuadé, allait me propulser. J'y tenais le rôle principal et la réalisatrice, qui avait remporté de nombreux prix, était célèbre et respectée. Bref, les planètes ne pouvaient pas être plus parfaitement alignées. Pourtant, rien de ce que j'espérais ne s'est produit. Le directeur de casting, Philippe Elkoubi, un homo incroyable, ami de Rini, avait beau dire que le casting était formidable, cela n'a pas suffi à faire un excellent film. Quand Sylvie était venue me voir à Sturmy pour me proposer le rôle, nous avions eu une aventure d'un soir. Coucher avec sa réalisatrice n'est jamais une très bonne idée.

À Cannes, on mesure le succès d'un film à la longueur des applaudissements, qui peuvent durer cinq, six, sept, voire neuf minutes. Pour *Confessions d'un enfant du siècle*, ils ont duré douze secondes. Si le cœur vous en dit, le film est disponible en DVD pour deux euros. Lily Cole y fait une apparition, ainsi que quelques célèbres acteurs français – en France non plus, malgré le casting cinq étoiles, le film n'a pas rencontré son public. J'espère cependant que l'avenir me réservera d'autres bonnes surprises cinématographiques. J'avais démarré le tournage d'un autre long-métrage français, *Le Fèvre*, du réalisateur d'avant-garde Philippe Grandrieux, mais j'ai dû me retirer pour partir en cure de désintoxication à Hope. Le film est sorti en 2015 sous le titre *Malgré la nuit*, sans moi.

Si les Babyshambles se sont reformés pour un nouvel album, c'est grâce à Drew et à sa motivation. Il avait eu un accident grave – renversé à bicyclette par un bus ou un camion, je ne sais plus. J'étais allé lui rendre visite à l'hôpital général de Whitechapel, où les médecins l'avaient prévenu qu'il ne remarcherait plus. Son rétablissement a été un vrai miracle. Un jour, il s'est pointé rue de Copenhague pour me demander si j'avais des idées. Il s'est posé un moment avec moi, a installé de quoi enregistrer et nous avons posé les bases de *Sequel to the Prequel*, enregistrant des démos à partir de choses que j'avais écrites, comme « Penguins », une chanson pour Katia, de choses qu'il avait écrites, comme « New Pair », de choses que nous avions écrites ensemble, comme « Seven Shades », et de choses que j'avais écrites avec Mick, comme « Farmer's Daughter », une chanson très forte. John Robinson partageait désormais un appartement avec Drew, c'est pour cela qu'on trouve certaines de ses chansons dans le mix, comme « Fall from Grace ». Les idées de Mick étaient aussi présentes, avec « Dr. No », un titre franchement ska.

Par contrat, nous devions encore un album à Parlophone, et nous avions tous besoin d'argent. C'est à ce moment-là que nous avons écrit « Minefield », pendant une séance très joyeuse où nous étions tous réunis à la campagne, près de Perpignan, chez le père de Céline, un sculpteur italien. Cette chanson inspirée par Amy a été créée collectivement, par moi, Mick, Drew et Adam – un autre Adam qui n'était pas Adam Ficek.

Car Adam Ficek n'a pas participé à cet album. Il en avait marre de la came – la came, c'était toujours ce qui foutait la merde et ce qui a précipité la fin des Babyshambles. Mick et moi partagions la même envie d'un groupe qui travaille ensemble, vit ensemble, écrit ensemble, et c'était ce que nous tentions. Adam, lui, venait d'avoir des enfants et devait payer les traites de sa baraque. Le chaos dans lequel nous vivions, c'était trop pour lui. Nous avons envisagé un temps le batteur de Stereophonics, que Drew et Mick avaient rencontré pendant un enregistrement à Londres, mais c'est finalement Adam Falkner, qui avait joué avec la grande chanteuse écossaise Amy Macdonald, que nous avons choisi.

Enregistrer cet album n'a pas été de tout repos. Nous étions à Question de Son, un petit studio privé en plein centre de Paris. L'organisation était plutôt stricte. Les autres dormaient à l'hôtel, un hôtel plutôt sympa. Nous nous retrouvions tous les jours au studio, où rien de suspect ne traînait, et sûrement pas de la kétamine. Stephen Street, de nouveau à la production, a perdu son calme plusieurs fois. Pendant l'enregistrement de « Stranger in My Own Skin », chanson écrite avec Wolfman, je butais chaque fois sur l'intro. Ce n'est pas que j'étais défoncé, mais l'enchaînement était assez complexe. Bref, je me plantais à chaque fois et ça me faisait rire. Mais ça ne faisait pas rire Stephen, qui a gueulé comme un putois : « Tu chantes comme une brèle ! » Je ne l'avais jamais entendu me parler comme ça, alors je lui ai dit d'aller se faire foutre et de rentrer à Londres s'il n'était pas content. « Stranger in My Own

Skin » était une super chanson – il en existe une excellente démo que j'avais faite avec Adem Hilmi. Sur l'album, j'aimais beaucoup « Picture Me in a Hospital », dont j'avais également fait une démo « à la Morrissey » avec Adem.

Finalement, Stephen était très content de ma voix sur cet album et répétait sans arrêt combien il était fier du résultat. Katia a réalisé la vidéo du single « Nothing Comes to Nothing », en utilisant des images de *Place de la République*, captation d'un concert des Babyshambles à cet endroit. À part celui-ci, je n'ai aucun souvenir de ceux de la tournée des Babyshambles en Grande-Bretagne et en Europe, entre fin 2013 et début 2014, quand l'album est sorti. « Maybelline », chanson écrite avec Mick, défonçait vraiment en concert. Nous adorions la jouer, particulièrement dans les festivals français, où elle fonctionnait toujours parfaitement. C'était une chanson assez bête, avec des paroles pompées sur les Stone Roses, Iggy Pop et Chuck Berry. Quant au riff, il venait tout droit des Small Faces. Une chanson en forme d'histoire du rock'n'roll, en quelque sorte. « Fireman » était davantage punk, et géniale à faire en concert. Pendant cette tournée, je me shootais toujours à la kétamine, au point qu'un jour j'ai cru que je me trouvais à un congrès de pompiers à Buenos Aires, où j'avais été transporté par ligne téléphonique. Pour me faire revenir à la raison au moment où je voulais absolument intervenir sur le sujet des réglementations incendie, les autres m'ont expliqué qu'il fallait d'abord que je passe la douane. La kétamine… Danny Goffey nous a rejoints sur plusieurs concerts, puis a fait partie du groupe pendant quelque temps. Damien Hirst a créé la pochette du disque, une faveur accordée à Drew, qui enseignait la guitare à son fils. Au final, *Sequel to the Prequel* ne ressemble pas vraiment à un album des Babyshambles, même s'il contient de très bonnes chansons. Tout le contraire de *Shotter's Nation*. Celui-là s'est imposé comme une nécessité. Celui-là avait une puissance de bête sauvage. *Sequel to the Prequel* sentait l'effort, c'était du boulot. Du bon boulot, mais du boulot quand même.

29

Anthems for Doomed Youth

2014-2015 : une nouvelle vie à Paris. Les années Katia et camping-car. À Barcelone avec Rafa. À Hambourg avec Johann. Enregistrement de Hamburg Demonstrations. *Reformation des Libertines pour le concert de Hyde Park. Hope, Thaïlande. Enregistrement de l'album come-back des Libertines. La mort d'Alan. Nouvelle déprime.*

J'ai déménagé de la rue de Copenhague pour aller vivre au-dessus d'un bar-tabac de la rue Pierre-Fontaine, quartier Saint-Georges, dans le IXe arrondissement de Paris. Je louais également un espace commercial que je voulais transformer en galerie et dans lequel je me suis enfermé pour peindre. Une période très productive. Je me construisais une nouvelle vie à Paris, à deux pas du Bus Palladium, célèbre discothèque qui faisait aussi restaurant et où de nombreux concerts avaient lieu. Le Bus était dirigé par Cyril Bodin, à qui j'avais demandé d'être mon manager et qui m'a organisé quelques concerts en France. Adrian est venu assister à l'un d'eux, mais Cyril n'a pas voulu le laisser entrer.

C'est à ce moment-là que Géraldine Beigbeder est entrée dans ma vie en organisant, dans un lieu parisien très stylé, une exposition de mes œuvres, intitulée *Flags from the Old Regime.* Elle a ensuite exporté cette expo à Genève, Barcelone et Moscou. Il y avait beaucoup d'argent à la clé. Géraldine s'était déjà occupée de collections très en vue et, en dehors d'être la cousine du célèbre écrivain Frédéric Beigbeder, elle avait ce qu'on appelle un carnet d'adresses. Pour la soirée de vernissage, elle avait convoqué la télé et la presse, mais je suis arrivé en retard, à minuit, et tous les journalistes étaient partis. Ce fut tout de même une bonne soirée – Géraldine était une fille drôle qui savait faire la fête. À Genève, elle avait organisé un concert privé, avec mes toiles comme décor de scène, dans le salon d'un membre important de la famille de J.P. Morgan, où la femme de je ne sais qui a acheté quelques-unes de mes toiles pour sa collection. Géraldine a également fait exposer mes tableaux au musée Rimbaud de Charleville-Mézières. Aujourd'hui, elle ne s'occupe plus de mon travail, mais il me semble qu'elle a encore en sa possession quelques pièces m'appartenant. Je n'ai plus été en bons termes avec elle à partir du moment où elle s'est permis d'ajouter ses propres idées à mon travail. En effet, en feuilletant certains catalogues d'exposition, je me suis aperçu qu'elle avait modifié les titres de mes tableaux de sang. Je me suis toujours enorgueilli de savoir trouver de bons titres et, dans mon travail, le titre est souvent aussi important que la qualité du tableau lui-même – pour les gens qui me collectionnent, il peut même suffire à faire ou défaire l'œuvre. Ma dernière exposition a été organisée par la mère de Katia, à Étretat, en 2021. Katia et moi avions organisé la précédente, à Paris.

Entre Katia et moi, les choses avaient dépassé le cadre professionnel. Nous avions acheté un camping-car, un Peugeot Challenger 1986, que nous avions baptisé la Bouboumobile. L'oncle de Katia s'était chargé de la rénovation et nous sommes partis en voyage. Nous avons fait tout le sud de la France et la côte est de l'Espagne, cherchant toujours la forêt idéale ou la plage déserte. C'était génial, surtout en été, de s'installer dans la nature avec une guitare et une machine à écrire, sans se préoccuper de rien. Nous avons passé un moment à Perpignan, endroit très paisible, parfait pour réfléchir, où nous avons fait quelques concerts. Puis nous sommes allés à Barcelone – un long voyage depuis Paris. Là aussi, j'ai donné quelques concerts que j'avais moi-même organisés.

C'est à Barcelone, période camping-car, que j'ai fait la connaissance de Rafa Rueda, qui est devenu l'un de mes meilleurs amis. Je cherchais de la came quand des mômes m'ont dit qu'ils allaient me conduire chez « le druide du magasin de marionnettes ». Rafa n'avait rien à voir avec ce magasin, il se contentait d'attendre le client devant la vitrine. Je me suis fourni chez lui plusieurs fois. Il me faisait attendre dans un café pendant qu'il allait chercher du matos au barrio de la Mina, une cité de logements sociaux des années 1970 où étaient entassés trente mille Gitans. Il me disait toujours : « Les gringos ne peuvent pas aller là-bas. »

Je m'y suis tout de même rendu une fois et j'ai fini dans un escalier, à faire la queue avec des mamies et des gamins. Là, chacun votre tour, vous entriez dans une cuisine où se trouvait une fille avec un flingue coincé à l'arrière de son bikini qui veillait sur un gros tas d'héroïne et un gros tas de coke. Je prenais pour dix ou cinquante euros de chaque.

Rafa était très impliqué dans la scène « squat » de Barcelone. Lors d'un autre séjour, comme je n'avais nulle part où garer le camping-car, il m'a invité chez lui, à La Floresta. Là, il avait installé une batterie dans la cave de la maison qu'il squattait. La Floresta est une zone boisée de Barcelone, le dernier refuge d'un réseau de jongleurs, de musiciens et d'anarchistes déglingués. Un lieu alternatif débordant de créativité, où l'on fait de la poterie et des fringues. Chaque fois que j'allais chez Rafa, je faisais quelques concerts le week-end, sur la place, avec tout le monde, et, en échange, le café nous donnait gratuitement à manger et à boire. La Floresta n'est qu'à dix minutes du centre de Barcelone par le train et pas mal de gens, touristes ou jeunes Espagnols, s'y rendent par curiosité. L'endroit est infesté de sangliers, et ces animaux protégés sont devenus le symbole du groupe que j'ai monté avec Rafa, les Puta Madres. Là-bas, tout le monde a l'autocollant du groupe sur son pare-chocs. J'adore cet endroit.

Je suis aussi allé à Hambourg en camping-car. J'y ai donné plein de petits concerts dans des bars hallucinants. J'ai fait la connaissance d'un styliste allemand, Bent Angelo Jensen, qui avait créé la marque Herr von Eden. Un type formidable. Un soir, il m'a emmené à une soirée aux studios Clouds Hill. J'ai improvisé un concert pour le proprio, Johann Scheerer. Les studios faisaient partie d'un ancien ensemble d'entrepôts et comprenaient un super appartement ultramoderne au sous-sol, avec table de ping-pong et télescope braqué sur l'Elbe. Johann et moi avons passé un accord : il m'aiderait à enregistrer un album solo sur son label et, en échange, je pourrais rester dans son appartement. C'est ainsi qu'a démarré l'aventure de l'album *Hamburg Demonstrations*.

Bon, soyons francs, la raison principale qui m'avait conduit à Hambourg, c'était la came. Cette ville a une culture très riche de la drogue et, dans ce domaine, tout y est plus facile. Je me souviens notamment d'un endroit qu'on surnommait « les monstres des grands fonds ». C'était une clinique offrant des traitements de substitution à la méthadone, mais qui donnait sur un quartier de baraques de fortune où les junkies venaient consommer à ciel ouvert.

J'ai prévenu Johann que Mick travaillerait sur l'album avec moi. Il ne s'y est pas opposé. Mais, quand il l'a rencontré, il s'est mis à agir de façon très bizarre. Au moment d'enregistrer, il n'a installé qu'un micro et une guitare, puis m'a informé que Mick n'était pas autorisé à pénétrer dans le studio. Je lui ai dit que je ne comprenais pas, qu'il était prévu que Mick collabore à l'album. Mais Johann n'a rien voulu savoir. Peut-être que Mick avait l'air un peu brut de décoffrage. C'était une situation très délicate pour moi. J'ai donc dit à Johann que Mick et moi allions prendre la Bouboumobile et nous barrer. Et là… « T'inquiète, je passe mon tour. » Mick me demandait de laisser tomber, il était OK. C'était vraiment classe de sa part. Longtemps après cette histoire, nous sommes toujours bons amis. Il est devenu clean avant moi et l'est toujours. Récemment, on m'a proposé de reformer les Babyshambles. La vie réserve bien des surprises…

Suzie Martin aussi est venue me voir à Hambourg. Elle était du genre fêtarde et y a beaucoup dansé sur les tables. J'en ai profité pour lui demander de faire une voix sur une nouvelle chanson, « Birdcage ». J'ai aussi enregistré quelques titres plus anciens. Le refrain de « Spy in the House of Love », titre emprunté à Anaïs Nin, remontait à des lustres, tout comme la chanson « The Whole World Is Our Playground », qui faisait déjà partie des démos des Babyshambles, c'est-à-dire de la période Libertines – une vieille chanson qui n'avait jamais trouvé sa place. Pour cet album avec Johann, nous avons aussi fait « She Is Far », sans doute l'un des premiers textes que j'ai écrits.

L'enregistrement de l'album s'est révélé très problématique. Cela a pris plus d'un an, avec pas mal d'interruptions. Le plan initial était d'enregistrer le plus de démos possible, puis, au lieu de les balancer en ligne, de les sortir proprement. Mais, pendant que j'étais en désintox à Hope, Johann a engagé un tas de musiciens incapables de jouer leur partition. Ça m'a vraiment fait chier. La façon dont il s'était approprié l'album, dont il menait les enregistrements, me posait problème. Finalement, il aurait mieux valu balancer les démos en ligne – des démos bien brutes, davantage dans l'esprit de ce que je voulais faire. Au lieu de ça, Johann a pris des plombes pour fignoler le son à outrance. Ce sont, certes, de très bonnes chansons, mais la production m'a totalement échappé.

Cependant, quelques-unes de mes meilleures chansons depuis longtemps ont surgi de ces sessions, comme « Kolly Kibber » et « Oily Boker », surnom que Mick et moi avions donné à une pipe à crack maculée d'huile et de résidu, la « crust ». Il y avait aussi une super nouvelle chanson à propos de Katia, « I Don't Love Anyone (But You're Not Just Anyone) ».

Quand l'album est sorti, on l'a considéré comme mon deuxième album solo. Mais, parce qu'il avait été entièrement aux mains de quelqu'un d'autre, il restait pour moi un objet très étrange, presque étranger. Du coup, je me suis investi à mort dans la conception de la pochette. J'étais très fier du résultat. C'était le seul endroit où j'avais pu imposer ma patte après avoir totalement perdu le contrôle sur la musique.

Hamburg Demonstrations a été la source de nombreux et interminables problèmes juridiques. L'enregistrement de l'album coïncidait avec la reformation des Libertines pour un concert à Hyde Park qui devait nous rapporter beaucoup d'argent et qui nous a conduits à enregistrer un nouvel album. Dès que *Hamburg Demonstrations* s'est mis à ressembler à un projet commercial, tout a changé et, du jour au lendemain, le nom de Johann est devenu un gros mot pour Adrian. Je ne sais ni pourquoi ni comment les choses sont devenues si compliquées. Après tout, notre accord de départ était clair et Clouds Hill, l'endroit parfait pour répéter. C'est d'ailleurs là que les répétitions des Libertines pour Hyde Park ont eu lieu.

Ce concert s'est étonnamment bien déroulé. C'était un projet très ambitieux. Le premier enthousiasme, tout particulièrement pour Carl et moi, c'était déjà d'avoir vendu soixante-deux mille places. Tout ce chemin parcouru depuis 1997, quand nous faisions notre petit spectacle, « Spaniel & Spaniel », au Speaker's Corner avec une guitare cassée… Maintenant, nous affichions complet pour un concert géant à Hyde Park et nous avions droit à un hôtel chic, le Park Lane Hilton, Carl dans la chambre 360 et moi dans la 258, numéros identiques à ceux de l'adresse des Delaney Mansions et de ses Albion Rooms sur Camden Road – ce ne pouvait être un hasard. Nos familles étaient là. C'était un jour très particulier, un grand jour. Quand je me suis réveillé, j'ai regardé par la fenêtre et j'ai aperçu un type qui marchait à pas pressé sur Park Lane en costume trois-pièces aux couleurs de l'Union Jack avec un énorme fédora sur la tête. Je tenais mon inspiration et mon élan du jour. Cela faisait longtemps que je n'avais pas senti ce frémissement autour des Libertines, cette communion. La journée commençait bien. Shane MacGowan et les Pogues étaient de la partie, c'était magique. Alan aussi était prévu. Nous avons eu droit à quelques moments surréalistes, notamment quand un type complètement à poil est monté sur la structure pendant que nous jouions, mais aussi quand nous avons aperçu Marc Almond qui traînait en coulisses avec deux énormes gardes du corps.

Après le concert, j'étais comme ensorcelé. Je me suis retrouvé seul avec une petite femme noire dans la caravane, sans parvenir à me rappeler qui elle était, mais sûr de l'avoir déjà rencontrée. Nous avons commencé à discuter religion et elle m'a dit qu'elle était la mère de Gary Powell. Soudain, notre rencontre fortuite est devenue un moment très singulier, très fort. La religion, c'est important pour moi. J'aime aller à l'église, y célébrer Dieu en chantant, tenter de pénétrer le message de la Bible. Je sens que quelque chose m'emplit le cœur dans ces moments-là, la gloire de Dieu, peut-être, sans doute, le sentiment d'être utile en me mettant à Son service, plutôt que de chercher à être moi-même l'objet de la vénération. J'ai toujours pensé que j'aurais pu consacrer ma vie à l'Église, je crois que cela m'aurait rendu heureux. J'ai la foi et le sens de la communauté, c'est quelque chose qui m'attire vraiment. Consacrer ma vie à l'Église ? J'y pense beaucoup. Je ne suis jamais allé jusqu'au bout, mais c'est une direction que j'aimerais approfondir et je sens qu'aujourd'hui j'en suis capable.

Après le concert de Hyde Park, j'ai senti qu'un lien différent, nouveau, se créait entre les Libertines. Nous avons encore fait quelques dates ensemble cet été-là. Carl et moi nous rapprochions doucement mais sûrement. Une approche très progressive, qui a pris du temps. Une façon de s'apprivoiser par de toutes petites choses, comme lorsque nous avons fait trois soirs à l'Alexandra Palace, tout près du domicile de Carl, et que je suis passé le voir chez lui la veille. Rien de tout cela n'aurait pu advenir en 2010, ni ces opportunités d'un travail plus personnel, ni cette confiance regagnée et cette amitié en pleine reconstruction. Notre concert au festival de Benicàssim, en Espagne, restera pour moi un concert inoubliable. J'arpentais la scène, très sûr de moi, devant une foule énorme et enthousiaste. Cette fois, ce n'était pas qu'une histoire d'argent, même s'il y en avait beaucoup à la clé.

Après ces grosses dates, je suis parti à Hope, en Thaïlande, pour travailler avec Simon Mott à ma désintoxication. Il m'a fallu trois bons mois pour devenir clean. Quand Carl s'est pointé à la cure, comme l'ont fait Gary et John, c'était formidable, très positif, très motivant. Lindi aussi est venue me rendre visite en Thaïlande avec ma fille, Aisling, et nous avons passé tous les trois de vrais moments de complicité. La dernière fois que je l'avais vue, elle n'était encore qu'un bébé. Lindi était venue à Paris avec elle, mais l'ambiance était plutôt tendue. Quand j'ai revu ma fille en Thaïlande, elle devait avoir deux ou trois ans – une vraie petite tornade. Je n'ai jamais vraiment compris Lindi. Elle a si rapidement et si radicalement changé. Quand je l'ai rencontrée, elle était une sorte de hippie New Age, à fond dans les cristaux, la nourriture saine et la pensée positive. Mais quand elle a accouché de notre fille, le changement a été total. Adieu la Flower child New Age et bonjour l'avocat qui me réclamait une pension alimentaire colossale. Évidemment, cela a jeté un froid entre nous.

Quand je suis sorti de désintox – le jour de Noël ou peut-être le jour de l'an, je ne suis plus sûr –, Katia, en surfant sur Internet, est tombée sur le site d'un petit studio thaïlandais, Karma, où elle a pensé que ce serait chouette de passer un bout de temps à enregistrer des démos. C'est de là qu'allait sortir le prochain album des Libertines. Au départ, il s'agissait d'un truc entre nous. Katia et moi avions décidé de rester en Thaïlande pour enregistrer des chansons, elle au mélodica et moi à la guitare. En arrivant dans ce studio, nous avons enregistré la démo d'un nouveau titre, « Hell to Pay at the Gates of Heaven ». Puis quelqu'un – sans doute Adrian, qui était venu en Thaïlande avec moi – a eu l'idée de demander au reste du groupe de rappliquer. Quand Carl est arrivé, c'est devenu un disque de musique électrique, du pur Libertines. Avant cela, j'étais plutôt parti sur un truc bien folk, un petit machin acoustique pas très sexy, assez poussiéreux, dans lequel j'avais mis le meilleur de moi-même, sans grand résultat.

Gary, John et Carl dégageaient une énergie incroyable. Beaucoup de titres de l'album, par exemple « Fury of Chonburi », ont cette énergie brute et frontale qui semble dire : « Prends ça dans ta gueule ! » Tout le monde était sur la même longueur d'onde, dans le même état d'esprit : nous allions faire un putain de disque de rock'n'roll. C'était, en particulier, l'obsession de Jake Gosling, qui, d'habitude, faisait du hip-hop, mais tenait cette fois à produire un disque avec de la bonne grosse guitare. Pour me remettre dans ce *mood*, j'avais besoin de stimulants. J'ai donc replongé rapidement. Mais ce n'était pas comme d'habitude. J'avais été clean si longtemps que je n'étais pas dans l'état de chaos qui m'était familier. Cela venait aussi de la came, clean elle aussi. Mon « livreur » thaï était un mec tout petit. Nous buvions en sa compagnie un drôle de whisky, avec un serpent mort au fond de la bouteille. Tout le monde se mettait minable, mais être bourré ne me suffisait pas. Malgré la frustration, je faisais le job. Je dormais beaucoup et je me concentrais à mort pendant les séances d'écriture avec Carl. Nous avions l'habitude de prendre le bateau tous les deux jusqu'à une petite île. Là, nous nous asseyions sur la plage avec nos guitares et, jusqu'au bout de la nuit, nous bossions les textes comme des dingues – c'était vraiment important pour nous. La chanson « Anthem for Doomed Youth », entre autres, est née d'une de ces séances.

Travail intense aussi sur « Fame and Fortune ». La mélodie était née le premier soir où nous avions vu Sandra faire son numéro de danse, ce fameux truc où elle sortait d'un œuf en plastique. Nous en avons fait le break et nous avons déroulé la suite de la chanson au bord de la piscine. Le texte faisait joliment la revue des quinze dernières années. Nous y racontions l'histoire de nos débuts de façon assez amusée, dans un style à la Kinks ou à la Small Faces. J'étais également très satisfait de « Belly of the Beast », qui faisait partie des chansons que j'avais d'abord envisagé d'enregistrer façon folk. Finalement, ce titre est devenu très rockabilly. Je regrette que nous ne le fassions jamais en live, mais il faut bien avouer qu'il est plutôt difficile à jouer. « Heart of the Matter » est une chanson clé de l'album. Les paroles, d'une grande intensité et d'une grande sincérité, disent nos faiblesses sans que ce morceau perde pour autant de sa vivacité. Au fond, cet album est le reflet de la relation compliquée que nous avons toujours eue, Carl et moi. Il est une façon de laver notre linge sale, non pas en famille, mais en public, sans amertume, dans la joie et non plus dans le venin. Le venin, c'était de l'histoire ancienne. Une phrase de « Milkman's Horse » résumait bien la situation et s'appliquait à Carl autant qu'à moi : *« It must be lonely being you being me »*, il y a de la solitude à être soi. Une phrase que nous pouvions nous renvoyer l'un l'autre. Et, comme d'habitude, nous nous disputions pour savoir qui chanterait telle ou telle partie du texte – il y avait des choses tellement fortes, tellement incontournables.

L'album était une réussite – je ne comprends même pas comment nous avons fait. Peut-être est-ce la Thaïlande qui a rendu ce miracle possible. Le studio où nous vivions tous ensemble était si particulier, nous y avons travaillé en nous mettant beaucoup de pression pour être au meilleur de nous-mêmes. Toute cette période a été chargée d'émotions intenses, particulièrement le jour où j'ai chanté « You're My Waterloo ». Je n'ai pas pu retenir mes larmes, comme si toutes ces années revenaient d'un coup et se rédimaient dans cet endroit plein de magie. Oui, je crois que ce disque était une sorte de miracle.

Pendant mon séjour à Hope puis au studio où nous enregistrions l'album des Libertines, je suis resté en contact avec Alan. Il était dans un état d'esprit très positif et m'envoyait des messages optimistes et pleins d'espoir. Il avait une nouvelle devise : « Une bière et un pétard. » Comme un retour en arrière, juste une bière et un joint, une façon de dire qu'on allait enfin réussir à être clean. Il était certain que je réussirais à me désintoxiquer et très fier que j'enregistre l'album et que tout se passe bien. Il m'envoyait sans arrêt des messages pour m'encourager à tenir le coup, répétant que nous nous verrions bientôt. Il me disait que l'opération chirurgicale qu'il venait de subir lui avait ouvert les yeux. La mezzanine de son appartement s'était écroulée sur lui. Il avait eu un bras écrasé et une artère tranchée. Il avait perdu énormément de sang et devait la vie à un type qui, par chance, se trouvait chez lui et lui avait fait un garrot – un *tourniquet* en anglais. Du coup, il avait changé le nom de son groupe en Alan Wass and the Tourniquet, titre de l'album qu'il venait de terminer et qui s'apprêtait à sortir, ce qui le rendait fou de joie. Il me disait qu'il se sentait très reconnaissant d'avoir eu droit à un supplément d'existence. Petit supplément… Peu après, nous avons appris qu'il était dans le coma suite à une overdose d'héroïne. Puis sa femme m'a envoyé un message pour me dire que sa Cadillac avait été rappelée au paradis et que la décision avait été prise de le débrancher. J'étais bouleversé. La nouvelle de sa mort est arrivée le dernier jour d'enregistrement, alors que nous enregistrions les voix de « You're My Waterloo ». J'ai voulu prendre immédiatement l'avion pour Londres. Je me sentais tellement coupable de ne pas être près de lui, à l'hôpital, mais c'était impossible. Quelqu'un lui avait fait une injection d'héroïne dans son bras valide. Qui ? Je ne sais pas. Des noms ont circulé dans les journaux, je n'en connaissais aucun. Personne ne les connaissait, des types qu'il avait rencontrés… Alan n'avait que trente-trois ans quand il est mort, en avril 2015, après onze jours de coma. C'était terrible.

Cet été-là, Dave Grohl des Foo Fighters a dû annuler Glastonbury à la dernière minute parce qu'il s'était cassé la jambe. Manquait un groupe pour jouer sur la scène principale du festival, et nous avons été la « surprise » en assurant le remplacement au pied levé. Un autre grand moment pour les Libertines, et pas seulement parce qu'on nous a déposés à Glastonbury en hélicoptère. Ce même été, nous avons joué dans de nombreux autres festivals. Avoir de nouveaux morceaux à jouer était formidable. J'ai essayé de faire toutes les dates en camping-car plutôt que dans notre bus de tournée. Je voulais casser les habitudes. J'aurais aimé prendre tout le monde avec moi, mais ce n'était plus possible. Le groupe était passé dans une autre dimension, c'était désormais une grosse machine à gagner de l'argent, avec un staff en conséquence. Après les concerts, je calculais combien de fans je pouvais entasser dans le camping-car, puis je les embarquais pour une nuit de fête. Et, je ne vais pas mentir, j'aimais bien alors, comme avant, me faire une petite pipe de crack.

Simon Mason était payé par le groupe pour jouer les garde-fous avec moi. C'était un mec que j'avais rencontré en cure et qui avait écrit son autobiographie de camé, *Too High, Too Far, Too Soon.* Son rôle consistait principalement à conduire le camping-car. En franchissant la frontière suisse pour nous rendre à un festival, nous nous sommes fait choper par la douane. Simon a convaincu les douaniers de nous laisser un peu de drogue, plutôt que de tout nous confisquer, arguant du fait qu'il assurait mon suivi thérapeutique et que j'allais avoir besoin d'une dose dès la prochaine ville. Les douaniers suisses nous ont rendu trois grammes et demi d'héroïne, soit la moitié de ce qu'ils avaient trouvé, puis ils nous ont laissés passer. J'étais sur le cul. C'était une façon d'agir tellement progressiste. Je suis sûr que Carl était déçu que je me drogue encore, même si je le faisais de façon beaucoup plus contrôlée. Cependant, après cet épisode à la frontière, à une heure et demie d'un concert que nous avons commencé avec une heure de retard à cause de moi, je ne crois pas me tromper en disant que Carl était heureux, simplement heureux, que j'aie réussi à être là, à temps et en état.

J'ai tout de même fini par rater un concert important. Nous devions jouer, pour le lancement de l'album, à l'Electric Ballroom à Camden, et je les ai plantés. J'étais tout seul sur l'autoroute, dans une station-service, avec le camping-car. Je filais un mauvais coton. J'avais décidé de vadrouiller six mois aux îles Shetland et j'avais fait mes provisions de came et de haricots en boîte. Mais je me suis trouvé à cours de drogue avant Watford Junction, à une vingtaine de kilomètres de Londres. Alors j'ai dû faire quelques allers-retours entre la station-service et Londres pour m'approvisionner – la Bouboumobile dépassait difficilement le 120 à l'heure. J'étais cuit, je n'avais pas dormi depuis des jours, la drogue m'avait plongé en plein épisode psychotique. Arriver à décrire cela aujourd'hui n'est pas simple pour moi, parce que je n'ai pas été dans cet état depuis longtemps. Désormais, j'attends les concerts avec impatience et, même si j'ai des angoisses, il n'est plus question pour moi de tout foutre en l'air. C'est pourquoi j'ai beaucoup de difficultés à me replonger dans cette époque où, très souvent, la psychose menait le bal. Aujourd'hui, elle n'a pas disparu, mais elle fait profil bas, je sais la dompter. Mais, dans l'état où j'étais à l'époque, rater ou non un concert était le cadet de mes soucis. Je n'avais à ce sujet aucun sens des responsabilités. On m'attendait ? Je n'y pensais même pas, je savais à peine ce qui se passait dans ma vie et quasiment jamais quel jour on était.

Je me suis remis sur pied pour la promo de l'album *Anthems for Doomed Youth*. Nous sommes passés à la télé dans l'émission de Jools Holland, l'ancien clavier de Squeeze, et dans *Soccer AM*. Carl a l'esprit très compétitif, c'est dans sa nature. Quel que soit le sport qui nous oppose, le ping-pong ou les fléchettes, ce qu'il veut, c'est gagner. Mais au foot, c'était toujours moi le vainqueur… jusqu'au jour où nous avons participé à *Soccer AM* et à son jeu, « Top Bins ». Carl a réussi à faire passer le ballon dans l'ouverture avec un tir du bout du pied. Un gros coup de bol. J'ai été moins chanceux. C'est d'ailleurs toujours un sujet entre nous.

30

Puta Madres

2016-2022 : les Libertines en Amérique du Sud. Un nouveau groupe, les Puta Madres. Investissement à Margate, les Albion Rooms deluxe. La vie à Margate. Enregistrement en Normandie. Le jeu du petit déjeuner. Dernière arrestation à Paris. Une nouvelle façon d'appréhender l'existence.

Quand je n'étais pas en tournée ou dans des festivals avec les Libertines, j'habitais à Melun, ville-dortoir au sud-est de Paris, mes deux camping-cars garés dans la cour avant de ma maison. J'ai des souvenirs très heureux de cette période. Musicalement, j'étais à la recherche de quelque chose de nouveau. Le single solo « Flags of the Old Regime » était sorti pendant que j'étais en Thaïlande, tous les bénéfices allant à la Amy Winehouse Foundation. Cette chanson était mon hymne à Amy. Je l'avais enregistrée avec Stephen Street à l'époque de *Prequel to the Sequel*, Katia avait réalisé la vidéo pendant notre séjour en Thaïlande, et elle est devenue une chanson très populaire. Adrian s'était occupé de sa sortie, mais je ne m'entendais plus très bien avec lui. En plus de nos différends financiers, les problèmes rencontrés par l'album *Hamburg Demonstrations* ont porté le coup de grâce à notre relation. J'avais enregistré « Flags of the Old Regime » avec Johann pour cet album. Quand je suis rentré de Thaïlande, j'ai aussi fait avec lui une version de « Hell to Pay at the Gates of Heaven », chanson que j'avais écrite là-bas, mais dont Carl ne voulait pas, alors que je la trouvais parfaite pour les Libertines. J'en étais vraiment très fier. Je l'avais écrite au moment des attentats de novembre 2015 à Paris, et nous l'avions enregistrée à Barcelone, avec Rafa à la batterie.

C'est à ce moment-là que j'ai demandé à un ancien pote d'école, Jai Stanley, de s'occuper de mes affaires. Je ne savais pas où j'en étais financièrement et Adrian avait toujours cette façon de botter en touche, de décréter que, de toute façon, je n'y comprenais rien. Un jour, je lui ai annoncé que c'était fini, que Jai allait s'occuper de tout. Jai est donc devenu mon manager. L'une de ses premières batailles a été de régler les problèmes juridiques de *Hamburg Demonstrations*, et c'est grâce à lui si l'album a finalement pu sortir. Le label Clouds Hill a dû en vendre quelques-uns, j'imagine. J'ai fait quelques concerts avec les musiciens que Johann avait engagés au studio de Hambourg, puis une assez importante tournée solo, le *Eudaimonia Tour*, pour laquelle j'avais monté un groupe avec Drew, Miki, Katia, Rafa et une accordéoniste, Stefany Kaberian. C'était formidable. Jai et moi avions souvent discuté des raisons pour lesquelles je prenais si peu de plaisir aux concerts géants des Libertines. Avec eux, la vie de groupe se résumait au temps des concerts et à la brève période de répétitions. Pas du tout ce que j'attendais. Moi, je rêvais d'un truc plus organique, c'est d'ailleurs ainsi qu'est née l'idée de Puta Madres – comme une tentative de former un groupe qui n'échapperait pas à ses membres, dont nous ne perdrions pas le contrôle et qui constituerait un tout cohérent et non un rassemblement d'egos incompatibles. À l'époque, je ne me sentais pas du tout en accord avec la façon dont Carl avait organisé le management des Libertines.

Pour *Anthems for Doomed Youth*, les Libertines ont finalement fait une grosse tournée britannique et européenne, avec le groupe de post-punk Sleaford Mods en première partie. Nous transportions avec nous un pub nomade que nous montions dans chaque lieu de concert. Il disposait d'un billard, de quoi jouer aux fléchettes et de vrais tabourets de bar. Dans chaque ville où nous jouions, un membre de l'équipe était chargé d'engager des stripteaseuses qui devaient porter nos vestes militaires rouges et danser sur « Boys in the Band ». À Londres, à l'O_2 Arena, Clara Mills, qui avait pour mission de gérer les danseuses et danseurs, avait rassemblé une parfaite petite bande de cinq ou six filles et un garçon – la meilleure que nous ayons eue – et elle les a également fait monter sur scène avec les Sleaford Mods. Ils se sont vraiment éclatés sur cette musique. C'était un spectacle très réjouissant. Et ce fut une très bonne soirée.

Ironie du sort, les Puta Madres se sont formés en Argentine au moment même où les Libertines entamaient une grosse tournée en Amérique du Sud. À nos débuts,

Carl et moi rêvions de monter un groupe, de devenir célèbres et respectés comme auteurs-compositeurs, mais nous rêvions aussi de partir en Amérique du Sud et de nous faire appeler Carlos and Los Libertines. J'avais toujours pensé qu'il existait un public pour les Libertines en Amérique du Sud. Quand nous enregistrions *Up the Bracket*, j'avais reçu une photo d'un groupe brésilien, composé uniquement de filles, qui faisait des reprises des Libertines et je voyais pas mal de mômes d'Amérique du Sud dans nos concerts. Alors, cette tournée des Libertines réalisait un vieux rêve, mais façon grosse machine, avec tout le barnum d'un groupe bien installé dans l'industrie du disque. Nous couchions dans des hôtels clinquants, on nous emmenait sur le lieu de nos concerts en voitures de luxe. Je me sentais toujours à une énorme distance des gens et, peu importait le lieu, nous ne voyions jamais rien. À cette époque, le groupe était lancé comme un bolide. Pas de place pour la moindre détente. Notre mission, nous l'avions acceptée, c'étaient les concerts, un point c'est tout. Parfois, faire les choses de cette façon était agréable. D'autres fois, j'avais envie de ramener des mômes à l'hôtel pour faire la fête, mais ils se faisaient immanquablement jeter dehors par notre service de sécurité. Vers la fin, je me suis pris la tête avec le manager de la tournée, un mec de Carl, à cause des trucs que j'avais achetés, les machines à écrire, etc., qu'il refusait d'inclure dans les bagages des Libertines. C'était ridicule.

Après les concerts des Libertines en Argentine, je me suis dit que ce serait bien de rester et de vadrouiller un peu.

Je voulais sentir le vrai parfum de l'Amérique du Sud. C'est à ce moment précis que sont nés les Puta Madres. Tout s'est mis en place naturellement quand les Libertines ont repris l'avion. J'ai passé une dernière nuit dans notre hôtel chic, puis je suis passé à un endroit bas de gamme où je me suis installé pour longtemps. C'est là que je suis devenu clean. J'ai tout arrêté d'un coup, dans cet hôtel bon marché où ont fini par me rejoindre Drew, Rafa, Katia et Miki.

Jack Jones est venu jouer de la guitare avec nous. J'étais tombé sur lui un soir que je surfais sur YouTube pour visionner des trucs que faisait Carl. Le groupe de Jack, Trampolene, avait assuré la première partie de Carl à la Scala et j'avais entendu dire que ce type écrivait aussi de la poésie, ce qui m'a immédiatement incité à en savoir plus. Deux nuits après l'avoir vu sur YouTube, je suis tombé sur lui complètement par hasard à la sortie du Dublin Castle, un pub qui fait aussi salle de concerts, à Camden. Je lui ai dit que je l'avais vu déclamer un de ses poèmes, « Health & Wellbeing (At Wood Green Job Centre) », et que cela m'avait rappelé le temps lointain de mes performances poétiques, ces histoires de jeune garçon fauché vivant une vie de bohème dans le Londres interlope. En dehors de ses talents artistiques, Jack était un excellent conducteur. La Bouboumobile représentait un défi intéressant pour lui. Alors, désormais, c'est lui qui conduisait. Je l'ai en quelque sorte pris sous mon aile, comme un stagiaire. J'ai vite vu qu'il était plein d'énergie et d'ambition artistique. Humain et compatissant, aussi. Quand je pétais un câble, il veillait sur moi.

Avec les Puta Madres, ce que je voulais depuis si longtemps est devenu réalité. Nous avons fait des concerts formidables dans des petites salles un peu merdiques, partout en Argentine, et en avons profité pour découvrir le pays. Ensuite, nous avons joué en France, faisant notamment deux dates à la réouverture du Bataclan. En montant sur scène, nous avons demandé une minute de silence pour les victimes de l'attaque terroriste. J'ai chargé Rini de faire cette annonce en français. Mais, après onze secondes, elle a commencé à gueuler une sorte de poème foutraque. Après le concert, je lui ai expliqué qu'elle ne pouvait pas demander une minute de silence en hommage aux morts du Bataclan et, après seulement quelques secondes, gueuler un truc incompréhensible, c'était vraiment choquant. Pour se justifier, elle m'a répondu qu'elle avait eu la sensation que la minute était écoulée. Le lendemain soir, elle a remis ça ! Je me suis fait traduire l'article d'un journal français à propos de ce concert. Ils avaient beaucoup aimé Rini, l'avaient trouvée très punk rock. Moi, je persistais, comme le reste du groupe, à trouver son attitude infernale, à me dire : « Mais qu'est-ce qu'elle fout, nom de Dieu ? » Je me sentais parfois un peu sur la touche avec Rini, comme cette fois où elle avait prévu de faire venir Fat White Family à New York avec Sean Lennon pour enregistrer l'album *Songs for our Mothers* sur l'ancien matos de son père John. Ça me faisait vraiment chier qu'elle fasse ça sans penser à moi.

Les Puta Madres, c'était mon groupe rêvé – rugueux, un poil rockabilly, un zeste rock'n'roll, un brin folk, un chouille garage. Les Libertines jouaient pour un public de fans hardcore qui avaient certaines attentes. Avec les Puta Madres, c'était tout autre chose, nous pouvions faire ce qui nous plaisait, par exemple des instrumentaux d'une longueur indécente, sans nous soucier de ce que les gens pensaient. Tout était possible aussi longtemps que la musique était bonne. Notre son correspondait exactement à ce que je voulais. Il avait ce feeling organique qui ressemblait à ce que nous vivions. Nous ne nous voyions pas que pour répéter, nos existences étaient liées. Enfin, une chose était claire : il s'agissait de mon groupe, si bien que je pouvais composer tranquille sur ma guitare comme j'en avais envie. Avec les Puta Madres, tout était toujours une aventure. Nous sommes retournés en Argentine, puis nous avons fait une tournée sur tout le continent sud-américain. Notre séjour en Uruguay a été absolument dingue. Ensuite, nous avons joué dans toute l'Europe. Nous repassions sans cesse par Barcelone pour répéter et faire des concerts. Le soir de mon anniversaire, mon père est monté sur scène avec le groupe pour chanter « What a Waster ». Ma mère et AmyJo étaient là aussi. Nous avons passé du temps à Clouds Hill pour répéter, avant d'enregistrer notre premier titre sous le nom Peter Doherty & The Puta Madres avec Johann, « The Weed Smoker's Dream », un vieux morceau de jazz des années 1930.

Après notre tournée en France et en Allemagne, Drew a tourné la page. Il voulait mener une vie plus stable et moi, j'avais besoin de gens prêts à vivre en renégats. Drew nous a donc quittés pour rejoindre le groupe de Liam Gallagher, et Michael Bontemps, alias Miggles, a accepté la place de bassiste. Je l'avais rencontré quand il était encore un tout jeune homme, à la sortie d'un hôtel parisien, aux débuts des Libertines. À cette époque, il jouait dans un groupe de garage rock, The Parisians. Ces potes et lui portaient des brogues, des jeans, des perfectos et des keffiehs – une version rajeunie de ce que nous avions été, Carl et moi. J'ai essayé de leur donner un coup de main en les prenant autant que possible en première partie.

J'ai continué à tourner avec les Libertines. En 2017, Jeremy Corbyn est venu faire un discours à notre concert au stade de Tranmere. C'était un véritable honneur, un moment parfait. Son expérience et son influence étaient indiscutables, sa parole, qui exprimait de bons vieux principes de gauche, faisait sens. Il me semblait que c'était une des dernières fois qu'un type de cette stature se verrait accorder une chance de voir des jeunes gens l'écouter et entonner « Oh, Jeremy Corbyn ! » sur l'air de « Seven Nation Army » des White Stripes – une sorte de chanson de soutien qui avait résonné dans tous les meetings de sa campagne. Un formidable je ne sais quoi flottait dans l'air. De bonnes ondes, de très bonnes ondes. J'avais un immense respect pour Corbyn. C'était tellement dommage, même honteux, qu'il ait perdu les élections. Mais on avait tout fait pour le salir, pour que les gens le détestent. Toujours la même histoire, les tabloïds qui pourrissent ceux qu'ils ne peuvent ni contrôler ni comprendre.

Concernant les Libertines, Jai m'avait ramené à la raison, ce qui lui a valu le respect du groupe. Il avait trouvé les bons arguments, que ces concerts me permettraient de mettre de l'argent de côté pour investir dans des projets dont j'avais envie, qu'en faisant cela j'aurais moins la sensation de jouer pour de l'argent et que je prendrais davantage mon pied. Au début, le management avait été assuré par des gens embauchés par Carl, puis ces gens en avaient embauché d'autres, et je ne m'y reconnaissais plus. Quand Jai nous a rejoints, progressivement, mon équipe est revenue et a occupé les postes clés sur la tournée – Andy Newlove, Paul « Brucie » Bruce et Iain Slater, mon ingénieur du son depuis les Babyshambles. Lentement mais sûrement, Carl et tous les autres ont vu que mes gars étaient de vraies personnes et des mecs bien, ils ont appris à les connaître et à les aimer, plutôt que de les voir comme « les gars de Pete ». Désormais, quand nous jouons, ce ne sont plus des étrangers qui s'occupent des guitares et du son, mais des amis. En 2018, nous avons fait une tournée en Australie où, enfin, je me suis senti à l'aise. J'ai même apprécié les hôtels de luxe ! Un vrai sentiment de camaraderie régnait sur cette tournée. Le groupe formait une véritable entité et nous avons donné des concerts vraiment puissants.

Une partie de l'argent de nos tournées a été investi à Margate, station balnéaire du Kent. Nous y avons acheté un hôtel, pour en faire l'hôtel des Libertines, The Albion Rooms. L'endroit ne payait vraiment pas de mine au début, mais c'est désormais une entreprise viable. Jai était impliqué dans ce projet, mais Carl en a été le véritable moteur. Le jour où il nous a conviés à venir visiter ce Bed & Breakfast que nous avions acheté, j'achevais à peine une série de concerts avec les Puta Madres. Je suis arrivé à Margate directement de Melun, avec Manu, un chauffeur de taxi du coin, qui me conduit encore de temps à autre. Une fois sur les lieux, tout le monde a fait la même constatation : c'était putain de dégueu ! En voyant nos airs ahuris, Carl a compris que nous n'étions pas convaincus. Il nous a demandé de faire preuve d'imagination, nous a répété que l'endroit avait du potentiel, que nous pourrions en faire quelque chose de vraiment bien. Pour l'effort d'imagination, Carl avait raison car, ce que nous avions ce jour-là devant les yeux, c'étaient de la moquette pourrie et des portes à la peinture lépreuse, le tout dans des tons de vert assortis.

Jai en était venu comme moi à la conclusion que, si nous avions réussi à créer cette unité de groupe et d'équipe, nous pourrions tout aussi bien nous occuper nous-mêmes de sortir nos albums. C'est sur ce principe qu'il était bon de garder le contrôle sur notre travail qu'est né notre label, Strap Originals, et le premier album des Puta Madres. Je suis venu en camping-car à Margate, et les Puta Madres se sont installés dans le vieux Bed & Breakfast pendant sa rénovation. Une très mauvaise idée. Mais c'est surtout la cohabitation avec Carl qui a été problématique. Des planètes trop éloignées pour faire un seul monde. Ou plutôt, la planète Puta Madres n'était pas vraiment la bienvenue dans sa galaxie… Pour Carl, nous avoir à Margate, et surtout dans l'hôtel en pleins travaux, c'était le pire des cauchemars. Au début, il a dû se dire que ça irait, que j'allais me tenir à carreau. Mais, quand les chambres et les studios sont devenus « praticables », Carl a vu les choses différemment et a commencé à envisager de me foutre dehors.

Cet hôtel, pour moi, c'était le paradis, parce que, soudain, nous étions les propriétaires d'un vrai endroit, d'un bâtiment en dur, mais suffisamment délabré et dans un quartier suffisamment sombre et mal famé pour s'accorder à mon état d'âme. Malgré des efforts acharnés, personne n'est jamais parvenu à gentrifier Margate – c'est un endroit incroyable, ou terrible, suivant le point de vue, pour passer entre les mailles du filet. Un endroit tragique de bien des façons. Mais l'hôtel était l'endroit parfait où squatter. Quoi de mieux que de squatter sa propre maison ? Je faisais la navette entre Melun et Margate. Malheureusement pour Jai, le gros de l'argent que je gagnais passait dans la drogue. Il avait fait de son mieux pour changer cet état de fait, mais j'avais encore des hauts et des bas. Parmi les bas, il y a cette autre tournée des Puta Madres où, dès le début, j'ai joué les déserteurs et filé en douce avec son van et sa carte de crédit, puis fait un peu le con.

Tout n'était pas rose à Margate, surtout au moment où j'ai pris des chiens, deux huskies. Ça a foutu un sacré bordel à l'hôtel. Moi aussi, j'étais un vrai bordel. Alors, Jai m'a trouvé une nouvelle cure de désintoxication, à l'île Maurice cette fois, dans une clinique qui pratiquait le traitement à l'ibogaïne. Le traitement de la dernière chance. L'ibogaïne est interdite dans la plupart des pays. Pourtant, les toxicos qui ont tout essayé pour décrocher disent que c'est l'ibogaïne qui a réussi ce que tous les autres traitements avaient raté. La clinique était encore un de ces endroits paradisiaques pour privilégiés excentriques désirant une désintoxication express. J'avais pris une grosse boîte de chromos de cigarettes de collection où j'avais caché toute ma came. J'ai passé mon temps à errer en chantant jusqu'à ce que mes réserves soient épuisées.

Le trip sous ibogaïne était horrible, un cauchemar éveillé. Extraite de la racine d'une plante, l'iboga, cette molécule psychoactive produit un effet proche de ceux de la kétamine et de l'acide. Dans la clinique mauricienne, l'environnement était tellement médicalisé, avec des médecins passant sans arrêt pour surveiller la façon dont les choses se passaient, qu'il était difficile d'avoir une expérience positive avec le produit. Après en avoir pris, j'avais d'étranges flash-backs. Je me revoyais enfant, jouant avec AmyJo dans la rue où nous habitions en Irlande du Nord. Ce n'était pas désagréable en soi, c'était même pas mal pendant un temps, mais six heures plus tard j'étais toujours coincé dans cette enfance où j'avais six ans et où je ne pouvais pas parler parce que, dans mon hallucination, j'avais la bouche cousue. Un des effets de l'ibogaïne est de rendre l'élocution difficile, voire impossible, ce qui fait que je ne pouvais pas expliquer aux soignants la souffrance dans laquelle je me trouvais plongé.

À un moment, c'était devenu tellement atroce que j'avais décidé de rentrer en Angleterre et de me remettre à la drogue le plus vite possible. J'ai passé un coup de fil à Jai en lui disant que je ne lui pardonnerais jamais de m'avoir fait subir ça. Puis, comme d'habitude, j'ai réussi à convaincre un des gars du service de sécurité de la clinique de m'emmener en ville. Là, j'ai trouvé un taxi qui m'a conduit dans un quartier où je pouvais acheter de la came, sans doute le quartier le plus pauvre que j'aie jamais vu, avec des chèvres attachées à des piquets de tente, des enfants nus et des adultes qui squattaient au milieu des ordures. Prendre ou vendre de l'héroïne à l'île Maurice est passible de la peine de mort. Résultat, la drogue qu'on trouve sur l'île est ultra chère. Avec la distance, je me rends bien compte que j'ai tout foiré là-bas. Ce séjour aurait pu marquer la fin de ma toxicomanie. Raté.

Quand je suis arrivé à Margate, on était en train de virer toutes mes affaires de l'hôtel et des types sortaient toutes mes machines à écrire en se les repassant comme des parpaings. J'ai couru à l'intérieur, complètement affolé. J'avais planqué des trucs dans certains meubles, dans des boîtes, et tout avait été déposé en vrac à l'arrière d'une camionnette. Carl en avait eu marre de mon bordel et avait demandé que tout soit débarrassé pour pouvoir finaliser les travaux. Alors j'ai campé à Ramsgate, dans un garde-meuble voisin d'une casse. J'y ai croisé un type qui vendait du matériel de fête foraine, des figures géantes de manège en résine, des chevaux de carrousel endommagés, puis j'ai fini par habiter dans un box que je lui louais. Le type acceptait d'être payé en tableaux, ce que j'ai fait jusqu'à ce que Jai se rende compte que je lui avais refilé un paquet de très bonnes toiles. De nouveau, la vieille routine : fumer trop de crack et me faire gauler par les flics, la plupart du temps pour infraction au code de la route. Au cours de ces contrôles routiers, ils trouvaient immanquablement un peu de came sur moi, mais je n'ai jamais été inculpé pour possession de stupéfiants. J'ai été condamné à payer de simples amendes, avant qu'on finisse par me retirer définitivement mon permis.

Quand les Libertines venaient me voir, nous passions de bons moments. Une fois, au beau milieu de la nuit, nous avons fait un feu sur la plage avec du bois de cagette et de l'alcool à brûler. Carl et moi nous retrouvions à l'hôtel pour écrire – nous avions dans l'idée de faire des scénarios –, mais cela ne donnait rien. Je me produisais beaucoup pour de petits concerts dans les environs de Margate, me mêlant à des musiciens et des comédiens de théâtre underground. Une sorte d'exode d'énergie créative s'était produit depuis Londres, où les artistes n'avaient plus les moyens de vivre. Je traînais régulièrement dans les rues de Margate à cinq ou six heures du matin pour promener mes chiens. C'est ainsi que j'ai fait la connaissance de tout un tas de gens qui faisaient la même chose, sur les plages sans fin du Kent. J'arpentais la ville en scooter électrique, avec mes chiens dans une petite remorque. Jusque très récemment, j'ai vécu sous le coup d'une interdiction totale de conduire à cause de ce scooter, car j'ignorais que l'usage des scooters électriques était illégal en ville et sur route en Grande-Bretagne. Et, avec mon pote Storm, Dieu sait si nous avions déroulé des kilomètres sur nos scooters, dans Margate et ses alentours…

C'est en Normandie, à Étretat, dans une maison qui appartenait aux parents de Katia, que nous avons enregistré l'album des Puta Madres. Les choses sont allées très vite.

Nous avions installé une énorme quantité de bon matos dans le salon. C'était un de ces moments où l'on se dit que c'est maintenant ou jamais. Jai s'est chargé de la production, même si ce n'était pas son poste préféré et qu'il avait d'autres gens en tête pour le job. Au début, pour garder le contrôle jusqu'au bout, j'avais pensé assurer moi-même la production de l'album, mais j'ai vite compris, pendant l'enregistrement, que cela ne convenait pas à mon caractère. Ma compétence ne dépassait pas le logiciel GarageBand. Je me suis donc contenté d'enregistrer, me lavant les mains de toute autre responsabilité, m'en remettant entièrement, pour le reste, à Jai et à l'ingénieur du son. Même lorsqu'il s'est agi de mon propre album, toujours enregistré dans le salon de Katia, j'ai préféré ne pas m'en mêler.

Miki est venu en France pour quelques jours. J'avais joué avec elle plus longtemps qu'avec aucun autre membre du groupe. Elle avait été une présence constante pendant de longues années. Quand j'avais besoin d'elle, elle répondait toujours présente. Guitare acoustique et violon formaient toujours une merveilleuse combinaison.

Sur cet album, la chanson « Shoreleave » représentait pour moi un moment parfait, le genre de moment que j'avais toujours cherché à atteindre et que je connais parfois avec les Libertines, quand nous jouons, par exemple, « Death on the Stairs », parfaite combinaison de musique et d'énergie, même si, de temps à autre, notre interprétation part un peu en vrille et donne un truc un peu haché. Avec les Puta Madres, j'ai tout fait pour éviter ce défaut, même s'il est facile de se laisser emballer. « All at Sea », autre chanson dont j'étais particulièrement satisfait, reste un joyeux souvenir d'enregistrement. Il avait fallu du temps pour parvenir à ce que nous voulions avec ce titre. Si vous écoutez la version que nous en avions faite au début des Libertines, vous constaterez qu'elle est trop rapide et ne fonctionne pas vraiment. J'en avais tenté une autre version avec les Babyshambles, sans plus de succès. C'est avec les Puta Madres que cette chanson a vraiment trouvé sa forme. « Paradise Is Under Your Nose » a été écrite par Jack. Katia a écrit avec moi « Who's Been Having You Over », et j'ai fait figurer Mark dans les crédits car il avait joué un petit rôle dans sa genèse, la chanson évoquant sa théorie selon laquelle Courtney Love avait assassiné Kurt Cobain. Quelques phrases se rapportent effectivement au procureur de cette affaire et font allusion aux traces de sang sur le canapé. Katia m'a également aidé à écrire « Travelling Tinker », une chanson à propos d'Alan.

Tout cela, les Puta Madres, le groupe, l'album et les tournées, n'aurait jamais pu exister sans Jai. Quant à son idée de créer notre propre label, elle m'a enflammé d'enthousiasme. Savoir que vous avez la possibilité de sortir vous-même votre propre musique est une motivation suprême pour faire les choses, trouver des idées et les mener à bien. Trampolene, le groupe de Jack, a signé chez Strap Originals et, plus récemment, un tout jeune groupe, Vona Vella, formé par un couple du Lincolnshire dont la musique n'est pas sans rappeler Burt Bacharach. Les choses semblent bien parties pour notre label, c'est très encourageant. Je trouve l'énergie créative de ces jeunes très excitante.

Pendant l'été 2018, en plus d'avoir enregistré l'album des Puta Madres, j'ai participé au « défi du petit déjeuner » d'un café de Margate, le Dalby Café. Le principe : si vous étiez capable d'avaler en entier leur « méga petit déjeuner », celui-ci était gratuit et on inscrivait votre nom sur le « wall of fame ». J'étais d'accord pour que le chef prenne une photo de moi pendant ce défi. Seulement, la photo, qu'il avait prise avec son téléphone, était horrible. Mais j'ai laissé couler, pour leur faire plaisir. Je n'avais aucune idée de ce qui se disait dans mon dos. Mon univers se limitait au Margate des camés et j'étais loin du monde des réseaux sociaux ou de ce qui se disait sur la BBC et autres chaînes de télé. Ma vie se bornait à écrire des chansons et à trouver de la drogue – et il y en avait pas mal à Margate –, ce qui fait que les commentaires ne m'ont guère touché. J'étais tellement noyé dans la came qu'à part les vingt minutes où je lisais le journal local, j'étais tout le temps à côté de mes pompes. Désormais, je suis l'actualité de près, mais autrefois je m'en foutais royalement. Évidemment, Jai me tenait au courant, cela faisait partie de son boulot. Un jour, il m'apprend que le défi du petit déjeuner est partout sur Internet. Moi, je trouvais ça hilarant, parce que j'en avais fait la promo, que c'était un truc qui faisait partie de ma vie quotidienne, aller dans ce café et regarder les gens tenter le « breakfast challenge ». Il n'y avait que trois noms inscrits sur le « wall of fame » à ce moment-là. L'un des gagnants, qui avait aussi le record de rapidité, s'appelait Tiny et, contrairement à ce que suggérait son nom, loin d'être une demi-portion, c'était un géant de plus de cent kilos qui bossait dans le bâtiment.

Au sein des Libertines, on me surnomme Pigman. Cela remonte au temps du lycée et de Daniel De'Ath. En cours d'histoire, on nous avait cité une phrase qu'Otto von Bismarck avait prononcée dans les années 1860, au moment où il poussait à la constitution d'un empire allemand : « It's time for the pig-sticking to begin », « Il est temps d'embrocher le sanglier », citation qui nous avait fait rire aux larmes. Dans la classe, personne n'arrivait à prononcer le nom de Bismarck. Alors Dan et moi avions fait les marioles en prenant l'accent des protestants irlandais pour balancer des insultes, faisant sonner « bastard », agrémenté d'un agréable « fucking » comme « Bismark ». Nous avions pris l'habitude de gueuler cette tirade à tout le monde, même aux profs – ça faisait toujours son petit effet. Carl et moi avions repris ce numéro dans nos premières interviews télé sur MTV. Voilà comment Pigman est né, du genre « ne me poussez pas à sortir la broche à sanglier ». Au lycée, à Nico, on me surnommait plutôt Pigboy ou Yip Yip the Dog-Faced Boy, « le garçon à tête de chien ». Carl a instauré Pigman, puis Piggles, à cause des romans d'aventures de la série des Biggles qu'il possédait, notamment *Biggles Flies East*. Biggles était déjà un surnom, celui du héros de cette série, James Bigglesworth. Carl l'avait repris pour lui et moi, j'étais devenu Piggles.

Mais la signification de Pigman a changé au cours du temps. Quand les Libertines ont démarré, j'étais capable d'engouffrer des tonnes de nourriture, en particulier des petits déjeuners à l'anglaise avec œufs au plat, saucisses, bacon et haricots en sauce. Carl était fasciné et, quand il n'arrivait pas à finir son dîner, il poussait toujours son assiette devant moi. Mon jeu favori était alors de vider, en plus de la mienne, les assiettes des autres. Ma mère disait toujours que j'étais un puits sans fond. Les années passant, ce petit jeu avec Carl est devenu de plus en plus contraignant, car mon appétit n'était plus ce qu'il était. Aujourd'hui, j'essaie, autant que possible, de faire attention à mon poids. En 2020, le jour de notre concert à Newcastle – un concert « Covid » avec respect des distances de sécurité –, nous avons déjeuné au pub tous ensemble. Carl a poussé son assiette devant moi avec des yeux de chien battu, l'air de dire « Allez, vas-y, fais comme autrefois, finis mon assiette ». Je lui ai fait plaisir et je me suis exécuté. Alors, il a dit : « Ouais, cool, ce bon vieux Pigman. »

De la même façon qu'avec le « breakfast challenge », j'ignorais que la blessure que m'avait causée un hérisson était devenue un sujet dans la presse. Pendant la tournée 2019 des Puta Madres pour la sortie de l'album, on m'a gardé assez longtemps dans un hôpital de Manchester à cause d'une infection au doigt provoquée par un hérisson. Du coup, j'ai dû annuler une interview à la radio. Jai m'a ensuite raconté que toutes sortes de rumeurs se répandaient. Voici la vérité : j'avais sauvé un hérisson harcelé par mes chiens et je m'étais blessé en le manipulant, blessure qui s'était infectée – par la faute du hérisson ou autre chose, c'est difficile à dire. Les gens imaginaient sans doute que cette infection était due la drogue. Supposition idiote, car je n'aurais pas pu me faire une injection dans les mains, où les veines sont trop fines – si une injection avait été en cause, il aurait plutôt été question d'une infection des pieds ou des jambes. Les Puta Madres venaient de jouer à Liverpool et Manchester. Un dealer que je connaissais bien est venu en train de Liverpool m'apporter dix doses d'héroïne et dix doses de coke. J'ai ainsi passé du bon temps, avec mon doigt pourri, à fumer de la came dans cette chambre d'hôpital.

À la fin de l'année 2019, en plein milieu d'une tournée européenne des Libertines, j'ai été arrêté deux fois en quarante-huit heures, à Paris. Je voyageais toujours en camping-car avec mes chiens, plutôt que dans le bus du groupe, parce que j'aimais bien fumer un petit caillou après les concerts. Le problème, c'était que j'avais commencé un traitement à base de Buvidal, nom commercial de la buprénorphine, substance censée bloquer les effets de l'héroïne. Mais je n'avais rien pour atténuer les effets du crack. La police m'a gaulé pendant que je fumais et j'ai été proprement tabassé et placé en cellule pendant vingt-quatre heures avant d'être relâché, la dose trouvée sur moi étant vraiment ridicule. À peine relâché, je me suis retrouvé mêlé à… à je ne sais quoi. À ce qu'il paraît, j'étais en train de m'en prendre à un mec en scooter qui avait manqué d'écraser mes chiens. C'était à la sortie d'un bar, vers deux heures du matin. Tout ce que je faisais, c'était mettre des petits coups contre le casque du mec – qui, soit dit en passant, essaie toujours de me poursuivre en justice. Ce qui est sûr, c'est que cela me faisait plus mal qu'à lui. J'avais la main défoncée. Au commissariat, j'ai baissé mon pantalon et j'ai pissé sur le comptoir d'accueil en gueulant je ne sais plus quoi à propos de la guerre. Je m'en suis foutu partout et, du coup, on m'a enlevé mon bas de survêtement, mon téléphone et mes chaussures. Quand les flics sont venus me chercher en cellule pour m'interroger, j'étais donc en slip, pieds nus, avec mon maillot des QPR enroulé dans une couverture qu'on m'avait refilée, mais qui, elle aussi, était trempée d'urine. Les flics m'ont gardé trois jours. Nous étions quinze dans cette cellule et tous les autres se tenaient à distance respectable parce que je puais la pisse. C'était la honte. J'ai eu beaucoup de chance de ne pas finir de nouveau en prison. J'ai pris trois mois avec sursis pour possession de cocaïne et trouble à l'ordre public, avec mise à l'épreuve de deux ans. Depuis, je continue le Buvidal, avec succès. Je n'ai pas pris d'héroïne depuis deux ans. Je suis au début d'un long chemin, mais cela devient de plus en plus facile. Ma vie n'a tenu qu'à un fil pendant si longtemps.

Après cet incident, je me suis calmé, et je suis resté clean jusqu'à la fin de la tournée. Backstage, l'alcool et la drogue étaient interdits. Même les roadies n'étaient pas autorisés à boire. Carl et moi avions adopté le look casquette-bretelles, parce que, si ma mémoire est bonne, le réalisateur de *Peaky Blinders* était venu nous voir jouer à Manchester, et Carl avait suggéré qu'on s'habille comme les personnages de la série pour le convaincre de nous prendre dans la prochaine saison. Mais le type avait d'autres soucis : il a passé toute la conversation que nous avons eue ensemble à se plaindre qu'il ne parvenait pas à trouver du papier toilette de qualité dans la campagne irlandaise… La tournée s'est terminée en beauté, à la Brixton Academy, par un pogo d'enfer, comme je n'en avais jamais vu. « Chaos » est le mot qui me vient à l'esprit quand je pense au nombre de guitares que j'ai jetées dans la foule. Désormais, Andy Newlove, le technicien guitare des Libertines, se précipite dans le public avec Brucie dès que j'en lance une pour la récupérer.

Ensuite, je suis allé me reposer en Normandie. J'avais pensé m'installer pour de bon à Margate, mais l'hôtel ouvrait et je ne pouvais pas rester. Depuis, je vis en Normandie. J'habite à Étretat avec Katia, pour le meilleur. Lors de la première pandémie de Covid, en mars 2020, je me souviens que nous devions remplir une autorisation pour sortir de la maison. Les bars et les restaurants étaient fermés, puis de nouveau en novembre et au début du mois de décembre, date à laquelle un couvre-feu avait été fixé à six heures du soir. Dans ces conditions particulières, j'avais beaucoup de chance de vivre à Étretat, dans un paysage aussi beau qu'inspirant. J'allais nager le matin, je promenais mes chiens le long de la falaise… Je marche toujours beaucoup. Katia et moi avons même passé le permis bateau. Je sais donc jouer au capitaine désormais.

Je viens d'enregistrer un nouvel album avec un musicien français, Frédéric Lo, jusqu'à présent mon meilleur album. Pendant le confinement du printemps 2020, Frédéric est venu à Étretat avec des mélodies en me demandant si j'accepterais de mettre des textes dessus. En général, dans mon métier, être satisfait d'un morceau ne me suffit pas. La façon dont les gens vont réagir à la musique est ce qui compte le plus pour moi. Quoi qu'il en soit, je sais que cet album est un bon album. Quand j'ai entendu les mélodies de Frédéric, cela m'a rappelé mes débuts avec Carl : les parties de guitare et l'orchestration étaient trop démentes pour ne pas tenter d'y poser des textes. À l'époque où nous concevions cet album, *The Fantasy Life of Poetry & Crime*, je me suis vraiment perdu, au bon sens du terme, dans un monde plus mélodique. J'écoutais des morceaux comme « Wonderful Life » de Black, « Everybody Wants to Rule the World » de Tears for Fears, ou encore « The Boxer » de Simon & Garfunkel. Au fond, cet album me rappelle un peu *Grace/Wastelands*.

Aujourd'hui, je suis en vie et en bonne santé, et je dors toutes les nuits. Je cherche une petite ferme à acheter en Normandie, bien que je n'aie jamais cru à la propriété privée. L'Angleterre me manque, cependant. J'ai vu Astile récemment et, tous les deux, nous sommes allés rendre visite à mon père et ma mère. Je l'ai vu plus souvent ces dernières années que toutes les années précédentes. C'est un charmant garçon, un vrai garçon charmant, pas comme son père. Je suis tellement soulagé (je ne trouve pas d'autre mot) d'avoir un fils comme lui. Même si je ne cesse de m'étonner qu'il soit dingue du vieux duo comique Morecambe & Wise. Pour moi, ils n'arrivent pas à la cheville de Hancock. Malgré ma passion pour les comiques d'autrefois, je ne les ai jamais aimés. Quant à la relation avec mes parents, elle s'apaise, ce dont je suis vraiment heureux.

J'ai la sensation d'être désormais un habitant d'Étretat à part entière. J'aime me balader en ville, prendre un grand café au rhum en lisant des magazines. Je suis abonné à la *London Review of Books*, à la *New York Review of Books* et au *Times Literary Supplement.* Le *New York Times* est le seul journal anglophone disponible à Étretat, où je rêve d'ouvrir une librairie. J'en ai parlé à quelqu'un du coin, Christian Fevret, fondateur du magazine *Les Inrockuptibles.* L'idée serait d'avoir une sorte d'imprimerie à l'arrière de la librairie pour tirer des brochures. J'aimerais aussi me remettre à peindre. Étretat a des liens forts avec la littérature et les arts en général. Maurice Leblanc, le créateur d'Arsène Lupin, y est né. La mère de Katia m'a raconté que sa grand-tante et Maurice Leblanc jouaient ensemble dans les rues d'Étretat quand ils étaient enfants, et qu'il l'appelait « la fille aux yeux violets ». Il est vrai que, dans la famille de Katia, les gens ont de très jolis yeux. La mère de Katia et tous ses frères et sœurs ont des yeux bleus magnifiques. Katia, elle aussi, a des yeux merveilleux. Je ne peux résumer en quelques mots ce que je ressens pour elle. Elle m'a sauvé la vie, c'est une femme absolument incroyable. Incroyable réalisatrice également. Son film sur moi est maintenant terminé. Il s'intitule *Stranger in My Own Skin*, et des festivals s'y intéressent dans le monde entier.

Tant de choses ont changé dans ma vie. Le rythme s'est peu à peu ralenti, particulièrement pendant les six mois de la rédaction de ce livre. Désormais, je me sens vraiment libéré de la drogue. Je ne bois plus beaucoup. J'attends avec impatience les concerts des Libertines. J'adore jouer nos chansons avec Carl. C'est pour cela que je ne les ai jamais faites sans lui, avec les Babyshambles. Je joue parfois les plus grands succès des Libertines avec les Puta Madres ou dans des concerts en solo, ce que fait aussi Carl, mais interpréter ces titres avec les Libertines reste très différent.

En août 2021, nous avons donné un concert unique au festival que Terry Hall organisait à Coventry, sa ville natale. Sa disparition, en décembre 2022, m'a profondément attristé… Les restrictions relatives à l'épidémie de Covid avaient été levées en Grande-Bretagne. Nous étions plus que jamais soudés et avons assisté ensemble à tous les autres concerts de la journée. Carl tenait à ce que je ne prenne rien avant de monter sur scène. Ce que j'ai respecté. Quand le concert a commencé, nous étions tous « dans le même état » et les choses ont formidablement bien fonctionné. Nous avions eu trois jours de répétitions pendant lesquels Carl avait commencé à travailler à de nouvelles idées. Je savais que j'étais en train d'assister à la naissance d'une formidable chanson et une sensation d'autrefois m'a traversé, celle que je ressentais à nos débuts et qui, dans la bibliothèque de l'université Queen Mary, me faisait penser : cet endroit où nous allons puiser notre inspiration nous dépasse, c'est un endroit plus grand que nous, où existe un sentiment vraiment beau et vraiment puissant.

REMERCIEMENTS

Les auteurs souhaitent exprimer leurs plus vifs remerciements à Janine Stanley, Jai Stanley, Kevin Pocklington, Katia de Vidas Doherty, Jackie Doherty et Carl Barât pour leur soutien pendant la rédaction de ce livre. Leurs remarques ont été très constructives.

Simon remercie également Shirley et le regretté Kieron Flynn, alias Big Ronnie Fabulous, encore appelé – et c'est sous ce nom que le connaît Peter – Ronnie Richardson.

Peter remercie de tout son cœur Jai et sa famille, Katia et la famille de Vidas, ainsi que ses parents et ses sœurs.

Enfin, ce livre est affectueusement dédié à Alan Wass, Amy Winehouse, Robin Whitehead, Robert Chevalley et Lee Brown.

CHRONOLOGIE (AVEC CLASSEMENT DES SINGLES ET ALBUMS DANS LES CHARTS BRITANNIQUES)

2002

Juin : *What a Waster*, single, The Libertines, Rough Trade – 37e

Septembre : *Up the Bracket*, single, The Libertines, Rough Trade – 29e

Octobre : *Up the Bracket*, album, The Libertines, Rough Trade – 35e

2003

Janvier : *Time for Heroes*, single, The Libertines, Rough Trade – 20e

Août : *Don't Look Back into the Sun*, single, The Libertines, Rough Trade – 11e

Septembre : *I Get Along*, EP, The Libertines, Rough Trade – Exclusivité US

2004

Avril : *For Lovers*, single, Peter Doherty feat. Wolfman, Rough Trade – 7^e^

Babyshambles, limited edition single, Peter Doherty, High Society – 32^e^

Août : *Can't Stand Me Now*, single, The Libertines, Rough Trade – 2^e^

The Libertines, album, The Libertines, Rough Trade – UK 1

Octobre : *What Became of the Likely Lads*, single, The Libertines, Rough Trade – 9^e^

Novembre : *Killamangiro*, single, Babyshambles, Rough Trade – 8^e^

2005

Mai : *Stalking Pete Doherty*, documentaire, Channel 4

Août : *Fuck Forever*, single, Babyshambles, Rough Trade – 4^e^

Who the Fuck Is Pete Doherty ?, documentaire, Channel 4

Octobre : *Their Way*, single, Little'ans featuring Peter Doherty, Rough Trade – 22^e^

Novembre : *Down in Albion*, album, Babyshambles, Rough Trade – 10^e^

Albion, single, Babyshambles, Rough Trade – 8^e^

2006

Septembre : *Prangin' Out*, single, The Streets featuring Pete Doherty, XL – 25^e^

Octobre : *Janie Jones*, single, Babyshambles & friends, B-Unique – 17^e^

Novembre : *Arena : Pete Doherty*, documentaire, BBC Four
Décembre : *The Blinding*, EP, Babyshambles, Parlophone – 62e

2007

Mai : *Bloodworks*, exposition, Bankrobber Gallery, London
Juin : *The Books of Albion : The Collected Writings*, Peter Doherty, Orion
Septembre : *Delivery*, single, Babyshambles, Parlophone – 6e
Octobre : *Shotter's Nation*, album, Babyshambles, Parlophone – 5e
Time for Heroes – Best of The Libertines, album, Rough Trade – 23e
Décembre : *You Talk*, single, Babyshambles, Parlophone – 54e

2008

Avril : *Art of the Albion*, exposition, Galerie Chappe, Paris
Juin : *Oh ! What a Lovely Tour*, album, Babyshambles, Parlophone

2009

Janvier : *Pete Doherty : In 24 Hours*, documentaire, MTV
Mars : *Last of the English Roses*, single, Peter Doherty, Parlophone – 67e
Grace/Wastelands, album, Peter Doherty, Parlophone – 17e
Août *Broken Love Song*, single, Peter Doherty, Parlophone

2011

Avril : *The Libertines : There Are No Innocent Bystanders*, documentaire, Pulse Films, réalisé par Roger Sargent

2012

Février : *On Blood : A Portrait of the Artist*, exposition, Cob Gallery, London

Mars : *The Kooples, Peter Doherty,* collection capsule pour la marque de prêt-à-porter

Août : *Confession of a Child of the Century*, film, rôle principal, Les Films du Veyrier, Integral Films, Warp Films

2013

Août : *Nothing Comes to Nothing*, single, Babyshambles, Parlophone

Septembre : *Sequel to the Prequel*, album, Babyshambles, Parlophone – 10^e^

Octobre : *Fall from Grace*, single, Babyshambles, Parlophone

Novembre : *Flags from the Old Regime*, exposition, Espace Djam, Paris, dans le cadre d'une exposition itinérante (Genève, Barcelone et Moscou)

2014

Mai : *From Albion to Shangri-La : Journals and Tour Diaries 2008–2013*, livre de Peter Doherty et Nina Antonia, Thin Man Press

2015

Mars : *Flags of the Old Regime*, single, Peter Doherty, Walk Tall Recordings

Août : *Gunga Din*, single, The Libertines, Virgin EMI

Septembre : *Anthems for Doomed Youth*, album, The Libertines, Virgin EMI – 3e

Octobre : *Glasgow Coma Scale Blues*, single, The Libertines, Virgin EMI

2016

Janvier : *You're My Waterloo*, single, The Libertines, Virgin EMI

Avril : *The Whole World Is Our Playground*, single, Peter Doherty, Clouds Hill/BMG

Septembre : *I Don't Love Anyone (But You're Not Just Anyone)*, single, Peter Doherty, Clouds Hill/BMG

Décembre : *Hamburg Demonstrations*, album, Peter Doherty, Clouds Hill/BMG – 61e

2017

Mai : *Kolly Kibber*, Peter Doherty / *The Weed Smoker's Dream*, Peter Doherty & The Puta Madres, single, Clouds Hill/BMG

2019

Janvier : *Who's Been Having You Over*, single, Peter Doherty & The Puta Madres, Strap Originals

Avril : *Paradise Is Under Your Nose*, single, Peter Doherty & The Puta Madres, Strap Originals

Peter Doherty & The Puta Madres, album, Strap Originals – 25e

2020

Avril : *All at Sea*, film documentaire, Strap Originals, réalisé par Roger Sargent

Mai : *Uncle Brian's Abattoir*, single, Trampolene & Peter Doherty, Strap Originals

Décembre : *The Fantasy Life of Poetry & Crime*, exposition, Galerie Chappe, Paris

2021

The Fantasy Life of Poetry & Crime, single, Peter Doherty and Frédéric Lo, Strap Originals

2022

The Epidemiologist, single, Peter Doherty and Frédéric Lo, Strap Originals

The Fantasy Life of Poetry & Crime, album, Peter Doherty and Frédéric Lo, Strap Originals

A Likely Lad, autobiographie de Peter Doherty, en collaboration avec Simon Spence, Little Brown

2023

Stranger in My Own Skin, documentaire réalisé par Katia de Vidas, produit par Federation Studio France & Wendy Productions

2024

All Quiet on The Eastern Esplanade, album, The Libertines, Virgin EMI

TABLE DES MATIÈRES

Pour plus d'information :

www.lisez.com

Imprimé sur du papier issu de forêts gérées durablement.

Achevé d'imprimer par
Normandie Roto Impression s.a.s. à Lonrai
N° d'impression : 2301757

Imprimé en France